9787545715484

钟道新文集

第四卷

长篇小说

巅峰对决

钟道新　钟小骏

二〇一七年

作家出版社
三晋出版社

一九六八年,插队前钟道新和父亲钟士模在家中书房

一九六八年插队前,清华子弟们在蒋南翔旧居前合影

左起:一高令远、二傅冬妮、三何晓红、五高晓武、六傅校青、七刘红阳、八艾民、九张克澄、十李晓阳、十一傅华京

一九六九年，钟道新在山西昔阳县皋落公社皋落大队插队时骑驴

巅峰对决

第一章

邢天虽然是知识分子,但还是喜欢看一些小报:小报不高头讲章,甭管真假,都充满淋漓的元气。候机楼的灯光色调偏冷,不过半个小时,他的眼睛就花了。他撇开报纸,望着远处想:常言道,花不花,四十八。自己不过四十出头,怎么就花了?或许是常年无所事事的缘故吧?

他毕业于著名学府Q大学心理学系。在当下这个繁杂的时代,这应该是一个很有市场的专业:人之疲惫,莫过于心。心灵病了,就需要心理医生。他的许多同学,因此腰缠万贯。最少也是标准的中产阶级。唯独他,作为S市公安局的一名干警,只有一份稳定但菲薄的公务员工资。对于物质,他的欲望并不强烈:有饭吃,有房住,有书看,今生足矣——人的痛苦,来自于现实和欲望的差距。现实是客观条件,不会因你而改变,而欲望则是主观的,可以调整。他是一个很善于调整欲望的人。所以在这方面,一点也不觉得痛苦。

使他痛苦的是工作。在他毕业分配前,一位公安部的领导,为了加强青少年犯罪的预防工作,向Q大学要了一批心理学系的学生。可等他报到之时,这位领导已经离开了一线。人亡政息,怎么安排他,很让公安局领导头痛,有人甚至提议把他放到医务室去。最后平衡的结果,把他放到了刑事技术鉴定室。这一待就是二十年。二十年里,从外部看去,他除过发表了几篇有关犯罪心理研究的文章,经历了一场失败的婚姻外,几乎一事无成。

召唤登机了,众人纷纷起立,排成了长队。他却安坐不动:根据对乘客人数的估算,运送车一次送不完。而封闭的飞机客舱内空气质量差过地面许多。所以,他绝对第二车再走。

这时候,他看见了江夏。因为持有头等舱票,江夏被优先安排通过。他后悔了:普通舱的旅客,要经过头等舱,才能抵达自己的座位。这样就很可能被江夏看见。如果自己第一趟车就走,这样的情况就不会发生。看来人太聪明了不好!

江夏很自然地脱下上衣,递给空姐,换上了柔软的拖鞋,然后接过热毛巾擦脸。对于旁边走过的芸芸众生,他熟视无睹。可即使如此,他还是看见了邢天。"嗨,老天!"一把拉住了邢天。"老天"是大学同学对邢天的昵称。

邢天只好应答道:"老江!"

"快坐!"夏大学毕业后,先是被分配到一家精神病院,干了不到一年,就下海经商。几次失败后,找到了方向,先是与人合伙,开了一家精神分析诊所。积累了一定的经验之后,独自开业。现在已经是S市的No. 1,年收入以七位数计。

邢天不肯坐,理由是"升舱"的手续,只能在地面办理。

江夏却让邢天安坐,然后找到了乘务长。不过片刻,就笑眯眯地回来说:"一切搞定!"

邢天有些不相信:某次,他遇见一群二、三流的影星,要求在机内"升舱"未获准,吵闹起来,酿成一出闹剧。

"领导交办任务后,从来是只要结果,不问过程的。"江夏当然不会说出自己是用"钱"这个世界通用的语言,去说服乘务长的。因为这样,一来显得自己富贵逼人,二来会伤害邢天的自尊心。

"博士别来无恙?"邢天本着"既来之,则安之"的精神,舒适地伸开长长的腿,并且接过了一杯浓浓的铁观音。

"别讽刺我了好不好?"江夏毕业后,又在母校念了一个在职博士学位。

"绝无此意!"邢天虽然说得很肯定,但心中却有些不以为然。一度,他也想考一个在职博士——他在学校内,读了心理学和法学两个学士学位,双学士被视同硕士——当然,他不可能像江夏一样,去读远在北京的Q大学:别的不说,光一个月一次的来回费用,就支持不住。他考的是本市F大学。在国家认定的博士入学资格考试中,他在本专业七名考生中,名列第一。当时还是他妻子的鲁芹提醒他应该给导师"意思一下"。他断然拒绝:走后门的事情,不能说没有,但谁也不敢打状元的主意!何况,这位导师还是自己的学兄。可谁知道,在后来的面试中,他竟然被淘汰。从此,他绝了此念:学界变成了商场,这个博士不念也罢。

"你知道,我念这个博士,就像增加一道新菜、添置一台新设备。一家没有鲍鱼、鱼翅、燕窝的饭店,就和一家没有核磁共振、伽马刀的医院一样,没有名堂提高收费。"江夏的父亲是山西人,母亲是上海人。换言之,古老的商业之树添加了现代基因之后,必将结出奇异的果实。

"名不正则言不顺,则事不成!"邢天对江夏的这个做法表示理解。精神分析大夫的对象,几乎都是有钱人,钱从来都和烦恼正相关。他参观过江夏的医院:肃静典雅,一尘不染,各种进口的仪器,从各个角落,透射出科学的光芒。护士们不光貌似空姐,服务亦如空姐,而且是日本航空公司的空姐。当时,江夏留他在医院吃工作餐,他说怕自己把"深藏心底多年的秘密说出来"执意离开了。"起码你给S市提供了二十个工作岗位。"

江夏认为不止这个数,"医院之外,还有洗衣工、打字员、食品加工者。"

"破窗理论!"邢天笑着说。"破窗"是一个著名的经济学理论:一个人打破一扇玻璃窗,就会给挖土、烧制、运输等许多人制造工作机会。

"我三年前发出的邀请,依然有效。"七位数的收入,完全能够满足江夏在消费层面上的需求。剩余的资本,要寻求出路。他的终极追求,是建立一个商业帝国。而帝国的建造,人才尚在资本之上。

"能再保留一年吗?"三年前,同学聚会的时候,江夏很认真地邀请邢天以合伙人的身份,加入自己的医院。他当时心一动,但没有答应。

"医院在,我在,这个邀请就有效。"江夏最看重的就是邢天,创造力和执行力在他身上获得完美的结合,尤为难得的是他还很厚道。

邢天之所以动摇，也是因为儿子的学费。前妻要让儿子上S市最好的复兴小学，而小学的录取，根据的是"就近"的属地原则。复兴小学与前妻的住处，一南一北，相差数十里。欲入其门，必须交纳相当可观的"赞助费"。由他负责的百分之五十，就达数万元。这还不包括交际费用。钱是绝对唯物的，不由他不动跳槽之念头。念头虽然动了，但在潜意识深处，他总感觉到某些事情将要发生。

确实有事情发生了。十天前，也就是七月七日，二十三岁潦倒的农民成某，在C市的一条热闹的街道上，劫持驾驶奥迪车的徐女士作为人质，勒索钱财。

这个企图被一名出租车司机发现，他拦截住奥迪车，并且同时报警。110迅速到场。与此同时，一百多名警察、若干辆警车和许许多多的围观人群将绑匪和人质围得水泄不通。警方派出一名"能说会道"的警察作为"说客"，前去与绑匪谈判。绑匪开价一万。警察正要请示，一名更高级别的警官出现，替换他主持谈判。他亮出了身份之后，绑匪的价码提高到十万。高级警官爽快地答应后，提议用一名曾经获得过世锦赛柔道冠军的女特警交换人质。绑匪见到冠军的体形后，断然拒绝。高级警官于是悄悄下令，击毙绑匪。

于是，这个草率的方案的第二步开始实施：化装成群众的一个特警队员，猛地拔出枪扣动扳机，但回应的却是手枪卡壳的声音。五四式手枪是连发的，弹壳卡住之后，特警重新扳一下枪栓，连开了三枪。绑匪被击毙。但他在死之前，获得了十秒钟的施暴时间，徐女士因此身中七刀。而第一刀就从左下倾角横向到达右侧颈动脉，刀口最深，切断了气管和颈动脉。

飞机起飞后，江夏拿出最新款的IBM手提电脑，利用头等舱特有的插孔上网观看香港股市行情。

对于江夏的杰尼亚西装、小牛皮登喜路公文包、万宝龙金笔、江诗丹顿手表，邢天一点都不羡慕。可对这台电脑，他却羡慕不已。这些年来，他一直在研究犯罪心理，但硬件支持远远不足。除去办公室的老旧东芝电脑外，就是家里那台虽然屡经升级，但还是很落伍的组装机。根本就不够用。

飞机抵达巡航速度之后，机长笑眯眯地从驾驶舱内出来，给坐在第一排的S市王副市长敬了个礼，要请他去驾驶舱参观。

这是一架波音757，王副市长显然很感兴趣，就随着机长进入了驾驶舱。

邢天皱起了眉头。民航总局对此有严格规定，任何外人都不得进入驾驶舱。他招手请乘务长过来，严肃地宣布将就此事向民航总局投诉。

乘务长有些诧异地问："您不认识王副市长？"

邢天当然早已经从电视上认识了这位市长。"您不认识字？"他尖锐地反问："万一这位体形魁梧的先生在驾驶舱中昏倒，你们将如何处理？万一他要劫持飞机，你们又当如何处理？"

乘务长认识到问题的严重性，迅速进入了驾驶舱。

不过片刻，王副市长就阴沉着脸，回到了座位上。

江夏竖起大拇指，小声说："骨头硬！"

邢天用不算小的声音说："规定就是规定，人人都应该遵守。可有很多人，偏偏以不遵守规定为荣。"

江夏显然有些尴尬。他是认识王副市长的，可倘若制止邢天，将会使得自己在他心中的地位，大大地降低。

就在这时，一名笑眯眯的空姐，端着两只杯子和一瓶人头马XO过来，温柔地说："两位请用。"说罢，将托盘放到小桌上。

"一九九八年，"江夏拿起酒瓶端详，"这恐怕是这个飞行单位中最好的酒。"

邢天拿起压在瓶子底下的一张卡片看：本机机长张诚表达对您的敬意。

"这是贿赂！"

"应该说是礼物。"江夏熟练地打开酒，"我在一本书上，看到了一个有关周总理、小平同志和罗瑞卿将军三位领导人对待礼物的态度。"他先给邢天倒了一点酒，"收到地方上领导送来的诸如茶叶之类的礼物后，总理就说：礼收下，要付钱。而小平同志则说：礼收下，事不办。罗大将则很绝情地说：礼退回，人处分！"

说着他给自己倒了半杯酒,意味深长地说,"性格即命运啊!"

"人的命,天注定。"邢天拿起茶杯,与江夏相碰,"我是酒不喝,状要告!"

"也不失为一个路子。棋圣聂卫平,就喜欢给航空公司提意见,有些时候,甚至会惊动高层。后来航空公司就把他列入了黑名单。"

"黑名单?"邢天喜欢下围棋,聂在他心目中的地位很是神圣。

"是一张好的黑名单:航空公司只要见到旅客名单中有他,不管他坐什么舱位,一律按照头等舱对待。"江夏喝了一大口酒,"剑走偏锋,不失为一条路子。"

"商人是永恒的机会主义者。"邢天说。一个人经商久了,会把任何事情都看成是"路子"。

"我是医生。"江夏纠正道。

"一个有着医生资历的商人。"邢天补充道。

C市的事件,经由公安大学的一些专家、教授的放大,转化成文件,上达部长。部长迅速做出批示:建立相应机制,应对突发事件。

这条批示,被迅速落实。S市公安局立刻组建了一个副处级单位,名曰"心理侦察室",挂在刑事技术侦察处下面。

机构是成立了,但在主任人选上,常委会发生了争执。公安局虽说是与地市平级的厅局,但因为没有人大、政协,党委书记也是局长兼任,所以"宝塔"的尖子很小,干部因此就没有"去处"。漫说邢天这般资历的干部,就是在六十年代参加工作的老干部,位居科级的尚不在少数。一旦新机构出现,各个副局长,纷纷提出安排自己分管"地盘"上的干部,试图松动一下板结的"土壤"。

但"党管干部"是大原则,公安局长李汉魂还是坚持把邢天放到了这个位置上。

围绕他展开的这一切,邢天自己一点也不知道。他没有因利益结合在一起的朋友,加上自己又不热衷,所以没有人给他通报消息。

下了飞机后,他跟随江夏走向停车场。一进去,他就看见了那辆奥迪A8。"就是棒,好像自己会发光似的!"他的赞叹是由衷的,虽然他知道自己一辈子也不可能买得起这种车。

"咱们一起干。买保时捷也指日可待。"江夏很懂说话的技巧,所以不会说"到我这来干"。

邢天没有回答。见江夏给他拉开车门,他笑着说:"这点规矩我懂。还是请列宁同志先上。"

就在这时,技术侦察处的法医华天雪和局里的司机小陈,气喘吁吁地跑了过来。

"我们一直在出口等,怎么没有见到您?"华天雪是医学院毕业生,来公安局做法医才三年。

"你们来这干吗?"邢天不会在他们面前说自己是从贵宾通道出来的。

"来接你啊!"小陈说。

邢天虽然不明就里,但还是对江夏说:"那我就走我的了。"

江夏比划了一个吃饭的手势,"咱们不是还要干这个去吗?"

"改天吧。"邢天做出了判断:可能是有公务。

"也好。"江夏有些失望。他本来打算在晚餐的时候,再做一些工作的。

两个人分手上车,前后出了停车场,上了环城公路。

一上拥挤的公路,排量4.2的奥迪A8的优势荡然无存。而小陈驾驶的这辆有着特殊牌照的普通桑塔纳,作蛇形状,数度碾压黄线。

"没有着急事,不用开那么快。"邢天本来不想说,可又实在忍不住。

小陈却认为没有关系:作为S市公安最高权力机关的司机,小陈几乎认识各个路口的交警。交警也认识他。

邢天只得重复了一遍刚才的话。见小陈沉默地服从了命令,他又掏出一支烟,递过去。小陈原来是常副局长的专车司机。常退休之后,就堕入了"杂车"的行列。不平则鸣,经常"滋"些"小事"。有一次,他因公搭乘小陈的车,小陈问他的电话补助是多少,他答说是六十块。小陈得意地说:"还不如我呢。我是一百!"然后又絮絮叨叨地说自己因为工作关系,一百也不够。他忍无可忍地反驳道:"不够归不够,但绝不是因为工作关系。"见小陈不服,他质问道:"领导要出去,是他给你打电话,还是你给他打电话?"小陈说:"当然是领导给我打啊!"他做结论道:"此题证毕!"小陈的电话属"动感地带",接听是免费的。从这以后,小陈似乎有些怕他,总躲着。他也觉得自己有些过分。司机,尤其是领导的司机,在中国是很特殊的职业。不是小陈人不好,而是环境使然。想到这,他就问华天雪有什么紧急公务。

"你真的不知道?"华天雪惊讶地问。

"美国的国防部长曼斯费尔德说得好:有些事情我们知道我们不知道;而有些事情,我们不知道我们不知道。"邢天笑着说。

小陈嘴快,抢着说了有关邢天的任命,并且附带着有关花絮。现如今,谁都知道干部是第一资源,而有关干部任免的信息,是最有价值的"硬通货"。

邢天陷入了沉默。

"你是在思考请客的问题吗?"华天雪笑着问。

邢天也笑了,"我在思考今后的工作。"

华天雪的目光在邢天的笑容上稍微停留了一瞬间。她很喜欢眼前这个男人,尤其喜欢他的深沉和智慧——在这个浮躁的社会,前者是很稀有的品质——但从来没有过一点流露。

邢天也感觉到华天雪的目光的毫秒级停留,但他回避掉了。曾经有一位老同事,试图私下里撮合此事,被他回绝了。老同事非要坚持,没办法,他就以沉默应对之。老同事最后恍然大悟,"我明白了:你是兔子不吃窝边草!"他反驳说:"你错了!我根本就不是兔子!"

杨六的原名是杨六六,本意就是六六年出生的。他是唐山郊区一对农民的第二个儿子,十岁那年,很不幸父母在唐山大地震中双双遇难,他只好投奔哥哥。一开始还好,毕竟是同胞兄弟,血浓于水,更何况他还能干一些农活。但在重建唐山的过程中,农田被征,为了把他那一份钱"吞没",他被嫂子"逼"出了家门。"逼"和"赶"是很不同的。"赶"意味着暴力,而"逼"则是无孔不入的"软暴力"。当然,嫂子有嫂子的道理:农田本来就是自己一家的,突然来了个小叔子,加入分配,真正岂有此理。更何况,在一九七八年,五万块钱的征地补偿款是个天文数字。

因为没有户口、没有亲人和钱,所以他没有受过教育。流浪了一年之后,他在一家小饭店里找到了一份工作。没有薪酬,只能换回一口饭和一个睡觉的位置——因为没有放床的地方,所以就没有床——这他不在乎。饭店内的饭,尽管是很草率的饭,有时候还是残羹剩饭,但比农村的饭质量高。但不幸的是,他得了急性肝炎。老板毫不犹豫地把他轰了出去。

发高烧的他,只好露宿街头。所幸,一位六十岁的东北菜师傅收留了他,给他看好了病,让他过了两年好日子。老者把自己的手艺传给了他。说实在话,东北菜之粗枝大叶,从菜名就能听出来:"乱炖"、"蘑菇炖小鸡"是也!能有几多手艺?

后来老者突发脑溢血,被送进医院。花光了所有的积蓄之后,驾鹤西去了。小杨六只得重归流浪大军。小杨六慢慢地变成了杨六。这期间,他做过几乎所有繁重、粗笨的体力劳动,还坐过牢。

坐牢的原因很简单:嫖娼与斗殴伤人。性欲乃人之本性,没有能力缔结永久性的婚姻,就只有嫖娼一条路。因为没有与异性交往的经验——即便有,也是以讹传讹得来的错误经验——见到妓女扭捏作态,很自然地就当成了"爱情"。所以一旦发现有人"染指",血气方刚的他,定然是拔刀相向了。结果自然被纳入了《刑法》管辖的范围。

十年徒刑,因为表现好,减为八年。出来时,已经是老杨六了。随波逐流,他来到了S市。

S市是一个将近两千万人口的国际性大都市,而且以精致著称,东北菜自然没有市场。好在它面积很大,城乡接合部不缺活干。他安下了身。

他在火葬场找到了一份工作。他根本不在乎死人。在他的潜意识深处,所有的人都和死人一样。这份工作的收入还不错:一千冒头。依照古语:温饱思淫欲。他又想起女人来了。

嫖娼一道,他已经视为畏途,他要找一个正经女人:在他的心目中,非娼便是正经女人。这个要求并不高,他找到了李花,她自称三十多岁,原来是"拾荒女",来自云南。他很喜欢她,连名字都喜欢:李花者,礼花也。

他的生活,因此被纳入了寻常正轨。

李汉魂在自己的办公室内约见邢天。这里之所以称为"约见",而不是通常意义上的"召见",原因就在于李汉魂改变了座位的格局:通常下属来见他的时候,他都是坐在自己的办公桌后面,让对方坐在客座。而这次,他特地安排在办公室的会客区。而且坐在小沙发上,与邢天"面对面"。

邢天虽然很少来局长的办公室——因为够不上——但也感觉到这种安排的分量。

李汉魂一直在等邢天开口。一般下属,即便是副局长等常客,一旦见面,都会滔滔不绝地提出要求。对于这些要求,他自有一套评估系统。他相信,一个人说出来的要求,比他想要的多。而自己认为自己应该得到的东西,又比实际上应该得到的多。故而,"打折"是他最常用的手段。可邢天却始终没有开口。于是他就问邢天需要什么?他知道人与人之间的交往,在大多数情况下,都是一种博弈。所谓博弈,就是你根据对手做出的反应而做出反应。夫妻之间如此、父子之间如此、同僚之间亦如此、上下级之间更是如此。自己先说,就等于输了一步。

邢天的回答很简单:平常什么都不要,但在事件发生时,有权调动一切需要的资源。

"听上去你什么也没要,但又什么都要了。资源不是在需要的时候,马上就会到来的。资源需要在平素就整合好。"李汉魂笑,"下面我要用一句古语,你知道是什么吗？"

邢天早已经猜到，但还是顿了一下才用商榷的口吻说："莫不是'工欲善其事,必先利其器'？要不就是'凡事预则立,不预则废'？"

"我一共就知道这两句,全让你说了。"李汉魂爽朗地笑笑,"你大概很了解我的过去。"

"略知一二。"

"我和你们这代人不一样,我没有正经上过学。"

"您不是政法学院毕业的吗？"

"我那是工农兵学员,不用考试,由贫下中农推荐。而且上学之后,还不用考试,起码不用怕考试。考试,老师的法宝,学生的命根。不用考试的学生,从严格的意义上说,不能算是学生。所以,我的文化构成,大抵上是自修而来的。"

"您这代人,有许多杰出的人士,而且目前都在重要岗位上。"邢天这是心里话,他也认为有必要说。

"位子总要有人坐,轮到我们罢了。"李汉魂拍拍沙发的扶手,"另据我个人体会,正规的教育,是没有什么可以替代的。"他严肃起来,"近些年来,以绑架为代表的一些大型突发性恶性事件频频发生。长此以往,人民会丧失安全感,和谐的社会就无从建立。"他语重心长地说,"责任重大啊！"

"我一定不会辜负。"

如果邢天回答说"一定不辜负局长的信任",李汉魂对他的评估就会降低。但这个回答,他很满意。"说说你的构想。"

邢天的构想很简单:征集一些志愿者,选拔后,进行培训,最后形成一个表面松散,但实则"招之即来,来之能战"的队伍。

李汉魂对邢天这个构想很满意。如果要建立一个庞大的常设队伍,不光经济上难以为继,而且在人事上也将是一场旷日持久的"战争"。更何况,机构越庞大,效率就越低。"说,说下去。"

"局里的人,无法全面了解管区的人文、地理情况。而没有这些,谈判就无法进行。所以这个网络,一定要覆盖整个S市辖区。"

李汉魂基本上满意了,但还是启发道:"就这些?"

邢天其实明白李汉魂的心理,"谈判仅仅是我们任务的一部分。一旦有恶性事件发生,我们一定调动各种手段,配合刑警侦察。"

李汉魂满意地点点头,要求邢天"写个东西"给他:一个新单位的成立,首先要给它配备资源。这个时候,对方要得越少,他就越高兴。然后就是确定工作范围。到了这个时候,对方扩得越大,他就越高兴。

邢天拿出一张打印的纸,"我已经写好了。"

李汉魂很快就看完,"培训的教材何来?"

"国内有一些专家,比方公安大学的高峰教授,可以请他们来讲课。"

"我认识高峰教授。但现在全国各地都在组建谈判队伍,恐怕他的日程已经排满了。"

"他的资料,还有国外有关的谈判资料,我手头都有。稍加整理,就可以印发。"

"凡事预则立。"李汉魂感叹道。

"临阵磨枪,不快也光。"

"谦虚是一种被人高估的美德。"李汉魂破例点燃一支香烟,"你知道有人怎么评价你吗?说你是没用的人。"

邢天笑了,"还说我是垃圾。"

李汉魂笑了,"你猜我是怎么回击这种说法的?"

"垃圾是放错地方的资源。"邢天感到轻松,因此不无放肆。

"敢于自嘲的人,都是自信的人。毛主席说作为一把手,只有两件事:出主意,用干部。我深信我没有用错人。"李汉魂多年来,一直在观察邢天,也阅读过他写的文章,知道他很有思想,但对他的组织、协调能力还没有全面的了解,"权力有三种:一种是上授的,比方委任某某为局长;一种是民选的,比方推举某某某为人大代表;还有一种自授的,要求这个人,用自己的魅力去征服上上下下、左左右右。"

"明白。"

李汉魂诧异地说:"你明白什么?"

邢天简短地说:"您是要我在全局范围内,举办有关的巡回讲座。首先要让大家了解我们。"

"一个人的反应越快,晋升的速度就越慢。"李汉魂指点着邢天说,"我将召集全局处长以上的干部和分局局长、分管副局长,一起来听你的讲座呢!"

不过是一间月租金八十块钱的小房,但杨六已经很满意:它能放下一张床和一套锅灶。而这后者,更是家的象征:所谓搬家,搬的无非就是锅灶。乔迁之时,总有一个新旧交替的阶段。哪一天可以算作正式的搬家之日呢?就是安放锅灶的那一天。

杨六单身的时候,最怕的就是过大年。没亲戚、没朋友,只能一个人猫在家里,吃下十斤速冻饺子、喝下五斤烧酒。除了吃饭,连嘴都不用张。

现在可好了!躺在床上的杨六望着正在屋内锅台前做饭的李花,听着外面性急的孩子燃放的鞭炮声,感觉到一种高峰体验。

这个时候,传来了敲门声。

谁会来敲这个连门牌都没有的地方的屋门呢?

面对市公安局的各级领导,邢天一点也不怯场,侃侃而谈。

他首先定义了什么叫作"谈判专家":绑架者使用暴力,劫持人质,并与警方形成了武力对峙。此时出面通过语言,其中包括肢体语言,来与对方进行沟通,从而缓解现场紧张度,达到感化劫持者,制止其犯罪行为升级之目的的警务人员。

但欲达到此目的,必须先了解对方的动机和意图。他特别强调了这两个词的不同:"意图"是"行为的故意",也就是希望"达到某种目的的打算"。而"动机"

则是"犯罪的原因",也就是"推动犯罪的原动力"。

他知道这个问题很抽象,就举了个例子:一个老太太,去集市上买李子。小贩甲上来便说自己的李子又大又甜。老太太不肯买。到了第二个摊子,小贩乙说自己的李子很酸。老太太要了一斤。听到这番谈话的第三个摊子上的小贩丙,立刻明白老太太家要添丁进口了,得知是儿媳妇后,接着祝愿老太太生一个又白又胖的孙子。并且向她推荐了猕猴桃,说其维生素丰富,对婴儿最好。结果老太太要了三斤猕猴桃,并成为他的熟客。

为了掌握好节奏,邢天停了下来,"很简单,老太太的意图是买李子。那么她的动机是什么呢?"

这些公安的干部,都是有身份地位的人,显然不愿意像学生一样地回答问题,但也有例外。

"当然是给儿媳妇吃了!"秦川不以为然地说。他是市局刑警队的副队长,立过很多次功,并且是华东地区警察手枪射击比赛第二名、格斗第五名。

邢天摇了摇头,"表面上看去是这样,但这是浅层次的动机。更深层次的动机,是给孙子吃。这是老太太采购的根本目的。至于是猕猴桃还是李子,都是意图。了解了行为人的动机,就不难更改他的意图。"

秦川的嘴唇动了动。他本来的意图,就是邢天这个位置:四十多岁,如果不上到处级,希望就很小了。可因为他只有可怜的中专学历,在"硬件"对比上,很快就败了下来。心里也因此很不舒服。

邢天继续演讲:"那么,绑架者的动机是什么呢?我们先用排除法:他显然不是为了杀害人质。如果要杀人的话,完全可以悄悄地,而不是在大庭广众面前进行。他更不是为了自己死。马斯洛说过:追求生命安全,是人的本性。那么只剩下一种可能:他用自己的生命连同人质的生命作为赌本,去博取他认为'更好'的前途。"

听到这里,秦川毫无先兆地插入,"甭管马说,还是牛说,"因为有李汉魂在场,他没有使用更不客气的"驴说","怎么进入谈话是关键。"

邢天点头,"没错。是关键。"

"他要是一言不发怎么办?"

"从理论上讲,这是不可能的:绑架者心中有愿景,就一定要描述。"邢天依旧不紧不慢。

秦川站了起来,"我曾经亲身经历了八次绑架。四次在警方的强大压力下,罪犯束手就擒,人质安然无恙。四次绑匪被击毙,人质安然无恙。"他见有很多人点头,便继续说,"邪不压正,只要勇敢、果断,再加上好身手就足够了。"说罢,他挑战地看着邢天。

邢天自然有应对,"秦川同志说的没错。但统计数字告诉我们,目前中国成功解救、兵不血刃的三分之一,侥幸成功的三分之一,失败的三分之一。"

"统计数字是统计数字,实践是实践。实践是检验真理的唯一标准。"秦川还是不肯坐下,继续提问。

"没错,实践是检验真理的唯一标准。"邢天很有风度地笑笑,"一位癌症专家对我说,肺癌患者五分之三是吸烟者。我立刻举出我身边的例子,说我认识的吸烟者当中,目前尚无一例。而不吸烟的人,却有两例。这位专家说,请你到我的医院,或者到全国任何一家医院去验证一下,我敢肯定,这还是保守的估计。"他朝着秦川说,"我说的是宏观统计,不是个案。"

秦川只得坐下。

"有了这个前提,绑架者就会有要求。有要求,就可以切入。要求越多就越容易切入。"邢天加重语气说,"如果他没有要求,就是你没有找到切入点。"

来找杨六的是马飞。他很热情地向李花介绍说马飞是他的好朋友,而且是"独一个"的好朋友。至于这位在年关来访的好朋友的来历,他并没有说。李花自然也不会问。她只是给两个人炒了菜、温了酒,然后任凭两个男人推杯换盏,自己默默地在锅台边上吃饭。

迅速穿越脑血屏障的酒精,顺利地把杨六再度推向"高峰体验"中,他看着远处的李花说:"哥,我这辈子足了!"

"足了?"马飞眼珠一转,"怎么就足了?"

"有窝,窝里面有个女人。"杨六含混不清地说,"要是再有一个小崽子,就更足了!"

马飞质问:"你就不想发大财?"

"不想。真不想!"杨六坦诚地说,"俺爹告诉俺,财多是祸。"

"放屁!"这话一出,马飞也自觉不妥,赶紧改口,"你爹又没有过钱,怎么知道财多是祸?"

"俺爹的话俺信。"杨六可以运用的语言很有限,翻来覆去就是那么几句话。

"不想跟我去发财?"马飞十岁起,就进少年管教所,然后被劳动教养,最后被判刑,出来不过一年。在这期间,他接触的百分之九十以上的都是盗窃犯、贪污犯之类的经济犯。杨六就曾是他的狱友。人之犯罪,多的是两种:强奸与盗窃。强奸罪,因为"桑拿""歌厅""发廊"之类的准色情机构的出现,大大减少。而盗窃则因为财富总量的增加而增加。所以他在监狱里别的没有学会,发财的梦想却大大地被激发。出狱之后,又因为看见他人花天酒地,发财的欲望就越发强烈了。

"不想。"小农式的"知足常乐"基因,在杨六身上表达得极为充分。

"来,咱们哥俩走一个!"马飞认为杨六"朽木不可雕也",便不再说了。

两个人碗碰碗后,杨六一口喝干。马飞却只是浅尝辄止。

杨六醉入梦乡。马飞朝灶火处望去。他的目光因此与李花的目光联系起来,有如正极碰到了负极:因为回路的完成,巨大的能量,获得循环和交换。

半年来的营养和卫生,洗尽了李花的憔悴和沧桑,在石油天然气蓝色火光的映照下,竟然显出几分秀丽。这个影像,抵达处于性饥渴状态的马飞眼中,更是以几何级数被放大。

李花显然也读懂了马飞的目光语言,她慢慢地走过来,给已经昏睡过去的杨六盖被子。

马飞趁机抓住了她的手。

李花自然不会反对,更没有反对这只手进一步的探索。

这显然不是一见钟情式的情感爱恋,而是形体分析和经济分析的结果:杨六瘦小、枯干;马飞高大、魁梧;杨六"三棒子打不出一个屁来",马飞却能说会道……所有这一切,都昭示眼前这个男人能给她带来更好的生活。诚然,杨六待她不薄,但她认为自己也做了"应做的一切"。而且,她渴望着一种"更高级"的生活。

她的目光因此顾盼生辉,如同一条春天里活泼的小溪。

第二章

邢天雷厉风行,在全局的范围内开展了"招聘"工作。来报名的人,出乎意料的多。笔试过后,面试将举行之前,"条子"和电话,铺天盖地。

"你可怎么办啊?"筹备小组成员华天雪发愁地对邢天说。除去李汉魂外,几乎所有的局领导都写过条子。更高级的干部,也不乏其人。

"对付条子有两种办法,"邢天伸出了一个手指头,"第一,比条子。谁的条子硬,就录用谁。第二,根据个人的实际能力。本人就准备采用第二种。您说呢?"他问秦川。

"我说?还是您说吧。权柄在您手里。"秦川没好气地说。他是被"硬"调入这个小组的,虽然牢骚满腹,但组织命令还是服从的。

"那就谁的面子也不看,光看水平。"邢天指点着面前的一堆"条子","请小华把这些存档。咱们不能拿着鸡毛当令箭。"

"也不能拿着令箭当鸡毛!"秦川估计用不了多久,邢天的"外松内紧"的"专家组",不是无疾而终,就是形同虚设。

"考试的项目,我已经分发给诸位。请大家认真准备。散会。"邢天宣布。

每当杨六去上班,马飞就迫不及待地对李花实施"性征服"。他认为一个男人对一个女人最彻底的征服,不过如此。然后鼓动自己的如簧巧舌,调动见过的、听来的一切美好事物,给李花编织灿烂前景。

李花全身心地投入性爱之乐中。对于马飞所说,她表面上唯唯诺诺,内心却将信将疑。但跟马飞走,她已经确定。其实所有的人都靠不住,能依靠的只有自己。外面的世界,无疑是男人的世界,而要"捞"这个世界,自己拥有最锋利的武器:性别。

当然,两个人不会悄悄地"私奔",而是要在杨六身上发掘出"第一桶金"。

马飞推算杨六定有一笔积蓄。这一点被李花证实。并且说明是一张交通银行的太平洋卡。窃取这张卡并不难,关键是密码。

马飞把这个任务交给了李花,"你是女人,你知道怎么让男人说出心里话。"李花慨然承诺,但有一个前提条件:马飞得走。

"我们老家有一句话,客人和鱼一样,过了三天就发臭!"李花说,"再说你在这里,我和他连亲热都不行,怎么往出挖啊?"

马飞想想也是,便给了李花一个星期的期限,然后与下班归来的杨六大喝一场,就告辞而去。

从体力到智力到反应速度,整个遴选的过程严格到一丝不苟的地步。

有一位老上级的女儿小许,想调到局里来,托了秦川。他虽然感觉到这不是一件容易事,但还是答应下来了。他当然不会直接对邢天说,那样做,面子上就下不来。而是在轮到小许面试的时候,特地把自己安排成"考官"。可谁知道,邢天一如既往地要求抽签决定。

"我看就这样吧!"秦川不得已使用很肯定的语气请求。

邢天却一口回绝,"程序不公正,一切不公正。"说罢,晃动只有五名评委的盒子,随后请秦川先抽签。

秦川自然不买这个账,"你们先抽吧,剩下的是我的。"这时,他还心存侥幸。每个评委,能够分到十多位"举子",小许就在其中,也未可知。谁知偏偏天不作美,小许落到了邢天手中。这不由他不怒火上升,"我在北城分局的时候,赶上分房子。局长实在不会分了,就用了抓阄。"他对华天雪说。

邢天自然知道秦川这是在指桑骂槐。潜台词实际上是：最没本事的官，才抓阄。他笑笑，"只要事先宣布，大家同意，无所谓会分与不会分。"

华天雪也跟着补充，"就是。愿赌服输！"

"你个小丫头，见过赌博吗？"秦川拿滴水不漏的邢天没有办法，只好拿华天雪开刀。

"我从来没有杀过人．可我知道怎么杀人！"华天雪笑着说。

这个比喻很符合华天雪的法医身份，秦川无可奈何。

小许很符合规律地被淘汰了。原因很简单：口齿不清楚。谈判、谈判，关键就是个"谈"。谈则不清，自然只有"免谈"了。

或许是李花没有马飞预计的那么狡猾，或许是杨六要比他想象的更狡猾，反正十多天过去了，太平洋卡的号码还在杨六一个人的心里。

马飞已经很有些不耐烦了。这些天来，坐吃山空，光"皮费"，就几乎耗尽了他的积蓄。所以他在与李花进行了一场马拉松式的性爱之后，再度说自己要走了。

这种最后通牒，李花听了好几次了。话说三遍淡着嘴，虽然每次马飞都加码，今天更是说出"来生再见"之类浓度极高的词汇，但她还是相信他走不了：当然不是因为自己，而是因为没有拿到钱。

"一只蚂蚁，围着一只苹果，转啊、转啊，可就是找不到一个可以钻进去的窟窿。"马飞玩弄着一只品相极差的苹果，"最后有一天，它找到了一个洞，钻了进去，吃了个饱。你说它以前没找着，怎么后来又找着了呢？"

"苹果烂了个洞？"

马飞拿起苹果，"咔嚓"一口，咬下了一大半，然后狠狠地说："不对。是它自己咬开了一个洞！"

李花被吓了一大跳，"你要把他怎么样？"她怕闹出人命。杨六对钱之热爱，与对生命的热爱不相上下，这她领教过不止一次。

"你要是再套不出来,我就动手拷打了。"马飞其实并不打算这么做。但见李花害怕了,就继续往玄里说,"也不用严刑,监狱里面有的是收拾人的小招,管用得很呢!"

"你要是这么干,我就去报案!"李花坚决地说。人命关天,马虎不得。

马飞灵巧地转了一个弯,"他的生日是哪一年的哪一天?"他自己的银行卡,用的就是自己的生日。

"他都不知道,我更不知道。"前些日子,她主动提议给杨六过生日。杨六说不知道。她曲意奉承,非要他想。最后杨六说:"就大年三十吧!两顿酒并一顿喝,还能省两个钱!"

"那他还有什么大日子?"马飞不死心。

"一个种田的、坐牢的、背死人的,能有什么大日子?"李花无奈地说。

马飞把剩下的小半个苹果喂给李花吃,"好好想、好好套。一定会有办法。"因为嘴里都是苹果,说不出话来,李花只好使劲点头。

谈判专家——其实,邢天觉得称其为"心理警察"更合适,谈判专家,首先要是警察,同时还要是心理学家——的架构搭建起后,邢天的首要任务就是充填其内容。

他首先将C市徐女士被杀案作为典型案例分析讨论。讨论案例,是现代教学法的精髓。世界著名大学都在使用。

他首先问绑架者成某的动机。众人一致认为是"钱"。

"多少钱?"邢天问。

学员甲说是一万,但接着学员乙就更正成十万。

"你们两个回答得不错,这两个数字都在案件中出现过,但到底是多少?"邢天追问。

"罪犯心里想是多少,只有那个死鬼自己知道。"秦川顺口说。刑警队的工作,最为繁重,所以他乐得把这段时间作为休整。

"我先纠正一下秦队的用词:成某是否是罪犯,要经过公安局侦查、检察院起诉、法院宣判等程序才能确定。在那个特定的时刻,他只能被称为绑架者,或者是犯罪嫌疑人。"邢天说。

"有什么不同吗?"秦川本来想说"咬文嚼字",临出口的时候才改变。

"言为心声。一个人对另一个人的称谓,其实就是对其看法的表达。比方'亲爱的',比方'该死的'。一句话:这个时候,成某还不是罪犯。"

秦川反击道:"照你这么说,连击毙他都不对?"

"不能。任何一个个人,哪怕他是刑警,都无权剥夺另一个人的生命权。这个权力归最高法院独有。"邢天摆手,请秦川允许他说完,"除非有足够证据证明这个犯罪嫌疑人对其他人的生命构成致命威胁,或者将会造成巨大的财产损失的时候才可以采取这种非常手段。"他一顿,"注意:这是非常手段。既然是非常,就一定有一个常态与之对应。"他见众人的注意力重新集中,就返回主题,"诸位推断一下,成某到底想要多少钱?"

一时间众说纷纭。

"成某当时处在一个很激动的情绪控制之下。可即使如此,他开出的价格,也不过是一万。诸位请注意:一个人说出来的,往往要比他实际想要的要多。这也就是说,他真正想要的不过是几千块钱。"邢天在白板上写下"几千块",然后强调,"总之,小于一万!"

众人脸上也露出赞同的神情。

"我看一万块钱,和我的孩子看一万块钱、银行家看一万块是很不一样的。换言之,同是一万,对不同的人,有不同的价值。"邢天一顿后说,"我给大家讲一个真事。某地召开表彰一位见义勇为者的大会。某领导做报告时说,要说奖励一万块钱,确实不多,也就是一顿饭钱。但这种精神我们要学习。正所谓:富人一顿饭,穷人半年粮。"他在白板上"几千块"上画了一个圈,"这些钱,或许可以使得完成一半的住宅竣工,或者可以让他的孩子上两年的学,或者可以娶一个媳妇回来。成某是甘肃人,在那里,或许会把这所说的一切都完成。所以我们应当与之讨价还价,让他激动的情绪,慢慢地平静下来,从而回归理智。可很不幸,这个时候,偏偏一位更高级的领导出现了。诸位说,这位领导应该不应该亲自上阵谈判?"

听众立刻分成"是"或"非"两个阵营。

"我换个问法:如果你需要做一个角膜手术,你是让一个很了解你的年轻眼科医生做,还是让医院的院长、一位国内外知名的眼科专家来做?"邢天设问。

这次的回答全部统一到前者。

"谈判专家如同专科医生,是专业人士。明智的高级领导,到场之后,全面协调就是了,不要干预专家的行动。"邢天眨动眼睛,挥手,"我们的大脑,能够指挥我们的眼睛开关,手臂的挥动幅度、力度,但我们无法控制血压高低、心跳频率,更不要说胃酸的浓度、肝脏酶之分泌量。如果这些都要我们来管,大脑的容量根本负担不了。"

众人的脸上,都浮现会心的微笑。

"这个时候,高级领导的出现,将会引起什么?"邢天再度设问。

众人几乎异口同声:"动荡。"

"平衡被破坏,动荡重新开始。"邢天赞许地点头,"绑架者的欲望受到了激励,开始膨胀。注意:成功的谈判,价格往往是呈现下降趋势的。前年,一名西班牙公民在秘鲁遭到绑架,谈判专家前去谈判。绑架者的头目,也曾经当过谈判人员,对谈判的技巧了如指掌。但在这种复杂的局面下,此专家一般不与绑架者对话,而直接与被绑架的人质儿子对话,对他进行心理指导,不要受到绑架者索要更高赎金的欺骗,也不要被他们凶残的表现吓倒。经过艰苦的努力,这宗绑架案的赎金从开始的三百万美元,下降到九万美元。人质最终安全回家。"

李花苦思冥想,终于想出了一个好主意:谎称怀孕。

这个古老的方法,从皇族贵胄到荒野村民,只要对方想要孩子,便屡试不爽。在杨六身上的反应更为强烈。他搓着手,高兴地在屋子里面来回转,最后猛地冲出去,买了一大堆鸡鸭鱼肉回来,另外还有红糖、红枣。

李花一看就笑了,"这是坐月子吃的。还早着呢!"

"怀孩子就要坐月子。"杨六高兴得语无伦次。

李花把一枚红枣放入嘴中,品尝着甜味。这一瞬间,她心中一动,感觉到有些对不起杨六。但旋即就摆脱了忏悔意念的控制:恶的意念永远重于善的意念。

"我的孩子?"杨六趴在李花身边问。

"死鬼!"李花娇嗔地点了一下杨六的额头,"要不我把孩子打了去!"

"别!别!"杨六给了自己一个嘴巴,"我该死!我该死!"

"我一定得给你生一个大胖小子!"李花趁势加温。

"大胖小子?"杨六愣了一下后,蹦了起来,大声叫着,"我有儿子了!我有儿子了!"

李花当然不会在这个时候,询问卡之密码。欲速则不达的道理,她是从实践中学来的。

邢天还在进行案例的分析。

他认为C市绑架案没有将围观的群众疏散,是第一大错。而谈判人员身穿警服、体格魁梧,后去的高级警官越发如此,是第二大错。谈判人员正确的外观选择标准,用"平常"两个字可以概括:不胖不瘦、不美不丑、不高不矮。总之,越接近平常人越好。"起码在这一点上,"他指指自己,"局领导是选对了!"

听众一片善意的笑声。

"压力具有无形的渗透性:全副武装的警察、各种各样的警服、闪闪发光的警察标志、群众的呐喊,所有这一切,都给绑架者以巨大的压力。绑架者提出更换一个地方谈判,遭到了否决。"邢天强调道,"在谈判中,'不'字是禁用的。'不'意味着拉开距离。这是第三大错。接下来,高级警官说:钱没问题,只要你放人。随后又说:你现在没有伤害人质,所以放了她,我保证你无罪。姑且不论他是否有权确定一个人有罪无罪,这种虚假的过分承诺,会让绑架者感觉受到了欺骗,从而使得事件进一步恶化。诸位记住,谈判专家最推崇的词汇就是'尽量'。'我尽量去找'、'尽量想办法解决'。'尽量'是一个充满回旋余地的词汇,几乎是万能的。"

秦川也不由得被吸引住了。

"第五个错,重复了第二个错。柔道女冠军,从外形上就很容易判断。她可能是一位美丽的姑娘,但长期的超强度训练,会使得她的脸部线条都充满力度。不知道华法医以为如何?"

华天雪完全肯定邢天的说法。她很奇怪邢天是从哪里学来的解剖知识。

"更换人质除去在用一人换多人的情况下,都是不对的。用一个人换一个人,绑架者会不由自主地想:她为什么要换?肯定有名堂!至于用谈判专家去换,就更不对了。"邢天顿了一下,"虽然作为一名警察,应该有献身精神。但一旦谈判专家变成了人质,格局就起了变化。炒股炒成股东了!"邢天等笑声平息之后说,"再往后的特警击毙绑架者的过程,更是充满了错误。当和平解决无望、人质生命受到严重威胁的时候,使用武力是正当的。但这次谈判,尚且不到三个小时,如何能够判定无望呢?即便到了无望的境地,谈判专家的工作仍然没有完,他应该佯装进行最后一次达成协议的对话企图,借以分散绑架者的注意力。再以后,特警队员开枪了,结果他的五四式手枪卡壳了。世界上据说只有三种枪不会卡壳。我记不住是哪三种,秦队一定知道。"

秦川如数家珍地说出三种:狗牌枪、马牌枪、左轮枪。

邢天接着说:"如果没有这三种枪,射手就应该携带两种不同武器,亦称'双位武器'。或者要另一位狙击手再作准备。但这都需要预案的充分准备,都需要长期的训练。但C市警方偏偏没有。"他改用悲哀的声调说,"一个年轻的生命就此凋谢了。"他重新振作起来,"绑架案一共只有三种结果:第一种,人质解救、劫匪被劝;第二种是人质解救,绑匪被毙;而最坏的就是这种结果,人质和劫匪都死了。根据我们的分析,可以看到这个结果几乎是必然的。换言之,如果我们一开始就采用正确的方法,完成第一种情况,也是必然的。在世界反劫持理论界,认为只有以下四种情况谈不下来:第一,有血债的。杀人偿命是自古的硬道理。第二,服刑期间逃脱或者负案在逃的。他不想服刑,遑论更长的刑期了。第三,对社会有着刻骨仇恨的,具有反社会人格的人,能给社会造成多一点的伤害,他就多一份快乐,因此,极度蔑视生命。第四种就是恐怖主义者。他们的行动,有着坚强的心理支持、周密的部署。"他挥手,"而就 C 市个案而论,开始的时候,不过是一起抢劫案,因为不顺遂,临时起意,演变成绑架案。绑架者的标的模糊且渺小,完全没有计划,所以属于最容易谈的一类。我们今后将要遇到的,多属于此类。所以应当认真研究。不知道我说清楚了没有?"

邢天的最后一问,很有技巧:他没用"你们听明白了没有"的质问型,而是用"我说清楚了没有"的自责型,所以一定会得到肯定的回答。

邢天笑笑,"那好,今天的讨论,就此告一段落。"

传播自己的基因,是人类的基本需求。杨六更不能例外。他一点活也不让李花干,用尽自己的厨艺,安排李花的饮食。然后自己幸福地旁观李花进膳,同时自言自语:"能吃,是,儿子!"另外,他还兼任另一份工作,隔一天就夜以继日一次,目的则极为单纯:给自己的儿子"盖房子、娶媳妇"。他甚至连例行的房事都免了。虽然这很痛苦,但用他的话说:"为儿子,得熬!"

终于有一天,李花觉得火候到了。她说自己要去医院检查。杨六觉得应该陪着去。但又请不了假。正在为难之际,李花通情达理地说:"我一个人去,你反正也是为了咱们的儿子。"说罢就要走。

杨六赶紧拦住她,"钱,给你钱。"说着,拿出两百块钱。

李花推让,"做一个简单的,我这的钱就够。"

杨六顺着她的话问:"好的要几个钱?"

李花不很肯定地说:"要是加上护理,怕是上千了。"

"做好的。做最好的。"杨六拿出了卡,"给你。要多少,就多少!"

李花佯作推让。杨六执意要给。李花于是说:"给我也不会用啊!"

杨六简易地将自己唯一有关现代金融的知识和盘托出。

李花拿着卡,扭捏作态地走了。不战而屈人之兵,曰之为上!这一走,自然是杳如黄鹤!

谈判界,或者说反劫持界,并不像自然科学界一样,有精确的理论体系。它只有一些模糊的"律条"。

这也符合规律。自然科学家,面对着的是"物"。举例说:全世界任何两个电阻,在任何一个经纬度串联起来,都等于分电阻之和。而谈判的对象是人。有一句成语,叫作"因人而异"。对付不同的人,必然得用不同的方法。借用数学语言来形容,人是一个"多元复变函数"——不仅多元,而且相互关联,你变我就变。

但邢天还是把这些"律条"形象化,设计出不同的"场景",让谈判专家们演练。

今天的演习,是在公安局靶场进行的。素材是邢天根据一个真实的案件改编的。内容是一位湖南籍的打工者 A,在大年初五的时候,独自一人在街道上徘徊。巧遇同乡女打工者 B,就到 B 的住所吃饭。A 很慷慨地买了两瓶好酒,一堆好菜。尽醉之后更是尽欢。关键是在第二天早晨,B 在 A 告别前,向其索要钱财。A 自然不给,说你是我老乡,又不是"鸡"!B 很固执,说你不能睡我的床、我的房,还睡我!一定要给钱!A 自然不会轻易就范,凶狠地说:"我要不给,你能把我怎么样?"B 断然说:"我就去告你强奸。"边说还边挥舞手中的物证。A 于是顺手拿起了一把菜刀,把 B 劫持到四楼的楼顶上,说再闹事,就把她推下去。湘人多胆量,而且 B 在昨夜见过 A 有一叠百元大钞。故而就说,你有胆就推,老娘还不信了!

就在 A 骑虎难下的时候,谈判专家会同片警、刑警、特警、消防队员来到了现场。

邢天就此命令充当谈判主代表的蒋勋和副代表华天雪登场。

从某种意义上说,一个谈判小组,共有五个人,结构很像一支排球队,有主攻手、副攻手、主力二传手等。而且能够"无缝隙"角色互换。

至于资料，除去A是一位农民工外，别无其他——这是完全拟真的——剩下的就要自己去判断。

扮演A的是一位邢天特地从武警部队借来的湖南籍干部。他配备了一个耳麦，回答完全根据邢天的指令。

蒋勋手持喇叭上现场的头一句话就是："我是警方的谈判代表蒋勋。我没有携带武器，特地来帮助你的。"

A用很浓重的湖南腔说："脱掉衣服！"

蒋勋显然没有听懂，"农民兄弟，你说什么？"

A重复了一遍。

蒋勋依然没有听懂。他是东北人，北京公安大学毕业。这时，幕后的华天雪通过耳麦告诉他脱衣服。他犹豫了。

华天雪着急地再度提醒他脱衣服。"在枝节问题上，完全服从绑架者。"这是邢天制定的律条之一。

蒋勋有些害羞地脱掉了上衣。

A不耐烦地再度命令，"裤子脱了！"

蒋勋再度犹豫后，慢慢地脱下了裤子。于是，在寒冷的冬天，蒋勋只剩下一件背心、一条短裤。"农民兄弟，您贵姓？"

A不回答问题，"你要干什么？"

蒋勋说："我是来帮助你的。"

A不相信，"果真？"

蒋勋郑重地说："当然！"

A于是命令道："那给我拿酒来！"

蒋勋显然没有料到这一手，"没有酒。再说，你也不能再喝酒了！"

A晃动着手中充当B的人形靶，"没酒我就把她扔下去！"

蒋勋镇静下来，"好。我尽量给你找。"

A语气生硬地说:"五分钟不拿来,我就把她扔下去!"

蒋勋在耳麦中收到了华天雪"商店距此五分钟车程"的信息后说:"兄弟,五分钟可拿不来。十分钟,最多不超过十五分钟。"他见A没有反对,就说,"兄弟,酒喝多了不好。"

A蛮横地说:"好!世上就是酒最好!女人最坏!"

蒋勋顺着他的话说:"我让他们给你弄好酒去了。别急。这女人嘛,有好有坏。"

A断然说:"女人都坏!"

蒋勋不知道应该如何转弯了。华天雪只得在耳麦中提醒,"不要在这个问题上纠缠。"他恍然大悟,"兄弟,这个女人怎么得罪你了?说给大哥听听?"

A此刻宿醉未醒,使劲晃动着B说:"这个女人骗我!坑我!"

这个时候,B大喊:"救命!"这个声音,也是拟真的。

作为现场总指挥的秦川,命令狙击手准备。

华天雪这时候,已经通过手机,把现场的A、B的语音传送给一位湖南籍的朋友,准确地得知两个人都是湖南常德人。常德话很特殊,在湖南被称为"德语",A把十块钱叫作"一炮钱",便最典型。她及时地把信息传送给蒋勋。

蒋勋这下子心里多少有些底,"都是常德老乡,有什么过不去的坎?"

总览全局的邢天暗暗地高兴:在现场搜集信息,处理后,再发回现场,指导行动,乃是现代化战争的精髓。

蒋勋边往前走,边说:"乡里乡亲的,在外面混,都不容易。有什么事,值当往绝路上走?"

A不接受劝,"我就是要往绝路上走!"

蒋勋劝告道:"退一步,海阔天空。"

A断然说:"男子汉,不退!"

"男女在一起,难免磕磕碰碰。说开就是了!"蒋勋已经感知到A与B是情爱关系。他见A没有反对,知道他已经"上路"了,就说:"一日夫妻百日恩,何必动刀动枪呢！"

A一听就火了，"她不是我老婆！她是个婊子！"

蒋勋劝道："兄弟不能这么说。"

A怒火万丈地举起了B，"我就是要杀她！杀尽天下所有的婊子！"

"你这样做，要想想后果！"蒋勋有些失措。

这时，秦川下令开枪。

杨六很晚才意识到李花不会回来了。但是他的第一感觉是李花在医院里出事了。火急火燎地往医院赶，进医院门的时候，腿都软了。

可医院说根本就没有李花这个人。

他又往家里跑：或许是在路上错过了；但迎候他的依然是那把铁锁。于是，他又重新返回医院，准备再核实一下。听到再次的否定之后，他一屁股坐在了地上。

处在激烈运动状态下的人，是不可能有思想的。一旦归于静止，思想就开始了。他想了好一会后，挣扎地起来，用电话查询。

一个清晰的女声向他通报，"您的存款余额为：人民币八元六角。"

这次他没有坐到地上，而是慢慢地把话筒放回去。然后石像一般机械地向外走去。此刻，统治他思想的只有一个念头：复仇！

邢天当然不会否决秦川的命令，而是重新设计了一个场景：A把B从四楼上扔下来，当场死亡。这个时候，应该如何应对？

秦川的意见很简单：A犯罪事实确凿，击毙他。

邢天当然不会当场重复"尊重所有人的生命权"的论点，而是看了华天雪一眼。华天雪心领神会，说了出来。

秦川没有反驳。华天雪说话，在他听来，童言一般。

于是，如何把A从楼上"请"下来，就成了新课题。

蒋勋和华天雪商量后,拿出了一个方案:假称B不过是昏了过去,让A悬崖勒马。为了配合,专门调来了120救护车。

A终于被"请"下来了:他手中已经没有了筹码,是原因之一。而B的"负伤",也给他很大的震动。

马飞在自己临时租住的房子内,摆了一桌丰盛的酒席,宴请凯旋的李花。

李花在喝酒前,提议分账,"六的卡上,一共四千多块。一人分一半?"说着,她连零带整,把钱堆放在桌面上。

"见外了不是?"马飞把钱推给李花,"谁家的钱,还不是女人管?"

"还是分清楚好。"李花很想把钱拿回来。有生以来,她还没有见过这么多钱。但程序还是要走的,"没有你的主意,我上哪弄这么多钱?"

"再不拿回去,我可生气了!"马飞作生气状,"我一生气,就不带你玩了!"

李花毕竟是女人,很高兴地把钱收回包里,边收边说:"你放心?"

马飞举起酒杯,淫笑着说:"你人都是我的,我还不放心?"

落袋为安,李花开始放量与马飞对饮。她的酒量原本不坏,可今天不知为什么,不过三两杯,就开始发晕;而且过渡时间很短,就醉倒在床上。

马飞不动声色地、不慌不忙地把李花的四千多拿出来,然后又脱掉李花的衣服,从她的内衣口袋里,搜出了四千元崭新的百元大钞。他得意地笑着自言自语:"蒋门神在拳上打不过武松,就改用腿。武松一看就笑了,要说用腿,我可是祖宗!"

他拿出手机,发了一条信息。不过片刻,人贩子老刘就到了。他指指在床上昏睡的李花,"我老婆交给你了。"

老刘颇有古风,扳过李花的脸看后,又掰开她的嘴巴看牙齿,然后说:"五千。"

马飞不屑地说:"你打发要饭的呢?这可是水灵灵、活生生的一个大活人!两万,少一分不卖!"

"不卖就不卖。三条腿的蛤蟆不好找,那叫金蟾。两条腿的人还不有的是?"老刘说罢要走,"十八岁的原装大姑娘,也到不了这个数。"

马飞知道老刘的招数,不动声色地说:"买卖不成朋友在。"

老刘停下,"你说个实价吧?"

马飞开出"一万八",老刘还成"六千"。几个回合之后,以八千五百块成交。

马飞鉴定了钱的真伪之后,小心地收好,"你说得对。十八岁的大姑娘也值不了多少钱。以后我再卖人,不整卖了。"

老刘很诧异地问:"人不整卖,咋卖?批发?"

"批发罪名太大。"马飞边收拾东西边教导老刘,"零卖。卖个肾,就是五万块。还能卖血、卖皮肤。"说罢,他扬长而去。对于李花,他一点也不担心:农村妇女,一定认命。

分析刚才的演练时,邢天首先表扬了蒋勋"脱衣服"的精神,并且将其提升到"人本"的高度,"为人命而脱衣,何羞之有?"随后,他又表扬了"敏锐辨识,整体协同"的精神,"要让我听,至多不过听出 A 是湖南人。'德语'则无法识别。更何况,在瞬间完成信息传送了。"他最为推崇的第三点就是"假称 B 不过是昏了过去",认为这体现了高度的智慧。

对于"没有过不去的坎","都不容易","退一步,海阔天空","一日夫妻百日恩"等话,他都认为可圈可点。

他提出的唯一批评是在 A 发出"杀尽天下所有的婊子"的威胁后,蒋勋的处理失措。蒋勋服气地承认后,他言简意赅地总结说:"我们的武器是语言:不是枪!"说到这,他感觉到这话有些批评秦川的意味,便补充道:"或者说,我们的枪是语言!"然后,就宣布下课。

杨六依靠本能的引导,在郊区的长途汽车站守候马飞和李花。

他躲在嘈杂的汽车站外面的一个角落里,眼睁睁地看着进出的人,眼睛眨动的频率,降到最低限度以下。

本能、直觉这些东西,都是不能分析、解释的。反正四个小时后,马飞出现了。他抽着香烟,摇摇晃晃,一副志得意满的样子。杨六像一只大型猫科动物一样,悄悄地潜过去。然后突然左手搂住马飞的脖子,有力地说:"跟我走,马哥!"与此同时,藏在棉大衣里面的右手,将一把刀,穿越自己和马飞的衣服,浅浅地刺入马飞的两条肋骨中间。

本来还想依仗身体优势反抗的马飞,感觉到肝脏表层外刀的寒冷,再加上杨六阴森森的一句"杀猪刀",就更不敢动了。

于是乎,一个类似"狼叼猪"——狼的体型没有猪大,所以它要把猪弄走,就用嘴巴叼住猪的耳朵,然后用大尾巴当鞭子抽打着猪走——的奇怪场面出现了:身材瘦小的杨六,押解着高大魁梧的马飞,出了车站,上了出租车。

"我们的武器是语言,不是枪。"刺痛了秦川,他叫住往出走的邢天。"邢处。"他用手枪指指远处充当B的人形靶,"你的枪法如何?"

邢天立刻明白了秦川的意思,谦逊地说:"我一介书生,会打枪已经不容易了,法根本谈不上。"

秦川不以为然地说:"你早已经不是书生了。你是警察队伍中的处级干部。"他瞄准远处的人形靶,"怎么样?比一比?"

邢天望着六十米外的枪靶,"超过三十米,用手枪射击,我一点把握都没有。"

秦川认为这就是应战,不加瞄准就扣动扳机,连发三枪,全部上靶。然后他得意地把五四式手枪,递给邢天。

邢天接过枪,笑着说:"您这是赶着鸭子上架。"

"慢着。"华天雪插入,对秦川说,"要是邢处打得比你好,就看不出成绩来了。换把枪。"

秦川不屑地说:"五四式是咱们的标准制式装备。没别的枪!"

"那就换靶。"华天雪跑过去在靶子上覆盖了一张白纸。她知道邢天是射击爱好者,一有机会就练,成绩很是不俗。

邢天已经骑虎难下,只好说:"这不是兰亭写字、班门弄斧吗?"说罢,略事瞄准后随意开了两枪。

"随意"是很高的境界。所以两枪,都打中靶心。这时候,他心下略为一动,打出了第三枪。

华天雪跑过去一看,两枪靶心,可第三枪却几乎脱靶。如此一来,平均成绩就略逊于秦川。她因此而无比遗憾。

邢天却笑嘻嘻地说:"超常发挥!超常发挥了!"这并不是他的虚伪,而是他的聪明之处。作为领导,最重要的不是压制、战胜属下,而是把他们锻炼、融合成一个整体。

可他的心思,却被华天雪看穿,在回去的路上,她要挟他请客,说不然就揭发他。他笑着说:"我发现,能给别人使坏,是特别大的一个权利。请客可以,不过,吃饭者事,和《刑事诉讼法》中规定的'询问证人'一样,必须两个以上的侦查人员在场。"

"你我不就正好两个人吗?"华天雪问。

"我是证人,你是侦查人员。"他不愿意在自己的单位里形成复杂局面,"叫上蒋勋如何?"

华天雪无比失望地给蒋勋打电话。

当杨六得知马飞把李花给卖了之后,无比愤怒,手一动,刀子就进去了一公分。马飞浑身颤抖地跪地哀求。

杨六收起刀,把马飞捆了个结结实实。他之所以没有杀了他,就是因为他想找回李花——马飞没有交代他与李花其他的交往细节,他知道,杨六一旦知道李花的背叛,一定会杀了他后去杀她。他知道杨六在长途汽车站的作为,一定引起了别人的怀疑。最后警方会来营救。而自己反正犯的也不是什么重罪。

杨六定了定神,就开始审问马飞,但马飞"王顾左右而言他",直到最后,他才明白马飞在期待解救。"做梦!"他一脚把马飞踢到角落里,然后开始组装炸药。

炸药他真的有。这是他用一双死人殉葬的鞋,与一个安徽籍的煤矿工人换的。因为鞋他穿着太大,而炸药能给他以安全感。他把小炸药包,捆到了马飞的背后。

一切方才就绪,门口就响起了警报声。

邢天他们刚刚点完了菜,紧急情况指挥部的电话就来了。邢天笑笑,"真是好雨知时节!"说罢,掏出了钱。

蒋勋赶紧制止,"退了就是了。"服务员不肯退,说菜已经开始炒了。蒋勋怒斥道:"你们家炒菜,四个一起炒?"

服务员是一位刚刚进城的农村姑娘,回答不了蒋勋的质问,愣在当地。

邢天把两百块钱放在桌上,"家里是单兵作战,饭店是集团化的协同作战。"

蒋勋把钱拿起来,同时掏出了警官证,"我们是警察。"

邢天不动声色地把钱从蒋勋手中拿过来,递给了吓坏了的小姑娘,"不用找了。"说罢,率先出走。

蒋勋只好跟着出来。

坐到车里,邢天拿出警灯,吸附在车顶上,但只让它闪烁,而没有鸣响警报。车开动后他说:"警察是为人民服务的。纳税人花钱养活了我们。"

虽然他没有明确的指向,蒋勋也知道是在说他,因此不服气地说:"农业税都取消了。农民就不是纳税人了。"

邢天命令华天雪联系事发地的谈判小组成员后,对蒋勋说:"农业税只是税的一种。农民在购买生产资料、生活资料的同时,也缴纳了税。"

秦川拿起一个美国产的撞击锤,看着杨六家不很结实的门,评估道:"五秒钟。"

刑警甲提示道:"罪犯有炸药。"

秦川穿起防弹衣,"土制炸药,能有多大威力?"听刑警提议等谈判专家,他不屑地说:"兔子能驾辕,谁还养活马?"

这个时候,邢天他们出现了。邢天见状连忙制止,但秦川执意"来硬的"。他只好使用命令的口吻说:"按既定的程序处理!"

秦川停住,"我们已经和他谈过了。他不肯就范。"

邢天语气缓和下来,说:"我再试试,不行就强攻。"

用一位邻居的话说:"他搬来一年多了。一句话也没有说过。"所以邢天掌握的资料很少。但他相信只要把这些资料用好,就能够打开杨六的"大门"。"杨大哥,是我。"他没有使用手提喇叭:警用喇叭,也带有威慑力,能不用,就不用。"我是谈判代表邢天。我是来帮你的。"

杨六从窗户往外张望了一下。看见邢天没有穿警服,手里也没有武器,身材也不魁梧,多少放了点心。

邢天也看见了他,"杨大哥,你把门打开,我一个人进去,和你好好谈谈。"

杨六当然不会这么听话,"不行!警察要灭我!"

邢天笑笑,"我们要是有这个意思的话,这会儿你已经中弹了。"见杨六赶紧躲了起来,他说,"不用躲了,来不及了。"他挥手,"各位请退后!"

杨六重新探出头,见警察们果然退后了若干米,心下略微定了点。

"我们知道杨大哥是第一次干这种事。"邢天往前走了两步,"要不然,你就会拿手里的那位大哥当挡箭牌。把门开开,放我进去,咱们哥两个好好唠唠。"他已经听出了杨六是河北人。

"我一开门,你们都进来了!"杨六不肯。

"就我一个人。"邢天指指自己,"我说到做到。再说,你手里不是有炸药吗?我的命还想要呢!"他知道杨六在犹豫,"隔着门,啥也说不清。开门啊,杨大哥!"

门开了一道小缝,邢天尽量将双手展示——如果你把手放在兜里,对方就会怀疑你有武器——然后侧身进了屋。

他一进去,杨六就赶紧把门关闭。

华天雪、秦川等立刻紧张起来。

华天雪眼睛一眨不眨地瞪着紧闭的大门,"邢处一个人!防弹衣都没有穿!"

"防弹衣对炸药作用不大。"秦川也着急了,转身命令道,"把救护车给叫来!"

进屋之后,邢天站在原地不动,让杨六从容地退到马飞的身后。他深谙杨六的心理:陌生人,尤其是警察,对他充满威胁。所以,他要离开"威胁"尽量远。他指指墙角的板凳,"杨大哥,我坐下和你谈,行吗?"这是他舒缓对方紧张情绪的一个招:坐着的人,要比站着的人威胁小。见杨六点头,他就坐了下来。

"大哥一看就是出过大力的人。"门口变形的皮鞋、杨六粗大的手和手关节,都说明了这一点,"大嫂呢?"李花走的时候,把属于自己的一切都带走了,但他还是根据利索的锅台、床铺,分析出这屋子有女主人。

杨六沉痛、迟缓地说:"大嫂?"

人和人的关系,一共只有三种:血缘关系、性关系、经济关系。邢天知道第一种关系,只会在"共同犯罪"中起作用。而根据杨六、马飞的衣着分析,两个人之间发生经济纠纷的可能不能说没有,但一定大不了。其中的道理很简单:买菜时,很少讨价还价,因为即使全被"赚",损失也很有限。而买古董就不然了,"虚"的空间很大。而女主人不在场,"性"方面出问题的可能极大。很可能就是被"绑"的这个人,与"女主人"有关联——这就是近距离谈判的好处。国外的谈判专家,通常采用"远距离谈判",也就是十米开外。这样有助于保证谈判专家的人身安全。而国内以高峰教授为代表的专家,一般主张"近距离谈判"也就是五米之内。因为这样可能捕捉更多的信息,更有利于疏导绑架者的心理活动。

邢天立刻把分析的结果应用到实践中,"这家里没女人,就全乱了套!"

杨六不听则已,一听就怒火中烧。他狠狠地踢了马飞一脚,"畜生!"

马飞的嘴巴,被一块脏毛巾塞得满满的,再疼也叫不出来。

这一脚比什么都说明问题。邢天趁热打铁,进一步试探,"能害人的都是朋友。外人害也害不深!"

杨六又踢马飞一脚,"我早早地没了爹妈,一共就两个朋友。"他伸出两个手指头,"一个是刘老爷子。救了我,就死了。一个就是这个家伙!"他再踢马飞,"卖我的女人了!"

"这个天杀的!"邢天跟着杨六骂道。对绑架者的行动表示理解,是谈判成功的关键。拿自己的命去"搏",总是有道理的。他作放松状,"不过还好。"

杨六瞪着邢天,"好?"

邢天指指马飞,"我原来还以为这个家伙把大嫂给害死了呢!只要人还在,一切都好办!"

"咋办?"杨六赶紧问。

"别的我不敢保证,找人我们在行!"邢天指指马飞,"把他交给政府处理。我保证找到大嫂,还给你。"他故意回避"公安""警察"之类的词汇。见杨六犹豫,他赶紧加码,"他的命在你手里,我的命也在你手里。最重要的是,你自己的命,也在你手里:大哥想想,要是命没了,找到大嫂,又有什么用?"

"没有李花,我活也没意思!"杨六的思路很窄。

邢天重复"放人"要求,并且强调自己"全权负责找李花"。

杨六犹豫了,"我放了他,你们能不判我刑?"

邢天慢慢地摇头,"绑架是重罪,要判刑。"他说得很慢,"判多少,法院说了算。但我可以负责向法院解释。根据情况,或许可以获得缓刑的机会。"邢天知道杨六是坐过牢的人,如果自己满口应承,他就会有被骗上当的感觉。那一切就前功尽弃!

"缓刑?"杨六不懂这个词的含义。

"就是判了刑,但不用坐牢,还可以跟大嫂过日子。"邢天伸手,"拉住我的手,咱们一起出去。外面是一片光明!"

杨六犹豫。

"大哥正当年,就算真坐牢,也坐不了多久。出来还有二十年好日子可过!"邢天伸出的手,一直没有放下,"拉住我的手!"

杨六慢慢地放下手中的雷管,拉住了邢天的手。

回去的车上,华天雪埋怨道:"邢处也不跟人商量,独自就进去了。咱们可是一个团队。"

"他在窗上一露脸,我就知道可以谈下来。机不可失,就进去了。"邢天解释道。

华天雪说:"我的心现在还跳一百多下呢!"

"美国有一个权威的统计:一九六二年到二〇〇三年底,全世界受到攻击的谈判专家,只有百分之三点六。中国近几年,一起武力攻击谈判专家的事件也没有发生过。"邢天喝着茶说。

"百分之三点六?轮到你就是百分之百。"华天雪反驳道,"以前没有发生过,更不等于以后不会发生!"

"我投降。"邢天举起双手。

蒋勋看看手表,"还不到一个小时。咱们再回去那家饭店,来个温酒斩华雄?"

"那家怕是关门了。"华天雪其实不想散,"要不咱们换一家?我请客!

蒋勋说:"那家饭店到夜里十二点才关门呢!"

"你们去吧。我到市局去一趟。"华天雪问他干吗去,邢天说:"听听审问情况,会同有关部门,把李花找回来。"

蒋勋惊讶地说:"您真的帮着找?"

"当然!"邢天认真地说,"四十八小时内,破案最容易。一旦淹没,就难找了!"他望着前方说,"找回来,这老两口,还有二十年好日子可过!"

这种真正的人本精神,深深地感动了华天雪和蒋勋。

第三章

"说真的,我还是第一次在这全市最高,同时也是最高级的餐厅吃饭。"邢天望着窗外。整个S市的经纬,完全被无穷无尽的闪光车流刻画出来。

"最高是一定。是否最高级,可以讨论。"江夏显然对这一切都熟视无睹,简洁地命令侍者上"平常吃的那些菜"。至于酒,他点了一瓶法国干邑。

邢天的胃口不坏,上来很快就把一盘肝几乎给消灭了。然后用餐巾擦擦嘴说:"这猪肝真不错!"

江夏宽宏大量地说:"有一次,我北京的一位朋友请客的时候,我也用你刚才的语言称赞这道菜。"

邢天叉起一块肝,放进了嘴里。肝几乎立刻就化掉,而且似乎自己钻进了食道,"莫非这不是猪肝?"

"鹅肝。法国鹅肝。"江夏纠正道。

"不好意思。不好意思。"邢天又叉起了一块,吃了下去,"我没有吃过这东西。但我知道,欧洲央行的行长,在公务宴会的时候,给自己点了一道这玩意儿,最后不得不引咎辞职。"

"你知道我最喜欢你什么吗?"见邢天摇头,江夏说,"你的坦诚。你从来不不懂装懂。"

"诚实是最起码的品质。"邢天举起酒杯。

江夏与之碰杯,"正因为最简单、最起码,所以最难做到。"

"谢谢你的恭维。"邢天叉起一块蘑菇,"这是蘑菇,总该没错吧?"

"广义地说,没有错。"

邢天来了兴趣,"狭义的应该是什么?"

江夏说此乃法国松露。一种长在松树林内、很稀少、很珍贵的蘑菇。与鹅肝、鱼子酱并称为顶级三美味。

邢天假装很遗憾地说:"三种里面,我说错了两种。唯一认识的鱼子酱,偏偏就没上来。"

"这也难怪。"江夏喝下一大口酒,"吃饭在你来说,不过是充饥。在我却是工作。"

"你喝得太多了。"邢天说。

"钢铁是怎样炼成的,我不知道。但我知道酒量就是这样炼成的。"江夏又喝了一大口,"食物最容易拉近人和人之间的距离。世界上关系最近的就是母亲。你是不是你儿子的父亲,在没有做 DNA 测试前,几乎完全是理论上的。而对于母亲来说,则是切实的。这就是电影、电视剧中,所有的疑点,都集中在父亲身上的原因。"

邢天补充了一点:母亲方面如果出了问题,则不外乎"阴谋"(比方不便说)和"事故"(比方医院的错误)两样。

"因此,我们都用'母亲'来比喻与我们最亲近的事物。比方'母校''母亲河''祖国啊,母亲'。"

邢天笑着补充,"还有狗娘养的!"

"除去这外,就是兄弟了。"

邢天质疑这个说法,"还有老爹呢?"

"你什么时候听过人骂'狗爹养的'?"江夏见邢天点头承认,就继续说,"因为兄弟们都是吃一个妈的奶长大的,由此可见在'一起吃'至关重要。所以与某个单位的领导,吃上几回饭,这个单位就会变成兄弟单位、兄弟省。"

邢天反驳道:"国家之间的领导在一起吃饭的机会也不少,怎么很少有变成

'兄弟国家'的?"

江夏认为国家是不同的政治利益体,而且不属于汉文化管辖,故而不在此列。接着他就汉字中的"伙计""伙伴"等作出了解释,说这些称呼表示在"一堆火旁边坐着的人"。

邢天赞同:"先民们都是如此。"

"因此,分肉的人,就叫作太宰。后来就演变成宰相。然后容器也就入了队伍,产生了'鼎臣''鼎力相助'等等。"

"您今天是给我'说文解字'来了?"邢天笑着说。

"我只不过在论述'吃饭'的重要性。"江夏很郑重地说,"说到底,人都是为了一口食物而争斗的。"

邢天不完全同意,认为在食物之外,总有些形而上的东西。而正是这些东西,使得人区别于其他动物。

"一个不可救药的理想主义者。"江夏假装叹气,"难得你多少年来不改。"

"来日无多,不打算改了。"邢天开玩笑道。

"来我这吧。我启动了几个项目,非常需要人。"江夏摆出正式的谈判架势。

邢天摇头,"晚了。"

江夏几乎不相信自己的眼睛,"飞机上,你还答应考虑。怎么短短几日,就一口回绝了?"

邢天简洁地介绍了自己工作的变化,"最关键的是,昨天,我亲自将一位,准确地说,是两位农民兄弟的生命,从万劫不复的边沿,拉了回来。"

江夏很不以为然,"不就是一个小小的处长吗?我给你十倍于局长的工资,三倍于局级标准的房子,两倍局级排量的汽车。"

"江兄误会了我的意思。温饱之后,能干一件自己喜欢的工作,是一件很幸福的事情。"邢天也喝了一小口酒,"我这些年,似乎专门就是为了这个工作在作准备。这一天终于来了!"

"话说到这份上,夫复何言?"江夏望着邢天微微有些红的脸,"但儿子上学的钱,靠理想是不行的。"

"所以,你今天不找我,我也会来找你。"邢天伸出手,"借给老哥们三万块钱。"

江夏的希望重起,"来我这,只不过是一个月的工资。"

邢天手再往前伸,"借否?"

江夏从钱包里拿出一张卡,"给你。五万块。"

"大恩不言谢。我取出三万后,把这张卡还给你。"邢天小心地把卡收好,"两年之内,连同利息一并归还。"

"你拿什么还?"江夏扳着手指头计算,"你的工资不过三千挂零。归还房贷,就干掉你两千。剩下的钱,还要支付学费、还要吃饭。"听邢天说自己会写文章,他讥笑道,"就你那'十年磨一剑'的文章,能卖几个钱?"

邢天说:"难道你就没想过,或许有一天,我不再当房奴,把房子给卖了,也不一定。"

"卖了你住哪去?"

"换一套小一些的房子。反正我也用不了那么大。"当初之所以要买一百平方的房子,完全是他的前妻鲁芹的主意。

"你现在没媳妇,难道就永远没媳妇? 一套小房子,谁会嫁给你?"

"我不信我就找不到一位愿意和我一起住小房子的女人!"邢天见江夏大口喝酒,就劝说道,"不管是因为什么原因,你喝得也太多了。"

江夏用"喝一点红酒,对身体有好处"来为自己辩解。

"这一点是多少?是五十毫升,不是五升!"邢天说:"生命有限,金钱无限。何苦用有限的生命,去搏那无限的钱呢?"

"别的都是假的。惟有攥在手里的钱是真的!"江夏确实喝得有些多,"你是不是认为我'不与高士语?'"见邢天否认,他又说,"那就是'道不同,不相与谋'?"说着,举起杯。

邢天知道此乃终极问题,很难说清楚,就拿下了他的酒杯,"你喝高了。"见江夏坚决否认,他就要求江夏站起来,抬起左腿,闭上眼睛,然后用自己的左手摸自己的鼻子尖。

"这是交警测量一个人是否醉酒的简易程序之一。"邢天诚恳地说,"别喝了。我还希望跟你喝到老呢!"

一个身材中等的男子,穿着一身很平常的衣服,用很平常的步伐,走入一家完全用"美国式"方法管理的豪华超市。然后乘坐电动扶梯,到了第四层的一个角落里。

这个角落看不到服务人员。这就是"美国式"的精髓:看不到,但一旦有需要,立刻就出现。中年男子从风衣的口袋里,拿出了一小听狗粮罐头,放到了架子上。随后就很平常地离开。

这是一种名曰"K"的昂贵狗粮罐头。是美国品牌,但在中国生产。其标志为一只白色的金毛犬。这是一种与人类最为亲密的犬类,也最聪明,几乎完全没有攻击性。导盲犬一般就是用它。

没有人看到这名男子。就是有人看见了,也不会有记忆:因为他太平常了,而且还戴着一副刚刚能够遮盖住眼睛主要信息的浅色眼镜。

男子出了超市的大门,钻进无边的夜雾当中。

邢天的儿子邢小天,今年十一岁。十一岁的男孩,正是"消化一切"的年龄。所以吃完了一份肯德基套餐之后,坚持还要一份。

邢天非常"恨"这种洋食品。尤其当你完全了解其内幕的时候,你就会更"恨"它。别的不说,仅"反式脂肪"一项,就害人不浅。这是一种由植物油氢化技术处理而成的油料,具有耐高温、不易变质、存放更久的优点。目前在快餐业使用非常普遍。脆皮面包、炸薯条和一些松软的食品、人造黄油,用的都是反式脂肪。研究表明,长期食用,会明显提高血管中所谓的"坏"胆固醇的含量,容易得心血管系统的疾病。美国心脏学会已经在指导标准中限制其使用。但你很难与一个孩子说清楚这些。

即使说清楚了,他也不会听,肯德基、麦当劳是一种文化。邢天望着狼吞虎咽的儿子想道,他们就是在这种文化的"熏陶中"成长起来的,并且以之为标准。秦川就是一个好例子。他的太太非常喜欢也非常会做饭。因此,他抨击一切饭店中的一切菜。换言之,他的标准,就是"太太的菜",凡是"不一样",就是"不好吃"。

邢小天吃完后,用一张很大的餐巾纸擦完嘴,"你还是一个人?"见邢天点头后,他又说,"怎么搞的?你还是挺有魅力的!"

邢天并不回避这个问题,"这就充分说明,仅仅有魅力是不够的。"

邢小天咧开嘴笑了,"你没有钱!"

"但并不像你想象的那么少!"邢天也笑着说,"我已经把你的学费交给你妈妈了。"

"你跟人借的吧?"邢小天不等父亲回答就说,"你不可能有这么多钱!"

邢天多少有些尴尬地说:"你不要小看人。"

"我不小看你。"邢小天扳动着手指头,"你喜欢买影碟。还喜欢买书。现在的书多贵啊!对了,你还要还银行的房子钱。真的,你一个人住那么大的房子干什么?"

"我不会永远是一个人的。"邢天本来想说,总有一天,我要把你接回来。谁知道,在"出口"的途中,发生了改变。

"你是想把我接回去?"邢小天敏锐地问。

这就是血缘的力量,邢天想道,没有什么比它的力量更大。"你不能心里想什么,就说什么!"

"你的意思是让我口是心非?"

"你在偷换概念。口是心非是说的和想的不一样。我只不过让你不要说不应当说的话。"邢天耐心地解释。

"你是说我不可以说?"

"'应当'就是'只能为、不可不为'。"邢天顿了一下,"《刑法》规定:醉酒的人犯罪,应当负刑事责任。这个应当,就是必须的意思。《刑法》又规定:又聋又哑或者盲人犯罪,可以从轻、减轻或者免除处罚。这里面的可以,就是也可以这样,也可以不这样的意思。"

"有件事情,我应当告诉你。"邢小天迅速地理解了这个意思,"妈妈那天喝醉酒开车,差一点出了事。"

"这个时候,你应当一上车就系好安全带。"邢天知道不能对儿子批评他母亲,儿子和他母亲是血亲,儿子说母亲可以,而自己不能说。

"妈妈的男朋友,换了又换。我都懒得记他们是谁了。"邢小天似乎在自言自语。

邢天没有接茬。自己的前岳父是海关的关长,因此给前妻鲁芹留下极其丰富的"政治遗产"。鲁芹也善于将其发扬光大,进出口贸易的业绩颇为不俗。

"妈妈其实还是想着你。"邢小天眨着眼说。

"玻璃体不会欺骗人。只有孩子,才能有这么纯净的眼睛。"邢天摸着儿子的头说,"咱们走吧?"

邢小天罕见地摸了一下父亲的手。

邢天觉得浑身一震。

"有一天,我会和你在一起的。"

邢小天从来不称邢天为"您",他也从来不这么要求。"终究有一天,你要和你自己在一起。"

"你在躲!"邢小天生气地说,"你总在躲。可有些你是躲不了的!"

"也解决不了。当解决不了的时候,'躲'也不失为一种方法。"邢天结完账后说,"中国与日本政府,在钓鱼岛问题上,有领土争执。小平爷爷说,把这个问题,留给子孙后代去解决。要相信他们比我们聪明。从而极大加快了中日邦交正常化的进程。"他知道儿子处在"消化一切知识"的年龄。所以尽一切可能,"灌"给他一些知识,作为自己"缺位"的一种补偿。

K公司总裁谢明明虽然国籍是美国,但三十岁之前,从未离开过大陆一步。此刻,他望着眼前这份标有"绝密"字样的文件深思。

这是一封投毒者的敲诈信,内容很简单:十万美金,否则将连续不断地投毒,直至K牌罐头的"品牌"坍塌。

他承认这是很厉害的一招,K牌是与中国合资、在中国生产的。说穿了,中国投资方能够获得的仅仅是利润,品牌中方是无法分享的。因此,美国投资方最看重的也是品牌。为此,不惜巨资,举办了宠物竞赛等大型活动。

"这一刀算是扎在命门上了。"他拿起电话,约江夏在黑森林咖啡馆见面。

小陈边开车边问邢天:"你说这个老杨哥能判几年?"得到"十年以上"的回答后,他不解地问:"不是人质没有死吗?"

邢天引用《刑法》第二百三十九条回答:"致使被绑架人死亡或者伤害被绑架人的人,处死刑,并处没收财产。"

小陈近来受到邢天的影响,也开始业余学习法律。"可是这条说,以勒索财物为目的。老杨哥并没有这个要求啊?"

邢天笑笑,"但后面还有一条:或者绑架他人作为人质的,处十年以上有期徒刑。更何况,他的'爆炸'一项,符合'危害公共安全罪'。这也是重罪。"

小陈更不理解了:杨六的炸药因为安装不得法,根本就不可能爆炸。

"投毒、放火、爆炸等,都是行为犯,无论后果如何,干了就足够。"邢天耐心地解释道,"你就是误把白糖当砒霜,投放了出去,也是重罪。"

"我可怜老杨哥,也很感动!"小陈见红灯将亮不亮,听话地停下来。见邢天侧过脸看他,就说:"邢处挺把人当人的!"今天他们到看守所去的目的,就是向杨六通报李花已经被解救出来,把她送回了原籍。杨六一见相片,号啕大哭,跪在地上给邢天磕了三个响头。

邢天多次催促有关部门寻找李花的下落。他知道,这关乎杨六在监狱中的表现。找到后,他可以通过书面的形式通报给杨六,但最后还是决定亲自去。"我答应过他。"

"我开始佩服您了。"小陈由衷地说,"您有胆有识。"

小陈这话是有出处的。日前,分局的方局长,收到匿名骚扰电话。他怀疑是某甲干的,就未履行程序非法监听某甲电话,搜查住宅。找到证据后,他希望知道某甲的动机,因为有涉他个人,理应回避,于是安排分局刑警队队长去办。某甲体弱,不堪威逼,竟然死去。方局长振振有词地说:"我亲自命令队长,千万不要把人弄死!"因为方是公安局的老人,所以讨论处理方案时,大家均有开脱他的倾向。李汉魂于是将此案在全局处长以上干部会上讨论。邢天却旗帜鲜明地主张"法办"。道理很简单:"别把人给我弄死"这一句话,就说明两个问题,第一,是他授意刑讯的;第二,他根本就没有对人生命的起码尊重。邢天的发言,引发了热烈讨论。最后,方局长被移送司法机关。李汉魂还就此在全局范围内,开展了有关"人本"的讨论。

"这些都是基本的要求。记住:警察不是管人、关人的,而是为纳税人服务的。"邢天说。

"别人说,我不服。您说,我服。"小陈停下车,"秦队老说,爱民月、爱民月,就是爱民一个月。"

邢天没有背后议论人的习惯,下车后说了声"再见。"就快步走开。

谢明明之所以在收到恐吓信,并且悄悄地在指定地点拿到毒物罐头后,没有召开公司高层会议的原因,就是因为他想把这事"私了":他的年薪,与业绩完全相关。如果在全市范围内展开搜查,第一步,就是要把所有的K牌罐头统统下架,那损失将无法估量。至于勒索者要的"十万美金"不过是九牛一毛,自己出都可以,遑论其他渠道。再往深层说,他不久将就任K牌大中华区总裁,总部在新加坡。此刻,多一事,不如少一事。

江夏赞同谢明明的观点,但他强调说:"这要看这事,少不少得了。"

"你看呢?"谢明明之所以找江夏商量,除去两个人是朋友外,江夏还是K公司的股东。

"首先要看这东西是不是真的有毒。如果没有,那么万事大吉。据我所知,大部分的恐吓,都是雷声大,雨点小,或者根本没有雨点。"江夏摆弄着这只除去盖子上一个刻出来的十字架以外,与正常产品毫无二致的K牌罐头,"并不是所有的人,能够切开罐头,放入毒物,再重新压合好的。"

"如果有毒怎么办?"

"那就只能报案了。"江夏回答。

"上帝保佑!"谢明明在胸前划了一个十字后说,"一旦检验出毒物,公安方面,会不会怪罪我们?"他在美国生活多年,很有法律意识。

"不要让他们知道就是了。"

"那你去哪里检验?"

"我虽然读书在东洋,沙家浜毕竟是故乡!"江夏笑着,"钱没你多,人脉却比老兄要广泛深刻!"

江夏确实有很广泛的人脉,次日清晨,就送来了"常见毒物阴性"的检验报告。

"这是否就可以认为此人此举是纯粹的恐吓?"谢明明接过几乎纯粹由术语和化学分子式组成的检验报告。

"从某种意义上,似乎可以这样认为。"江夏含糊地说。

"那么……"谢明明望着江夏,希望得到支持。

毕竟人命关天,江夏不肯承担责任。

谢明明只得自己说:"我得要一个肯定的答案。"

"其实这也挺容易。"江夏眼珠子一转,"K牌罐头是给谁吃的?"

"狗啊!"

"那找一只狗来试试就是了!"

谢明明连连拍击自己宽阔的恼门,"憷了!憷了!"

江夏于是联系了一个狗贩子。很快送来了一只纯种的斑点狗,要价两千元,并且口口声声地说:"我可没有赚江总的钱。"

"做人还是厚道一些好。"江夏爽快地把现金交给狗贩子,"你不赚我的钱,还剩下谁的钱可赚?"

狗贩子一走,谢明明就迫不及待地把冰箱里检验后剩余的罐头,喂给了这只体格高大的斑点狗。

凡是在狗贩子手中的狗,没有一只是能吃饱的。斑点狗风卷残云一般地吃完了罐头,随后又喝了一些水。然后,在屋子里乱转。

江夏对狗还是有一些了解的,详细地作介绍:"这种斑点狗,号称是狗中之流氓。能怎么捣乱,就怎么捣乱。开电视、开水龙头,没有它不会干的事情。所以是遗弃率最高的狗。"

谢明明眼睛一眨不眨地看着这只狗,"如果它过了今天没事。我就终身供养,决不遗弃!"

"商人发誓,尚且不如婊子发誓。"江夏讥笑道,"婊子时间长了,难免动真情。而商人只知道追求利益最大化。"

"这莫非有什么错吗?"谢明明倒了一杯酒,递给江夏,"司马迁说得好:天下熙熙,皆为利来。天下攘攘,皆为利往!"

"司马迁这话,是有感而发:他因言获罪,如果有钱的话,就可以赎罪,免受宫刑。"江夏接过酒,"你别死盯着看,毒性发作,需要时间。"

"需要多少时间?"谢明明望着活蹦乱跳的斑点狗,与江夏碰杯。

江夏喝了一大口,"酒下去,到了胃里,然后进入血液,穿透脑血屏障,尚且需要十多分钟,何况毒药乎?"

谢明明赶紧摆手,"当心一语成谶!"

"作为受过高等教育的人,多少也应该知道一点唯物主义吧?"江夏举起酒杯,"真的假不了,假的真不了!"

谢明明也跟着喝了一大口。旋即,他感到一阵眩晕,"酒这东西真唯物!"他看见狗在墙角撒尿,便笑着说:"公狗应该抬起腿撒尿才对。"

"如今的世界,万物错乱。雄性雌化,也是常事。"江夏说。

谢明明看见狗在摇晃,便问:"是这只斑点在晃,还是我在晃?"

江夏随口说:"你在晃,斑点也在晃。"

谢明明摘下金丝边眼镜,揉了揉眼睛后,脸色顿变,"是狗在晃!"

"这家伙刚才跑得太快,撞到了墙上。也没准是脑震荡。"江夏的语调很轻松,"别着急。"

狗已经躺在了地上,开始抽搐。随后,就一动不动了。

两个人都愣了。过了好一会儿,谢明明才喃喃地说:"我站不起来了,麻烦江兄探探狗之脉搏。"

"狗有九条命。死不了!"江夏上前一探,随后又一探,"它大行了!"

"大行?"谢明明不懂这个词的意思。

"就是最远的远行。一去不复返的远行。只有皇帝死了,才用这个词。"

"会不会,"谢明明眼睛望着天花板,"是一次偶然事故?"

看来,人自欺的能力几乎是无限的。江夏这样想,但没有这样说。"也不排除这种可能。"

"是不是再让有关的机关检查一下?"谢明明已经乱了方寸。

"有关的机关,还是有关的人?"江夏订正道。

"有关的人。有关的人。"谢明明连连说。让有关的机关检查,就等于向他们报告。

"类似这种公共卫生事件,隐瞒不报,是有罪的。"江夏知道自己要价的时候到了,"谢兄是美国人,应该懂得这一点。"见谢明明点头,他又说,"主观、故意,犯罪的两大要件都已经具备。"

"帮帮忙吧!"谢明明哀求道。

"也只好死马当活马医了!"江夏拿出一条编织袋,"把它装进去,放到车里。"望着谢明明听话地行动,他感到目的已经达到了:一个人控制一个人,要从点滴细微处做起。到时候,自然水到渠成。

因为华天雪是女性,所以这间原本应该阴冷的解剖室内,竟然有几分隐隐的温馨。

华天雪开始分离尸体的衣服。邢天和蒋勋都在一边观看。

"在我的印象中,法医是不戴口罩的。"蒋勋虽然是刑警,但在没到这个心理侦察小组之前,很少有机会近距离地观察尸体解剖。

"八十年代的法医,都不戴口罩。原因是这样做,可以嗅到异常。"邢天解释道,"后来,考虑到法医的身体健康,重新作了规定。"

这具尸体,是早晨在某高尚小区的树林中,被一位晨练的老人发现的。一开始,以为是凶杀,经过外部观察,没有发现异常,就移送来解剖。

因为死者是一个身高一米八十的大个子,华天雪分离完他的衣服后,不禁气喘吁吁。许多法医,分离衣服,都像急救的医生一样,几剪子就剪开了。而她则以为"多一分证据,是一分证据",每每力图完整,虽然这样做很累。"邢处对此人的死因有什么看法吗?"她见邢天在看尸体现场的照片,就问道。

"结论总产生于调查研究之后。"邢天笑笑,没有回答。

"在调查研究的过程中,总会有些阶段性的结论吧?"华天雪觉得和邢天说话,是一种极大的享受。

"不完全。也不成熟。"邢天放下了照片。

"那我们也想听。"蒋勋说。

"那我就姑妄言之了!"邢天向两个人展示一张照片,"尸体的发现地,肯定不是第一现场。"

"何以见得?"华天雪是法医,所以也是痕检专家。

"人在死亡时,并不是马上就僵硬了。相反,会出现全身松软的情况。所以,村里的老人,都知道在这个时候,要赶紧给死者穿衣服。因为用不了多久,全身僵硬,也就是所谓的'尸僵'现象就会出现。这以后,体态很难改变。一句话,凝固住了。"邢天向两个人展示照片。照片上,死者斜靠在一棵树上,脖子硬硬的。"所以我断定,这不是第一现场。"

"那第一现场在哪里?"蒋勋着急地问。

"第一现场在哪里,我可不知道。但我知道,那应该是一张床。"邢天说,"一张不错的床。你说对吗?"见华天雪点头,他又说:"床上铺有一高档的亚麻床单。"

邢天指点着尸体背后的花纹说:"身体的软组织与硬物接触后,会留下印痕。如果是活的人,离开后,印痕会很快消失。一旦死亡,因为皮肤的张力消失,这种印痕,就会保留相当长的时间。"

"可你怎么知道,这是高档亚麻呢?"这个现象,华天雪也观察到了。

"很简单,因为我有一条这样的床单。"邢天笑笑,"要不要我继续分析?"见两个人点头,他又说,"这位先生,应该是一位真正的有钱人。"他拿起皮带,"皮带和西装,都是配套的杰尼亚。真正的杰尼亚。"

"莫非您也有一套?"蒋勋开玩笑道。

"我无数次地望着模特身上的杰尼亚,希望自己有一套。"邢天说着,拿起了袜子,"袜子则是登喜路的。这种袜子是全棉的,穿它的人,基本上不洗,也不用洗,一次差不多就坏了。"

"这袜子多少钱一双?"华天雪没有这方面的知识。

"几十块?"邢天不很肯定地说。这知识,是江夏传授给他的,所以不很确切,"简言之,这是一个武装到牙齿的人。所以,可以下结论:是个真正的有钱人。"

"有钱人都是坏人!"蒋勋下结论。

"这倒不一定。"因为不是正经的工作会议,邢天颇有聊天的兴致,"有钱人中坏人的比例,和穷人当中坏人的比例,相差不会太大。"

蒋勋不同意,历数多个坏人,最后总结说:"这些都是有钱人吧?"

"是的。"邢天点头,"但你分析过其中的原因吗?有钱人,尤其是你所说的这些特别有钱的人,基本上都是名人。名人犯罪,容易被知道。"

"为了钱,把他杀了?"蒋勋望着尸体说。

"杀人且陈尸于街面,钱从何来?"邢天设问。

"激情杀人?"蒋勋问。

"还是老问题,伤口何在?"邢天俯身观察尸体,"激情杀人,杀死犹不解恨,往往会补上几刀。一刀也没有。"

"猝死在床上?"蒋勋问。

邢天赞许地点头,"谁的床?"

"当然是别人的床了?"

"这个别人是谁?"邢天紧追不舍。

"一个女人。"蒋勋说。

"什么女人?"邢天再度发问。

"或许,这个大老板,在某个娱乐场所,寻欢作乐时,心脏病突发?"蒋勋不很肯定地说。

"你说呢?"邢天问华天雪。

"对香水你也不知道吗?"邢天问。

"很有限。"华天雪说。

"我敢相信,"邢天指指尸体,"他身上残留的香水,是迪奥。"

"你还知道迪奥?"华天雪惊讶了。

"这是一种很昂贵的香水。所以,娱乐业的从业人员,通常不会使用它的。女为悦己者容。嫖客不过是客户。从情感和成本角度考虑,她们都不会用。那么除去她们,还会有谁?"

问题至此,昭然若揭:情人。

检查的结果,仍然是阴性。结论为"尸体内未检出毒物"。

"你是说,没有毒物?"谢明明着急地订正。

那位抽雪茄烟的化验师,居高临下地说:"我只是说,未检出毒物。"

谢明明依旧不死心,"那言外之意是……"

化验师很不客气地说:"请不要在我的话里,寻找言外之意。"这时,他感觉到江夏的目光,于是补充道,"毒物不外乎腐蚀性毒物、金属毒物、功能性障碍毒物、农药、有毒植物、有毒动物、细菌性食物等。凡是我知道的,我都一一查过。"他之所以说这么多,主要收取了江夏三千元不需要收据的检验费。

江夏不等谢明明再问,就拉着他走了。在车上,他问谢明明下一步打算如何。

谢明明尽量把靠椅往后退,将自己的身体舒展开来,"我在'文革'的时候,看过西蒙诺夫写的一本叫作《最后一个夏天》的小说。其中有这样一个情节:集团军司令,派一名中校作战参谋去莫斯科汇报战役行动。中校原本以为会派给他一辆好车。谁知道汽车营营长,因为自己的座车坏了,想趁机到莫斯科修理,就派给了中校。因为集团军作战部的一个参谋,并不是什么了不起的大官。当然,中校任务的重要性,他还是知道的。不过,他基于以下三种考虑,"他顿了一下,"第一,或许汽车不会出故障;第二,出了故障,也能修好;第三,或许修不好,但能对付过去。"

江夏调整了一下后视镜,看看谢明明的脸。虽然什么也没看出来,但他相信有些事情,是他不知道的。

华天雪的解剖结果,证明了邢天的推论:此人死于心脏病突发。

有此支持,邢天继续"描绘","这或许就是常说的:腹上死。他一旦腹上死了之后,他的情人,急于将其搬离现场,避免严重后果。"

"她应该知道这样做的后果更严重。"蒋勋不同意此分析。

"她或许知道,但她是女人。女人的分析方法,与男人是不同的。在她来说,家庭第一。"邢天挥挥手,"所以,我断定她有家。"他指指华天雪,"小华,你把咱们的分析,总结一下。"

华天雪简明地将图像画出:三十多岁的漂亮女士;就住在这个小区周边的

小区内。不含此小区。最有可能的是 B 小区。有丈夫,但常不在。公司白领,收入丰厚。另外,或许还另有一位健壮的"性伙伴"——非如此,无法移动这具九十公斤的尸体。

江夏给邢天来电话求见。"我是你的'答应'。说吧,去哪?"当听到是办公室时,他有些诧异,"你破产了?没有?没有到我的办公室干什么?行,我等你。"他收起电话。

蒋勋问:"什么叫作答应?"

邢天笑着说:"我跟我这位朋友开玩笑呢。以前皇帝的太太们,分为若干种等级,皇后、嫔妃、常在、答应之类的。"

蒋勋想了一下后问:"常在级别高,还是答应级别高?"

"你说呢?"邢天反问。

"你傻啊?"华天雪笑着说,"常在就是老在。而答应是叫才能去。"

蒋勋拍了一下自己的脑袋,"就是有点傻!"他晃晃手中的笔记本,"邢处应该把这东西拿到明天的案情分析会上去。"

"咱们三个人一起说。小华首先提出死因。小蒋分析情人。最后,我来补充。"邢天想了一下后说。

"我可不想贪天功为己有。"华天雪不同意。

"这样容易被接受。"邢天知道办公室自有其政治。这件案子,是刑警队主办的。如果自己开篇就说出结论,效果不会好。但这些,没有必要与自己的下属说。

"为什么?"华天雪还是不理解。

"为什么,我不告诉你。"邢天打开门,"孔子有句话,你猜是什么?"

华天雪笑了,"唯女子与小人难养?"

"不对。是叭上智与下愚不移!"邢天也笑笑,"有些事情,你们还是不懂的好!"

谢明明之所以采用拖延战术,是因为他刚刚得到一条消息:K 牌董事会已经通过了他大中华区的任命。不日之内,将要发布。既然是不日之内,那么就没有必要节外生枝。一旦离开,这就是别人的事。更何况,这很可能是一场虚惊。

谢明明的想法,江夏自然不会知道。但江夏相信谢明明"定有隐情"。所以,他决定与邢天在"办公室"里面"谈一谈"。这样结构,自然是有深意的:如果隐瞒不报,将来事发,自己难逃其咎,闹不好还会获刑。这是其一。但如果无事生非,自己与谢明明的"交易",就画上了句号。此乃其二。因此最好的办法,就是通过"非正式的渠道",通报警方。当然,他不会开门见山地将事情"捅"出来,他只是说自己有条狗死了,希望邢天协助,找出死因。因为,公安局的毒物检验设备是最全的。

"我给你讲一个故事。"邢天听完,沉默了一会儿后说,"有一个人,与自己太太打起来,报了110。谁料,警察来了之后,两口子已经和好如初。警察愤怒地说:我见过遛猫、遛狗的,从来没有见过遛警察的。懂了吗?"

"也懂也不懂。"江夏嬉皮笑脸地应付道。

邢天说:"公安局的高级检验设备,是用纳税人的钱买的。是为人服务的。"

江夏说:"狗是人类最忠实的伙伴。或者可以说,是家庭成员。以前我看书上说,抗战时期,大撤退时,孔祥熙的四小姐抱着自己的狗上飞机,而不让伤员上,很不理解。等我自己养了狗,才懂了这份感情。当然,如果这伤员是杜聿明、孙立人等高级官员,自当别论。"

"还博士呢!美国宪法,开篇第一条就说,以下权利,神圣不可侵犯:人人生而平等!"邢天飞快地转动脑子,试图探知江夏的秘密。他知道江夏是个有分寸的人,不会为了这点小事,半夜里惊动他。

江夏不同意,"确实生而平等。但到后来,慢慢地就不平等了。"

"我从来没有听说过你养狗。"

"我或许还养情妇呢?哪能都让你听说?"江夏不肯正面回答。

"别人的狗?"邢天探问。

"差不多吧。"

59

"别人的狗,我就不管了。"邢天威胁道。

"那你就当是我的狗。"

见江夏中了圈套,邢天追问:"既然是别人的狗,主人为何不出场?"

"他不想惊动很多的人。因为这狗也许不是被毒死的。"江夏语焉不详。

"谁有可能毒死他的狗?邻居?爱人?情人?仇人?"邢天一连串地发问。

江夏想了一下后说:"你先帮我检验一下。等结果出来了,我再告诉你原因。"

邢天断然否决,"谁也不能无理由地占用公共资源。"

江夏笑了,"我可以付给你钱。"

邢天正色说:"公安局不是牟利的企业。"

"你这是逼良为娼!"江夏苦笑一声后,说出了全部原委。

第四章

华天雪的检验，前两次都呈现阴性。蒋勋忍不住埋怨道："真不顺利！"

"证明或者证否，都是咱们的目的。"邢天不同意这个说法，"不能基于'罐头内一定有毒'这样一个假定。"他转向华天雪，"我想，这只一岁狗，不会无缘无故地死去。有没有这样一种毒药，进入体内后，导致中毒，随后迅速代谢，并且排出体外？"

华天雪瞪着眼睛看着邢天，好一会儿后，恍然大悟，"生物碱，应该是生物碱。"她站起来，"一种生物毒药。种类繁多，乌头属、曼陀罗、马钱子、秋水仙碱等等。"说罢，就要进入化验室。

"且慢。"邢天唤住她，"兹事体大，需要尽快，所以最好把方向选得准一些。"见华天雪有些迷惑，便说："哪一种代谢最快，就先从哪一种做起。"他想了一下，又补充道，"而且是一种不用去药店，自己就能获得的毒药。"他深深相信，自己遇到的这位对手，一定是一个老谋深算之徒，必定会把痕迹隐藏至最低程度。

两点交叉，华天雪很快得出结论："秋水仙碱！"

秋枫别墅区，虽然位于S市近郊，但却难得的幽静：郁郁葱葱的树林中，隐藏着二十座风格样式各不相同的别墅。

十二号别墅，则位于整个别墅区的最里面——这里所谓的最里面，指的是离开大门最远，所以也是这个别墅区内售价最高的建筑。通常来说，离开门最远的位置，就是最好的位置。以饭店为例，离开包间门最远的地方，总是由最尊贵的人占据。

别墅的正式建筑只有两层，但加上阁楼、地下室，就成了四层。

地下室的面积，与建筑的面积一样大。且布置得像一个小型的实验室外加小工厂。

一盏德国产的台式聚光灯，将光拢在一张大理石工作台上的一块很小的地方内。一双灵巧的手，正在将一只已经被打开的K牌狗粮罐头复原。

这双手，显然是矛盾的集合体：它白皙、修长、手段多多，按说应该养尊处优。可却有着钳工般的灵活——这是一种必须经过严格训练才能获得的灵活。

这双手，将一听罐头复原后，双手将罐头端起，像欣赏一尊雕像一样地欣赏着它。并且不时地旋转，观察每一个细部。然后，他把这听罐头，放到了工作台旁的一个线条简洁的架子的底部。随之，又从架子的上部，取下一听罐头，用旋刀，慢慢地打开盖子。

从午夜十二点到凌晨六点，这双手一共只加工了三听罐头。

华天雪一步到位，从罐头和斑点狗的体内，分别检测出秋水仙碱的成分。

秋水仙碱是一种天然生物碱，在秋水仙中自然生成。含量为千分之一，毒性极强，口服六毫克即可致人于死亡。

至于江夏委托的化验师，为什么没有检测出来，华天雪认为是选错了方向。因为毒物之海，浩瀚如烟，一般的毒物检测，都选用"常规毒物"来检测。秋水仙碱自然不在其列。在斑点狗身上，也无功而返的原因，她认为是因为秋水仙碱在体内的代谢极快，达到致命的浓度之后，迅速从尿内排出，剩余的含量极微。她把报告递给邢天，"我用的是微量分析法。每升血液中，才有五微克。"

"秋水仙碱能够自己提取吗？"邢天问。

"有普通的化学知识、设备就可以提取。"华天雪说。

"能有多大量？"邢天着急地问。

华天雪笑了，"伟大的邢处，提了一个幼稚的问题。"

"确实幼稚。"邢天笑不出来，"人有多大胆，地有多大产！"他顿了一下，"如果提炼造成一百人死亡的量，需要多少秋水仙？"

"大约五百毫克。至多是一千毫克。也就是一克。"华天雪稍微计算了一下，"我估计，有一院子秋水仙足够。"

"秋水仙碱能够存放多久？"邢天知道遇到了大麻烦：如果是常规的毒药，可以通过获得途径入手。虽然很困难，但毕竟是一条途径。但此毒药是自产的。倘若不能存放，他就需要较大面积的种植，也不失为一条途径。

"秋水仙碱，是一种碱。"华天雪不敢再笑了。

邢天点头，"我立刻向李局汇报。"说罢出门，下了楼，他才想起江夏还候在自己的办公室，就用手机把他叫了下来。告诉他自己要到局里去汇报。

"汇报什么？"江夏赶紧问。

"这是公务。"邢天回答。

江夏看着邢天的公文包，"可以让我看看检验报告吗？"

"当然不可以！"邢天拉开车门，"你通知谢明明，在没有得到公安局同意的情况下，不得离开。"

江夏的嘴唇动了动，没有说出话来。等邢天的车开走很久，才慢慢地走向自己的车。

这是一个公安局内部最高级别的会议，所有在家的领导都来了。大家认真地听取了邢天的汇报。

"这人会不会是一个疯子？"分管治安的金副局长问。

"我从这封信里面，看不出任何发疯的迹象。"邢天肯定地说。

"如果他是疯子，你果真能看出来？"金副局长追问。

"精神病患者，或者说是有心理疾病的人写东西，往往没有一个中心意思。

换句话说:一开始或者有意思,但随着句子的进展,这个意思逐渐被淡化。最终完全消失。"邢天指点着信,"而此信作者的阅读和写作水平,起码在平均水平之上,手段和目的都很明确。以'投毒'威胁,获取十万美元。"

"K公司是一个跨国大公司。十万美元对他们来说,不过是小菜一碟。"金副局长说,"悄悄地了结,也是一个办法。"他今年就要退居二线了,实在不愿意再经历这样一场"从未见过"的战争。当然,他知道自己说了也是白说。"和谐嘛,有时候就意味着大家都让一让。"

邢天不愿意也不能够直接反驳金副局长,只好看看李汉魂。

"邢处长昨天给小区的无名尸体,画了一幅心理画像。秦队长他们按图索骥,几乎沿着直线,找到了当事人。"李汉魂是操纵会议的行家,不动声色地将会议带回了正路,"我们很希望再度看见一幅杰作。"他看着邢天说。

邢天感觉到大家的目光,都集中到自己身上,"目前还没有可能。"他老实地说,"无名尸体本身就携带着大量的信息:尸僵的形成、后背的压痕、衣着、穿反的内裤等等。而关于此案,我们仅仅掌握一封信和一听罐头。"

"一句话引发一个概念、一个概念引发一部作品。"李汉魂鼓励道,"说说,哪怕只是猜测。"

"从这封信的谋篇布局来看,此人应该有商业背景。否则,他不会写:尊敬的谢明明执行总裁。"邢天其实不需要鼓励,只需要允许,"一般人,是分不清总裁、总经理、董事长的,更不会说'执行'。闹不清楚的时候,会笼统地说,负责人。"

"从信纸、信封、笔迹上,可不可能突破?"金副局长问。

"这封信是打印的。所用的是惠普打印机,这是世界上最多的打印机。所用的信纸、信封都是最普通的。在这方面,没有什么文章可做。"邢天回答。

李汉魂非常厌恶这种无端地"插入",但也没有办法,"继续分析,小邢。"

"应该是个男性。第一,这有统计支持:以经济为目的的敲诈,百分之九十以上由男性所为。第二,行文简洁。某超市、十号货架第一层、第二列、左数第五个罐头。简洁是男性的特征。频繁地使用数字,也是男性的特征。以形容一条路为例:女性通常会说,在某某商店、某某单位的后面。而男性则说,穿过三个路口右转,然后直行,经过两个红绿灯后左转。"邢天一顿,"至于年龄,我以为应该在三十岁到五十岁之间。在这之下的人,很难在美国建立联系。而在这之上的人,在他们青年的时代,国门禁闭,也很少有人能够掌握工具,开通途径。"

"我这岁数的人,别说让我去敲诈,就是让我一个人到美国去把这笔钱拿回来,我也做不到。"金副局长说。

"他应该就是S市的居民。非如此,不可能在最敏感处切入。"邢天说,"投毒的超市,紧靠一片高档小区。其中,大型名贵犬数量很大,狗粮消耗,为全市之冠。"

"他会不会就在附近的小区内?"秦川问。

"没有证据表明这一点。"邢天说。

"有商业背景、三十岁到五十岁的男子、有国外的联系。"李汉魂总结道,"我的理解对不对?"

"这里有一点矛盾。"邢天摆弄罐头,"把这个罐头打开,放入秋水仙碱后再闭合,需要若干道复杂的工序。一个纯粹的白领,很难完成。"他向众人展示罐头,"很漂亮的工艺。用老话说,三级以上的钳工水平。"

"白领加蓝领,等于什么?"金副局长说,"什么都不等于。"

"或许是一个集团?"李汉魂问。一个高级别的世界经济峰会,三个月后,将在S市召开。他感觉到很大的压力。

"敲诈需要的只是智力,所以很少有集团作为的。"邢天见李汉魂不停地用铅笔轻击桌面,知道他很着急,于是说,"第一步,犯罪嫌疑人只是签订合同。在随后的履行过程中,他需要指明放钱的'筐'在什么地方。再以后,有越来越多的细节需要敲定。线索也会随之越来越多。到一定程度之后,我们就可以抓住他了。"

"你有信心?"李汉魂问。

"有。"邢天知道李汉魂虽然贵为局长,但也是凡人。警察破案,与作家创作差不多:即使是成名作家,在构思、创作的过程中,经常会阶段性地丧失自信,需要一定的外力支持。

李汉魂环顾四周,"此案是本年度第一号大案。各位要全力以赴。本局的一切资源,都要为此案服务。"

谢明明根本就不相信警方能够侦破此案:这种案子,在美国也时有发生,侦破率据说很低。所以,在邢天约见的时候,他原本打算让公司公关部的人应付一下就算了。但邢天的口气很强硬:如果约而不见,就传唤他去公安局。无奈之下,他只得在办公室见邢天。

邢天进来的时候,他在办公桌后起身致意,并没有迎上去。他希望邢天坐到自己办公桌前的客位上,如此一来,心理上就可以占主动。

邢天深谙谢明明的"小把戏",径直坐到了会客区的沙发上。如此一来,谢明明只得屈就。

"我是一位职业经理人。"针对邢天"有无私敌"的提问,他这样回答,"来贵国的目的很单纯:工作。"

"业余生活当中,是否与某些人有深层接触?"邢天平视着谢明明。

"深层接触?"谢明明知道这个提问的含义,但还是问,"什么意思?"

"大宗的经济往来。"

"邢警官应该知道我的收入,与贵国国民之间的差别。"谢明明居高临下地说,"它们是几何级数。"

"就是再大的阔佬,也有现金头寸周转不灵的时候。"邢天已经作了周密的调查,知道他喜欢赌博,通过网络,在香港赌马,东南亚赌球,而且出手很大。"尤其是在赌场上。"

谢明明一惊,但立刻镇静下来,"我是在我的收入范围之内,玩玩而已。"

"有没有赌债?"邢天简洁地问。

"我说过,我是在收入允许的范围做这件事的。"谢明明说的是实话。

"有还是没有?"邢天追问。

"没有。"谢明明忍气吞声地回答。

"女人方面,有没有问题?"

"你是在干涉我的隐私!"谢明明抗议道。

"我不是代表我个人,而是代表中国警方。"邢天正色回答。

"根本就没有女人问题。你可能不知道,我的家眷,也随住此地。"

"这不说明问题。"邢天知道谢明明经常性地寻花问柳,而且档次不低,"请回答。"

"没有。"

邢天追问:"是没有性伴侣,还是没有问题?"

"既没有性伴侣,也没有问题。"谢明明有许多"女朋友",以至于他专门在电脑中建立了一个文档来管理。但有性关系的,屈指可数。而且这些人,无一例外的都是有正当收入的女人。

"据我们所知,不是这样的。"邢天不肯在这个问题上退让。但凡敲诈,多与情事有关。虽然这个案子不像,但这个因素必须排除。

"你这是欲加之罪了!"谢明明双手一摊。

"不涉及罪与非罪。我不是治安警察,而是刑事警察。"邢天一顿,"你有责任向警方提供侦破此案所需的一切。"

谢明明只得"交代"了一些情况,并且保证没有任何问题,"她们有些人,连我的真实姓名、职业都不知道。"

邢天竭力不使自己的厌恶表露出来。他懂得眼前这个胖胖的中年男人,之所以能够占有如此丰富的性资源,原因不过是钱。他并不仇恨钱,也不一视同仁地仇恨"有钱人"。他只是恨这些在一起睡觉,却连真实名字都不透露给对方的"伪君子"。看来金钱必然使人堕落的说法不对,但起码金钱可能使人堕落。他警告对方,今后必须汇报有关于此的一切"可疑情况"。"另外,"他强调道,"贵公司的一切活动,都必须配合案件的侦破。"

谢明明知道自己不能一味地被动,反击道:"你们真的有把握侦破此案?这种案件,即使在刑事侦查技术极其发达的美国,破案率也不很高。"

"第一,我们有把握。"邢天站起身来,"第二,美国的破案率,不能说明任何中国的问题。"

"大海捞针!"谢明明并不起身送客,用身体语言表示蔑视。

"我们已经无数次地从大海里捞出针来!"邢天骄傲地说,"我顺便告诉你一个常识,世界上几乎所有的法律,都采用属地原则。"

"属地原则?"谢明明一下子没有反应过来。

"不管你是哪国人,在哪块土地上,就归哪的法律管辖。"邢天边说边往出走,"希望你好好学习中国法律,并且认真地遵守它。"

大多数案件的侦破,都是由一些平凡至极的工作组成。此案当然不能例外。根据邢天的部署,秦川率领华天雪,在郊区一些"门前有空地"的住宅区巡逻。

"这大冬天的,就算这家伙真的是自己种水仙花,这会儿也是白茫茫一片。"秦川连续一个月都没有好好地休息,所以有些暴躁。"瞎耽误工夫!"他把烟头扔到窗外,"再说,一个勒索十万美元的人,怎么会自己种地?"

华天雪耐心地说:"邢处认为投毒者是一个老谋深算的人。一定不会到什么地方去购买,而是自己种。"

"你这个人,唯上是从。"秦川不屑地说,"就算他想种,也要会才行。你以为种地就那么简单?我插队四年,年年种三季水稻,三四一十二,也没有学会。"

"听说秦队在插队的时候,特别捣乱?"华天雪不愿意继续就邢天的"猜想"与秦川争论,"有一次偷杀了贫下中农的一头耕牛,差一点被判了刑?"

"以讹传讹!"秦川笑了,"不是我去偷,而是一头没主的耕牛,跑到我们的集体户来了。两天没有人认领,我就把它宰了吃肉。"

"你会杀牛?"

"不会。我们原本想请村里的一个屠夫来,可这家伙不敢。"秦川解释道,"那年头,耕牛是主要的生产工具,宰杀需要经过公社一级政府批准。偷偷宰,跟现在偷一辆奥迪车的罪过差不多,所以只好自己杀。"

"那么大的牛,你怎么下手?"

"有一本兽医的书。照着图干就是了。"秦川笑笑,"那一年,我正好十七岁。在我的脑子里只盘旋着一个字:饿。你知道我吃了多少?"

"多少?"

"一条牛腿!"

"快成鸿门宴的樊哙了!"华天雪笑着说。

"牛肉还没有吃完,警察就来了。在县城的看守所里,我一直怀念那些没有吃完的牛肉。"

"后来呢?"

"后来念我们是初犯,又是知识青年,更何况,我们还通过公社的广播站广而告知,确认是野牛之后,才杀的。所以就把我们放了出来。"

"您这是概念的偷换:无主的耕牛,仍然是耕牛,而不是野牛。"华天雪笑着停下了车。

两个人下车巡查。

此地正是秋枫别墅十二号。

院子里是整齐的草坪,中央还有一株古梅。没有半点"秋水仙"的痕迹。

"人家都说,树小墙新画不古,此人必是内务府。看来这话不对。"秦川见华天雪不懂这话的意思,就说,"这是清朝的古话。内务府的官,暴发户多。暴发户不是世家,所以他们只能盖大房子,却不可能培养出古树,也没有古画。"他指指那株古梅和靠窗的一排竹子,"可现在这帮子有钱人,把上帝干的活都干了!"

说着,两个人上了车。

谁也没有察觉,一双如鹰一样的眼睛,正在二楼的一扇窗子后面,注视着他们。

邢天和小陈也在排查。重点也在郊区的别墅区。

"住这么好房子的人,有必要为了十万美元去冒险吗?"小陈问。

"如果这个人,仅仅为了十万美元,大概不会。"邢天顿了一下,"可我以为十万美元,很可能是他计划的第一部分。随后,他会开出更高的价格来。"

"您真的相信您自己的判断?"

"相信。"邢天的眼睛望着远处,"我相信投毒者住很好的房子、我相信他会在自己的家里种植秋水仙,我还相信,他有一个庞大的计划。我总得相信一点什么!"

"您从来这么自信?"

"人不自信,何人信之?"邢天反问。

"那一家看不看?"小陈指着不远处一座开放式的别墅。

"不用了。"邢天见小陈的目光存疑,就说,"院子里有孩子、狗、笑声。这样的人,是不会投毒的。"

"我见过一个人,有三个孩子,美丽的太太,但却是个杀人犯。"小陈不同意邢天的论点。

"如果咱们排查的对象是杀人犯的话,自当别论。杀人有很多理由,报复杀人、激情杀人,有很多随机的成分。也就是说,他不是从一开始,就是杀人犯的。而投毒敲诈犯,却只有一个理由:金钱。换句话说:很久以来,他就是一个投毒敲诈犯!一个心理阴暗的罪犯。我甚至怀疑他是不是有家庭。"

"可也会有例外啊?"

"假设A和B分别要找女友。A的条件是二十五岁,有正当职业。而B则要找一位二十三岁、收入颇丰、貌美、身高一米七〇以上,且有S市户口。你说,A和B谁更容易找到?"

小陈笑了,"当然是A。"

"限制条件越多,可能就越少。"邢天总结道。

"如果咱们给这个投毒犯加上没有家庭,起码没有孩子,还没有狗。是不是就更接近目标了?"

邢天欣喜地看着小陈,"你进步了!"他感觉到手机的振动。一看,是鲁芹的信息:要事相商。晚上八点。雅园。他回复"知道"两字后想道,这是鲁芹的一贯作风:单向、简洁、命令。他看看手表。"还有两家,看完就走。"

"已经六点了。"小陈晚上有一个约会。

邢天没有理睬,继续自己的勘察。艾森豪威尔说得好:伟大的事情都是很简单的。而简单的事情,都是很难做到的。

谢明明在八岁后,就开始对女人感兴趣。尤其是那种高大、丰满、白皙的女性。但一直到了二十一岁,才真正得到了一次满足:那是在上大学的时候,在电影院的黑暗当中,他捕捉到邻座一只女性的手,抑或是那只手捕捉到他的手。后来,手拉手,去了寒冷的公园。目的地是一条长凳。时间是深夜或者凌晨。

他的鲁莽,被女人的经验纳入了正轨。一切堪称圆满。结束时,他问女人的名字,但最后得到的只是一个湿漉漉的吻和一个没入晨雾中的背影。

童年和青少年时期的一切"不正常",铸就了他的性格。到了美国之后,更是变本加厉。结婚之后,度过了不到一年的平静的"间歇期",然后重新开始"井喷"。此刻,他正在雅园咖啡馆约见一位美丽的女士。

这位女士自称姓方。他知道这不是真的。但这不重要。春风一度,各奔东西,有个称号就行。重要的是相貌:清澈的眼睛、红润的嘴唇、光洁的皮肤。这是身体健康的标志。首先要健康,其次是相貌。评估下来,两项都符合他的指标,他慢吞吞地说:"我想,整个交易的价格,应该没有问题吧?"

方女士大方地笑笑,优雅地喝着咖啡,"一个很好的价格。"

"要感谢图灵先生。"图灵是计算机理论奠基者,两个人是通过互联网联系上的。他以为互联网是人类最伟大的发明:省去了中间费用,安全性也大大地提高。

方女士笑着用图灵的名言来附和他:"没有人知道你是一条狗!"

"那方女士为何……"他顿住。

"不要等鱼死了再卖!"方女士说了这句很俗的话后,接着说,"你多的是钱,我有青春。资源的最优配置。"

谢明明顿时感到春情浩荡:美貌和品位,很难同时出现在一个女人身上。可就在这时,他的电话响了。一个冷冰冰的声音传来,"K。十。一层、二列、左五。"他顿时觉得脊背发凉,"你是谁?"他其实已经知道此人就是投毒者,因为他报出来的数列,就代表"某超市、十号货架第一层、第二列、左数第五个罐头"。

对方没有回答他的问题,而是自话自说:"你将收到一个账号。履约则一切消弭于无形。否则,大好前程将中断。"

他着急地请求,"你说清楚!"但对方已经把电话挂了。

谢明明尽量控制住自己,对方女士说:"对不起。我有点要紧事。"然后掏出两张百元钞票,"你可以独自在这里用餐。"

方女士用美丽的眼睛看着他,"仅仅是餐费?"

"买卖不成朋友在。改日再联系。"谢明明敷衍道。

"仅仅是改日再联系?"方女士依旧笑眯眯地问。见他一头雾水,就接着说:"时间一长,鱼就死了。"

谢明明又掏出了八张百元,"一个整数。"若是在平时,他一定会与之讨价还价。这是商人的本性,但今天他没有心情。

邢天是在门口遇到谢明明的。他当然不相信谢明明的"独自散心说",他开始观察。可惜的是,鲁芹看见了他。

"这地方美女如云,对不对?"鲁芹顺着邢天刚才扫视的方向观察,"怎么样,有中意的没有?要不要我给你去拉皮条?"

"你瞎说什么呢!"他看看鲁芹手中紧握着的半杯白兰地。

"我不瞎说。《红楼梦》里贾母说得好,哪有猫不偷腥的?年轻的时候,都这样!"鲁芹喝了一小口酒,"早懂这个,我就应该原谅你。"

他知道鲁芹这是在"瞎说"。他的道德品质几乎无懈可击。两个人分手的原因,就是性格和志向不一样。更准确地说,是志向不一样。鲁芹非常喜欢钱,而他则喜欢做自己喜欢做的事。如果仅仅如此,也许也能过下去。关键是鲁芹的性格太具侵略性。她不止一次强迫他辞职与她一同下海,理由就是:"我最讨厌警察!"温和一些的也是:"别人要是知道我的先生是警察,都会小看我!"有些东西,是禁止触动的。

"你所谓的要事是什么?"他不会与她辩论。在夫妻之间,即使是"前"夫妻之间,讲理也是一件很可怕的事情。

"没事就不能请你来一起坐坐?"鲁芹直视着他说,"一日夫妻百日恩嘛!"

邢天望着这双曾经清澈、美丽,而此刻却像蒙着一层灰尘的眼睛,心里感觉到一阵酸楚:一个美丽的大家闺秀,怎么会变成这样呢?

"我老了是不是?"鲁芹摸摸自己的脸。

"这是进行性的。我也老了。"邢天知道"把自己捎带上"是唯一可以对付鲁芹的方法。

"男人四十一枝花,女人四十豆腐渣!"鲁芹坚持自己的话题。

邢天不说话,看看表。

"你知道中国最美丽的女人是谁?"

邢天摇头。

"是李万鸡。"鲁芹见邢天一副不开窍的样子,得意地笑笑,"因为一旦形容某些人重要,就说他日理万机。"

邢天这才明白鲁芹是在色情意义上使用"日"字,于是重重地说:"这样不好。很不好。以前的鲁芹,完全不是这样的。"看来商场确实是一个"大染缸"。

"以前有你!"鲁芹心里一直放不下邢天,这可能就是这些年来,她男朋友无数,却不结婚的原因之一。

邢天知道自己也放不下鲁芹。但同时深知,"分道"之后的鲁芹,更不可能"不远而复":追求金钱之路,几乎是条不归路。

"我要嫁人了!"鲁芹又喝了一大口酒。

73

邢天觉得心头一震,但还是得体地说:"恭喜你!"

鲁芹摆摆手,"我请你来,就是给我把关。"

"没有调查研究,就没有发言权。"邢天可不想蹚这浑水,"老古人说得好,不做保、不做媒。"

"不是让你做媒,就是把关。"她很随便地在电话里命令"过来吧",然后又对邢天说,"我一定让你做充分的调查!"

只不过几秒钟,一位标准已极的青年男子,就出现在他们面前。

谢明明回到家时,妻子递给他一封信,说是投放在信箱里的。说着,把裁纸刀递了过来。他裁开信后,发现妻子还在身边,就看了她一眼。见妻子顺从地离开,他才看信。信是投毒者来的。内容很简单:把十万美元存放在美国的一个编号为"7001978140"的账户上。随后,一切终结。

他把信锁到保险柜里,开始认真地思考。多年来,执掌公司大权,已经使得他练就了处变不惊的本事。企业家最大的本事,不在于计划,而在于应变。他在脑海里列出"利"与"弊"对比的一张表。最后得出结论:私了此事。这样做的根本原因,就是"大中华区总裁"的职位——这个职位年薪的增值部分,就达到一百五十万美元。与之对比,十万美元确实微不足道。当然,他也考虑到警方的"威胁"。但邢天说得好:属地政策。大中华区总部在新加坡,与案件发生地中国,将毫无关联。他还没有幼稚到相信其人"就此了结"的诺言,但可以用"一走了之"来应对。而且他相信投毒者的敲诈对象,不是他本人,而是 K 牌公司。

想着,他不免得意起来:狐狸再狡猾,也斗不过好猎手。突然,他看到了桌子上儿子的照片。马上拿起电话,通知总台,订购两张去美国的机票。随后,他唤来妻子,命令她收拾行装,明天回美国。

妻子看着他深且冰冷的眼睛,想问却没敢问。

其实,就是妻子问,他也不会说:一个秘密,知道的人越少,保密度就越高。秘密掌握者的地位也就越高。

青年男子离开时的步伐矫健、轻快,就像影子一样。即使在潜意识中,邢天也很厚道地没有使用"鬼影"。

"怎么样?"鲁芹等邢天目光收回之后,关切地问。

"一个人要老,一定先从腿老起。"邢天喝了一口茶,"你看陈省身老先生,九十多岁了,头脑异常灵活,就是腿不行了。讲课要坐轮椅。"

"陈省身是谁?"

"一位著名的数学家。菲尔茨奖获得者。"

"数学家,我不太清楚。"鲁芹点燃一支香烟,"这和腿老不老,有什么关系呢?"

数学家,你不清楚。莫非文学家、政治家你就清楚了?邢天心想。

"他配你,太年轻了!"

"你们男人,都喜欢年轻的女人。我们女人,也是一样。"

"现在讨论的问题是这个年轻的男人,喜不喜欢你!"邢天说。

"只要钱在,他就跑不了!"鲁芹胸有成竹地说。

"北伐时期,苏联顾问就蒋介石会不会叛变的问题,回答斯大林说:只要槽里还有草,他就跑不了。殊不知,蒋介石在占领了上海之后,就搞了四一二。因为上海占全国财政收入的一半还多,不在乎那一点草料了。"有些话,不好直说,邢天只能比喻。

"我不会让他占领上海的。"鲁芹直率地说,"在商场上锻炼多年,这点掌控能力还是有的。"

"对敌人,你或许清醒。但对睡在身边的赫鲁晓夫,"邢天摇摇头,"再者说,他连'上位法''下位法''新法''旧法'都分不清。"刚才在点菜的时候,他提出了一道菜,被鲁芹否决掉。青年男子站在鲁芹一侧,劝说他不要生气时,他笑着说:"我不会生气,上位法优于下位法。"当青年男子否掉他喝啤酒的提议,自己点了一杯"XO"后,鲁芹出面协调时,他又说了"新法优于旧法"。可他看出来,青年男子根本就没有听懂。

75

"我也分不清！"鲁芹改为"内部人"辩护。

"你分不清没关系。但一位P大学法学院的硕士毕业生也分不清，就很奇怪了。尤其他说他本科也是P大学读的。"

"你是嫉妒。"鲁芹笑着说。

"也许吧！"邢天起身，"你结账吧。我头寸不多。"

"再坐一会儿？"鲁芹刚才飞扬的神采，突然不见了。代之的是一种幽怨。

几乎从一开始，邢天就知道这是鲁芹布置的一个"陷阱"，而那个男子，不过是一件"道具"。一切都是为了让他重新回去。但他知道自己已经回不去了。"不啦。"他拿起包，"我顺便再说一句：他走路很快。但凡走路很快的人，都是心中欲望强烈的人。尤其是在周末。好自为之！"

鲁芹望着前夫的背影，一行眼泪，岩浆一般地缓缓流动。

在李汉魂再度主持的有关投毒案的第二次会议上，邢天坦然承认"没有实质性的进展"。

金副局长不客气地纠正道："不是没有实质性的进展，而是没有进展。"

邢天不认可这种说法。队伍已经集合起来，而且下一步，就会进入敲诈最难的一个环节：取钱。"在前半部分，往往是敲诈者占据主动。他在暗处，咱们在明处。而到了后半部分，就是咱们占主动了。他必须浮出水面，才能拿到钱。我有信心，在这个环节抓住他。"

"你描绘了一幅美丽的远景。"金副局长敲了一下桌子，"万一，这个投毒犯，在某个超市的某个柜台上，放了毒，被人吃了，知道是什么后果吗？"

"目前，他还没有提出付款的方案，是不会盲目升级的。"邢天强调，"投毒不过是手段，不是目的。投毒狗粮罐头，就是他的'试应手'。"

"试应手？"金副局长问。

"就是试探咱们的回应的意思。"邢天解释道，"咱们没有回应的时候，他是不会升级到人的食品的。"

"投毒、放火的人，都是疯子。"金副局长说。

"我们已经分析过了，他不是疯子。他是一个理智的敲诈者。他的动机是金钱。"

"猜测！"遭到下属的反对，金副局长很不舒服，声音也因此变得很刺耳。

邢天也很生气，但不会反映到语气上。他平静地说："不是猜测，而是庙算。"

"神机妙算？"金副局长讥讽道，"这都是诸葛孔明说的话。"

"是庙算。不是妙算。"李汉魂纠正道，"庙算出于《孙子》。庙堂筹划的意思。泛指宏观分析。"

听到这话，邢天一阵感动：这是领导的最大支持。

"邢天同志说得对，马上就要进入咱们占主动的阶段了。必须在这个阶段中，解决这个问题。"李汉魂转向邢天，"你以为这个阶段应该什么时候到来？"

"按道理说，应该即刻就提出交付的方式和时间。"邢天顿了一下，"但我以为，最晚也不应该超过五天。"

"密切注视，全力以赴。"李汉魂总结道。

邢天相信"该来的一定会来"，同时也相信"该出错的一定出错"。第五天头上，他登门拜访谢明明。时间是晚上：这个时间，人的精神往往比较松懈。地点是谢宅：在自己的家里，更会增加这种松懈。两"松"相加，更容易露出本质。

果不其然，身穿家居服的谢明明客气地接待了他。搬出了一套讲究的红木茶具，并且用讲究的手法，给他沏泡台湾的高山乌龙茶。

"谢总真是博学！"邢天浏览着红木书柜内的一排排诸如《资治通鉴》之类的经典，和一些精装的管理类的书。

"闲暇之余，随便翻翻。"谢明明客气地说。

邢天看着谢闪烁不定的眼神，心里想：这家伙的地下室内，一定有很多的色情书刊和影碟。"这些天来，可有异常？"他突然发问。

谢明明很镇静地说："一切如常。"

"你说这位敲诈者,为什么突然间就偃旗息鼓了呢?"邢天不坐,居高临下地看着谢明明,"这不符合规律。绝对不符合。"

"在美国,也经常有这样的事情。声称有炸弹,但实际上没有。多是一些好事者所为。"谢明明随便地说。

"炸弹。炸弹。"邢天重复了两遍后说,"载体是炸弹,就说明目的是制造混乱。这样的人,多是有政治目的。可咱们遇到的却是狗粮。狗粮和炸弹不同,目的显然是金钱。按说不会半途而废。"

"美国,好像是去年吧,也遇到了一起类似的敲诈。敲诈的对象,是一家牛奶公司。最后也是没有结果。"

"去年?"邢天认真地问。

"是的。去年。"谢明明见邢天不太相信,就补充说,"我的一位朋友,就在这家公司工作。"

"警方介入了没有?"

"当然。白白浪费了大量的警力。最后,不了了之。"

邢天走到书桌旁,看着桌子上的全家福,"你太太和儿子不在?"

谢明明慢慢地说:"他们早就回美国去了。"

"早到什么时候?"

"两年多前。"谢明明不假思索地回答。

"你知道投毒是什么罪吗?"邢天突然问。

"投毒罪?"谢明明假装不懂。

"危害公共安全罪!"邢天看出谢明明知道,但还是说,"这是重罪。即使没有造成后果,也要承担法律责任。你是企业家,应该知道,这么大的成本投入,应该期望大的收益。"

"说的也是。"谢明明不很肯定地说,"或许是个孩子?"

"我记得曾经将分析的结果知会于你了?"邢天强调,"男性。三十岁到五十岁。"

"我忘了。"谢明明摸摸脑袋,"日理万机。难免忘。"

"很少有人用这个词来形容自己。"邢天想起鲁芹讲的那个不文明的笑话,"你知道,如果有人知情不报,是什么后果吗?"

"知情不报?"谢明明假装下意识地重复。

"假设。这仅仅是一种假设。假设他用某种方式通知了你,而你不知会警方。"邢天用轻松的语气说。

"妨碍司法罪?"谢明明说。

从这句几乎是"脱口而出"的话,邢天知道谢明明最近研究过《刑法》,便用沉重的语气说:"没错。妨碍司法罪中,有几款涉及伪证的。但伪证指的是罪犯完成犯罪后,提供虚假证据。而在犯罪实施的过程中,则被认为是共同犯罪。二人以上共同故意犯罪!"他看谢明明的肩膀抖了一下,便说:"谢总是懂法的人,当然不会这么做。我这仅仅是假设。告辞了。"说罢起身。

谢明明迟滞了一下,才起身送客。

邢天回去,立刻把自己的观察所得,经过分析、处理,拿到了会上。

其内容,有以下三点:

第一,谢明明的夫人与儿子,最近才离开中国。因为照片的背景是一场大雪。

第二,他杜撰了"美国牛奶公司投毒敲诈案"。

第三,他最近研读了《刑法》。

华天雪首先"发难",质疑第一点,"你光凭相片,又怎么能够知道是最近,而不是去年,或者更早一些照的呢?"

"首先,背景是一场大雪。这场雪,是近五年来最大的一场。"邢天顿了一下,"更重要的是,谢明明的相貌。"

"邢处越说越深,一个成年男子,一年能有多少变化?"蒋勋不服气地说,"再说,别说一年前,就是一个月前,你也没有见过老谢。"

79

"一年没有多少变化,这话不假。但有变化你承认吧?"邢天见蒋勋点头,就接着说,"把照片上的谢明明,与我眼前的谢明明比较,发型、眼角的皱纹,基本无变化。这就说明了是最近照的。而他告诉我,两年前,太太和儿子就回美国了。"

"这个很容易就能查出来。"秦川说,"但你怎么知道美国某牛奶公司的投毒敲诈案,是这老小子编的呢?"

"有史以来的大敲诈案、绑架案,我知道大部分。十年来成规模的敲诈案、绑架案,我全部知道。而近三年来,所有公开的敲诈案、绑架案,我都知道。"

"你就不会搞错?"秦川问。

"不会错!"邢天肯定地说,"也从来没错过!"

"或许他以前读过《刑法》?"蒋勋说。

"你是公安大学的高才生。《刑法》应该是必修课。你给我说说,危害公共安全罪,在《刑法》的第几章第几条?"

"我光知道放火、爆炸、决水、投毒四项。"蒋勋说。

"是放火、决水、爆炸、投毒。"邢天纠正了顺序,"第二章、第一百一十四条、一百一十五条。他如果对《民法》很熟悉,我不奇怪。商人嘛!可有谁会平白无故地去研究《刑法》呢?就如同一个人如果洁身自好,就没有必要去研究性病一样。"

"你的比喻不正确。"华天雪纠正道,"性途径并不是性病传播的唯一途径,输血、遗传等都可以传播。"

"我错了。"邢天笑着承认,"他为什么要这么干?"他扫视众人,"我以为,他已经和那个投毒者联系上了,并且很可能达成了某种协议。"

"立刻对他进行审讯。"秦川说。

"他是个敏感人物。要慎重。更重要的是,一旦惊动了这个投毒者,局面就会变得更复杂。"

"投毒者或许就会跑掉。"秦川说,"也许也是一件好事情。"

"我的小叔,在山西昔阳县插队。那阵儿全国时兴'农业学大寨',大寨就在昔阳县。昔阳县是山区,夏天多冰雹。为了防止这个样板被毁,专门在大寨周围安排了防雹部队。"

"冰雹怎么预防?"华天雪问。

"雷达预测某块云中有冰雹,就用火箭轰击这块云。"邢天针对华天雪"是否把冰雹击碎"的提问回答,"你是医生,肯定知道,即使击碎体内哪怕一块小小的石头,都需要极大的能量。何况数吨、数十吨的冰雹?不过是把包含冰雹的云层,打到别的地方去了。"

"那最终不还要落下来?"

"但榜样却保住了!"邢天笑笑,"榜样的力量,是无穷的!"

秦川听明白邢天是在批评自己的本位思想,"对谢明明实施全面监控?"

邢天点头,"但要把相关的手续全部办好。这家伙自己可能不守法,但如果咱们这边出了纰漏,他就一定会拿起法律的武器。"

第 五 章

对谢明明的监视是全天候、全方位的，但一点结果都没有。邢天却坚持自己的判断：任何一个人，都不会无缘无故地连续撒两个相关的谎言，并且去研读《刑法》。

秦川却认为"不应该在一棵树上吊死"，要从另外一个方向进行侦破。这个方向就是含有K牌狗粮罐头的超市。因为K牌是高档奢侈品，所以这些超市的数量只有八个。

这个提议是没有办法反驳的。好在不需动用太多的警力，主要还是依靠超市本身的保安力量。

警方的监视之所以没有结果，道理很简单：谢明明自己把问题给解决了。

他的方法很简单：用公司的电话，命令自己在美国的弟弟，给投毒者编号为"7001978140"的账户，汇入十万美元。

这个命令被忠实地执行。弟弟一家，完全凭借他，才去的美国。而且在与K公司相关联的一个公司内工作。

他之所以使用如此隐蔽的方法，是因为他觉察到警方对他的怀疑。否则邢天不会有"共同犯罪"一说，但他认为这不过是怀疑而已。如果警方有确凿的证据，早就传讯他了。

钱汇入之后，他没有收到任何信息。他认为这是好事情：罪犯当然不会给你打收条。不来找事,就等于"放过了你"。

现在他唯一企盼的就是大中华区的任命,快一点发布。

王从军今年三十六岁,两年前,他从部队转业回湖南老家。他一共有十年的从军经历:三年战士,然后上军校,学习工兵专业。然后担任副排长、排长,到了副连职的位置上,赶上部队成建制的撤销,就转业到老家。

他从来都认为,要是部队不被成建制的撤销,他是可以在军队干一辈子的。他听话、能吃苦。但到了地方,这一切都没有用了。他最想去的单位是公安局。但复转军人安置办公室答复得很干脆:不可能。至于检察院、法院,他连想都没有想过。最后,他要求去工商局。复转办原则上答应,说:"我们帮你联系,你自己也跑跑关系。"于是,他开始了漫漫征程。

所谓"跑关系",无非就是托人情。而人情是需要经济支持的,尤其对他这个"少小离家老大回"的复转军人来说,更是如此。将近万元的转业费,很快就花完了。他于是开始动用家里的"储备金"。就在储备金快用完的时候,工商局的局长总算同意了。让他去跑县委组织部。组织部门槛自然很高。等他迈过去后,工商局的老局长,被"五十五岁一刀切"了。他找上门去,前局长一副爱莫能助的样子,只是答应与新局长说说,但接着又说:"人的事情,你是知道的。你从头再走一遍程序吧!"

重走一遍程序,说说轻巧,做起来很难。原因就是没有钱了。他的几万块钱,并没有具体送给某个权贵,全是在路途上耗费了:即使是贪官,也很少在转业干部的安排上牟利,谁都知道,这是个雷区。他们不过是"吃你两顿饭、抽你两条烟"而已。可水滴石穿、绳锯木断。累计起来,就吞噬了他的全部。

他舍不得前功尽弃,就开始举债重走程序。可就在这个时候,妻子离开了他。愤怒之余,他把从部队偷偷带回来的一枚手榴弹拿出来,要去与"负心女子"同归于尽。结果被已经守寡的老姐姐劝说住。"你要是能戴上大檐帽,她还会回来的!"他当时就发毒誓,"回来也不要!"

他很快就借不出钱来了:任何人的信用都是有限的。一个常年在外的人的信用就更有限。没有钱的他,就像一辆没有油的汽车,停在原地,一动不能动。

终于有一天,他听到了来自"过去"的召唤。比他早转业两年的一名战友,发了财,邀请好朋友在S市辉煌大酒店聚会。

他本来不想去,主要是自惭形秽。但想想,这或许是一个机会。就买了张车票,登上了旅程。当然,他不会忘了把那枚手榴弹,放进了军用挎包内:他以为这是他与辉煌的过去唯一的联系,就和勋章一样,必须随身携带。

到了S市,他就去了黑森林超市。目的就是给自己买一件像样的上衣。两年来,他一直穿军装。说实在话,单穿一条军裤,还是很好看的。可如果穿一身军装,却没有帽子、领章、肩章,就不敢恭维了。所有这些,原本是一个整体,缺一不可。

秋枫别墅的地下室内,浮动着轻微的马达声音。一台精制的数控万能机床在切削着一个金属部件。被切削的金属,像火花一样,欢快地抖动着,随后卷成一团,落入槽中。

很快,这个金属部件就成型了。

那只多手段的手,将它取了下来。然后与一根管子组装。

一支枪的雏形具备了。

王从军几乎一进黑森林超市,就引起了保安马坚的注意。也难怪,他的样子实在是太独特了:一身军装、很久没有擦的军靴,尤其是那个插在口袋里的军用挎包,形状实在是太像K牌狗粮罐头了。

马坚立刻安排自己的同为保安的心腹老乡小周,穿便衣去K牌狗粮货架附近守候,自己则悄悄地跟在王从军后面。

要说王从军也不是没有见过世面的人,但到了这个超市,迎面而来的都是香味扑鼻的妙龄女郎,还是让他有些目迷五色。尤其是一个身材高妙的女郎,更是发出强大的磁力,吸引着他跟随到狗粮陈列架前。

女郎很随意地将数桶狗粮罐头放进自己的车里,就随着一个不知道从哪里冒出来的中老年男子走了。

王从军狠狠地看了远去的两个人一眼后,拿起了一听狗粮罐头。英文的一面,他自然不认识,好不容易找到了中文的一面,认真阅读后,才知道是狗粮。他狠狠地咒骂了一句"人不如狗"后,就离开此处,走向卖衣服的一侧。

所有这些,在马坚看来,都很符合市局秦川队长所说的情况——观点永远决定一个人观察到什么——他感觉到一阵兴奋:立功的时候到了!他悄悄地跟在后面。

王从军一眼就相中了一件米黄色的夹克。

这件夹克衫很简洁,质地优良。他不禁爱不释手。它是军装模式的。但一看价格,他就傻了:八百元。

他一共只有一百元钱。但他实在是太喜欢这件衣服了。有了它,再把皮靴擦一擦,他低头看看自己的鞋,就可以"光鲜"出场了。于是,他几乎是不由自主地把这件衣服,悄悄地塞进了自己的军装内。

说实在话,他除去小时候,偷吃过村里的瓜果梨桃,还有部队里的那颗手榴弹外,他从来没有偷过别人的东西。细分析,这两者都带有浓重的"游戏"和"纪念"色彩。而这次的驱动力,则是"虚荣"。

他尽量很坦然地走向底层的无购物出口。他一出黄线,就被马坚抓住了。对于马坚来说,这是最佳时机:超市内,小偷可以假装"顾客"。超市外,就不容你狡辩了。

秋枫别墅地下室的工作台上,整齐地排列着一支手枪的全部零件。

那只灵巧的手,正在给所有这些零件上油。

这个程序走完之后,这只手,用了不到两分钟的时间,就把手枪组装起来。

他端起枪,瞄准对面墙上的一张人形靶。随即扣动扳机。

没有子弹射出,只有此人模拟得极其逼真的射击声。

一进保安室,马坚就命令王从军"跪下"。这里是他的领地。

王从军岿然不动。

"人赃俱获,你还敢不跪?"

"我赔你钱就是了。"王从军自知理亏,"我用用你的电话。"他在S市,有一个从来还没有被骚扰过的"远亲"。估计八百元钱,还是能够借出来的。

"赔钱?就你?"马坚十分不屑地说,"告诉你,偷一赔十。八千块钱!"

八千块钱,在此刻的王从军听来,绝对是天文数字。他不禁一哆嗦。

马坚敏锐地察觉到了这一哆嗦,"先给老子跪下!"他掏出一支烟,示意一直跟在旁边的小周点烟。小周提醒他给秦队长打电话。

马坚命令小周去打。他要利用这个机会,把"猎物"玩够。

王从军只有"耍死狗"了,"要钱没有,要命有一条!"

马坚不等王从军说完,就飞起一脚,踢在王从军的后部腿弯处。小时候,他练过两天武术。乡村的武术,从来都是粗枝大叶的。但他的师父告诉他一条原理:"腿比拳厉害!比胳膊长、也比胳膊粗。"这一条,他谨记在心。有一阵子,他在猪场养猪,没事就踢猪。到了最后,一头两百多斤的猪,他从侧面,一脚就能将其踢翻。到了黑森林超市之后,没有猪,就踢大米包、衣服包,反正是"拳不离手,曲不离口",但真正用在活物身上的机会并不多。

王从军立刻就被踢得跪了下来,但他马上就站了起来。他毕竟是受过军事训练的人。"你敢打人?"他知道保安没有打人的权力——谁也没有打人的权力。

"跪下!"马坚指指刚才王从军跪的地方。

"不跪!"男儿膝下有黄金,王从军断然拒绝。

马坚心中的恶,再度被激励。他的第二脚,踢在王从军的腹部。他不会在脸部等处,留下伤痕。

这一脚的力量委实大,王从军一下子被踢到另一个墙角。

马坚逼了上去。

王从军强忍着腹部的疼痛,指着马坚说:"你不许再过来!"

身上潜藏着的恶魔,一旦出来,就绝难收回去。马坚狞笑着说:"老子过来,你又当如何?"

"我就和你拼了!"王从军吼叫着。

"你拿什么拼?"马坚得意地说。这是一个很朴素的道理。科索沃战争时,南斯拉夫遭到美军空袭之后说:"我们决不答应!"可不答应又当如何:你没有远程导弹、没有航空母舰,什么都没有!

这时,王从军擦了一下鼻子里涌出来的血。这不是被打的,而是被气出来的。"你不要再逼我了!"王从军从挎包内拿出手榴弹,并且利索地将引爆的小环,套在小拇指上。

刚刚打完电话回来的小周,一进门就被吓得一下子坐在了地上。

"拿小孩的玩具,能吓唬谁?"马坚已经基本肯定这是真的。当民兵的时候,他见过。而且这个人穿军装、踏军靴,但他仍强作镇静。

"跪下!"王从军不回答这个问题,指指地面。

马坚不由自主地跪了下去。

王从军随后又命令小周把门关好后,并排跪下。爆炸半径之内的小周,自然极其听话。

秋枫别墅十二号的主人,是一个老谋深算的人。他第一步是把"7001978140"账户内的钱分解到若干账户上。然后,又通过美元的结算系统,转到世界各个角落。尤其是那些以保密著称的只有"银行",再无其他产业的岛屿国家。让钱再在那里"候"一段时间,随后再到美国"集合"。然后再把这些"洗干净"的钱,汇回中国香港。

看到集合在香港账上的十万美元,他阴森森地笑了。

邢天火速赶到黑森林超市的时候,秦川和特警们已经布置好了。

蒋勋简要地把王从军的身份向邢天作了介绍:投毒者。

邢天一言不发地盯着大屏幕看。

通过闭路监视系统,可以清晰地看到保安室内的一切:王从军阴沉沉地坐在角落里,马坚和小周跪在当地。

秦川指点着保安室的窗户和王从军的位置说:"只要他挪动一点,我就可以一枪把这个投毒者击毙!一枪,保证没有问题。"

邢天讷讷地说:"他不会移动的。"

秦川不服气,"十分钟不移动、二十分钟不移动,两个小时也不移动?"

邢天把闭路的录像倒回去,"一个半小时,他一动都没有动!"

"过去不动,不等于将来不动!"秦川还是不服气。

"他不可能是投毒者!"邢天面对着屏幕说。

"保安小周,亲口向我汇报的。"秦川不服气地将王从军的"可疑行径"叙述了一番。

"含毒罐头在哪里?"邢天问。

蒋勋回答说:"我们找了半天,没有见到可疑的罐头。"

"胡适说:有一分证据说一分话。有九分证据,不说十分话。"邢天再度转向屏幕,"他的衣服、形象,都不符合心理画像。"

秦川反驳道:"心理画像能算几分证据?"

"他很可能有过从军的经历。"邢天指点王从军的影像说,"军装、军裤、军靴,拉火环套在小拇指上,完全的制式动作。可以通话吗?"听蒋勋说"可以"后,他又说:"请李局长到这里来。"

王从军的大脑内一片空白:这完全属于一个随机事件。但他知道自己无论如何也说不清楚了。只有歹徒,才会随身携带手榴弹!管他呢,最后顶多一死了之!杀一个够本,杀两个赚一个!谁叫他们欺负我呢!

人的大脑,有一个类似核反应堆碳棒的安全装置。当反应过激的时候,能够吸收反应物质的碳棒插入就深一些。反之,则浅一些。这样,才能使得反应堆正常工作。一旦这个装置失灵,类似切尔诺贝利的事故就会发生。

此刻王从军的大脑,早已经越过了临界值。他小拇指在失控状态下抖动着。

马坚惊恐地看着这一切。这时候,桌子上的电话响了。他好像见到了救星一样,指着电话说:"电话!"

王从军一动不动。

"电话!"马坚再喊。

"再出声,我就拉响它!"王从军晃动手榴弹。见马坚一下子缩成一团,他感到一阵控制的快感。他没有去接电话,任凭它顽固地鸣叫。

这时候,一个手提喇叭响了起来。

"朋友,我是市公安局谈判代表邢天,现在奉命前来与你谈判。"这个喇叭,是他亲自选购的,声音虽然柔和,但穿透力极强,"请你接电话。"

王从军勉强开动大脑,思考着。

"战友!"邢天见没有动静,就使用这个名词,"真正的军人,应该敢于面对一切!"他知道激发一个人最好的办法,就是唤起他的荣誉感。

邢天从身边的小屏幕上可以看到王从军慢慢地拿起电话。他有条不紊地将身边的副机拿了起来。这部电话,连同"小电视"都是从集中控制室连接过来的。一切器材,都是谈判小组常备的。

"你打开门,咱们面对面地谈谈。"邢天说。

"我不开门。"王从军充满敌意地说,"我一开门,狙击手就会把我打死!"

"是可以把你一枪击毙。"邢天知道自己必须坦诚,"但这不是我们的目的。为了人质的安全,也为了你的安全。不到万不得已,我们是不会开枪的。"

"我不相信!"王从军吼叫道。

"我要处在你的地位,也不会相信。"邢天知道,必须顺着对方的思路,然后再将它反转,"这样,我站到门前。子弹总不能穿过我,而把你打死吧?"他从屏幕上看到王从军犹豫,就说:"机会不是总有的。要抓住机会!"他走到保安室的门口。

门慢慢地打开一条缝。

邢天侧身进去,然后替王从军把门关好。

这个精心设计的"替",显然起了很大的作用:王从军安静下来。

邢天指指一把椅子,用请示的语气说:"我可以坐下吗?"见王从军点头,他坐了下来。他知道一个坐着的人,给对方的压力,要比站着小得多。一个坐着的人,要做什么动作,需要比站着多一道程序。

"你也坐?"他使用的是征询语气。

王从军的敌意显然没有那么容易解除,"我不会上当!"

"我要是设计一个圈套让你钻,就不会提着自己的命,来跟你谈判了。"邢天看看王从军的手榴弹,"苏制手榴弹。有效半径为九米,爆炸后碎片的数量为九十至一百二十片。"他轻松地转头看看,"这间房子,至多十个平方,一旦爆炸,一切都将毁灭。"这些知识,是他进来之前,从网上查来的。"我说得对吗?"

王从军看看手榴弹,没有回答。

"我姓邢,名天。是公安局的谈判代表。"邢天再度介绍自己,"战友贵姓?"

邢天充满诱导的语气,让王从军不得不开口:

"姓王。"

"王兄当过兵?"

"当过。"

"几年?"

"十多年。要不是这十多年……"王从军说到这,突然顿住。生死关头,诉苦是没有用的。

"这么说,是军官了?"因为这是常识问题,邢天不用王从军回答,"怎么,转业到地方不顺?"从他的形象、神态都可以看出。

王从军不置可否。

"现在讲究关系。离开家乡十多年,关系就少多了。"邢天说,"洪水来了,大家盼望解放军;大火来了,大家还是盼望解放军。可解放军的干部战士转业复员了,大家就好像不那么欢迎他们了。"他从王从军的神态上看出,这话打动了他,就继续说,"这不对!也不好!"

"你当过兵?"王从军突然问。

"没有。"邢天知道,这是不能撒谎的。撒谎一定会被看出来。部队有一套部队的"语言系统",外人说上一两句还行,多了就一定"露馅"。见王从军有些失望,他补充说:"我的好多朋友,都是军人。我理解军人。"

"没当过兵,就不能理解!"王从军的情绪陡转,"永远也不会懂!"

"别人不懂。我懂!我是心理专家。"听到王从军"哼"了一声,邢天就说:"你别不以为然。我说来你听听:你转业回到地方,什么事都不顺,工作工作不顺,家庭家庭不顺!"

"别提家庭!我没有家庭!"王从军几乎怒吼着打断。

邢天之所以说得这么慢,就是希望被打断。打断就是信息。"老婆走了,孩子也走了。人生悲痛,莫过如此!"他很正确地用了这个"走"字。此字多解,离开、去世,都可以。见王从军没有反对,他知道一语中的了,于是接着说:"男子汉大丈夫,何患无妻?将来再结婚,再把孩子要回来。"他仍然说得很慢,"留得青山在,不怕没柴烧!别往绝路上走!"

"我要一辆车!"王从军本能地不愿意被左右,"马上给我弄一辆车来!"

邢天改换态度,居高临下地说:"不好。这样很不好。"定性之后,他马上更换成说服的口气,"你这都是从美国电影、港台电视剧里看来的。据我所知,在中国大陆,没有任何一个人,这么干成功的。最终都是毁灭!我不愿意看着一个活生生的人,去送死!"他尽量说得直白,"看看你有别的要求没有?"

"要求?我还能有别的要求吗?"王从军绝望地说。

"当然。要不然要我这个谈判专家干什么?"

"我知道这么一干,我就要在监狱里过下半辈子了!"王从军晃动着手榴弹。

马坚看得很清楚,惊恐地说:"别扔!千万别!"

"镇静!"邢天命令道,"王兄不会扔的!"莫斯科大剧院绑架案,就是因为人质情绪失控,导致了歹徒开火,死亡多人。

"我会扔!该扔的时候,我一定扔!"王从军话虽这么说,手却不再动,"拿着这东西,就是大罪,早晚是个扔!"

"你说对了一部分。"邢天语调平静地说,"非法制造、买卖、运输、邮寄、储存枪支、弹药、爆炸物的,都属于'危害公共安全罪'名下。罪名虽然已经成立,但是量刑却很不同:从三年一直到死刑。"他见王从军很认真在听,便说,"我可以理解你这种行为。我的孩子,从生出来到两岁,一直在爷爷奶奶处,我把他接回来之后,他总拖着自己的一块小毯子,睡觉也要抱着,脏了也不让洗。谁要也不给。"他的口吻很家常,"后来,我才知道,这是一种普遍的现象:叫作安全毯现象。这块小毯子,就和你的手榴弹一样,"他顿了一下,"跟过去一段美好的岁月相联系。你拿着手榴弹,我相信,并不是为了使用,只不过让你觉得有安全感罢了!"

"安全感?哪来的安全感啊!"王从军哀叹。

"如果你拿的不是手榴弹,而是一把刺刀。我相信我可以说服法庭,让你在外面生活。"邢天提高声调,"手榴弹肯定是问题。但你就此罢手,法庭会考虑的。

"我就像兰博!"王从军的眼泪一下子出来了,"到哪里都受欺负!"他狠狠地踢了马坚一脚,"是人不是,都欺负我!我立过功、受过奖,我是连职干部!"

"他做得不对!"邢天指着马坚说。马坚在"收拾"王从军之前,把监控录像关掉了。他虽然没有看到实况,但完全可以想象这条大汉下手会多么狠。

"狗急了还跳墙呢!你说对不对?"王从军边说,边晃动手榴弹。

"没错,狗急了会跳墙。但你是人。一个受部队教育多年的转业干部!"邢天从耳机内听到李汉魂到来的消息,于是便问,"你是哪个部队的?"

"这和你有什么关系?"王从军不肯回答。

"我们的局长,曾经是部队一位副师级干部。现在,他来到了这里,想和你对话。"邢天说,"我的分量不够。一位曾经的副师级干部、现在的正局级干部,与你对话,分量总够了吧？"

王从军点头。

邢天在电话里,请李汉魂来保安室:他知道,军人对上级的服从,已经融入骨髓。李汉魂的出现,肯定会使局面逆转。尤其是当王从军说出了"兰博"之后,他更坚定信心：《第一滴血》中的兰博,最后就是被上校收服的。"但你最好把这枚手榴弹给我。"

"我不给！"王从军拒绝。

"那你给李局长吧！"邢天相信王从军不会扔。

李汉魂的出场,确实有大将风度:堂堂正正地阔步进来。然后,站在当地,用洪亮的声音说："王副连长！"

王从军不由自主地立正回答："到！"

李汉魂目光如剑,直视王从军,"我是A军,第二师副师长李汉魂。"

王从军也立刻回答："C军三师一团副连长王从军。"

"现在我命令王从军副连长把手榴弹交给我！"李汉魂命令道。

王从军机械地把拉火环从小拇指上退下来,然后欲把手榴弹交给李汉魂。

李汉魂不伸手,而是呵斥道："一切复原后,再交给首长！"

王从军听话地把拉火环放入手榴弹的后盖,把盖子盖好,双手恭敬地递给李汉魂。

李汉魂接过手榴弹后,命令道："现在你跟我走！"说罢,扭身出去。

王从军勤务兵一样地跟在后面。

根据李汉魂的命令,法内开恩,没有给王从军戴手铐。

邢天刚要上车,送王从军去拘留所,李汉魂却让坐他的车走。

车开出去很久,李汉魂也没有说话。邢天自然也不会说话。

"开始的时候,我要来,你不要我来。说你可以处理。后来为什么又改变了主意？"李汉魂问。

"在我了解到王从军是复员军人之后,就想起了您。"邢天说,"再说您也说过,我可以调动局里的一切资源。"

"我成了资源了?"李汉魂笑着说。

"宝贵资源!"邢天由衷地说,"您的一声命令,不知道要多少年的军旅生涯,才能锻炼出来。漫说是一位小小副连职干部,我这个平民百姓,都不由自主地要立正了。"

"你是在奉承我?"

"我从来不奉承人。"

"那你怎么保证我这个宝贵资源的安全呢?"李汉魂问。

"我相信王从军不会扔手榴弹。"

李汉魂打断道:"应该叫作投掷!"

"一切都是被逼出来的,而不是预谋。激情杀人、激情杀人,一旦激情这个前提没有了,就不可能杀人!"

"那万一呢?"李汉魂追问。

"我也做好了一切准备。"邢天淡淡地说。

李汉魂侧着脸问:"你会不会扑上去,掩护我?"

邢天的回答依旧淡淡的,"应该会。"

李汉魂笑着说:"你这个小邢,这么好一句话,也要我逼,才往出说!"

邢天也笑了,"不过是一种假设。说假设的英勇献身,有什么意思?"

李汉魂最看重的也就是这一点。在这个浮躁的时代,默默地工作,是一种宝贵的品质。但这些都没有必要说出来。"我的汽车怎么样?"

"奥迪2.8,当然是好汽车。"邢天不明白李汉魂问话的意思。

"将来有一天,你或许可以坐上这样的车。"李汉魂说。

"可能性有总是有的,但很小。"邢天也笑了,"除非它像桑塔纳一样的普及。"

邢天认为投毒者一定与谢明明私下里有过"接触",否则不可能如此长时间地"沉默"。但撬开谢明明的"如瓶之口",却是个问题。

蒋勋提议知会K牌总公司,"官大一级压死人。古今中外,概莫能外!"

邢天批准了蒋勋的计划,让他去走程序:K牌是知名企业,国内、国外的程序繁复。他知道这将是一条漫漫之路,而在这期间,什么事情都可能发生。所以,他准备走捷径,再度会会谢明明。

当然,他不会打无准备之仗。先见了江夏。可江夏也说不出什么来。只是提供了一张谢之女友名单,"这小子自从老婆走了之后,整个一个'翻身农奴把歌唱'。性活动猖獗已极。"

没有别的有价值线索,也只好"枯木朽株齐努力"。他选中名单上最后一位女士,然后通过她管区的片警找到了她。

邢天知道类似的"准性工作者",都有正当的职业、正常的家庭,所以很爱惜羽毛。稍加压力和温度,就"知无不言"了。但有价值的也只有一条:"谢要高升"。但其来源则是"梦话"。

谢明明在自己的办公室内接待了他。他穿着一身浅色的西装,以配合明媚的春天。

"虚惊一场。一场虚惊。"谢明明心情良好。他也没有道理不好:K牌董事会负责人事的董事,不日内将前来宣布任命。而且"投毒者"那里,也毫无动静。

"在谢总一方看来,不过是虚惊。可我却'战战兢兢,如临深渊,如履薄冰'。"邢天很随便地坐到沙发上,跷起了二郎腿。

"邢先生与我等追逐利润的凡俗之辈不同,肩负着两千万人的安危。"谢明明非等闲之辈,不会顺着对手的思路走。

"说来也是,日前,我们在黑森林超市,抓住了一个疑似投毒者。"邢天目光落在茶几上,但余光却全部投放在谢明明脸上。他看见了一丝闪电般的惊恐。于是,抬起了头。

谢明明显然及时地控制住自己,但眼神中却充满了渴望。

"目前,审讯还在进行中。"邢天深刻理解"兵以诈立"的原理。

谢明明为了回避邢天的目光,站起身,走到桌边,拿了一枝雪茄点燃。等他再度坐下,已经恢复了轻松。第一,他认为邢天可能是在"诈";其次,就算抓住了投毒者,他也未见得承认,十万美元,毕竟不是一个小数;第三,就算这个投毒者承认了,自己也不会承认。反正一切都是秘密进行的。没有证据,其奈我何?"为民除害,为民除害。我谨代表 K 牌中国分公司,感谢市公安局。"

"以后的调查,还希望贵公司配合。"

"责无旁贷。"谢明明满口应承。

"我想,"邢天指指自己,"仅仅是一个设想啊。"他一顿,"从目前的迹象看,此案或许有更深的背景。所以希望能与谢先生这样的开明之士,长期配合。"

"还是老话:责无旁贷!"

"谢总暂时不会离开目前的岗位吧?"邢天很随便地问。

"起码在可预见的未来,不会离开。"谢明明很外交地说。

"那就好。市政法委还认为有必要将此事知会于贵公司总部。"邢天也拿出香烟点燃。他没有吸烟的习惯,今天专门带一盒烟,是为了做道具用的。他再度看到一丝惊恐,掠过谢明明打理得一丝不苟的面孔。"我对他们说:谢总很可能已经向总公司报告了。因为这很可能是对手商战的一个策略。是一个全球性的恶意行动。"他专门留下一个空档,让谢明明钻。

谢明明果然落入了陷阱,"是的。已经报告过了。"

"既然如此,我的担心就没有必要了。"邢天站起来,"我今天特地来,就是先知会于谢总,免得搞谢总一个措手不及。"

"怎么?"谢明明一下子没有反应过来,愣在那里,保持着一个将起立未起立的尴尬姿势。

"你和江夏是朋友,我也与他是朋友。所以,有些话不该说,也就说了。此投毒者,仅仅是冰山之一角!"邢天郑重地说。

"全球范围的犯罪组织?"谢明明脱口问道。

"水来土屯,兵来将挡。全球犯罪,必定要全球应对之!"邢天故意不把话说清楚。赫鲁晓夫说过：导弹的最大威慑力，是在发射架上。如果把话说明白了，谢明明也能想明白：宁肯舍弃高位，也不卷入刑事调查。而留有余地，便可以让他不远而复。"好。我告辞了！"

谢明明作为一个企业家，决策的能力还是有的，"邢处长请留步。有些内部情况，需要通报一下。"

邢天重新坐了下来，并且约来秦川，将谈话一直进行到深夜。

"我一见这种油头粉面、衣冠楚楚的家伙，就来气。不就是有两个臭钱吗？有什么了不起？要不是为了破案，我当下就把他铐走，问他一个'妨碍司法罪'！"归途中，秦川愤愤地说，"为富不仁！"

"迷途知返，善莫大焉！"邢天慢慢地说，"你知道三株口服液吗？"

"好像是一种营养液。"

"对。当年三株口服液鼎盛时期，曾经有十多万从业人员。销售网络，遍布中国。东南亚的市场，也已经打开。就在这时，一位老者，在服用了三株之后死去。因为处理方式不当，老者家属发起诉讼。媒体闻风而动，连篇累牍地报道。这场官司历时三年，最后原告因证据不足而败诉。"邢天一顿，"可三株的官司虽然赢了，买卖却垮了。"

"我说后来怎么不听说三株了呢！"秦川在邢天家门口停下。

"投毒如果成功，或者说，在这个时候，有一条狗恰好死了，那么一定会引起轩然大波。其结果，很可能导致K牌中国市场的坍塌。"

"塌就塌了呗！反正是美帝国主义的买卖。"秦川不认为这事情有多么严重。

"品牌是美国的，可它的产业却在中国。如果塌了，最少也要失掉上万个工作机会。"邢天忧心忡忡地说，"K牌不只是狗粮，还有一系列其他产品。尤其是奶粉和婴儿食品。"

在案情分析会上，秦川真心地说："就和阿波罗飞船登月后说的那样：月球一小步,人类一大步!"

华天雪也对邢天表示出敬佩,"邢处分析谢明明的心理,确实是入木三分。"

"你们知道是因为什么吗?"邢天给每个人的茶杯里添加开水,"是因为我代表着一个坚强的团队。没有老秦在超市的行动,我哪里来的素材?"他知道一个人如果想做出较大的贡献,必须团结一批人。伟大的革命者毛泽东主席,就是把许多能干的人,团结在自己身边,从零开始,在二十八年内,建立了一一个崭新的国家。他转向蒋勋,"要是没有我们蒋警官对国际刑警组织机构、工作流程的深刻了解和娴熟的互联网技术,根本不可能在二十四小时之内,就把'7001978140'账户内容了解清楚。"

K先生——为了方便起见,邢天给这个无名的投毒者命名为此——的影像,随着讨论的进行,越来越清晰了:一个受过很好教育的人。三十岁到五十岁之间。有着国外的经历。非如此,不可能将十万美元分解后,以买卖的形式,绕开监管,离开美国。

邢天设问:"诸位以为这笔钱,最终会到什么地方?"

秦川想了一下,"回来了?"

邢天点头,"回来的目的是什么?"

秦川说:"花呗!"

"我想,这十万美元,不过是第一步。以后,这位K先生,肯定还要有更大的行动。"邢天来回走着,"十万美元,也许可以不显山、不露水地花掉。可数百万美元,就花不掉了。他一定有着更大的目的!什么目的?"他扫视众人。

一时间,众说纷纭。"建立一个企业""恐怖组织"……五花八门。

讨论到最后,大家都把目光集中到邢天身上。

邢天笑着说:"你们别看我。我也不知道。但我知道一点,当我们把通向外面的渠道,切断之后,他一定会在国内寻求途径。这样,他就进入了敲诈案、绑架案最难的部分:拿到这些钱。在这个时候,我们就可以抓住他!"

华天雪却认为通往国外的渠道,未见得能够完全切断,"我不相信谢明明这个人！"

"我同意这个说法。但是，"邢天一顿，"第一，他会被法律的威力所震慑。第二，他不可能悄悄地满足敲诈者越来越大的胃口。有鉴于此，这个问题暂且可以放在一边。"

K先生确实如邢天所分析的，有着很大的胃口。就在邢天等开会的同时，他起草了第二封敲诈信。

当然，这封信不会从他的电脑上直接发出，这无异于自投罗网：电脑如同手机一样，有固定的IP地址。一查就能从物理上确定你的位置。他也不会在某个网吧把信发走：中国警方的法宝就是"发动群众"，而中国的热心观察他人的"群众"满坑满谷。他采用的是最保险的办法：从美国的某一台公用电脑上，命令他人把信发给谢明明。美国地广人稀，春去无痕迹。更何况遥遥千里，中国警方鞭长莫及。

在谢明明收到这封电子邮件的同时，公安局的监视电脑也收到了。

邢天立刻召开会议，研究这封电子邮件。

蒋勋立刻在电子地图上，查到了这封信的IP地址：美国，内华达州。"要不要与美国警方联系？"他问邢天。

邢天摇头。"咱们还是研究文本吧！"他把"信"放大到屏幕上。

信的全部内容如下：

谢明明阁下亲启：

　　诚挚地感谢上次合作。我现在需要美金一百万。希望在三天之内筹集完毕。等候通知，汇入指定账号。为了表达本人合作之迫切，特在绿地超市贵公司的货架B列，放置含有新内容的罐头三听（底部有S之标记）。望查收。

知名不具

秦川立刻说:"我马上派人去把这罐头取来。"

"暂且不用。"邢天来回踱步,说,"第一,这很可能是K的疑兵之计。火力侦察。"见众人有疑问,便解释说:"如果我们身穿警服,贸然前往,K就会察觉出我们已经掌握了他与谢明明之间的情况。第二,让K公司派员去购买。"

秦川疑惑地说:"现在就通知K公司?"

邢天很有把握地说:"我估计谢明明马上就会来。"话音刚落,谢明明主叫的电话,就进入了他的手机。

迷途知返的谢明明,很是配合,立刻派人到绿地超市去"买"那三听罐头。可结果却是一听写有"S"记号的也没有。

谢明明心存侥幸地说:"可能是虚惊。"

"你必须根除虚惊思想。"邢天教训道,"含有秋水仙碱的罐头是实实在在的,十万美元也是实实在在的。"

"十万美元,完全能够让一个空想家,变成一个实践者!"华天雪也忍不住。

谢明明自知理亏,连声说:"对不起。对不起。"

这时候,一封电子邮件进入谢明明的邮箱。

其内容很简单:

黑森林超市。其他与上封邮件同。

第 六 章

华天雪进入办公室的时候,邢天还在看"绿地"和"黑森林"两个超市"狗粮区"的录像。很投入,都没有发现她进来。

她用遥控器将录像机关闭。

邢天揉揉眼睛说:"是你啊?这么晚干什么来了?"

华天雪把一盒意大利通心粉放到桌子上,"吃吧。还热着呢!"见邢天眼睛还停留在屏幕上,就说,"怎么到了你这,理论就不能指导实践了?"

"什么理论实践的?"邢天不解地问。

"你说过,有好的理论,就要指导实践。"

"不是我说的。是毛主席说的。"邢天纠正道。

"你以前分析说:K绝对不会亲临现场。像他这样精通计算机技术的人,对监控录像这一套,一定了如指掌!所以没有必要看录像。"华天雪给邢天倒了一杯热水,"怎么又把这陈芝麻、烂谷子拿出来了?"

邢天又用遥控器将录像机打开,"他一定是亲自放置含毒罐头的。不可能是一个团队。团队暴露的可能实在太大了。"画面高速掠过:无数的人涌来涌去。"这些录像的人实在太多了。无法分辨。他不会放置多天之后,再通知谢明明。因为如果有人的犬服用了,威慑也就不成其为震慑了。所以一定是放置后,立刻通知。可这天正好赶上黑森林超市四周年店庆,全部商品减价,人满为患。"画面又变得人很少。"我寄希望于收到通知后。这是晚八点。促销在四点结束。八点以后,两个超市狗粮区,一个人都没有!"说罢,他低下头,高速吃着。

"明知其不可为而为之。"

"我真的希望他出个错。"

"不对。你是在给自己寻找寄托。"华天雪知道邢天承受着很大的压力。谢明明按照安排,给位于美国的信息源发了一封邮件,说:因为外汇监管的原因,无法安排如此大数量的美元离境。但信息发出后,没有任何回音。

"也许吧!棋圣聂卫平说过,形势不利的时候,就要等。等对方出错!"邢天把最后一口通心粉塞进嘴里,"他还说,一旦出错,就抓住不放,争取翻盘。如果不出错,则放到一边,去争取下一盘。"他又把开水倒入饭盒当中,一口喝干,"他是棋手,可我们不是。我们不能输,只能赢!你看什么?"他突然发现华天雪一直在注视他。

"你特别像李昌钰。"

"华人鉴识专家李昌钰?"他问。

"莫非还有第二个李昌钰?"

"谢谢夸奖。不过,我要是有李昌钰的鉴识技能,从这一听小小的罐头中,画出K先生来就好了。"

"我不是说你的鉴识技能像李昌钰。"华天雪笑着说,"而是说你吃饭特别像李昌钰。"见邢天不解地望着她,她解释道:"我在美国实习的时候,听过李昌钰的一次讲课。他上来就说自己最大的特点,就是吃饭快。像吸尘器一样,瞬间就吃完。"

"我没有你的荣幸。我只看过他的书。他的精细、敬业,我都很赞赏。但我不赞赏他的世界观。在他的一本书的序言里,讲了这样一个故事:在早年的困苦时期,他一边在一个实验室里洗器皿,一边读硕士。一起工作的两个美国人就笑话他,戏称他为李博士。后来,他读完硕士之后,又坚持读了博士。然后,他得意非凡地说:这两个人后来一直在那个实验室里做工。"邢天望着窗外说,"其实,做工与做博士、专家、警察局长,没有什么不同。只要这份工作是你愿意干的。"

"我最佩服你的就是'视金钱如粪土'！"华天雪这样说，是有根据的。经常有一些单位，希望与他们这个刑事技术鉴定室合作某个项目。有些出价颇不菲，但邢天一概回绝，说本身的工作还忙不过来，无暇他顾。这当然也是实情，但严重地影响了室里人员的收入。可他就是不改初衷。

"视金钱如粪土？"邢天笑笑，"我做不到。我能做到的仅仅是不在乎生活以外的金钱。而且我懂得金钱不是工作的目的。仅此而已。"

"在这个拜金的时代，这就很不简单了。"

"我几乎已经看见了K先生。"邢天走到窗前，望着黑沉沉的夜空说，"几乎伸手可及。可就是抓不住他！"

华天雪站在他身边，慢慢地向他靠拢。

"总有一刻，我将一把抓住他！"邢天察觉到华天雪的靠拢，慢慢地转回身，坐到桌子前一张单人椅上。他不是不喜欢华天雪。不喜欢美女，就不算男人。但他不想让这种关系"进一步"。

华天雪当然感觉到这种"无声的拒绝"。这已经不是第一次了。但她没有生气：一个人喜欢一个人，是没有办法的事情。她就是喜欢他。喜欢他，就要接受他的一切。

"你知道我现在最担心的是什么？"他见她摇头，就一字一顿地说，"升级。"

"升级？"华天雪不懂。

"由常规战争，演变成核战争。"邢天解释道，"我们切断了外向的渠道。他必定会让这场战争升级。由K牌狗粮，变成婴儿食品，而且很可能是婴儿奶粉。"

华天雪不由地一哆嗦，"他还是先投放，再声明？"

"应该是。否则就不是震慑了。"邢天慢慢地说。

"但在这个过程中，如果有孩子误食……"华天雪简直不敢继续想象。

"他不在乎这个。他是一个没有人性的人！"邢天做了一个罕见的激烈手势，"所以我们必须在这个当口，一举将其擒获！"说完这句话，他改用一种商讨的语气，"你知道对于一个投毒者来说，最重要的是什么吗？"

华天雪不很肯定地说:"毒药?"见邢天不置可否,又说:"我猜不出来了。"

"是耐心。"邢天重新将目光投向窗外,"同样,我们这些抓捕他的人,也需要耐心!"

一切如同邢天所料。K先生发出了最后通牒:已经有两桶含毒K牌婴儿奶粉,放入大华超市。如果不将一百万美元,在二十四小时之内,存入指定账户,将规模投放有毒奶粉。

市公安局全体常委,听取邢天的汇报。

邢天汇报完情况之后,金副局长首先说:"K牌公司的意见,我看可以考虑。"

邢天态度鲜明地反对,"私下里支付一百万美元,将会导致再次升级。"

"这个投毒犯,就是要一千万美元,对K牌来说,也是值得的。"金副局长翻动面前的资料,"光是K牌在中国为树立品牌所花的广告费,就达一个亿美元之多。工厂、办公机构、销售渠道等,更是价值将近两亿美元。孰多孰少、孰轻孰重,我想谁都会算。"

邢天知道会议的"政治技巧",不能公然反对,而是引用了一句成语,"庆父不死,鲁难未已!"

"听不懂!"金副局长很不习惯邢天这种知识分子味道,故意这么说。但见邢天没有反应,就自话自说:"庆父连杀两个国君,但除掉他还要借助齐国的力量。齐国在哪里?"

"私下支付一百万不可取。将K牌撤出中国,更不可取。"李汉魂知道自己必须出面了,"如果这样做,我们这些人,就没有存在的必要了!"

"若是发生公共安全事件怎么办?"金副局长反对道。

"不会发生的。"邢天说。

"你敢保证?"金副局长锐利地质问。

"可以保证!"邢天肯定地回答,"因为这不是投毒敲诈者的目的所在。"他转向李汉魂,"切断外向渠道,把K困在S市,一定能够抓获他!"

"你怎么能够假定他一定在S市?"李汉魂希望听到理论分析。

"一个罪犯,尤其是投毒、纵火类有预谋的罪犯,通常都要选择一个熟悉的地方作案。如果他还要在犯罪的过程中,获得金钱,就更要如此了。"邢天的语气很肯定,"在S市,他不能像在美国一样,自由地将钱由一个账户转到另一个账户。所以,我相信他要的一定是现金。"

"他要是要求把钱打到卡上,然后在自动取款机上,把钱取走呢?"金副局长设问。

"一百万美元,大约就是八百万人民币。而自动取款机的上限是两千元。那就需要提四千次。按照每天两次计算,也需要六年左右的时间。"邢天用简单的算术,回答了金副局长的问题。"如果他想在S市拿到现金,我们就一定能够在这个阶段抓住他。请各位原谅我重复:拿到敲诈的钱,对于罪犯来说,是整个事件中最困难的部分。换句话说,对我们来说,则是最有利的部分。"

"目前的信息通道是单向的。只能他知会我们,我们无法知会于他。你怎么解决这个问题?"李汉魂问。

"我们对他的最后通牒,置之不理,他就一定会建立一条通道。"邢天说。

"就这么定了!"李汉魂下了决心,"各部门必须全力配合!"他扫视众人。

众人都感觉到李汉魂目光的分量:这位局长,从来不会说"严惩不贷!""拿你的帽子来!""你不想干了?"之类的话。只有没有本事的官,才会这么说。"必须"就是最高级别的警告。

一出公安局大门,邢天就听到汽车的喇叭响。他头也不回地往旁边让了让,但喇叭还是顽固地响。他偏头一看,江夏驾驶的奔驰车,已经停到了他身边。

江夏邀请他上车。他不肯,说还有事。江夏不依,"有事也得吃饭啊?"说罢,强行将他拉上车。

"你这是绑架!"邢天有些不高兴地说。

"你既无财,又无色,我绑架你干什么?"江夏反驳道,"不过是想请你吃顿饭而已。"

"就咱们两个?"

"还有一位。"江夏说。

"谢明明。"邢天肯定地说,"第一,你不是乐善好施的人。"

"我反对。"江夏学电影中的吕氏模样,举起了一只手,"我又不是没有请你吃过饭。"

"那是有缘故的,你想拉我入伙。"

"入伙?好像我们是强盗似的。我们可是正儿八经的现代企业。"

"第二,你和谢明明是一个利益共同体内的。"

"和我一个利益共同体内的人多了!"

"但你我共同认识的只有谢明明。"

"谁也闹不过你铁一样的逻辑。"江夏把车停在皇家酒店门口,把钥匙递给侍者,让他去泊车,"可是我要告诉你,一个人太聪明了,会折寿的!"

"只有你们这种家财万贯的人,才希望长生不老,钱越多,就越难撒手。"邢天对向他致意的迎宾小姐举手示意,"要是能够活到七十二岁的平均数,我就很满意了。子曰:寿则辱!"

谢明明异常谦恭地给邢天、江夏倒酒,并介绍几道新派粤菜的渊源,但就是不涉及正题。

他不说,邢天自然也不会问。他知道在通常的谈判中,谁先开口,谁就吃亏。他望着谢明明有些憔悴的脸想:你小子懂这,兄弟我也懂!

"研究了?"谢明明小心翼翼地问。

"研究什么?"邢天知道谢明明想问针对"最后通牒"的研究结果,但故意装傻。

谢明明只好说:"对K先生的来信,贵局打算采用什么对策?"

"我奉劝谢先生最好不要问这样的问题。这是高级机密。外人不得与闻!"

邢天正色说,"如果你非要问,我只能告诉你四个字:无可奉告!"他知道断然拒绝,是最好的办法。"另外,我问你,你是怎么知道K这个代号的?"

谢明明一时语塞,只好拿酒杯遮住脸。他是通过金副局长知道"K先生"的,而且还请托金,为K公司谋福利。会议的研究结果,也是金告诉他的。同时,金还说:"协商解决未果的最大阻力是邢天。"于是,才产生了这顿饭。

"喝酒。喝酒。"江夏赶紧打圆场。

"治国用正,出兵用奇。"邢天认为有必要教训一下谢明明和江夏,"不要剑走偏锋。"他估计谢明明的信息源是金副局长,虽然他不知道这是因为金有一个妻弟在K公司。"我是怕,罪犯抓住了,K牌也垮了!"谢明明沮丧地说。K公司总部,对他的擅自行动,很是恼火,收回了"大中华区总裁"的成命不说,还让他留任于此,如何处分,要看此事的结果而定。

邢天的回答很原则:"有一点我可以告诉你,我们的对策,都是从国家、人民的最大利益出发的。也应该符合贵公司的利益。"

"兹事体大。我们输不起啊!"谢明明哀叹,"万一酿成公共事件,一百多年的K牌就毁了。"

"你怀疑我们的能力?"邢天尖锐地质问。

"岂敢。岂敢。"谢明明抱拳道歉。

"没有人怀疑你的能力。相反,有人很欣赏你的能力。"江夏不失时机地插入,"老谢他们的大老板说过,此事妥善了结后,很希望邢老弟去K牌就任高职。"

"且不说你这不过是个画饼而已,"邢天居高临下地笑笑:"就算是真的大饼,我也不稀罕。本人志不在此。"他站起来,"另外,我警告两位:倘若擅自行动,就会遭到严厉的惩罚!"说罢,不客气地往出走。

谢明明留下结账,江夏自然要送邢天。

到了大门口,侍者已经把车开了过来。

邢天有些奇怪地问:"他怎么知道你要走?"

"可能你我出门的时候,服务员已经通知底下了。"

邢天望着穿梭般进出的车问:"他怎么记得住你的车?"

"不知道他是怎么记住的。反正他们不光能记住车,连你的姓名都记得住。上次,我开朋友的车来,这小子就问:江总怎么换了车?要知道,我从来没有和他交流过,也没有给过他名片。"

"一个不坏的系统。"邢天自言自语道。

从大华超市取来的奶粉罐头,经过华天雪的化验,在其中一桶中,查出了秋水仙碱。

"能查出它的产地吗?"邢天虽然知道这是一个不用回答的问题,但还是这样问。

华天雪无奈地摇头。她知道这是邢天内心焦虑的外在表现。

"按说秋水仙碱是有机化合物。你应该能查出来。"蒋勋说,"查出植物的DNA。"

"我还查出制造者的指纹呢!"华天雪讽刺道,"亏你还知道有机化学!"她挥动着化验报告,"这是化合物!化学变化和物理变化不一样。化学变化就是连性质都变了。懂吗?"

"我不懂!我不懂!"蒋勋赶紧举手投降,"要是兔子能驾辕,谁还养活马?我亲爱的华博士!"

华天雪也被他逗笑了。但笑容只不过片刻,"说真的,以前K投毒狗粮罐头的时候,我还不那么紧张。虽然有'狗是家庭成员'一说,但毕竟是狗。可这是人啊!而且还是孩子。我想起来,就不寒而栗!"

"K也不愿意酿成惨剧。"邢天说,"这倒不是因为人性。他根本没有人性。而是因为这么一来,他就失去了谈判的资格。所以,他才把这两桶奶粉,放到了运动衣的货架顶端。这样做,一来是为了回避监视系统,二来是为了不出意外。所以,我断定他还要继续谈。"

"要是出错了,可怎么办?"华天雪担心孩子,也担心邢天。

邢天慢慢地说:"美籍华人科学家丁肇中,主持了一个暗物质研究计划。其中一项,就是把一台测量仪器,放到卫星上。有记者问丁肇中:万一这台仪器出错了怎么办?因为卫星一去不复返,根本就没法修理。丁肇中回答:不会的。记者又问为什么?丁回答:我从来就没有出过错!"邢天一顿,"我没有丁博士那么完美。但在关键问题上,我从来没有出过错!这次也不会出错。"他挥手召集众人,"来,咱们再讨论一番K的心理画像。"

随着讨论的进行,K的心理画像越来越细致了:

男性。三十岁到五十岁之间。有商业背景,有国外的联系。三级以上的钳工水平。没有狗。没有孩子。没有女主人。

邢天根据敲诈信的文本,又加上了一条:文化程度大学以上。

"第一封信中有'品牌坍塌'一说。第二封信中有'阁下'、'亲启'、'诚挚'、'筹集完毕'、'指定账号'、'合作之迫切'、'含有新内容'、'S之标记'、'知名不具'。而第三封信中的'规模投放有毒奶粉'一句,最显性格!"邢天说,"这种话,我说不来。一定是工商业中的人所说。"

"可这样的人有多少呢?"秦川问。

这确实是一个现实的问题:S市渐渐成为中国乃至亚洲的经济中心。充满了有这种背景的人,而且都在三十岁到五十岁之间。

"但有三级以上钳工水平的人不多!"蒋勋反对。

"三级钳工?"秦川摇摇头,"又不是六级英语,谁会往表上填?"

"你们说,他可能在什么地方学的钳工?"邢天受到秦川"填表"一词的启发,"现在的大学,已经不学工了。所以,肯定是在某个特殊的地方!"

"特殊的地方?"华天雪不解地问。

"我想,应该是监狱!"邢天下了结论。

这个结论,是心理画像最关键的一笔。它立刻使得排查的范围缩小到原来的十分之一也不到。

"什么罪名?"秦川提出另一个关键问题。

"应该是智力型的犯罪。这是一个老谋深算的风险评估者。有很强的自我保护意识。"邢天不很肯定地说,"贪污?诈骗?"

大家同意邢天的分析。排查的范围从此变得更小了。

邢天的分析很正确:谢明明收到了K先生从美国的邮箱发来的一封电子邮件。

内容很简单:你打算怎么付款?请电邮回复此IP地址。

大家都感到一阵兴奋:控制权终于易手。

邢天起草了复电的内容:"境内付款。"——他尽量使得内容简单,避免K看出破绽,知晓警方已经插手。

这封邮件,带有一个回复装置:一旦有人阅读,立刻就能知道。

大家都不肯下班,在办公室里等。

"K感觉到控制权的易手,打算走开,但又抑制不住贪婪的欲望驱动。"邢天在分析,"他开始不耐烦了。不耐烦就会犯错。"

"生气真好!"蒋勋补充道。

邢天坐在电脑前,时刻监视K是否阅读文件。就连华天雪要看看自己的邮箱,他都不让。一个小时后,有人阅读了这封邮件。自然是远程阅读。

蒋勋立刻联系美方查找阅读这个邮件的"远程读者"的物理地址。

答复很快就来了:夏威夷一家度假酒店的一台公用电脑。

邢天知道再往下追是徒劳的:夏威夷是永远的度假胜地,游人多如过江之鲫。"等他答复吧。"

K先生独自一个人坐在皇家饭店顶层的一张餐桌旁。拿着一杯啤酒,慢慢喝着。好久之后,拿出了手机,发出一条信息。

这是一条谁看了也不会有疑问的信息:我一号到。

如果翻译一下,其意思就是按照"一号方案行动"。

这是最古老的密码编码方法:一切都是事先约定好的。如果不知道其内容,谁也无法从字面上破译。其道理就和日本偷袭珍珠港所用的"虎!虎!虎!"一样。

但有利就有弊:这种方法无法指导一个随机事件。不过K不在乎这个,任何人在他的眼里,都不过是工具而已。而工具是不需要理性的。

随后,他结了账,往出走。

就在电梯口,他遇到了出电梯的谢明明。

谢明明的脸色不太好,但携带的女士,却光艳照人。

两个人打了一个照面。他知道谢明明的一切,但谢明明对他却一无所知。信息不对称实在是好!

K想到这,心中不禁一阵欣喜。这是一种类似猫捉住老鼠之后,玩弄老鼠的原始欣喜。虽然很低级,但强度很高。

下楼之后,他给了侍者十块钱的小费。然后坐进一辆外观陈旧,但发动机崭新的奥迪车。

车速迅速提升,上了街道。然后上了环城高速。

在这上面,他把速度提到极限。征服与控制的结合,给他以极大的快感。

绕了一圈后,他回到了秋枫别墅。

K先生的答复,在他没有回家之前,邢天就已经收到。其内容依旧很简单:同意境内付款。具体方案,随后通知。

这是掌控权易手的明显标记。大家都很高兴,包括李汉魂在内。

邢天却很冷静,"现在我们确实是优势。但要把优势转化为胜势,还有很长的一段路要走。"

秦川提议即刻答复。

"这就和下棋一样,"邢天有些不好意思地看看大家,"我总喜欢拿棋比喻。

一个人每次只能走一步。如果走两步,就是犯规。一百万美元,对于任何人,都不是微不足道的。尤其是这种'黑钱'。必须商量,然后决定。最早也要在明天晚上答复。"他看看李汉魂,"您说呢?"

"您的事,您来定!"因为心情好,李汉魂表现出难得的幽默。

必须承认,这是一个很英明的决定。如果即刻答复,K一定会起疑心:谢明明不可能在饭店里就看到了电子邮件,他两手空空,而且在酒足饭饱之后,一定会去寻欢作乐一番,更不可能在深夜召开会议。如果继续推的话,结论只有一个:警方已经介入。

K当然知道,这种事情,到了最后,警方一定会介入。因为他的战略就是"逐步升级",从十万到百万,再到千万。一直到把K牌压垮为止。没有人能够承受以几何级数增加的敲诈。但以他的测算,百万尚在谢明明能够承受的范围之内:谢明明是个追逐名利、优柔寡断的人。

有"大中华区总裁"的桂冠在前闪光,他不会轻易向警方报告的。K自以为对谢的了解很全面。他边看电视边想:所以,目前我还是安全的。

这时,电视屏幕上一名重量级选手被击倒。K大叫一声:"好!"力量、对抗,是他最喜欢的。

K先生的回复,是在警方发出"只能筹集到五十万美元"的信息一个小时后收到的。这也是邢天的构思:如果一次付清,没有抓到K,又被他觉察的话,他很可能报复,或者干脆潜逃。所以要加一道保险,分两次给。

"他要不同意,怎么办?"蒋勋问。

"会同意的。"邢天很有把握地说,"小时候,我养过一对鸽子。这对鸽子的感情极浓。雌鸽去哪里,雄鸽子就去哪里。有一次,我拿着雌鸽,准备放飞。这时候,在操场遇到了一个同学,就聊了起来。完全忘记了手中的雌鸽。结果那只雄鸽,就在天上盘旋,最后实在太累了,干脆就落到了最近的树上。要知道,家鸽是不往树上落的。这是什么力量?本性的力量!贪婪就是K的本性。他无法战胜本性。"

果不其然,K同意按照两次付款。但对第一次付款的要求很具体:不得少于五十万美元。全部为一百票面的旧钞票。并且要用聚乙烯布包好。然后用胶带粘住,外面再用一毫米厚的聚乙烯布包好,并且用尼龙绳绑好。

同时,他要求送钱的必须是一位女士。

至于具体的交款时间,他自会通知。但一定在五天之内。

李汉魂批准了"分两步走"的方案。"可你去什么地方筹集这么多钱呢?"

邢天的解决方案很简单:向K牌公司借。

"借?"李汉魂知道这不是小数目,"万一?"他顿住。

邢天等了一下,见李汉魂没有往下说,就肯定地说:"没有万一,我一定完璧归赵。第一次抓不住,也会露出很多信息。极有可能在他第二次行动之前,就抓住他。至于第二次,他绝对不可能逃脱。"

李汉魂点头,"你还有什么要求吗?"

"抓捕不是我的强项。准确地说,很弱。希望局长给我派一名最得力的刑警。"邢天说,"我对全部后果负责。我只要您派一名行动指挥官。"

"你不是一个推卸责任的人。"李汉魂微笑着说,"最得力的刑警,就在你那里。"

"秦川?"

"莫非不是?"李汉魂反问。

"当然是。"邢天笑了,"我希望局长亲自向他交代。"

"你说得对。"李汉魂舒展一下身体,"刘邦听从了萧何的建议,同意任命韩信为大将军。并且要马上宣布。萧何不同意,要求刘邦斋戒三日,并且筑坛拜将。"他站起来,"必要的程序是不可省略的!"

K的指令是通过电子邮件传来的。指令下午四点到北环路的一个电话亭接听电话,并且特别注明"过时不候"。

这种单向的"指令"根本就没有讨论的余地。

邢天特地指派谢明明去听电话。

身为高管的谢明明虽然百般不愿意,但迫于压力,还是去了。

邢天认为机会来了:K一定要用移动电话来发布命令。虽然他明明知道,这种号码一定是"一次性"的,但起码可以标出其运动轨迹。

谢明明准时在四点钟接到了电话。K在电话中命令他到三条街道外的另外一个公用电话亭接听电话。

他无奈又害怕地到了指定地点。

几乎在他刚一到,电话就来了。

内容很简单:送钱的女人必须穿高跟鞋。必须熟悉公路路线。必须随身携带钱和电话。一切都必须在一个小时内准备好。

谢明明根据邢天拟定的提纲,要与之讨论。可对方根本不予理睬,只是命令准备好后,将这个女人的移动号码用电邮方式发到指定邮箱。

谢明明无奈地走出电话亭,开车走后,才用移动电话与邢天联系。

其实邢天监听到整个过程。他马上命令到发出这些信息的电话源——那是郊区的一部固定电话——去侦察。

这个时候,在皇家酒店顶层某房间内的K,收起望远镜,离开了房间。

在这里,他监视了谢明明接电话的整个过程。

警方很快抵达向谢明明发布命令的那部电话处。发现这是公园一个角落里的一部经过改装后,可以转接的公用电话。

邢天接到这个信息,并没有失望:如果K先生此刻就"现身",那他就不是K先生了。"他一定会用移动电话的。因为他必须移动。"

"如果他派别人去呢？"蒋勋问。

"这不是别的。这是真金白银。你想他能派别人去吗？"邢天反问。

"也许他有一个铁哥们儿呢？"

"不可能。"邢天摇头，"君子喻于义，小人喻于利。所以小人结党，就铁不了。道理很简单：义是标准，而利益是一个随时变化的东西。"

蒋勋点头。

邢天已经把现场的指挥全权交给了秦川：组织这样大规模的围捕，他确实力不能及，经验就不够。但他还是放心不下，眼睛一直盯着电视屏幕。

在电视屏幕上，代表华天雪车的那个亮点在快速移动。其前其后的不远处，分别有两个代表"随同"警员汽车的亮点。

此刻，这五个亮点，正在从环城公路的东侧往西侧移动。

"邢处现在的样子，好有一比，"蒋勋说，见邢天的目光离开屏幕后，他笑着说，"好比空城计中的诸葛亮。"

"表面上不急，心里特别急。"邢天也笑了。

华天雪沉稳地驾驶着车辆。她虽然是一位女性，但一点也没有女性通常的"遇事惊恐症"，出奇的镇静：这种品质，虽然与后天锻炼有关，但大部分要靠天生。换言之，一个胆小的人，永远锻炼不成一个胆大包天的人。就如同"左嗓子"成不了歌唱家一样。

当然，她这样也是有所"恃"的：医学院长跑第二名。法医特训班格斗第三名。记得她要求充当"送钱人"的时候，首先把这两条摆了出来。邢天质疑其第二条，问是全班第三名，还是女子第三名。她撒谎说是全班第三名，而实际上是女子第三名。而这个法医特训班，一共只有三名女生。但即使如此，她认为也够：根据对K的心理画像之描写，这应该是一位奶油小生才对。

这时，环路上的车流量，已经开始向峰值爬升。

秦川的指挥，也可谓周密：在环城路，每隔两个出口，就有接应"一车三人"之预备队。用他的话说，这就算"超豪华围捕"。

但他发现麻烦还是来了。随着车流的增加，距离华天雪"两车"的指标很难达到，不能强行超车，也不能鸣警笛。他没好气地指责驾车的小王，"没了警报，你小子的车技也跟着没了？"

小王不服气地顶撞，"本来就是。桑塔纳怎么跑得过奥迪A4？"

"秦川车"与"华天雪车"之间越来越大的距离，在邢天的屏幕上也反映出来了。但他依旧不动声色。这时，他的电话响了。

来电的是江夏，"我知道你很忙，不耽误你时间。我只想问你一个问题。"

"你说。"邢天对此刻的打扰，虽然很恼火，但语调上没有表现。

"我有很多K牌的股票。美国的、香港的都有。你说我卖不卖？"江夏当然不会傻到直接问能不能侦破此案。问了，邢天也不会说。所以来了个"曲线迂回"。

邢天一听，愈发恼火：生死攸关之际，这些人还想着自己的钱。尤其火的是，谢明明泄漏消息。但这些不能表现。"股市无良言。大主意自己拿。"他很原则地回答。

但江夏坚持问。谢明明在投毒案发生之前，向他透露了K公司的分红计划。这个分红之优厚，一旦实现，将会使得K牌的市盈率降低一位数，绝对是发财的好机会，所以大额进入。

"我不过是参谋意见啊！"邢天为了打发他，不得不这样说，"如果你要卖了，很可能避免某些可能发生的损失。"说完，他又自觉不够厚道，便说，"我再次强调，这可是一个外行人的参谋意见。不足为凭。"

江夏连声道谢后，放下了电话。

就在这时，他发现华天雪的车，停了下来。

华天雪接到K的指令，在公路西侧的故障区停了下来。

随后，K在电话中命令她从栏杆上爬下去。她不肯，"我穿的是裙子。再说，这么多钱，这么重。"

K充满权威地打断道："下去，往北走！"说罢，挂机。

随后，她接到了秦川的命令，"你下去。我们随后就下。"

于是，她翻下栏杆。

邢天和蒋勋，也同步收到了这些信息。

按照邢天的评估：秦川的命令是对的。

但他没有估计到的是K的第二道命令：树丛里有一辆自行车。骑上往南走。

他知道，这下子秦川跟不上了。他马上打开电子地图，看看往南有什么？

但南边属于未开发区，基本上没有什么大的建筑物。

当他百思不得其解的时候，代表华天雪的亮点，与秦川的亮点明显拉开了距离。

华天雪按照指令，停到一座废弃的铁路桥上的时候，又接到了指令：把钱扔下来。

"扔到什么地方？"她往桥下看。此刻天已经黑了，这座桥又废弃多年，长满了各种灌木。黑黝黝的，深不可测。

"我正在瞄准你。马上扔！"K命令道。

听到这道命令，邢天很是着急。但他没有发布命令：既然把一切交给秦川，就由他来定。

秦川的命令与他一样：扔！

华天雪于是将包扔了下去。

这时，天下起了大雨。

大雨冲走了一切痕迹。

"无功而返。实在是无颜见江东父老啊！"秦川很沮丧地说。

"怎么能说是无功而返呢？"邢天不同意。

"秦队无功,我却有过。"华天雪的脸色苍白。

"功劳大大的！"邢天说着打开了电子地图,"一个犯罪嫌疑人要犯罪,尤其是这种重罪,必定要选择一个熟悉的地方。黑森林超市、绿地超市、大华超市,北环路电话亭、废弃铁路。这个人一定在这个范围中间。"邢天用光电笔,在屏幕上画了一个圈,"这个地区当中,与心理画像相近的人能有几个？"

秦川感到豁然开朗:他们做了很多前期的工作,名单已经基本构成。"咱们现在就组织人,来个拉网式搜查！"

"就是查完,钱也不一定找得着！"华天雪依旧很沮丧。

"人在,钱就在。"秦川安慰道。

"经常是罪犯抓住了,钱也没有了。"华天雪知道这是在安慰她。

"那是小钱。而且是人民币。"蒋勋说,"五十万美金,想花也花不完！"蒋勋说,"他就是想从银行汇,也不容易:根据新颁布的《反洗钱法》,大宗可疑的汇款,要经过审查。"

"咱们这有地下钱庄,把钱往里面一放,就走了。"华天雪不肯离开固有思路。

邢天没有参加讨论,每人分一张名单,命令分开四个小组,分别搜查。

秦川一路,到了秋枫别墅。

从户籍、身份登记上,无法看到有无狗,更看不到有无女主人。有人法律上有太太,实际上没有。有人法律上没有,实际上却不止一个。所以,必须借助于小区的物业公司。

保安头目一看开列的条件,立刻就说:"这不是特氟龙先生吗？"见秦川不懂,他解释道:"这位先生姓方名城。房子说是借别人的,可从来没有见过那位原主人来过。他特别不爱说话,从来没和我们说过一句话。而且穿得特别讲究,一尘不染。所以我们都叫他特氟龙先生。"

秦川这才明白"特氟龙"是不粘锅的涂料。他立刻让保安带路,来到十二号别墅。

秦川等很警惕地敲门。

没有回应。

于是,他请示后,准备破门而入。这时保安说,有一把维修用的钥匙。于是,顺利地将门打开。

一切真相大白:一排K牌婴儿奶粉罐头;大约半公斤秋水仙碱;若干支枪;更重要的是华天雪扔下去的"那包钱",也在角落里。

随同邢天一起赶来的华天雪一看就高兴地跳起来,直接奔了过去。过去之后,才发现这个包裹,被利刃切开了一个角。从这里可以看出,里面都是裁得很好的画报纸。"被调包了!"她无比悔恨地说。

"他干吗这么做?"蒋勋蹲下来,仔细地查看那包钱。

"有这个必要吗?"邢天也笑眯眯地问。

华天雪疑惑地看着邢天,好一会儿才说:"我本来拿着的就是假钱?"见他点头,她差一点高兴地说出"你真坏"!但想想此乃工作场合,不合适,就没说。"你为什么不让我们知道?"

"没有这个必要。你怀揣着假钞,就做不出真的样子来。万一被K察觉,岂非误了大事?"邢天这个回答,并不是全部:现在这个社会,几乎人人都知道信息是最有价值的硬通货。"贩卖者"充斥。谢明明一方就不用说了;从开具票据到银行兑换钞票、到包扎,不知道会有多少人经手。就是自己这方,也很难说。当然,不会有人故意"出卖",但无意中走漏的可能性也不是没有。所以,他连李汉魂都没有告知:将在外,君命有所不受。

秦川搜查了整个房间,竟然连一点有关K的信息也没有。电脑里也是干干净净的。他不相信,意欲重新组织搜查。听邢天说没必要,他不服气,"有一次,我协助经济侦查大队,破一个诈骗案。这个案子的主犯,利用'交巨款,包上名牌大学,上不了就退款'的办法,诈骗了八百多万。但就在高考前夕,人间蒸发了。也是一张相片都没有留下。但我就是不信。反复搜查。最后,在一名雇员的手机里面,找到了这小子的照片。虽然很模糊,但也足够了。"

"那你就试一试。试一试并不犯法。"邢天坐到一张舒适的沙发上,"顺便看一看,有没有女性的痕迹。"

两个小时的精密搜查后,只在一幅俄罗斯风景油画的后面,找到一张写有若干地址的A4打印纸——这些地址,只有街道名称和门牌,并没有具体的城市。

蒋勋的便携式电脑中,有一张全国的电子地图。他很快就在地图上查出了这些地址分别是武汉、广州、哈尔滨。

邢天看都不看:这显然是疑兵之计。"他不会把这么明显的东西忘在这里。"

蒋勋有些不服,"智者千虑,必有一失!"

邢天当然不会直接反驳,"你可以请这些城市的同志们协助调查。"

"请赵教授吧?"秦川所说的赵教授,是著名的画像专家。协助侦破无数大案。

邢天点头后说:"咱们就在这个地方开一个会吧。这地方比咱们的办公室舒服。"等众人坐定之后,他作了一个长篇的分析。"第一,K可能出身于一个讲求计划、精细的家庭。这样的家庭,很可能是知识分子,也可能是干部。或者二者兼而有之。"

蒋勋不同意此分析,"现如今的干部,不是知识分子,根本就当不上。"

"你把时间坐标弄混了。我说的是K的家庭。"邢天纠正完后,又说,"第二,这个家庭应该是出了什么问题。按照物业的说法,K只有三十多岁。那么他的父亲,应该在六十岁左右。那么会是什么问题呢?"

蒋勋随口回答:"政治问题?"

秦川训斥道:"说话要用脑子:改革开放之后,很少有人因为政治问题出事。"他转向邢天,"应该是经济问题。或许是男女问题?"

"有男女问题,通常都有经济问题。"邢天一顿,"后来他发愤读书。最后在一个单位,担任了重要职务。这个单位不是IT,就是金融。这个时候,他在童年、少年时期的旧伤,我指的是心理创伤,复发。结果……"

蒋勋抢着回答:"出了情感问题加经济问题。"

邢天慢慢地摆手,"只有经济问题。而且是比较大的经济问题。随后,他就在监狱里服刑。这应该是一个刑期不少于十年的徒刑。在监狱里,他学会了钳工。"他摆弄着手中的K牌奶粉,"于是,他成了一个不错的钳工。与此同时,仇恨在他心中积蓄。八年后,也许是七年,但不会少于五年,他出狱了。有一笔钱,是他没有交代的。就像基督山伯爵的钱一样,藏在了某个地方。他就用这笔钱,租用了这个地方。他没有正当的工作:不是不能干,而是不想干。他想干的就是报复。"

"报复谁?"华天雪问。

"报复社会!"邢天很肯定地回答,"所以他才采用了这种犯罪方式。'危害公共安全罪'指的就是那种'无特定对象'的犯罪。杨六犯罪,目标是马飞。王从军犯罪,目标是马坚。而K的目标,则是一切人。这是最危险的罪犯。必须承认,这是一个很好的计划。有一个很好的切入点。报复是动机。他要向社会宣战,他要控制这个社会。"

"这怎么可能?"蒋勋不解。

"希特勒就真心地以为,他能够控制这个世界。"邢天说,"他是一个谁也不相信的人。他是一个孤独的人。"

"女人呢?他总应该有女人吧?"华天雪问。

"他的教养,或许还有前辈的教训,使得他不会在低级的娱乐场所寻找。他的多疑,使得他不会像谢明明那样,只看外表与身份。但他一定有!"邢天好像在说服自己,"人是群居动物,一个人如果长期地自我禁锢,会疯掉的!"

"在哪?"秦川从来务实。

"在哪我不知道。"邢天慢慢地说,"但一定存在。"

"保安和邻居都说,从来没有见过女人在这儿出现。"蒋勋说。

"他不会让她在这里出现的。"邢天环顾四周,"一点仓皇出逃的迹象都没有。一切都像诺曼底登陆一样,是计划好的。这位女士也一样。他是把她当作手、工具、备用藏身地来使用的。"他看大家,"你们说,她应该在哪?"

"您的思路太快,我们跟不上。"蒋勋说。

"我也不知道。我知道方向。"邢天打开地图,"就在和咱们认定的这片区域相反的方向。"

"有道理。"蒋勋看着地图说,"我在一本书上看过:公燕子给自己找的二房,都是与'正房'巢穴所在的相反方向。"

"你是个泛性论者!"华天雪虽然是医生,但不喜欢人谈论性。

"什么样的女人?"秦川见邢天不语,着急地问。

"K不肯与人同住,说明他不相信任何人。发现警方介入后逃跑,一定躲在一个女人处。"邢天说。

"为什么不是男人?"蒋勋问。

"刘邦兵败,逃到韩信的军营。谎称自己是汉王使者,进了军营,把调兵的印信符节拿到手,才去见韩信。你们知道为什么?"邢天见没人回答,就自己说,"他怕韩信趁机害他。小人结党,反目成仇是家常便饭。尤其当你处于危难时刻。倘若你身上还有点钱的话,那你就死定了!"邢天说。

"她或许相信爱情。"邢天回答。

"你不是说K是个无情的人吗?"

"他无情,不等于他的女友就不相信爱情。信息不对称。现在,我来形容一下这个女人。"邢天说,"这个女人多次往返美国。最近去过夏威夷。二十五岁到三十岁。不会再大了。也不会再小了。再小就无法承担任务。单身,这不言而喻。不会住别墅。应该是一套高级公寓。就在这一带。"他再一次指点地图。

卞宇——也就是K先生——在睡梦中,感觉到有一束目光落在自己的背上,猛地翻身跃起。一看是贺燕,就笑了笑。

"你怎么知道我进来了?"贺燕坐到床上,举起了双脚,"我是光着脚进来的。又有羊毛地毯。"

"我感到一束光压力。"

"直接射到你的背上?"贺燕确实如邢天所分析:不到三十岁。

"而且穿透我的心。"卞宇从来不相信爱情。他的父亲,毕业于一所著名的军事工程学院。而且是在"文革"前。这个阶段的大学生,极为珍贵。就算你不想做官,也起码可以做到处长。其父自然也顺理成章地官至正厅级,执掌着一家大型的机械进出口公司。而且马上就要调任省进出口委员会主任——这通常都是副省长之序曲——可就在这时,出事了。原因很简单:一个俗称"相好"的女人,要一些外汇额度。当时,人民币换成外币,需要指标。指标的学名,就叫额度。其父自然大笔一挥,批给了她。而她的妹妹,在"倒"额度的时候,出了事。她用这笔外汇,从南美一个国家,给云南一家烟厂进口弗吉尼亚烟草时,以次充好,被海关查获,锒铛入狱。其父的结果仅仅被免职。要知道,当时的《刑法》有"投机倒把罪"。这是一个法学界称为"口袋罪"的罪名,连"星期天工程师"都可以装进去。这算是法外开恩了。可其父却因此郁郁而终。他因此彻底埋葬了爱情。

"你的心,没有东西能穿透!"贺燕虽然已经"跟"了卞宇三年,可总觉得一点不了解他。

"唯有爱情可以。"卞宇埋葬了爱情,却没有埋葬"爱情"这个词。

这个词的威力果然不小。贺燕抚摸着卞宇的胳膊。"我就喜欢你的肌肉。就和大黑鱼一样,一天到晚在跳!"

卞宇从小就喜欢锻炼身体,这是本钱。除此之外,就是锻炼头脑。怀着"东山再起,光宗耀祖"的信念,他发愤读书,考上了国内最好的大学。然后在美国学习一年之后,就回国工作了:在他来看,读书不过是一项投资。该让它产生利润的时候,就要赶紧。当时鲜有"海归",很快,他就进入一家著名的证券公司,很快就当了高管。在一次期货交易中,干出了石破天惊一举,结果身陷囹圄。很多人都认为他有些冤。唯独他自己知道,那是"箭在弦上,不得不发":他有一个很大的老鼠仓,若不出手,将血本无归。

贺燕见自己的爱抚没有反馈就问道:"你好像很累?"她知道问也白问。

"累乎哉?不累也!"卞宇坐了起来。很少有人能像他这样,干了惊天动地的事后,还能入睡,即便是不够安然。这是一种罕见的心理素质。是在弱肉强食的监狱丛林中学会的。七年刑期,四年出狱,不付出,又如何能够获得?

"你没事吧?"贺燕深知卞宇在她这里"过夜"的周期,今天显然有所违背,故有此问。

"太平无事!"卞宇离开了她,光着脚在地毯上行走。他不光在精神上疏离全体人类,就是在肉体上也是如此。除去两周一次的性事以外,他禁止任何零距离接触。

贺燕不相信卞宇会"太平无事":美国发信、转账,都是她经手的。虽然她不掌握全部,但总觉出"有点玄"。直觉告诉她,秘密就是"玄"。尤其是今天卞宇的匆匆造访和蒙头大睡,都很反常。当卞宇吩咐她"弄点酒喝"后,她更觉奇怪了:他从来都是滴酒不沾的。

邢天很擅长于"图上作业",即使是搬家这样的小事,他也要先在"图上"作业一番,争取一次到位。虽然这不太可能,但在"图上"搬来搬去,总比实体要容易。

此刻,他正在"图上作业":这段期间,S市去美国的人不少,但大部分是男人。而女人中间,又有很多是学生。然后再把年龄不符的去掉,剩下的不过一百多人。而这一百多人当中,大部分是"已婚"的。再去掉。剩下的不过数十人。他又命令把一些明显不符合K"审美标准"的女人,放入"备查"一栏中,所余不过十人。

贺燕就在其中。

行动开始:若干辆警车,分头悄悄出发。

卞宇虽然平常不喝酒,但对酒精有着很好的耐受力:半瓶五粮液下肚,竟然丝毫反应没有。这使得贺燕很奇怪。

"可能是遗传吧?"卞宇回答含糊,心里却很清楚,绝对是遗传。海外归来,春风得意之际,他也曾豪饮过。但自从监狱出来,他就自觉"天降大任于斯人",滴酒不沾了。自己的器官,尚且控制不好,如何去控制社会?

说句实在话,金钱并不是他的目的。期货市场上搏来的钱,从消费层面上说,这辈子已经有余了。而且他不准备结婚,所以"后顾无忧"。他要钱的主要目的,就是控制:钱是控制人最好的工具。就是因为手中有钱,他控制了贺燕、控制了谢明明,还有若干人等。他相信,给他足够的钱,他就可以控制整个国家。他打开一个锡纸包,发现里面是泰国雪燕。吃了一口,味道很不错。"你怎么不吃?"他很难得地发现贺燕面前空空如也。

"我从来不吃。"

"为什么?"他问。

"我已经跟你说过一次了。"贺燕有些不高兴。

"我想起来了。"他浅浅一笑。贺燕因为自己名"燕",怕把她"窝"吃了,故而一动不动。"小小年纪,还挺迷信。"他一口喝完燕窝汤,"我就什么也不信。"

"这我知道!"贺燕不知道为什么,感觉很不好。

卞宇没有听出弦外之音,或者说,就没打算去听。他指指自己,"我就相信我自己!也只有自己可以相信。我相信我的体力、我的智慧、我的胆量、我的计划。"

贺燕呆呆地看着眼前这个男人在连续使用"我"字。

"你知道我为何如此自信吗?你当然不会知道。"卞宇摆摆手,"六十年代,苏美冷战时期,基辛格写了一本书,叫作《核时代的全球战略》,第一次提出了'核威慑'理论:有二次打击的能力。这意思就是如果你向我发射核弹,我还有能力也向你发射,你就不敢向我发射!一个国家被毁灭一次和被毁灭一百次是一样的。多么伟大的理论!还击的能力,我大大地有!"他猛地挥手。他知道贺燕根本不知道他之"所指",也不用知道。他此刻需要的不过是一个听众而已。

天公作美，公寓的保安，提供了一条极有价值的信息：一个几乎完全符合邢天的"心理画像"和赵教授"生理画像"合成之像的人，在晚八点左右，进入了贺燕家。

邢天考虑到 K 可能有枪，就决定强攻。

但贺燕家的安全门，看上去很是坚固。秦川有些担心撞击锤的力量。

蒋勋不失时机地说："我来试试。"说着，拿出了一串万能钥匙，"开锁匠替人开完门后，都要把换下来的旧锁交给派出所。我当片警的时候，认识几位，也学了几手。"

邢天批准此方案，并且在房间的平面图上，进行了分工。

"我跟你这么多年了，可我总觉得，"贺燕顿了一下，"弄不懂你。"

"是看不透吧？"卞宇的笑容浅得不能再浅，"别说你看不透。我也看不透。有人给京剧大师梅兰芳写过一副对联。"他用极富磁力的声音朗诵道，"看我非我，我看我，我也非我。下联是，装谁像谁，谁装谁，谁就像谁！"

贺燕想了好一会儿，还是没有明白：对联这东西，听和看文字，有很大差别。她老实地说："我不懂。"

"你也用不着懂！"他给她倒了一杯酒，递过去，"你只要美丽就足够了。"他举起杯，"我祝你——"说到这，他突然顿住。

邢天为首的一群警察，出现在他的面前：除去邢天一人外，其余人都持枪。枪口也都对着他。

"你被捕了！"邢天说。

卞宇慢慢地放下酒杯。站了起来。

第 七 章

邢天看到江夏进来,就放下了手中的晚报。

但江夏却把晚报拿了起来,扫了一眼后说:"记得在上学的时候,每次出门,你都要为带什么书发愁。"

"发愁?有点过!"邢天说,"想想罢了!"

"就是发愁!一点不过。"江夏坐下,"就像侠客出门,为带哪把剑发愁一样。"

"书有好多种。可侠客喜欢的剑,却只有一把,不用挑。"大案破后,邢天格外轻松,"比喻错误!"

"那你就像女人出门时,为穿什么衣服发愁一样!"江夏更换了一个比喻,"所以菲律宾前总统马科斯的媳妇伊梅尔达索性就全带上了。一百多个箱子!"他把手中的报纸扔下,"可现在你竟然看这种玩意儿!"

"少侠刚出道,一定拿一把名剑:寒光闪闪、剑气萧萧。走过哪棵树,哪棵树上的叶子就要落下来。但一位中年侠客,有把剑就行,开刃不开刃都无所谓。因为宝剑已经成了一个符号,表示身份而已。等到了老年,剑与术均已化入身心。什么都不要了。大象无形!"

"那也不能看这种市民的玩意儿。"

"莫非你不是市民?"邢天说,"主要这上面,有一个侦破推理小说。我想知道结局。"

"侦探如你,还猜不着?"江夏笑着说。

"作家是作家。侦探是侦探。不是一个系统。"邢天今天兴致很高,所以话就很多,"一秒钟与一牛顿不是一个系统。一天对于朝生暮死的蜉蝣来说,就是一辈子。而对您来说,一个工作日而已。不能在两个系统之间,胡乱换算。那样就会得出'贾府的一顿螃蟹宴等于二十两银子等于庄户人一年的口粮'的刘姥姥式的荒唐等式。"

"我绕不过你去。"江夏很熟练地点完菜后说,"我真心地感谢你!"

"谢我何来?"邢天惊讶地说。

"我听了你的话,狠赚了一些钱。"江夏见邢天一脸疑惑,就说,"你不是说,投毒案可能破不了吗,让我把K牌的股票处理了吗?"

邢天点头。当时他其实很有信心破此案,而且相信一定能够破。之所以没有对江夏说,是怕走漏风声。如今的信息渠道实在太广泛,扩展的速度,更是接近光速。"要是你卖了,那就对不起了。"他为了自己的话,还留心了一下股票,发现K牌在美国赶上牛市,升值约有百分之十。

"非但没卖,反而买了一些。"江夏得意地望着惊愕的邢天。"因为我在相信你的能力的同时,还明白一个道理:"他一顿,"听话听反话,不会当傻瓜!"

邢天长出了一口气。

"谢明明不相信我的话,偷偷地把股票给卖了。结果损失了钱不说,还被K公司申斥,调到非洲去了。"江夏给邢天倒了半杯酒,给自己却斟满,"所以你现在可以收回你的'对不起'了。"

"我不收。"邢天与江夏碰杯,"有一次,我在广东的一位朋友家里住,闲来无事,就站在他的博古架上远距离地观看一只官窑瓷瓶。这是他在拍卖会上拍来的,视为珍品。这时候,两只嬉戏的猫追逐着进来,一拐、一蹿,偏偏就把这只瓶子撞下来,摔得粉碎。这两个知道自己惹了祸的家伙,F1赛车一般地,飞快溜走。无巧不成书,朋友偏偏在这个时候进来了。于是,我只好说:对不起!朋友也只好忍着强烈的心绞痛说:"没关系!"他一顿,"人常常要为不该自己负责的事情而说'对不起'!"

"我就是赔了钱,也不会埋怨你的!"江夏喝了一大口。

"我很奇怪,你要那么多钱干什么?"

"我更奇怪你怎么会这么问!干什么?赚更多的钱呗!"

"然后再干什么?"邢天追问。

"再赚更多的钱呗!"江夏的回答很坦然。

"某次,我破案去陕北。看见一个孩子在山上放羊,我就问他为什么不上学?他回答我说:要放羊赚钱。我又问他赚了钱干什么?他说:娶媳妇。我又问:娶媳妇干什么?他说:生娃。我再问:生娃干什么?他很奇怪地反问:放羊啊!"邢天转动着酒杯"我当时感到一阵莫名的悲哀!"他一顿,"现在,我又感到强烈的悲哀袭来!"

"你没有钱,而且从来就没有过。所以,你不知道钱能给人带来多么大的乐趣。"江夏与邢天碰杯后,一饮而尽,"李白有诗:若得酒中趣,勿对醒者言,说了你也不会懂!"

"你的人生目标,实在太低了。取法于中,仅得其下!何况取法于下乎?"

"好一个语重心长!我好像重新回到了中学,在听班主任老师的谆谆教导!"江夏说着,自饮一大杯。

"酒这东西,喝多了不好!"

"李白说:天若不爱酒,酒星不在天;地若不爱酒,地应无酒泉。"江夏兴奋地说。

邢天知道,再说什么,也是白说。此刻的江夏,已经不可理喻。

山泉小区,位于S市中心商务区。以其大片的绿地、高大的树木、独立住宅间隔疏朗而闻名,是典型的高尚住宅区。

周密与陈晓岚夫妇和他们九岁的女儿,就住在这占地二百五十平方米的九号别墅内。这幢算上地下室,共有三层的别墅,即使按照最保守的估价,也在一千万以上。

周密端坐在沙发上，读一本英文版的《财经周刊》：这是成功男士的标准读物。

陈晓岚则盘着腿，斜靠在居中的长沙发上，读一本香港版《发型》杂志。

按说这应该是一个温馨的家庭，可空气中却漂浮着薄薄的一层冰冷。

一座罗马式的古钟，指示此刻已经是晚八点。

"出去吃饭？"周密说着话的时候心想：要是我没有记错的话，这是今天与妻子说的第五句话。

"我不饿。"陈晓岚回答的时候，眼睛没有抬起。

周密不再回应。陈晓岚的回答，不具备"对话"的基本要素。

邢天是被鲁芹"你不管管你儿子"的命令召唤来的。到了约定地点，一眼就看到了鲁芹的汽车。他一打开车门，就被浓重的烟雾呛得一躲。

"躲什么躲？我和你结婚的时候就抽烟。到现在为止，我一点毛病也没有增加。"鲁芹没好气地说。

邢天没有与她争论。结婚之前，鲁芹绝对不抽烟。结婚以后，很长一段时间，她也不抽烟。他只是问："儿子怎么啦？"

鲁芹往游戏厅方向一指，"你自己进去看看就知道了。这小子在里面待了五个小时了。和你一个样！"

"你不去？"邢天打开了车门。沉默是金，他从来不想与鲁芹争吵，因为那根本就没有赢的希望：她就像大画家一样，永远不会缺少吵架素材。

"我还有事。"鲁芹发动着车。

"抽烟患心血管病的比例要比平常人高三十倍。"邢天知道提醒不会让她戒烟，但起码有可能降低增长的速度。

鲁芹不由自主地反驳自己的前夫，说她的某某某叔叔伯伯，每天要抽多少烟，却至今"健康地生活着"，而她的父亲，"不喝酒、不抽烟、天天锻炼"，却已经死了十年了。

"你可以不信。但你如果到医院去统计一下,就会发现我说的比例很保守。"邢天说完下车。

鲁芹的车立刻怒吼着走了。

周密与陈晓岚的女儿周童,是个很漂亮的女孩。她没有道理不漂亮:周密身高一米八五,皮肤白净,大眼睛、宽额头,陈晓岚更是美人模子。她同时也很听话:听话到自觉的程度。

她看看表,已经是十点半,就上了床,随后,立刻关了灯。"在床上看书,对眼睛不好。"父母的教导,已经化作了制度。

不过一分钟,她就睡着了。天真无邪,是最好的安眠药。

邢天把手搭在邢小天的肩膀上。

邢小天头也没回地叫了声"爸",然后继续玩他的游戏。

邢天静静地看着儿子玩。这是一种叫作"交易"的游戏。里面充满了陷阱、背叛、暴力,反正除去色情以外,一切"坏"东西,应有尽有。这款游戏的作者,真应该判他十年以上的徒刑!他这样想,却什么也没说。他知道,堵塞无论对水,还是对人,都不是办法。

他的静默,果然对儿子形成了压力。这一局完了之后。邢小天站了起来,用大人腔说:"爸,如果您能帮我把今天的单埋了,我将不胜感谢!"

"我不胜荣幸!"邢天笑着埋了单。

周密悄悄地走到女儿的卧室门口,听听里面没有动静,就回到了自己的卧房。

他与妻子分房而眠,已经有两年了。说法很复杂,工作压力啊、身体原因啊,但实际则很简单:一种深刻的彼此厌倦。这种厌倦,既是精神的,也是物质的。

躺在比实际需要大三倍的床上,他用无线上网的笔记本电脑,观看纽约期货市场的行情。

若论资本积累的"原罪",他没有。一九九〇年,财经学院毕业以后,他很正确地选择了去广州证券公司。这样做的原因,就是因为他看到了邓小平送给来访的纽约证券交易所总裁一张飞乐股票。他敏锐地感觉到,未来的中国市场,将要证券化。果不其然,证券很快就在中国大地上"热"起来。当时只有寥寥几只股票,"老四股"、"老八股"之类,而且没有涨停板制度,更没有电子交易设备,全凭手工操作。换言之,如果你能早一步把你手写的交易单子递进证券公司的窗口,并且能够及时地由公司的工作人员,用电话传送给上海的操盘手,那么你一天之内,将你的资金扩大二十倍,是完全有可能的。

作为公司的技术负责人,他完全有这个便利。当然,他不会傻到自己干,而是让当时还是未婚妻的陈晓岚和她的弟弟,开了若干个户。很快就挖到了"第一桶金"。如果你能使你的财产,以几何级数增值,那将非常可观:一张报纸,如果对折二十次,结果就在两百米之上。

若按照美国的法律,这种"内部交易"是重罪。可在当时的中国,这并不犯法,因为根本就没有有关证券的立法,"法无明文不定罪"。

但他还是赶在立法之前,及时收手了。许多同事,后来就"栽"在了这上面。这之后,他去了美国,在华尔街转了一圈之后,成了一名投资银行家。

至于他有多少钱,只有他自己知道。

邢小天虽然很喜欢吃麦当劳、肯德基之类的食品,但因为老爸多次抨击,所以很给面子地选了一家中式快餐馆,并且点了面条和包子。接着,就狼吞虎咽地吃了起来。

"慢点吃。人体内,有一种叫作'瘦素'的化学物质,其功能就是给你一个'饱'的信号。如果吃得快了,等'信号'来了,就已经过量了。"邢天没有说,很多洋快餐里面就含有一种激素,能够使得"瘦素"的信号延迟:既然儿子给你面子,你就要给他面子。

"老爸,我特别喜欢和你说话。"邢小天眨眨眼。

"为什么?"

"和你说话,好像和很多人说话一样。"邢小天似乎觉得不够准确,就加了一句,"好像你的后面站着很多人!"

邢天笑了。儿子是个"独立、敏捷"的人,在上小学一年级的时候,老师提问说:"我有五个大苹果,好大、好大的苹果,我吃了四个,会怎么样?"儿子立刻举手回答说:"你撑死了!"老师苦笑着再问:"我又放回去两个,结果是什么?"儿子想都没想就说:"你不是已经吃了吗?"结果老师登门告状,但他却觉得这挺好的,当然,没有把这个想法告诉老师。

邢天忍不住摸摸儿子的头,血缘的力量,几乎是无穷的。"以后少玩一点游戏,尤其是这种游戏。"

邢小天点点头后说:"见不到你,妈妈又总不在家。"

邢天歉疚地说:"等这一阵忙完了,我一定带你去北京转转。"

"北京还用你带?我自己就能去。"邢小天反驳道,"你不是说你才十岁,就自己去了东北?"

"此一时,彼一时也!"邢天不愿意批评现在的治安,因为这几乎就等于批评自己。

邢小天想了一下,领会了这话的意思,就说:"可我要比那阵的你,机灵多了吧?"

"那倒也是!"邢天老实地承认。

"我其实,就想……"邢小天顿住。

"想什么都可以说。"邢天鼓励道。

"我就想和你在一起,哪怕只有一晚上。"邢小天终于说了出来,"可以吗?"

"太可以了!"邢天站起来。

"我可以不洗澡吗?"邢小天得寸进尺。

133

"可以!"

邢小天高兴地搂住父亲,"你太好了!"

"你我真是——"邢天也搂住他。

"真是什么?"

"真是'多年父子成兄弟'!"

陈晓岚在"煲电话粥"。

作为银行家的太太,自然是不用上班。但问题也随之来了,如何打发多余的时间?美容、健身、烹调、慈善,凡是有闲阶级做的事情,她都做过,有些还在坚持做。但她还是"提不起精神"来。原因很简单:男人缺位。

她自己也说不清楚,冷战是什么时候开始的。或许是从结婚的那一天就开始了?反正记忆深刻的有那么几次。

记得有一次,她精心烹调了两道菜。但周密吃了两口,就放下了筷子。她赶紧问:"我这道菜缺了什么?"周密点点头。她又问:"缺什么?"周密慢慢乏说:"爱心!亲爱的。"随后就静悄悄地走开。她一尝,发现不过略微有些咸。这事虽不大,但周密冰冷的腔调,却插入她心中。

还有一次,两人一起参加同学聚会回来。她喝多了一点,信口表彰了几位同学中的"杰出人士"。当然,都是男生。周密不高兴地说:"在你所有的熟人当中,我是最杰出的!不信你再找一个试试?"她当时被噎得说不出话来。很久之后,她才想明白,这其实是一个"伪问题":情窦初开,她就被周密"收编",其后的道路,更是重叠。何来"找"之可能?

所有这些,合成了一个排斥力。她开始放纵自己。当然,她逃不脱"成本——收益"的铁律管辖,不敢明目张胆,但确实已经"心旌摇动"。我不会去"招"人,但是如果有人来"招"我,而且也中我的意,那么一切将顺理成章!

但好几个月过去了,没有任何迹象。她反思一番,终于把问题想通了。于是,去掉了所有显示"尊贵"的东西:钻戒、真正的 LV 提包、宝马跑车等。很快,一群

"鱼"就围了上来。

这道理很简单。美国有一位心理专家在给学生讲课的时候,做了这样一个实验:把一辆崭新的汽车,不上锁、半开窗,停放在路边。然后,用一个摄像头对准了它,说一定会有人来偷。但一个多小时过去了,根本就没有人问津。教授想了一下后说:"信号强度不够。"随即派一名学生去,把车窗砸碎。这之后,先来了一个人,把车上的收音机偷走了。片刻之后,又带了朋友来,偷了一些东西。入夜之后,这辆车只剩下底盘和壳子了。

看着被"信号"吸引来的"鱼群",她很高兴,但并不急于投入某个人的怀抱。怎么能为一棵树,而丧失整座森林呢?她在挑选、挑逗,凡此种种,不一而足。"妻不如妾,妾不如偷,偷不如偷不着。"她完全懂得这条对于男人适用的定律,对女人也完全适用:熟悉毒化想象力,夫妻就是最好的例子。还是尽情地享受一番再说。

但一个月前,她堕入了情网。情网一物,性质与法网相似:一旦触动,就身不由己了。

男友叫作孙冬,是一名足球运动员。贵妇人——如查泰莱夫人——与体力工作者偷情,是永远的元故事。她不懂足球,但只要有孙冬,就一场不落地看。孙某球踢得不好,不是经常能上场的一线队员。所以当他坐在"板凳"上的时候,她的望远镜,就会一直停留在那里。

到了深夜两点,她决定结束通话。孙冬要求"再说一会儿",她不肯。睡眠不足,是女人苍老的主要原因。而色衰爱弛,是千古不易的真理。

儿子强烈要求与邢天"抵足而眠"。他只好同意。物理距离与生理距离从来都是正相关,儿子因此口无遮拦,最后竟然说:"你干吗不再找一个女人?"他不想回答这个问题,"找女人干什么?"儿子说:"没女人,你老了怎么办?""指望你啊,莫非你想摆脱责任?"他反问。"我看我,应该是个全世界跑的人。你指望不上。"他听儿子有这宏伟理想,心里很高兴,但嘴上还是说:"父母在,不远游!"等了一会儿,见儿子没有回答,扭头一看,已经进入梦乡。万般无奈,他也只好想办法睡觉。

可刚刚进入梦乡之边沿,他就被手机的振动弄醒:有一个绑架案,要他去处理。

他悄悄地起床,很快地穿好衣服,准备出门。临出门之前,他凝神看了一眼熟睡的儿子,心中突然涌起一阵温暖加凄凉的感觉,不忍离开。但狠狠心,还是走了。关好门,他突然想起一句不知道是谁写的词:温柔乡是英雄冢。温柔乡?应该是与女人相联系才对!晨风中,他梳理了一下有些散乱的头发。我怎么联系到这上面去了?是不是老了?

清晨,周密就起床去打高尔夫。每周三次高尔夫,在他是雷打不动的:世上所有的东西,都是身外之物。而"身外之物"这个词本身就说明了最重要的就是身体。

听到他走了之后,陈晓岚也立刻起身装扮。其过程历时一百分钟。这也难怪,"女为悦己者容"嘛!然后,把金卡放进包里,开车赴孙东之约去了。

没有人理会周童是否起床,因为她是一个自理能力很强的孩子,更何况,今天又是星期六。

"彭妮绑架案"的轮廓很简单:一位名叫彭丹燕的青年单身女子,昨天上午十点,把熟睡的一岁女儿彭妮放在家里,锁好门后去超市买东西。一个小时后回来,女儿不见了。安全门没有撬动的痕迹,也没有任何人看到任何可疑的人。于是,彭丹燕就报了警。到了晚上十点,快递公司送来了一个包裹。其内容很简单:一只彭妮的绣花鞋。案件的性质,从此由"失踪案"变成了"绑架案"。

邢天主持了对彭丹燕的讯问:"你一发现彭妮不在了,就打电话报警?"

彭丹燕带着哭腔说:"我先找了一阵,然后才报的案。"

"在什么地方找?"邢天知道彭所住的是一个刚刚落成的拆迁周转区。人很杂,没有保安,也没有监控录像。

彭丹燕顿了一下,"能找的地方都找了。"

"什么地方?"邢天抓住不放。

"左邻右舍,大门内外。"彭丹燕含含混混地说,"周大妈见到……"

邢天摆手,打断她的话,"你单身一人?"

彭丹燕不知道"突然改变话题"是邢天常用的战略,愣了一下,"算是吧。"

"何谓'算是'?"邢天已经从彭丹燕的简历中得知其毕业于湖南师范学院中文系,所以应该能听懂"何谓"一词。

"就是一个人。"彭丹燕慢慢地说。

"离婚了?"简历上虽然没有说,但邢天想来应该没错,否则孩子不会跟她的姓。见彭点头,他又问:"有没有男朋友?"

彭丹燕大幅度地摇头。

"协议离婚,还是判决离婚?"邢天又改了话题。

"协议离婚。"

"你一个月的收入是多少?"邢天问,"我说的是扣除一切后的现金收入。"

"两千多一点。有时候还不到。"

"够用?"邢天看着彭丹燕虽然中档但很讲究的衣着。

"这要看怎么说?"彭丹燕试探性地回答。

"来这几年了?"邢天问。

"一年。"

"你在超市都买了些什么东西?"

"一些孩子和我的用品。"

"有发票?"

"有。"彭丹燕打开包。

"我随便问问,不是要看你的发票。"邢天摆手,"孩子在这生的?"

"不是。在湖南老家。"

"谢谢你的配合。"邢天起身后转向华天雪,"你们有问题就问吧。"说罢,走出了审讯室。

在隔壁的"旁听室"内,他通过电视,仔细地观察彭丹燕。

这是一位中等以上姿色的女人,但眼睛很出色。用俗话形容"会说话一般"。身材也很好,像是经过锻炼的样子。此刻,她肢体语言中的紧张已经消除了:不再不停地捻动钥匙串上的链子。

他通过耳麦,命令华天雪"再问一小时"。然后又命令蒋勋把彭丹燕报警的录音调来。

蒋勋几乎立刻就通过互联网把录音传了过来。

录音很简单,如果去掉那些不必要的头尾,基本上就是一句话:"我的女儿被绑架了。就在上午。"

邢天一遍又一遍地反复听。

周密与中央物资储备总公司的焦总边打球边闲聊。他与焦总是在"欧美S市同学会"中认识,可以算作是广义的同学。虽然"同学"在全世界人际关系中都占有重要位置,但他几次约见焦总都未果。这倒不是因为焦总的架子大,而是因为他确实很忙。后来听说他喜欢打高尔夫,才想办法把他约到这里来。

焦总打出了一个"高弹道小左曲球"后,不禁面露得色。

周密马上跟着说:"您这水平,完全可以穿过圆石滩的拱门了。"美国加州的圆石滩高尔夫球场,是最好的球场。其费用昂贵到美国政府禁止任何的公职人员以各种名义去那里消费。

"你说的这个'拱门',不在圆石滩,在加州的奥林匹克俱乐部。"焦总纠正。他并不知道这是周密故意卖给他的"破绽"。

周密没有提及此次见面的"正题":他准备投资铜期货,而中央物资储备公司则是伦敦期货市场上的"大鳄",其态度很是关键。但火候不到,不能揭锅盖。他很随便地提及建设银行张董事长受贿案,此公曾经也是这里的常客,现在却已身陷囹圄。其事发肇因,就是圆石滩的一场高尔夫。

"这个老张也是。七八月份,去圆石滩干什么?"焦总见周密不明白为什么七八月份不该去,就解释道,"这个时候应该去印第安纳的菊野山村、弯棒,要不然就去苏格兰的皇家、爱尔兰的岛屿。"

这些地方,周密都没有去过。他不是去不起,而是觉得不值,因为他的钱,是"自己的钱"。但他做过一些"功课",所以能够适当地"插话"。而适当的插话,就是谈话的润滑油。

打完球,两个人在俱乐部的餐馆里吃了一顿"菜廉价美"的便餐。这是周密球友江夏的评语。周密按照计划,拿出了一瓶"道光二十五"的酒。

焦总一见白酒,连连推托。但听周密说这酒是从一座古墓中发掘出来的原浆,酿造于道光二十五年,在拍卖会上用五万元拍来的,也就不再反对了。

酒是谈话的发动机。这台名曰"道光二十五"强劲的发动机,在周密精确导引下,上了"铜期货"的轨道。这是周密一直密切关注的产品。他像巴菲特一样,观察某只股票多年,方才下手。也只有这样,才会有很好的成长性。

焦总很"顺"地透漏出一些内部消息。

华天雪进办公室的时候,里面黑洞洞的。打开灯,才发现邢天坐在角落里的一张沙发上,"吓了我一跳!""怎么不开灯?"

"我想通了。召集秦川他们来开会。"邢天站了起来,活动着身体。

陈晓岚认为与孙东的性爱是世界上最完美的性爱,是她性生涯的巅峰之作。其实,这个结论严重缺乏科学性。因为一切都不过是感觉而已,根本就没有刚性指标。

"NBA球员科比你知道吗?"孙东受到表扬,自然要吹嘘一番,"他的腿的肌腱就要比一般人长出好多,所以他跳得就高。"他举起自己长满毛的腿,"这东西就和弹簧一样,长的弹簧,弹力就大。"

陈晓岚不失时机地把自己的礼物拿了出来。前次约会后,两个人一起去逛精品商厦。孙东在欧米伽的专柜跟前,稍作留连。于是,她今天来的路上,特意去买了这块表。

"给我的?"孙东问。当得到肯定的回答后他又说:"我不能要。太贵重了!"此乃高度口是心非,他接近这个"老女人"的目的,就是为了钱。但越是想要钱,就越不能明说。他把表还给她。

陈晓岚自然不肯收回,她吻着他说:"你给我的更贵重!"虽然很多时候,她分不清"性"与"爱",但有一点她是知道的:手里没有米,就叫不来鸡。

两个都互相以为对方不知道自己心思的人,又开始了新一轮"大额交易"。

邢天的分析由以下若干点构成:

一、通常没有人会把一岁女儿放在家里,独自去超市买东西。尽管她在熟睡。合理的做法,应该在女儿醒的时候,带去超市。这是很方便的事。

二、女儿不见了之后,她的第一正确反应就应该是报警。没有亲戚,安全门完好,一岁的孩子还不会走路,所以不应该去"找"。这个"找",目的就是让那位"周大妈"看见。

三、她有超市的发票,而且随时准备往出掏。

四、她不可能是单身一人。因为月入两千,不可能维持一个相对体面的生活。

五、她在撒谎:孩子已经一岁,如果她来S市已经一年,就不可能在老家生。两者当中,必有一个是错的。

"就算你说的这些都是对的。又能说明什么呢?"秦川不同意邢天的说法,"也许她今天就是不想带孩子去。也许见孩子不在了,慌了神,东找西找的。也许她有一个已婚的'男朋友',不想往出说。"

"一个也许没问题。两个也许,也说得过去。但三个四个,就讲不通了。"蒋勋说。

"撒谎有连续性：有的时候，无意中撒了一个谎，就必须说第二个。为了掩盖这两个谎的结合部，第三个谎又自动生成。"华天雪也质疑邢天的说法。

邢天边放彭丹燕的"报警录音"边慢慢地解说："没有任何一位家长，会在第一时间说'我的女儿被绑架了'。"他一顿，"'绑架'是一个很可怕的词。一个任何人，包括我们这些职业警察，都回避的词。"他环顾众人，"假设一个人的亲人得了癌症，他会怎么说？一种'很麻烦的病'？'很不好的病'？总而言之，不会直接使用'癌症'这个词。"他再度停顿，"一种心理回避。来自本能的心理回避！"

蒋勋点头，"彭丹燕却回避了这个回避，直接把话说了出来。"

"绑架的目的，通常是勒索。"邢天拿着一张绣花鞋的照片，"只有一只鞋，没有要求。怎么会有这样的绑架？谁会去勒索一个月入两千块钱的人呢？"他转向秦川，"用秦川同志的话说：为这点钱赌牌，还不够买蜡烛的呢！"

秦川听到邢天引用他的话，很是高兴，"快说结果。"

"一定是她自己把孩子丢到某个地方。"邢天说出了自己的结论。

华天雪着急地问："为什么？为什么要把自己的孩子丢掉？"

"一个男朋友？一个不喜欢别人的孩子的男朋友？"邢天说话的内容虽是"或然"的，但语气很肯定，"去找吧，应该有这样一个人存在！"

秦川立刻站了起来，"原来的方向错了。现在找到了方向，一下子就能把这个男人找来。调出彭丹燕的电话就可以了。"

"她不会把孩子杀了吧？"华天雪虽然经常性地与死尸打交道，但对生命，尤其是弱的生命很热爱。

"应该不会。"邢天这次的语气不很肯定，"杀人是要很大的决心的。尤其是预谋杀人。她或许把彭妮丢在一个什么地方？"

"为什么不会卖给人呢？"华天雪问，"然后谎称绑架？"

"那一定会有一个全国范围内的搜查。再者说，她也不一定能够找到买主。隔行如隔山！"邢天站起来，"再次审讯她的时候，一下子把结论亮给她。说不定，她会被击垮。越早找到孩子，孩子的生存可能就越大！"

141

陈晓岚稍微比周密晚几分钟到家。失去"制高点"的她,赶紧从冰箱里拿出食品,用微波炉烹调一番,端到沉重的红木餐桌上,并且配送两杯红酒。

周密不禁有些奇怪。拿起红酒在灯光下观察,"今天是什么日子吗?"

"好日子!"陈晓岚笼统地回答。

周密看着妻子鲜红的嘴唇想:这种颜色,应该在高强度的性爱之后才会出现。但旋即摆脱了这个念头。天要下雨,娘要嫁人,都是管不了的事。管不了的事,就不要去管,即便你明知——他确实明知:陈晓岚所有的卡,是他的金卡之副卡。发卡银行的一项收费业务就是"无论正副卡,一旦消费,立刻以短信的方式,发送到主卡持有人的手机上"。所以,他很清楚妻子买了一块男式欧米茄。"确实是好日子。"他端起酒杯前,思想已经完全转到了"铜期货"上。

两个人谁也没有想起周童的缺席——人际关系之疏离,莫过于此了!

很容易就确定了彭丹燕的男友国士平,并且把他请到了公安局。

邢天一见国士平,就知道这个"白面书生"不是一个好对付的人。果不其然,连与彭丹燕有"男女关系"都不肯承认,只定性为"一般朋友"。

在另一个房间里,接受讯问的彭丹燕的回答更绝:"这样的朋友,也叫作男朋友的话,我有很多、很多。"

于是,秦川动议,对两个人使用测谎仪。

邢天同意了,并且决定主攻方向为国士平,"只有一台测谎仪,现在时间宝贵。"

华天雪却认为应该主攻彭丹燕,"女人比男人更爱孩子。何况还是自己的孩子。"

邢天否掉了这个提议:他相信彭是"爱"自己的孩子的,把孩子"丢掉",一定是下过大决心、有过大痛苦。所以在"丢孩子"的前前后后,一定吃不好饭、睡不好觉。所以,生物反应——皮肤电、血压、脉搏、呼吸——一定很弱。而这些正是最重要的参数。而国士平却不同,他高大、健壮,并且自以为坚不可摧。这种人通常是外强中干,心理往往更脆弱,应该是"一触即溃"。

周密整理有关铜期货的资料到晚上十一点钟时,突然感觉到有什么不对,便站起身,在书房里来回转。大约五分钟之后,才找到了原因:一天没有见女儿了。

他打开门,走了出去。到了女儿房间外,他轻轻地敲门。

就在这个时候,陈晓岚也衣冠不整地来了。她早就上床睡觉了。被"美梦"惊醒后(美梦与噩梦有着同等的力量),觉得缺了点什么。好不容易才想起了女儿。于是,披挂赶来。

周密见敲门没有应,就看了陈晓岚一眼。

陈晓岚等周密侧开身后,开门进去。屋子里黑洞洞的。她感觉到有些不妙:屋子里如果有人,就有人的气味,尤其是熟悉的人。她打开灯后,发现床铺整整齐齐,惊呼:"童儿!"随后转身对周密说:"童儿不见了!"

周密皱着眉,"不要大惊小怪!给她的同学打电话。"他相对陈晓岚要镇静得多。

"她从来不会在同学家玩得这么晚!"陈晓岚的头发都竖了起来。这是人遇到紧急情况时的应激反应。

"从来不会,不等于这次不会。"周密拿出电话,"少安毋躁!"随后,就开始依次拨打电话。

如果一个人试图掩盖某些行为,也就是所谓的"口是心非",必然会引起一些生理参数的变化:呼吸的速度、容量异常;血压的升高;心跳得加快;汗腺分泌的增加;瞳孔放大;胃收缩;肌肉张力增加等等。说白了就是会出现屏息、脸部发红、额头和嘴唇这些汗腺丰富的地方沁出小汗珠、口干舌燥、结巴、抠鼻孔等。

但这些现象在国土平身上都没有出现。

这家伙看来是说假话的老手。蒋勋把传感线连接好后,打开了测谎仪。

测谎仪的连线一共三根:脉搏线、皮肤线、呼吸线。其中最重要的就是皮肤线:经过训练的人,能够控制自己的心跳、呼吸,但绝少有人能够控制自己的皮肤电压。嫌疑人的原始记忆被"问题"唤醒之后,首先要在心理上否定它。这必然会引起皮肤表面汗腺的变化。这是不受心理控制的。

这个过程中,最重要的就是问题的设定。有些问题太主观,所以测试时就往往无法衡量。举个例子,假设一个人问自己的配偶:"你爱我吗?"被审查的对象很容易就通过,即使他的爱情并不是引起诗人诗兴的那种。但如果你要问:"你有外遇吗?"如果你真的有,那就有大麻烦了!

邢天的问题设计就很好,"你认识彭丹燕时,她有孩子吗?"

国士平坦然地说:"当然。"

邢天看到三项参数在正常值之内,就问了另外几个一般的问题。他这是在测定国士平的基准线。等它们都确定之后,他又问:"你最近一次见到彭妮是什么时候?"

"好几天前。"国士平说。

邢天已经观察到参数的变化,"几天?"

"大约有一个星期,或者更多?"

参数的曲线变化的幅度变大,"在什么地方见的。"

"在家。"

"谁的家?"邢天追问。

"彭丹燕的家。"

"哪天?"邢天旧话重提。

"五六天?"国士平不很肯定地说。

"有这样一个假定。其实不是假定,而是真理:一个一岁的孩子不会自己出去吧?"邢天好像很随便地问。

"这个自然。"

"一幢房子,没有钥匙,你进不去吧?"

"当然。"国士平很奇怪面前的警官为什么会问这常识性的问题。

"有人最近一次看见你到彭丹燕家,是前天。"邢天看看手表,"现在是深夜一点,所以我说前天。"他看到三项生理参数同时呈现"牛市","彭丹燕如果不在家,你就进不去。而彭丹燕在家,彭妮就必定在家。"他按动一个按钮,一个蜂鸣器,发出声响。这是他自行安装的,本身无意义,起震慑作用罢了。见国世平一哆嗦,他立刻提高声音问:"可你为什么说,是在六七天前见过彭妮呢?"

三项参数的数值同时高速爬升。

"别人看错了!"国士平说。

"常进常出的熟人,怎么会被好管闲事的邻居老大妈看错呢?"邢天讽刺道,"如果一位老大妈看错,还有可能。两个看错,那不能说没有可能,起码可能性极小,约等于零!"他站起来,指着测谎仪说:"再加上科学,那就板上钉钉了!"他走到国士平跟前,用家常的口吻说,"你知道三长两短是什么意思吗?"

国士平不知道答案,更不知道邢天为什么突然改了话题。

"棺材就是三块长板、两块短板。"邢天比划着,"最后那一块叫作盖棺板。盖上去之后,再钉钉子。所以有成语"盖棺论定!"邢天扶着国士平的肩膀,"如果现在交代,趁后果不严重,可以按照虐待家庭成员罪论处。判个缓刑,也未可知。但如果造成了谁也不愿意看到的严重后果,那就是故意杀人!"

国士平不由自主地双膝一软,跪了下去,"我有罪。我交代!彻底坦白交代!"

犯罪的动机很明确:国士平与彭丹燕结婚的前提条件是"不要孩子"。而彭丹燕却连"寄放"孩子的地方都没有。于是,就产生了"遗弃"的念头。但她下不了手,只好由国士平代行。按照约定,放到某个医院或者慈善机构。但国士平知道这些地方,很可能有监控录像,干脆"一不做,二不休",放到了一家废弃工厂的电缆沟内。

"你怎么忍心!"华天雪怒起斥责,"一条生命啊!"

"哪家工厂?"邢天明白此刻最重要的就是马上找到孩子。得到回答后,他命令秦川押解国士平一起去找。电缆沟没有名称,早一分钟找到,就多一分希望。

"你不去?"蒋勋问。

邢天摇摇头,"不去了。"

两个小时后,周密终于决定报案。

华天雪悄悄地打开办公室的门后,发现邢天站在窗前,眺望晨曦。"我还以为你睡了呢?"

"你说我睡得着吗?"邢天慢慢地转过身,"怎么样?"

"你说能怎么样?"华天雪顽皮地问。

"爱因斯坦预见到一九一一年的日食发生。后来果然发生了。有人问他是否惊奇,他说,一点也不!要是没有发生,我才会感到惊奇!"邢天说。

"这话应该别人来说才对。再说,你还是沉不住气。要不然,你应该睡觉才对。"

"我不担心孩子在不在那里,因为他一定在那里。我担心的是孩子的生命安全。"邢天坐回沙发上。

"除去惊吓、中度脱水外,没有大碍。医生说,再过几个小时,就晚了。"华天雪看着邢天洋溢着笑的眼睛说:"您不说点什么?"

"欲说还休!"邢天觉得疲倦涌了上来,"我相信国士平不是他的真名字。我还相信,这位'国士',在小的时候,一定有虐杀小动物的行为。"

"你刚才站在窗边的形象特别像一个人。你猜是谁?"

"千万不要说我像福尔摩斯。"邢天摆手,"因为那不是人,而是一个文学形象。"

华天雪撅起了嘴,"一个人要是太聪明了,就一点意思也没有了!"

电话响了。她边拿边说:"千万不要是案子。"

邢天说:"不是案子,还能是什么呢?"

果然是案子。

第 八 章

秦川等在山泉别墅九号内搜查。

华天雪在询问周密、陈晓岚夫妇。

"你们两个最后一次看到女儿周童是什么时候?"华天雪问。

"前天晚上。"周密回答。

"几点?"

"几点?"周密看看太太。

"一起吃完晚饭后,我干什么来的?"陈晓岚想了一下后回答,"差不多是十点多?"

华天雪皱了一下眉,"能不能更准确一些?"

陈晓岚看看周密。

周密回答:"应该是十点二十。"他一顿,"财经节目刚刚开始。"

"财经节目?"邢天插入。

"邢警官大概误会了,我看的是CBS的财经分析节目。"周密浅浅一笑,"童儿进来跟我们道晚安。"

"我们?"邢天问。

陈晓岚点头,"我们两个一起在看。我先生是投资银行家。"

华天雪见邢天没有接着提问,就问道:"整整一白天,你们都没有看见孩子?"

"童儿一早就出去了。"陈晓岚说。其实,她和周密都不知道女儿是什么时候离开家的。但这样说,就会显得很不近情理。故而两个人商量之后,"打造"了这个"说法"。

"去哪了?"

"童儿是个独立性很强的孩子。而且我们与她有个不成文的约定,星期六一整天,归她自己支配。"周密双手一摊,"所以,我们就不知道。"精心设计的"说法",总是配套成龙的。

"昨天上午你在哪?"邢天问陈晓岚。

"我一直在家。"陈晓岚说。

"周先生呢?"

"我在打球。"

"什么球?哪家球场?"

"海潮高尔夫俱乐部。"

"和谁一起打?"

"几个朋友。"周密没想到邢天会问得这么细致,含糊地回答。

因为没有预案,周密只得编造。人名不好编,所以他就借用了自己几位朋友的名字。

"他们都是海潮的会员?"邢天知道海潮是 S 市最昂贵的俱乐部。不算每次的消费,门槛费就是十万人民币。

"有的是,有的不是。"周密很想把话题岔开,"您可能不知道,一个人是会员,球伴都可以享受会员待遇。"

但邢天肯定不是一个容易被误导的人,追问谁是会员,谁又不是。

周密只好沿着撒谎之路走下去。

"最后问你一个问题。晚饭吃的什么?"邢天问。

"鸡肉。蔬菜。米饭。"周密说,"我好像还喝了一点酒。"

秦川在周童的房间里很仔细地搜查。但一点有价值的线索也没有找到。在周密夫妻的卧室、客厅、书房等,也没有找到有价值的线索。

蒋勋提议查一查电脑,"或许是网恋?"

"十岁多一点的屁孩子,网的什么恋?"秦川不以为然。

"您这人,怎么老不与时俱进呢?"蒋勋打开电脑搜寻,"现在的十岁,等于您那会儿的二十岁。"

"我二十岁的时候,也不想这事。"秦川反驳道,"只知道保家卫国!保卫你们这帮小家伙。"

"我怎么忘了这茬了呢?兵营里,一水的秃小子。"蒋勋熟练地操作,"不过根据邢处的理论:越是少,越是想!"

秦川拍了一下蒋勋的脑袋,"快查你的吧!"

陈晓岚针对华天雪"在哪里"的询问,自然也不会说实话。她吸取周密的教训,只说自己下午一个人在逛商场——周密说的"球友"当中,有一个干脆是他公司的勤杂工老马。五十多岁,根本不可能会打高尔夫。

至于商场、商品的名称,她更是倒背如流。

"一个虚伪的家庭。"在下午的案情分析会上,华天雪说:"两个人都在针对我们说话,互相之间,一点交流也没有。按说在大难临头的时候,应该互相支持、鼓励才对。"

秦川附和华天雪的观点,"一对夫妻,怎么能够不睡在一张床上?"

蒋勋却认为这是"有钱人"的时髦生活方式之一。"你们夫妻睡在一起,是因为没有放第二张床的地方。"

"有地方也不分开!"秦川反驳道。

"又是一起绑架案!"华天雪说。

秦川也愤愤地说:"我最恨对妇女、儿童的犯罪。"

"会不会又像'彭丹燕、国士平案'一样,是自己人干的?"蒋勋问邢天。

"除去周密夫妇的报案外,没有任何其他证据。没有办法下结论。"邢天对秦川说,"秦队,你带人到海潮高尔夫球场打听一下,周密昨天是否在那里打球?如果是,是和谁?"然后又盼咐华天雪调查有关陈晓岚的情况。

"商场那么大,又是一个人去逛,怎么调查?"蒋勋问。

"如果你说你去酒馆,那么我就会问你:喝的是什么酒?什么菜?然后再去核对一番,谜底就出来了。"邢天微笑着说,"商场对小华来说,就如同酒馆对咱们。"

"陈晓岚去的天美,让人望而却步的。"华天雪说。

"看看怕什么?要不然我和你一起去?"蒋勋说。

"我什么也不怕。"华天雪说,"不用你。"

"你给我查查,CBS在北京时间晚十点,有没有财经的节目。"邢天命令蒋勋。

"CBS是什么?"秦川不解地问。

"美国哥伦比亚广播公司的简称。"邢天解释道。

蒋勋片刻就查到结果,"哥伦比亚广播公司有一个专门的财经频道,任何时间都在播放财经类信息。"

邢天点头,"分头行动吧!"

调查的结果很快就出来了:周密周六一整天确实就在海潮高尔夫俱乐部。但不是与他所说的那些人,而是与中央储备公司的焦总。

"或许是他指派某些人去干的?"秦川分析,"他提供的名单上的老苏,就是一条山东大汉。"

"你那边怎么样?"邢天问华天雪。他不同意秦川的推论,因为据他的观察,周密人如其名,不会这么愚蠢。

华天雪笑眯眯地端出了自己的成果,"第一,通过信用卡的消费记录,证明了陈晓岚'上午在家'是一个谎言。"她拿出一张复印件,"这是她上午十点在欧米茄专卖店的付款凭证。"

"天美在城东,欧米茄在城西。她不可能十点钟既在这里,又在那里。"蒋勋说。

"另外,我通过电信公司,调出了她的通话记录。她与一位名叫孙东的人,来往密切。"华天雪指点着一张记录单上用红笔标出的电话记录,"二十四小时内,通话十三次,时间长度二百一十分钟。"

"情人!一定是情人!"蒋勋说,"否则没有这么好的兴致。"

"这位孙东?"邢天望着华天雪,希望她能提供更多一些信息,虽然知道可能不大,因为时间毕竟很短。

"特别巧。真是特别巧。"华天雪又拿出一张身份证复印件,"小陈是个球迷,一下子就认出了他是百花队的队员。"

蒋勋把这张复印件拿过去,"我也是球迷。百花队的人我都认识。怎么没听说过孙东?"看了一下后说,"原来是板凳。我见过。这家伙人高马大,有绑架能力!"

"陈晓岚就是彭丹燕,孙东就是国士平。"秦川下结论,"太阳底下确实没有什么新鲜事。这年头,没钱人坏,有钱人更坏!"

"不要被一个先入为主的观念左右。我们要的是事实、线索,而不是猜测。"邢天话虽这么说,但是内心深处,也赞同秦川、蒋勋的推论,"申请一张搜查证。"上午的搜查,只经过房屋主人的许可,所以不全面,也不细致。

"房子太大,一层就二百多平方,三层快九百平方,再加上院子,一千开外,得多带一些人。"秦川说。

"带上警犬。"邢天说。

陈晓岚一见如此多警察,还牵着一条大德国黑背,立刻慌了神,赶紧去叫周密。

身穿家居服的周密,不慌不忙地看完搜查证后说:"请。"

秦川等率人搜查,邢天就留在客厅,与周密夫妇谈话。

陈晓岚显得很气愤,"我们是受害人,怎么把我们当成凶手了?"

华天雪认为这是典型的色厉内荏,与彭丹燕所作所为一模一样。冷冷地反驳:"没有人把你们当作凶手。我们不过是在检查现场,很可能就是犯罪现场。"

邢天对周密说:"我很希望多一些有关信息。"

周密冷冷地回绝,"既然你们把我当成了犯罪嫌疑人,我在我的律师来之前,什么都不会对你们说。"

"有关案件的不愿意说,说点别的。"邢天笑笑,"你知道狗的嗅觉是人的多少倍吗?"他知道这不会得到回答,就自问自答,"四十倍。原因就是狗的鼻腔里有细密的感知气味的细胞膜。如果把它们展开,可以达到狗的身体的三分之一。而我们人类的,只有邮票那么大!"

周密居高临下地看着邢天:这是一种由财富和财富所带来的权力所锻炼出来的傲慢。

"人会说谎,但证据不会。"邢天慢慢地说,"差不多一千年前,一个村庄里的一个农夫,被人用铁锹把脖子砍断了。当地的执法官,命令所有的人,都带着自己的铁锹到广场集合。随后,他命令大家把铁锹面朝上举起来。终于,他看到了好多苍蝇在一把铁锹上聚集。苍蝇,几乎就等于昆虫中的狗。凶手因此落网。"

周密依旧不动声色。

"还有一个故事:一名商人在深圳被枪杀,身上只有弹洞,可怎么也找不到子弹。但这是不可能的。最后,经过警方专家的努力,发现凶手用的是深度冰冻的液体子弹。进入体内后,就化掉了。"邢天喝了一口茶,"还有一个故事:一位富豪被杀了。可怎么也找不到尸体。要知道,在这座由钢筋水泥建造的森林里,把尸体隐藏起来,是很困难的。但最后还是找到了。罪犯把尸体放在了一个专养食人鲳的鱼塘里。"

所有的人,包括华天雪,都被邢天的故事吸引。

"食人鲳是一种原产于亚马孙河的鱼类,体型小巧,一般只有二十五公分左右,色彩美丽,拥有墨绿色的鱼背,浅绿色的鱼体,火红色的腹部,性格却极为残暴。食人鲳长着锐利的牙齿,一旦被咬的猎物溢出血腥,它就会疯狂无比,用其锋利的尖齿,像外科医生的手术刀一般疯狂地撕咬切割,直到剩下一堆骸骨为止。"邢天顿住,"但最后,我们还是找到了证据:胆固醇。我们在食人鲳体内找到了胆固醇。要知道,鱼类是不会自行制造胆固醇的。如同它们不会酿酒,所以不会得酒精肝一样。"他提高声调,"三个故事,分别说明两个道理:罪犯从现场拿走多少,就会留下多少!这是第一,"他再一顿,"第二,证据不灭。"

就在这时,一名警察进来报告:周童在地下室中找到了。

"这不可能!"周密从沙发上跳起来。

"你不相信?"邢天讽刺道,"但我从一进来,就确信她就在这里!"他指指地板,"请两位留步!那里是犯罪现场。"

陈晓岚一下子就哭了起来,"我要看我的女儿!"

周童的尸体,是被放在地下室的一个深度冷冻柜里的。她死得很惨:被一条高强度的尼龙绳勒住脖子,窒息而死。

被包裹在一块优质的羊毛毯中的她,睡衣基本完好,睡裤却从后面被撕开。内裤上有一块红色与白色混合的东西。华天雪目测后说,可能是精液残留。

"性侵犯!"蒋勋断言,"用邢处的话说:凡是有女尸的地方,首先要考虑性的因素。"

"当一个孩子在自己的家里,或者在家的附近被杀,父母和其他家庭成员总是最重要的怀疑对象。孩子越小,就越可能。这有统计数字的支持。"邢天说。

"拘留周密夫妇?"秦川请示。

"等尸检报告出来后再说。"邢天说。

"要不要监控他们?"蒋勋问。

"不用。如果是他们干的,他们要跑的话,早已经跑了。如果不是他们干的,他们也没有必要逃跑。"

秦川同意邢天的推断,"跑得了和尚,跑不了庙。"他环顾四周说,"有钱人的房子大、家具高级,但是很脏。"

"秦队的仇富情绪极为高涨。"蒋勋一边拿尸袋一边说。

尸体一移动,就出现了一个大秘密:底下有一个小小的塑料袋。里面装着一封信。

信是写在两张高级信纸上的。字迹很幼稚,有的词被涂抹过,内容却很清晰。

周密先生:

一、你的女儿,在我们手里。如果你想让她活着过圣诞,就得给我们一百万块钱。这对你来说不多。我们要一百块钱的票子,放在黑色的高级真皮箱内。明天二十点到二十二点之间,我会给你来电话。告诉你地方。

二、你不能对任何人讲这事。如果你讲了,你的女儿将会被砍头,死得很惨。我告诉你,我现在已经很讨厌她了:她又哭又叫,很不听话。你和你太太的一举一动,都在我们的监视之下。你要是报警,你的女儿就百分之百死定了;你要是不准备好钱,你的女儿百分之百死定了;你要是敢在钱上做记号,你的女儿也百分之百死定了。如果你听我的话,我们保证,你唯一的女儿百分之百、完好地回到你的身边。

三、你是投资银行家,智商高,还在美国混过,应该能够知道利害。

吴名

往出搬运尸体的时候,天已经大亮。若干晨练的人,路过警车的时候,连停都没有停一下。只有一两个保姆模样的人,远远看着。

"这就是富人区!"秦川感叹道,"家人不像家人,邻居不像邻居。白让我来住,我也不来!"

"绝对零度!"蒋勋这次非但没有指责秦川"仇富",反而自动生发感慨。

"绝对零度？什么意思？"秦川问华天雪。

华天雪解释道："一种温度规范。相当于零下二百七十三摄氏度。"

"比这还低！"秦川关上了车门。

"绝对零度是自然界低温的极限。"蒋勋说，"不能再低了。"

"还要低一百度！"秦川武断地说。

在尸检报告没有出来之前，这封"勒索信"成了重点。

首先要判定的是写信人的性别。这一点上，不能统一：

秦川认为是男性，依据就是"很讨厌她了"这一句，另外还有"百分之百""死定了"等典型的男性语言。

蒋勋则是从笔迹学的角度出发，认为字体丰满、下笔很重，脉冲控制很低，所以很可能是女性。

两个人争执不下，要求邢天仲裁。

邢天当然不会轻易下结论，"这封信很可能是一个惯常用右手写字的人，改用左手写的。"三个小时以来，他一直在研究这封信，"这样做的目的一定是要掩盖什么。掩盖什么呢？无非两种可能：一种是写信人有前科，笔迹很容易在犯罪档案中获得；一种就是写信人是死者身边的人。"

"我想，应该是那位父亲。"秦川说。

"说说理由。"邢天也倾向于是周密，希望获得支持。

"性原因。"秦川回答很简短。

"周童可是周密的亲生女儿啊！"蒋勋反对。

"禽兽不如的人，多的是。而且大都是有钱人。"

邢天不太赞成这种说法：周密并不缺乏性资源，应该不会在内部寻找，但他还是鼓励秦川继续推测。

"要不然就是周童看到了不应该看到的东西。比方周密与某个女人在一起等。"秦川说。

邢天仍然认为这是一种无力的推论：婚外情不说，就算是嫖妓，也只对公务人员的政治生涯形成危害,而对周密这样的企业家一点威慑也没有。至于家庭,至多是一场小地震罢了。但他没有把自己的意见说出来。

"两个人合谋的可能性也很大。警犬泡泡就能证明这一点。"秦川坚持自己的看法。

"地下室的窗开着。当时你就应该派你的朋友泡泡,去追踪。"蒋勋说。

"警犬追踪,要给它指定目标。没有周密夫妇以外的人的痕迹,让它去追踪谁?"秦川替自己的爱犬鸣不平。

"原因越多,方式越少。方式越少,原因越多。"邢天晃动着手中的勒索信的复印件说,"你们对这信的文本有什么看法?"

"应该是一个人,而不是一个团伙。"蒋勋把结论放到了前面,"第一段里他三次使用'我们',而第四次使用'我'。使用'我们'的目的,就在于迷惑我们。"

"这里有一个疑点:写信人的文化似乎并不很高。"秦川并不是一味地固执己见,"'在我们手里''活着过圣诞''黑色高级真皮箱''百块钱的票子''你听我的话''美国混过'等,都不像周密的语言。这小子不管是不是罪犯,文化不低。"

"你把'唯一'两字写来看看。"邢天递给了秦川一张纸。

秦川毫不犹豫地在上面写下了"唯一"两字。

邢天看看,在纸上写下了"唯一"两字,"根据语委会的规定,这两个字应该这么写。"

"可我们老师一直这么写。"

"还有,你们知道什么叫作'投资银行家'吗?"邢天见两个人都不知道,就解释道,"银行家之一种,专门对某个项目发放贷款,而不做一般商业银行的业务。"他一顿,"所以我认为,写信人伪装低文化,其目的在误导我们。"

这个时候,华天雪拿着尸检报告进入。

众人的目光一下子集中在她身上。

"你们的目光要是有质量的话,我已经死掉了。"华天雪经常与尸体打交道,所以不时地需要放松。

"那可不行。全市人民的安全全靠你呢！"蒋勋笑着说。

尸检报告的第一项，就是周童"没有遭到性侵犯"。

大家都很失望，蒋勋不相信地问："没有？"见华天雪点头，他又问："你不会搞错吗？"

"本法医从警多年，虽然不敢说'百密无一疏漏'，但重大的失误从来没有过。"华天雪故意老气横秋地说话。

"指甲内有没有残留物？"邢天也很失望。因为如果有精液残留，一切就好办了。

"只有苹果等日常品的残留。"华天雪说。

"没有人体的DNA？"蒋勋问。

"有。"华天雪等众人的目光集中在自己身上后才说，"她本人的。"

"真让人泄气！"蒋勋不善于掩盖自己的情绪。

"我的工作是绝对唯物的。不是为了让你们高兴或者泄气的。"华天雪转向邢天，"两肺的表面和心脏的前表面都发现间或出现的瘀斑出血。当我把她的头皮向后拉的时候，看到右侧有一块非常大的出血区域。下面是一个更大的颅骨骨折。面积大约是二十一厘米乘十二厘米。蛛网膜，也就是覆盖大脑的细胞膜，有出血薄层，几乎覆盖了整个右半脑。再往下，大脑内的灰质层上，也有瘀伤。"她一顿，"这一切都表明她受到了重钝器伤。"

"那么她是被绳子勒死的，还是被钝器打死的？"邢天问。

"我不能确定哪一个发生在先。"华天雪说。

"应该不难判断。"蒋勋说，"如果窒息死亡在先，伤口周围就不会有很多的血。换句话说，如果重伤在先，就会有很多的血。"

"伤口周围有一些血，但不很多。眼睑内侧和其他部位的出血，也不很多，但也不很少。"华天雪斜眼看着蒋勋，"你说，这应该怎么判断？"

"按照《法医手册》的规定办。"蒋勋缩了回去。

"我就是《法医手册》的主要作者之一。"华天雪没好气地说，"《法医手册》

说:如果凶手在被害人死后,继续摧残尸体,就表明与被害人相识,在发泄愤怒。并且举例说:如果三十刀以上,就代表与被害人有深仇大恨。"她质问道,"三十刀?莫非二十九刀就不是了?"

"法医学不是一门严密的科学。"邢天插入,"那么结论是什么呢?"

"勒死窒息加颅脑伤。"华天雪回答。

一个模棱两可的结论,邢天想道。"死亡的时间?"

"大约是昨天,也就是十二月二十六号凌晨。正负不超过六个小时。"华天雪说。在小说里、电视中,法医往往能够在瞬间判断出被害人的死亡时间,基本根据就是尸体的温度。但实际上不是这样。道理很简单:在一间与体温差不多的房间里,尸体的温度就不可能下降。

"还有什么有价值的线索吗?"邢天充满希望地问。

"比方消化物什么的?"秦川问。去年,他们破获了一起碎尸案。一具没有四肢和头颅的尸体被发现。解剖后,发现胃中有鲍鱼、涮羊肉等。因此,初步定为北方人。S市地处南方,羊肉的销量很小,尤其是在夏天。但有人不同意:现代化的基本特点,就是泯灭时间、地点差。换言之,你可以在任何一个大城市,在任何一个时间、吃到任何其他城市的食品。可能性小,却不等于没有。后来,集中了一些专家,继续深入分析,最后终于发现了"煎饼果子和豆汁"。这是典型的北京小吃,尤其是"豆汁"——这是一种腐败了的豆制品,除去老北京人外,没有人吃这些。整个S市,也没有一处买卖。最后,将这个案子移交北京警方,很快就破了案。

"一个很有水平的问题。"华天雪翻阅手中的文件,"小肠内只有一些水果,处于半消化状态。"

邢天感到振奋,"我记得周密说,他们是一起吃的晚饭。其内容是鸡肉、蔬菜?"

华天雪点头。

"就拿这个当突破口。"邢天拍板。

周密与陈晓岚一年来,第一次睡到了一张床上。但两个人并不是像一般夫妻碰到灾难一样,亲密无间地依偎,而存有极大的间隙。

"不是你干的?"陈晓岚直截了当地问。

"你怎么会有这种想法?"周密反问。

"你回答。"陈晓岚追问。

"你的精神分裂了。"周密背转身去。

"你说!"陈晓岚强迫周密转过来。

"你弄疼我了!"周密说,"我怎么会杀害自己的亲生女儿?"

"你这个人。我跟你生活这么多年,还不知道你?为了利益,你什么都干得出来!你是冷血动物!"

"就算我有动机,我也没有时间啊。"

"你可能半夜里起来,把童儿杀了。"陈晓岚坐了起来,眼睛发直,"也可能白天回来,把童儿杀了。"

"我为什么要杀童儿?"周密痛苦地说。

"你说过你有动机!"

"我是说,就算我有动机。"周密解释。

"你有动机,也有时间。最可能的就是二十六号白天。"陈晓岚执着地推论,"勤杂工老马都成了你的球友,他全家的钱加起来,也买不起半件打球的家伙。"她使劲摇晃周密,声音嘶哑地说,"你说,你干吗要杀她?"

周密知道此刻最好的办法,就是以攻为守,"我还说是你干的呢!"

"我?"陈晓岚指指自己,"我杀从我身上掉下来的生命?"

"对。是你。"周密冷冷地说,"你和你踢足球的男友,正在婚床上偷欢。可怜的童儿闯了进来,于是你,更可能是你那常年坐冷板凳的孙姓男友,上去就把孩子掐死了。"

陈晓岚愣了一下:她原以为一切都是秘密,没有想到周密知道这么多!"你敢雇人跟踪我?"

"还用跟踪人?"周密不屑地说,"看看信用卡的对账单,再上网查查,就什么都清楚了。送送鲜花、吃吃饭,倒也算了。"

"我是给我的女朋友送鲜花。吃饭也是跟女朋友。"陈晓岚本能地辩解。

"送象征爱情的玫瑰?"周密的眉毛一挑,"你的女朋友胃口也真好:吃两块神户牛排,还喝一千五百毫升的日本清酒'菊正宗'?"他确实没有雇私家侦探调查此事,不过是用电话问了问而已。"就算这些都是你女朋友吃的,她总归不能戴一块镶有十二颗钻石的欧米茄男式手表吧?"他看着被击中的陈晓岚,冷酷地说,"如果真的是这样,那么就只有一种可能:你改同性恋了。两个女人滚在一起,被童儿看见。于是……"

陈晓岚顿时歇斯底里起来,喊道:"你不要瞎说了!"

"你说得很对,不要瞎说。谁也不要瞎说!"周密语调平静地说。

陈晓岚渐渐地平静下来。

"人非草木,孰能无情?童儿死了。我很难受。"周密下了床,在屋子里来回走着,"和你一样的难受。"他无动于衷地看着泪如瀑布的妻子,"你知道当务之急是什么吗?"

"找到凶手啊。"陈晓岚自己擦着眼泪:有泪自己擦的女人是很可怜的。

"NO!"周密摆手,"找到凶手有什么用?"

"给童儿报仇!"陈晓岚狠狠地说。

"死者不能复生!愿童儿安息!"周密在胸前画了一个十字,"对于童儿来说,找到凶手和找不到凶手是一样的。现在最重要的是咱们两个免去牢狱之灾!"

"牢狱之灾?"陈晓岚不相信地睁大眼睛,"你?我?"

周密郑重地点头。"首先是你!我承认,我撒了个谎,我是在和一位重要的商界人物打球,不便对外人说。警察要是追问,这位人士会毫不犹豫地出来作证。那自然是一言九鼎。而你,则很可能与你的男朋友一起,回来杀害童儿!"

陈晓岚已经冷静下来,"我知道不是我干的!"

"我也知道不是我干的。"周密站在窗前,望着无边的夜色说,"可警察不相信。所有的证据都指向咱们：童儿死在家里；没有一点外人进来的迹象。而且，你我都无法证明自己是清白的。所以，当务之急是团结起来。"

"团结起来？"陈晓岚觉得这个词很生疏。

"已经说了的谎，只好由它去了。但有一点必须坚持。"

"哪一点？"

周密见妻子脸上露出兔子一样的神情，便摆手，示意她俯耳过来。陈晓岚听话地把耳朵凑了过去，"晚上你我在一起。就和今天一样。"

案情分析会在邢天的主持下，开了一整天。

"会议认为，"邢天通常使用这个词，以强调是集体的智慧，"周密是第一怀疑对象。因为无论周童是窒息死亡，还是被钝器猛击而死，这个猛击的力度是很大的。可以推论，不是女人干的。

"其动机，很可能是性因素。"秦川坚持自己"富人很脏"的理论。

"或许是失手！邢天知道秦川的"性攻击理论"没有依据，"在蓄意的家庭谋杀当中，这位凶手总要使得案件看起来像其他类型的谋杀。比方强奸案，或者盗窃案失手之后的谋杀。这里面最重要的一点就是：让其他人发现尸体。邻居、子女，或者是警察。总之，不是凶手本人。因为只有这样，才可以拉开他本人和犯罪的距离。"

"拉开距离？精辟！"蒋勋说。

"前年，我曾经与福建陈松杀妻案的主犯陈松有过一次面对面的谈话。并且详细地阅读了他的案卷。"邢天慢慢地说，"陈松因为某种原因，在卧室里杀害了妻子。随后，把妻子的尸体做成受到性攻击的样子，再把她移到储物间里。他如此作为的第一目的就是让警方认为是闯入的歹徒，强奸未遂，顿起杀心。第二目的，就是不要让放学回来的儿子发现尸体。随后，他就上班去了。到了单位之后，他就用公司的电话，给自己家里的电话和妻子的手机——后者是他故意打开的——打了好几个电话。这样，有来电显示的住宅电话和妻子的手机上，都有记录。到了下午,他打电话给一位相熟的邻居,用焦急的声音说:我找不到我太太,您是不是帮我去看看?这位热心的邻居,从窗户外向里面张望,当然不会看到陈松的妻子。于是,致电陈松:你太太不在,但自行车在,而且卧室里很乱。陈松故作惊讶地说:我太太爱整洁是有名的,一定是出事了!于是,他给警方打了电话。当警方到达时,没费什么力,就在储物间里找到了陈松妻子的尸体。"邢天顿住,"陈松这时,哭得死去活来。他很明白这样一个道理:此时无声胜有声。于是,那位热心的邻居,有声有色地讲了他亲眼看到和亲耳听到的一切。并且加上了许多主观想象。大家不要小看这个'误导'。它使得整个案件在两年之后,方才破获。"

秦川也补充了一个故事,"在黑龙江孙小美杀害继母案中,也有类似情况。孙小美杀害继母之后,把继母扔到地窖中。和邢处说的一样,为了不让自己来发现尸体,她就让同父异母的弟弟去地窖里拿土豆。弟弟说不敢去。她又叫来了弟弟的朋友,让他陪着弟弟去。"

"尸体的形态,也是一个重要的参数。"邢天说,"老秦所说的那个根据胃内豆汁侦破的碎尸案中,犯罪人是受雇而杀害被害人的。与被害人之间,没有一点关系。所以才能残酷地分尸若干处。而周童的尸体,则被放在冷冻柜里,并且外面有毯子包裹。这从某种方面来说,表现出父或母对自己行为的一种忏悔。"

接下来,讨论第二个重点嫌疑人孙东。

蒋勋认为孙东的嫌疑极大。甚至要大过周密。"大家想想,一个东北的穷小子,突然来到繁华的大城市,目迷五色,晕了过去。这个时候,因为陈晓岚的性饥渴,被带入所谓的上流社会。顿起贪心。注意啊,我说的不是杀心。他没有道理杀人。他不过是想来顺手弄点好东西。他很可能利用周密不在家的机会,与陈晓岚在家里幽会。借机踩点。然后,半夜里偷偷地潜入周宅。结果被警觉的周童发现,酿成惨剧。"

"你的论述充满想象。"华天雪说,"像周密这样的有钱人,家里会放几多现金?这是第一。第二,证据表明,陈晓岚多次送贵重礼物、现金给他。一个人要是如此容易就获得财富,根本就没有必要铤而走险。"

"谁会嫌钱多?越多越好!"蒋勋辩解道。

"这是你的世界观!"华天雪说,"邢处喜欢用'成本—收益'这个公式来解释一些行为。你不想想,陈晓岚要是邀请孙东来家里幽会,被周密发现了,会有多大损失?"

"有些人,就是要到情人的家里去幽会,借以显示自己的占有权。而且,陈晓岚肯定拗不过这个小男人,也就同意了。他们很可能趁周密出国的机会,占领周宅。北京两个小时就回来了。英国、美国,可就不那么容易了。"

"家里如果来了生人,总会留下一些痕迹。"华天雪说。

"请注意:周密不过是一个投资银行家,又不是法医和痕迹检查专家。"蒋勋反击道。

"想象是好事情。大家尽可能地展开想象。"邢天知道必须把会议的方向扭回来,"明天,我要和这对夫妻谈一谈。小蒋,你主攻孙东方向。"

邢天和华天雪进入周宅的时候,这对夫妻手拉手,坐在居中的沙发上,一点起立欢迎的意思都没有。

邢天和华天雪坐到两个人的对面。也一言不发。

这样的情形,大约持续了五分钟。

五分钟内,邢天一直在观察两个人的形态:他们的手,虽然拉在一起,但没有"无间"的感觉。总像"两张皮":真正的夫妻,尤其在这种情况下,应该手指缠绕手指。作秀!

陈晓岚毕竟是女人,首先沉不住气,"各位有什么事?"

周密瞟了她一眼。此类情况,他已经估计到了,并且嘱咐陈晓岚说:"警察很可能用冷场的办法,来给咱们施加压力。一句话:他们不说话,咱们两个就不说话。这就和商务谈判一样,谁先露出底价,谁就吃亏!但沉不住气的人,就是沉不住气。一点办法都没有。

邢天捕捉到周密的这个眼神,并且做出了诠释:这对夫妻已经有了预案。

"我们要做笔迹检查。请周先生、陈女士配合。"华天雪说。

"你们怀疑我们两个?"陈晓岚的这个反问,是在"预案"当中的,"我们两个杀害我们的爱情结晶?"这最后一句话,也在周密"撰写"的"脚本"当中。

"换一种说法,更容易被大家接受:不是怀疑你们,而是通过一些方法,来排除你们。"邢天说,"请配合。"

"警察的工作,就是怀疑一切!"周密再度抓起陈晓岚的手,"咱们就配合他们一把!"

"你们家里有没有好一点的纸?"华天雪假装忘记带纸。

"纸还是有的。"周密顺手从茶几底下,拿出一个笔记簿。

邢天一看,心中大吃一惊:这个笔记簿上的纸,与那封勒索信所用的纸一模一样。于是,慢慢地说:"给我看看好吗?"

周密随手把笔记簿递给了邢天。邢天看了看,又递给了华天雪。华天雪很明白邢天的意思,顺手从上面撕下两张——如果上面有杀人者透下来的笔迹,这就是一件证据。

把笔记簿还给周密后,邢天开始宣读准备好的文稿,让周密夫妇分别在两张纸上写。其内容是"狮子和老虎,都是大型猫科动物。分别是群居、单独行动的。""消费欲望的原始动力"等等,大约六百字。这些都是经过精心编撰的,很少重复,又分别代表了字体的基本元素。

当周密夫妇听写完毕之后,邢天又让他们改用左手。两个人很听话地执行。

邢天感到很诧异:一般的人,听到如此命令之后,总要推脱一番,说自己从来没有用左手写过字。可这对夫妻为何一言不发?看来预案相当周密!

华天雪在两个人抄写的时候,仔细打量着陈晓岚:陈晓岚今天穿了一身黑色的衣服,白色的衬衣。在她低头的时候,她看到了她脖子里面的一枚银色的十字架。

这项工作完毕之后,邢天又让周密夫妇讲述二十六日前后的经过。在这个过程中,他仔细地观察两个人的语调、呼吸、身体语言和用词。然后,与自己在这之前,数百次参加或旁听审讯的经验对照。

很快,他就发现了破绽:周密在谈话的过程中,一直采用"我们"或者"我们两个"这样的词,且语调沉稳。而陈晓岚则面露悲色,有的时候用"我们",但在几个周密用"我们"的关键处,她却用了"我"字。

在邢天宣布此次调查结束之后,周密礼貌地起身,准备送客。但陈晓岚却突然从口袋里掏出了一个钱包,哭着给华天雪看,"这是童儿的相片!童儿从小到大的相片,我都随身带着!"

华天雪接过了相片。相片一共四张,分别是周童出生时、上幼儿园时、上小学时和过九岁生日的照片。可其中除去生日照有周密外,都是陈晓岚和女儿的合影。"可以借给我们用用吗?"她问。

陈晓岚犹豫了,看看周密。

因为这个举动是计划外的,所以周密绷着脸说:"你的东西,你自己决定。"

"如果不愿意,就算了。"华天雪说着,把钱包递给了陈晓岚。

陈晓岚接过钱包,不舍地摸摸,然后说:"你们拿走吧。可不要给弄坏了!"

华天雪向她保证不会后,与邢天一起出门上车。

上车后,邢天很有把握地对小陈说:"你那边方便,往二楼窗户上看看,那位银行家先生,一定在窗帘后面。"

小陈探头一看,果不其然。他佩服地说:"处长果然料事如神!"

夜深了,陈晓岚在主卧室的大床上辗转反侧,就是睡不着。听到周密路过,就喊道:"周密,你来啊!"周密的脚步停住,但并没有进来。她于是用哀求的语调说:"我求求你了!"

门终于打开了。身穿睡衣的周密,并没有进来。冷冷地站在门外,一言不发。

"你来啊!"陈晓岚往里侧移动,用身体语言邀请周密上床。

"有事?"周密语调冰冷地说。

"我需要你！"陈晓岚的声调很软,"我现在特别需要你！"她说的是真话:此刻,她身上没有一处地方不酸疼的,心情更是糟透了,特别需要抚慰。

周密脸上露出不屑的笑容,"你用词很准确:现在需要！"

陈晓岚立刻意识到自己说错了,连忙挽救,"我说错了。我说错了！"

"仅仅是说错了?"周密是个冷酷的人。几乎所有能发大财的人,都是冷酷的人。一天到晚说"行"的人,钱财一定会背他而去。

"我也做错了！"陈晓岚带着哭腔说,"请你原谅我。"

"对于女人来说,什么最重要?贞操。贞操是什么?是一种一旦失去,就不可能再有的东西！"周密知道陈晓岚的婚外情之后,之所以不采取措施,是因为这样做什么也得不到,只有损失:人身可以禁锢,人心却找不回来,找回来的只有丑闻。这对他的事业是很不利的。但这不等于他不在乎:任何一个中国男人,都很在乎,尽管他可能很现代,并且留过洋镀过金。

"以后我改邪归正。"陈晓岚泪眼婆娑地说,"童儿走了,我要和你再生一个孩子！一个漂亮的孩子！"

"看样子,你只能去和别人生了。"周密说。

陈晓岚赶紧改口,"我只要你和我躺一会儿。"她边擦眼泪边说,"难道十年夫妻,连躺一会儿都换不来吗?"等手绢移开,门外已经空无一人。她不禁号啕大哭起来。

四张周家的照片,被放大后,投影在屏幕上。这些照片,显然是由高级照相机照的,清晰度很高。在前面三张上,可以看到周童天真灿烂的笑容和陈晓岚幸福的笑容。

"前面三张,都没有周密。为什么?"邢天用光电笔指点着照片,"我相信,周密一定与他的女儿照过相。可陈晓岚为什么不随身携带呢?这说明,他们夫妻之间有一些不可告人的秘密。"

"不可告人的秘密,任何一对夫妻之间也有。"蒋勋不同意邢天的说法。

邢天举手敬礼,"我改正:一些邪恶的秘密。或者是大峡谷一般的裂痕。否则,一般的妇女,都会携带丈夫、自己和孩子的照片。这是她最重要的财产。你说对吗?"他问华天雪。

"典型的对女性的歧视。"华天雪说。她见邢天没有在乎这个负反馈,指着第四张照片说:"为什么在这张上又出现了呢?"

"我要的就是这个问题。"邢天得意地说,"已经没有了单独的照片。进一步说,周童不愿意再与母亲、父亲单独照相了!"

"何以见得?"秦川也认为这个分析太牵强武断了。

邢天移动鼠标,把照片上的一个细部放大,"看见了没有。这是皇家酒店的专用餐具。"他再度放大另外一个细部,"这是法国鹅肝。最昂贵的饭店中,最昂贵的菜,可是没有人动。这说明什么?"

"说明宴会还没有开始。"蒋勋说。

邢天又把酒瓶的细部放大,"一瓶XO已经空了。说明不是一个人,说明已经吃了很久。"他把周童的面孔放大,"这个可怜的被限制行为能力的人,无奈之中,面带愁容,根据他人的提议,不得已加入了照相的行列。"他一顿,"三个人貌合神离,完完全全的礼仪行为。"他用光电笔横扫四张照片,"为什么会这样呢?已经昭然若揭!"

第 九 章

邢天是这样部署侦破工作的：先把外围情况全部弄清楚后，再对周密夫妇进行分别突审。如此动作，他们必然会"一下子垮下来"。

根据此部署，华天雪和秦川找到了孙东。

孙东住所是一个高档小区内一幢高达四十层的楼房的顶层。在等电梯的时候，秦川说："板凳队员都住在这里，球星不得住到月亮上去？"他环顾左右，"莫非这小子有个阔爸爸？"

"非但没有，而且全家都靠他养活。"华天雪对孙东的家庭情况了解得十分透彻：其父是一位露天煤矿的工人，因这个矿的资源已经枯竭，下岗在岗意义都不大，每月数百元的生活费而已，"这些钱都是他自己挣的。"

"蒋勋跟我说过，中国的足球俱乐部制度有、联赛制度也有、球星更有了，他们的收入，与像我这样的一般人的比例，是世界上最高的。可是就是没有足球。"因为"孙东"划归"陈晓岚"项目内，归华天雪管辖，所以秦川对其情况不太熟悉。"我以后也要让我儿子去踢球。"

"光会踢球可不行。"华天雪说，"他靠的是，"她迟疑，在选择合适的词，"靠的是剑走偏锋！"

"剑走偏锋？"秦川还是不懂，"什么意思？"

华天雪很不喜欢在他人面前讨论有关性的问题，但此刻只好说明白："他的钱，都是从女人身上来的。"

"难怪!"秦川一下子就听懂了,"听我家老爷子说,我们老家,有一些人,是专门采挖人参的。只有他们才知道千年古参什么样子、长在什么地方。可即使是这样,那东西也不好找。"

"可不,凡是好找的东西,都不值钱。"华天雪附和道。

"他们一进深山老林,就是几个月。而有些人,则埋伏在他们的必经之路上,等他们一出来,"秦川做了一个射击的姿势,"就'砰'!"他一顿,"别人采参。他采采参人!那句话怎么说来的?"他想了一下,"对,食物链。食肉动物以食草动物为生!"

电梯来了,一位珠光宝气的妇女,牵着一条贵妇犬,旁若无人地走出电梯。

两个人进去。

邢天见焦总,却没有这么顺利,连续预约三次,焦总的秘书都让他们"等通知"。今天早晨一上班,"通知"来了:立刻来公司总部,焦总十点到十点半有时间。

邢天立刻率蒋勋驱车前往,不得已,动用了警报。但到了之后,秘书不无傲慢地道歉说:"对不起,焦总有重要客人。请等一下。"并把他们两个让到焦总的第二办公室。这一等就是一个小时。

"他的时间是时间,咱们的时间就不是时间了?"蒋勋烦躁地说。

"既来之,则安之。"邢天很平静地说,"类似中央物资储备公司这样的中央企业,名义上是企业,其实不过是政府的一个'部门'。一个分管经济的部门。"

"'企业'?'部门'?有什么不同吗?"蒋勋搞不懂。

"企业面对的是市场,而市场是千变万化的。稍有不慎,就会翻船,而且万劫不复。比方南德、比方德隆、比方中科创业、比方科隆、比方铁本,甚至于还有四通。而国企是不会破产的。尤其是垄断企业,比方电力公司、通信公司,还有,"他指指地板,"此地!其中原因很简单,第一,它们的股东是国家。第二,它们没有市场问题。以电力为例:它是唯一的供应商,你只能买它的商品,也必须买它的,而且它说多少钱,就是多少钱。连讨价还价的余地都不给你。"

"而且你只要晚交一分钟的钱,它就把你的电给停了。"蒋勋愤愤地说,"我住的地方,是用卡'买电',当剩下不多的时候,它会警告你。可就在这时,可能因为破案,几天不回家,等回家一看,冰箱里的东西都坏了。"

"你不在家,应该没有人用电啊?"邢天表示不解。

"我是不用了。可冰箱总用吧?"

邢天点头,"好多事情,不身临其境,是不会明白的。"他继续刚才的话题,"所以,我说它们其实是机关,并不用对经营成果负责。"

"那谁负责?"

"谁也不负责。"

"现在不是有国有资产监督委员会吗?"蒋勋问。

"还是一个机关。"邢天说,"我想到一个故事。抗战的时候,因为国民党中央政府迁到重庆,整个西南的交通顿时紧张起来。各种势力,纷纷插足其中,弄得谁也管不了。无奈中,由蒋介石本人兼任交通警察总队队长。一旦交通总队有事情需要请示中央政府,在公文上,就会出现请示方是蒋介石,批示一方,也是蒋介石。"

"蒋介石请示蒋介石。好玩。"蒋勋说。

孙东的住宅,绝对不像一个单身汉的住所,异常的整洁、讲究,并且贯彻到每一个细部。

孙东身高不会低于一米八五、体重不会超过七十五公斤。且皮肤白皙、五官棱角分明。他显然对自己的魅力有着十足的自信,回答华天雪的问题时,一双仿佛会说话的眼睛,陀螺一般地在她全身上下转悠。

"认真回答我的问题!"华天雪很讨厌这双眼睛。虽然它们很好看,而且清澈见底。

"我一直很认真。"孙东笑着回答。他的声音也很好听,充满男人的刚性和磁性。"我二十六日一整天就是独自一个人在这间房子里。而且没有和任何人通过电话。"

"一个人口是心非,应该有个限度。"华天雪强压怒火。

"我不知道你们调查什么,我也不想知道。可我知道我说的句句是实话。"孙东双手一摊,"你总不能让我心是口非吧?"

秦川拦住刚要发问的华天雪,指着孙东的鼻子:"你敢对你刚才说的话负责?"他不等孙东回答,就拿出钢笔,"我这里可有录音装置!"见孙东犹豫,他马上转对华天雪说:"这小子是不见棺材不落泪。我看还是带回局里去问吧!"

听到"带回局里"四个字,孙东原来流光溢彩的目光立刻变得呆滞,胆怯地说:"我不去!"

"没关系。"秦川过去拍拍孙东的肩膀,"现在禁止刑讯逼供,带到什么地方,也不过是问问。"他点燃一支香烟,对华天雪说:"三麻子你知道吗?"

华天雪从来没有听说过这个人,但为了配合,还是点了一下头。

"我在徐市当刑警的时候,这小子是黑社会的老大。平素无恶不作,另外还牵涉到徐市胡副市长的受贿案里。可我们用尽办法,他就是一个字不说。最后,他依然被定为死罪,立即执行。宣判过后,我陪省高级法院的李院长吃饭。李院长对我说:你再去问,他今天晚上不说,明天一定说。我不相信地说:这小子的骨头挺硬。李院长说:生死关头无好汉,我见过多了。我还是不相信,这小子手上有三条人命,说什么也是个死。李院长摇头说:如果他交代了市长受贿的事情,就会成为这个受贿案的证人,证人在案结之前,是不会被执行的。我还是不信:那也就多活上半年,顶多一年。李院长说:小伙子,你不懂。罪犯到了这会儿,多活一天也高兴。结果你猜怎么着?"

华天雪也被秦川的故事吸引住,"说了?"

"吃完饭我就去提审。这位老大,立刻就来了个麻袋倒西瓜,"秦川比划着说,"一下子全出来了!"

"后来呢?"华天雪问。

"胡副市长受贿案,牵涉的人比较多,十个月才审结。三麻子也就多活了十个月。"秦川站起身对孙东说,"收拾收拾,咱们走?"他的语气听上去和蔼,而且是征求意见型的,但配合上他的动作和眼神,却绝对是命令。

"我在这说还不行?"孙东已经被压垮。

"稍微有点晚。"秦川看着华天雪,"你说呢,华警官?"

华天雪在参加邢天的班子前,很少出外,所以经验不多,不知道该怎么办,只好模棱两可地点点头。

秦川转过脸,对孙东说:"看华警官的面子,给你一次在自由世界里交代的机会。记住,机不可失,时不再来!"

孙东连连点头。

蒋勋躺在沙发上睡着了,邢天没有去惊动他,径自看着相片。

相片很有意思:

第一张是焦总身穿解放军战士服装,胸前是一枝苏式冲锋枪,意气风发。底下的说明是:珍宝岛,一九七一。

第二张是已经是军官的焦总与一排军官的合影。底下的说明是:南京陆军学院,一九七七。

第三张是身穿博士装的焦总,在一座礼堂前的留影。底下的说明是:麻省理工学院,一九八四。

第四张是焦总与若干外国人在雪山前的合影。底下的说明是:瑞士,德沃斯论坛,二〇〇四。

邢天迅速理清焦总的人生轨迹:光荣的解放军战士——陆军学院的军官——美国著名学府博士——中国经济要人。每一步都踩到点上,一条所有中国人都羡慕的道路!他想。

听到门响,邢天回过头来。开门的是秘书,随后进来的是焦总。

秘书向邢天、蒋勋介绍道:"这是我们焦总。"但并没有把两人介绍给焦总,就退了出去。

焦总也没有问,径直坐到居中的大沙发上后,才慢慢地说:"两位有什么事?"

邢天说:"我们要了解一下有关周密的事情。"

焦总居高临下地说:"周密?何许人也?"

邢天虽然知道焦总这是明知故问,但还是说出周密的身份。

"似曾相识。"焦总点点头,"他怎么了?"

"也没有怎么,我们就是想了解一下,您是不是在十二月二十六日,与他在海潮高尔夫俱乐部打了一场球?"

"我在这里,星期六总会去打球。应该是。具体的情况,你可以问我的秘书。"焦总看看表。

问我的秘书?邢天想:这小子是不是把自己当成有"起居注"的皇帝了?

"我还有事。"焦总站起来,"你们要是想在这里吃饭,找我的秘书。"

蒋勋也不由自主地站起来。

"我还有最后一个问题。"邢天却纹丝不动,"周密没有告诉我们和您一起打球。所以我们有理由认为,这期间有什么秘密。"

"那是你们的事。"焦总很不高兴。

"因此,我很想知道那天你们谈了些什么?"邢天坚持问。

焦总没有想到面前这个貌不惊人的小警察会这么倔强。过了片刻,指指自己的鼻子,"你知道我是谁吗?"

邢天知道这是一个不用回答的问题,故而一声不吭。

"你是处长。按照组织程序,你是局管干部。"焦总指着邢天说,"你们局长老李,则是省管干部。"他再度指自己,"而我,则是中管干部。我有问题,应该由中央决定,中纪委调查。"说罢,扬长而去。

孙东为了洗清自己,拿出了一件很有利的证据:录像带。"我与每个女人做爱的时候,都留有记录。"他说这话的时候,毫不脸红,"这是二十五号深夜,我和苹苹在一起。"

华天雪虽然是医生,但看着屏幕上高强度、高难度的床上动作,不禁感到脸红——恶心的脸红。

"这是我和你们说的那个老女人,二十六日上午到下午。"孙东大言不惭地说,"再以后,就与你们没有关系了。"他停止播放,"反正我没有时间作案。"

"你认识周童吗?"华天雪问。

"有一条黄金定律:不要与你情人的家人认识。尤其是孩子。小孩子和狗一样,一下子就能闻出味道来!"

秦川站起来,从录像机中取出录像带后对华天雪说:"这地方太臭了,咱们走吧。"

华天雪跟着他出去。

孙东紧紧地跟在后面,"用完把录像带还给我。那是资料。"

秦川根本不予理睬。

"你们要是想在这里吃饭,找我的秘书。"蒋勋在学焦总说话,"这老小子的谱可真够大的!"

"要好多年才能练出来。"邢天点头同意。

"我有的时候,特别恨我自己。你说他一站起来,我怎么不由自主地跟着站起来了呢?看样子,我身上有鲁迅先生说的:奴颜和媚骨。不像处长您,傲骨铮铮。"蒋勋由衷地说。

"不是鲁迅说的,而是毛泽东主席形容鲁迅的。"邢天纠正道,"我也没有什么铮铮傲骨,不过是一心想着工作罢了。"

"这是吹牛的很高境界。"蒋勋笑着说,"鲁迅先生说:我哪里是什么天才?我不过是把别人喝咖啡的时间,都用来学习罢了!这话其实就等于承认自己是天才。"

"你说这两个人谈了什么?"邢天没有心思开玩笑,"一定很重要。要不然没有必要讳莫如深。"

"他们谈什么不重要。"蒋勋说,"重要的是这两个人在一起。这就洗清了周密在华天雪测定的时间段的后半截,不可能作案。"

邢天猛地停住,"你让我想起孔子的一句话。三人行,必有我师!"邢天搓搓手,"我怎么陷进去出不来了呢?"

蒋勋笑着说:"别看我在您这不行。在我们那帮人里面,数我的学问大呢!每次都是我主讲。所以有人说老蒋是'百人行,他是大师'!"

"我给他讲了那么久,这家伙就是跟我绕圈子。秦队一张口,他就被击溃了。这是什么道理?"华天雪问秦川。

"我读书不多,但记住了《西游记》里面的一个故事。"秦川边开车边说,"唐僧一行,路过一个寺庙,准备投宿。孙悟空主动要求承担。唐僧不同意,说你凶神恶煞的,吓着人家了!于是自己进庙去申请。庙里的住持听完后说:前些年,来了两个东土的和尚,一住就是两年,撵都撵不走。所以决定从此不再收容东土来人。受了委屈的唐僧,泪流满面地出来。孙悟空问清原委后,径直闯入大厅,拔出金箍棒,一声长,就顶在了房梁上。他厉声说:赶快列队出去欢迎我师父。不然我再一声长,你们的庙就塌了。和尚赶紧依命行事。进庙途中,猪八戒问风光无限的唐僧:师父慈眉善目,进去后,又是好话说尽,结果被骂得泪流满面地出来。猴哥进去,不过片刻,和尚就夹道欢迎。这是何道理?唐僧笑着说:你这个呆子,哪里懂得,神鬼怕恶人啊!"

"我从来不知道您还在徐市工作过,也没听过三麻子。"华天雪老实地说。

"兵不厌诈,"秦川笑笑,"我有一个经验:花花公子,都是软骨头。无一例外。"

笔迹鉴定的结果,很快就出来了。基本上排除了周密,但对陈晓岚却不能排除,可也不能肯定。尤其是左手。

"要不然给他们上测谎仪?"蒋勋提议。

"第一种可能:此案与周密夫妇无关。"邢天不认为事实是这样,只不过当作一种可能来分析,"他们也很可能通不过测谎,因为他们充满内疚,一种认为自己没有尽到照顾的责任而产生的内疚。"他一顿,"第二种可能,他们是凶手。是计划好了的凶手。他们可能通过测谎。因为他们没有良心。一个人没有良心,他们就可以肆无忌惮地对人撒谎。能够对人撒谎,他们也可以对测谎仪撒谎。因为测谎仪所测到的只是内心的确信,而不是事实的真相。我相信,辛普森通过了测谎,因为他已经说服了自己,认为自己的所作所为是有正当理由的。"

"彭丹燕和国士平就没有通过。"蒋勋提出异议。

"问题提得好。"邢天继续分析,"这两个人,是松散的结合,而且是短暂的,尤其是国士平。他不认为警方能够找到他。他刚到公安局的时候,甚至连与彭丹燕有关系都不肯承认。我们把他们两个分开审讯,他们立刻就陷入了'囚徒的困境'。"

"什么叫作囚徒的困境?"秦川问。

"甲乙两名罪犯被分别审讯。官方开始的条件就是:谁坦白,只要服三年徒刑。如果一方坦白,那么没有坦白的那一方,则要服六年徒刑。"蒋勋解释道,"这样就出来三种可能:甲乙都不坦白,被无罪开释;甲乙都坦白,分别获三年徒刑;最后一种就是:一方坦白,一方不坦白。这个时候的选择,通常是两个人都坦白。"

秦川听懂了,"他们都怕对方坦白,而自己加刑。"

"这个时候,甲乙想的不是利益最大化,而是风险最小化。国士平是为了风险最小化,所以选择了坦白交代。"邢天说,"而周密和陈晓岚,是十年夫妻,是一个联系紧密的利益共同体。而且,他们已经制定了严密的预案。"

"把两个人分开讯问。让他们也产生'囚徒的困境'。"秦川说。

"根据已经掌握的材料,两个人二十六日一整天,都没有作案的时间。那么主攻时间,就是二十五日深夜到二十六日凌晨。主攻方向,"邢天一顿,"应该是陈晓岚。"邢天说,"除去笔迹外,华天雪发现她戴了一个大十字架。我查看了他们以前的相册,没有一张她戴十字架的相片。在心理学上,这通常代表忏悔。她毕竟是母亲,不管为了什么原因,亲手或者间接地杀害自己的孩子,总会有些悔恨的。她毕竟不是冷血的连环杀手。"

"我同意'十字架代表忏悔',但我不同意这之后的论述,全部都是先入为主的推论。"华天雪说,"我记得你说过,一共只有四种犯罪类型:营利性犯罪、性犯罪、个人原因犯罪、集体原因犯罪。这个案件中,性因素可以排除,集体犯罪,也可以排除。但有勒索信,明显有盈利原因。为什么不从这个方向去找呢?一个人总不会自己勒索自己吧?"

"这很可能是周密夫妻的疑兵之计。"邢天辩解道。

"有没有报复的因素?这应该也是个人因素中的一种吧?"华天雪说,"忏悔也有很多种。会不会是陈晓岚为自己的通奸行为而忏悔呢?"她一顿,决定把所有的想法都说出来,"而且,我认为,一个母亲,是不会在杀害自己女儿之后,再与人疯狂做爱的,而且是那么投入。"

"或许她是为了转移自己的内疚?"蒋勋说。

"孔子的弟子宰我问老师,为什么要守孝三年?孔子告诉他说:小孩子要三年才能脱离父母的怀抱。如果不到三年,你就吃白米饭,穿锦衣,心可安乎?宰我说:安。孔子生气地说:心安,则为之!"邢天说,"一个人要是没有良心,谁也没有办法。"

"你们要是认定了周密夫妇是杀手,就怎么看怎么像。观点永远决定你观察到什么。"

精神打击的过程,与肉体打击的过程,很有几分相似:当巨大的悲痛袭来,人会麻木,感知力降到一个很低的水平——这很可能是人类千万年来形成的保护机制——但随着时间的推进,悲痛一点点的加剧。最后会升高到一个无法承受的水平。

陈晓岚就处在这样一种状态下:见到女儿的尸体时,她就昏了过去。苏醒之后,尸体不见了。她仿佛觉得这不是真的。在丈夫的"指导"下,一直与警察周旋,也无暇相顾。这天无意中打开衣柜,看见了女儿的衣服,巨大的悲痛,如同火山爆发一样,喷发出来。她不由地大喊大叫起来。

正在书房里研究铜期货行情的周密,对妻子的喊叫充耳不闻,继续着自己的工作。他不是不悲痛:人非草木,孰能无情?但他是一个很现实的人。就如同他对江夏所说的:"死者长已矣,存者且偷生。我们总要活下去。"

他不停地在笔记本上作着标记,这些在外人看来枯燥的数字,在他的眼中,已经幻化成金色的光芒。

这金色的光芒,越来越强烈,渐渐地将他笼罩住。

因为下着小雨,出租车不好打。邢天与华天雪走到火车站,才在排队的车列中,找到一辆。

未上车之前,司机就问两个人去哪里?邢天说去北方小区。他深谙司机心理:车在这里排队,大约需要一个小时的时间,这是一种机会成本。如果你去近的地方,司机就赔本了。他才故意往远了说。

司机赶紧开门,发动机随即发出欣喜的轰鸣。

人的头脑,与核反应堆的工作机理基本相同:想法就像核燃料,会不停地在碰撞中增殖。一分为二,二分为四……如此这般地以几何级数分裂下去,很快就会达到极限值,并且发生爆炸。这个时候,就需要安全装置发挥作用。在反应堆是可以吸收中子的碳棒之插入;在人,则是他人的劝慰。

可没有人劝慰陈晓岚。

失控的她,冲向周密的书房。一场类似切尔诺贝利的事故,眼看就要发生。

快到邢天真正的目的地时,他对司机说:"前面停车。"

司机诧异地通过后视镜看着邢天,"您不是说去北方小区吗?"

"我改了主意。"邢天不动声色地说。

司机不高兴了,此刻不过走了预定路程的一半。"您不能随便改。"

"为什么?"

"你说要去北方小区的。这是一个合同。要是单方面改,违约一方,就要付违约金。"司机是个三十多岁的小伙子,正在自修大学法律课程。

"不错,是个合同。"邢天笑着说,"但我拥有形成权。"

"形成权?"司机显然没有听说过这个名词。

"形成权就是签订合同中任何一方可以单独取消合同约定的权利。"邢天解释,"它的魅力就在于,只要说一声就可以了。"

"如果我要硬不撤销呢?"司机也是微笑着说。

"那么在以后的路程中,你的行为将被视为绑架。"邢天还是笑着说,"将不属于《民法》管辖的范围,而构成了犯罪。"

"我正在自修法律,准备将来当律师。"司机停下了车,专门侧过身体,给邢天开门,"所以今天虽然没有挣着钱,学到了知识也算。"

"您不准备开出租了?"华天雪接过司机找回来的零钱。

"没有人准备一辈子开出租。不过要是考不上,也只好再开。"

"我顺便告诉你,去北方小区,并不是我的真实意思表达,所以多少有一点欺诈的味道。"邢天十分好为人师,"但根据《合同法》第二百八十九条之规定:从事公共运输的承运人不得拒载旅客、托运人通常、合理的运输要求。"

"您说的也不全对,我没有拒载啊?"司机笑着关上门,开走了。

陈晓岚冲进了周密的书房,然后抓住书桌上的手提电脑的连线,将其拎起,随后抡起来。

电脑重重地撞在墙上,碎成两半。

周密面无表情、一动不动地望着眼睛充血、头发竖立的妻子。

陈晓岚余怒未消,又从博古架上取下两件明代的瓷器,重重地摔在地上。

周密依旧一动不动,虽然这两只瓷瓶,是他从拍卖会上拍来的,价值数十万。他已经预料到陈晓岚迟早总要发作一次。既然发作,就让她发彻底。

"你说,你是人不是?"陈晓岚指着他的鼻子质问道,"亲生女儿死了,还在这里研究你的烂股票。你说,我们娘两个,在你的眼里,还是人不是人?就算不是人,阿猫阿狗死了,也得难受一阵子吧?你这个禽兽不如的家伙!"

周密不动声色地承受着。

"这夜,像黑缎子一样的黑。"邢天与华天雪在公园里散步。因为黑云压城,公园里没有什么人。

"我觉得咱们的方向是不是有些偏差?"华天雪提议穿过公园回驻地的目的,就是为了找一个合适的场合,与邢天推心置腹地谈谈。

"偏差?"邢天的眉毛一挑。

"我以为,这不太可能是周密夫妇干的。"

"那是谁?"

"我也说不好。"华天雪认为这不是商谈应有的态度。

"小天三岁的时候,硬要到我的床上睡,结果就尿床了。他醒来之后,我指着尿迹问是谁尿的。他马上就说:反正不是我!我笑着跟他说:要是不是你的话,就只能是爸爸了,因为这床上只有咱们两个人。"邢天站住,"不是周密夫妇,你说是谁?最有可能的孙东,已经被铁证排除。还有谁有可能?"

"我与你讨论的问题是:此案是否是周密夫妇所为。而不是谁是凶手。"华天雪不高兴地说,"你不能用问题来回答问题。"

"好。好。我错了。请华女士息怒。"邢天笑着说。

"你这个人,因为破了几个案子,成功地解救了几个人质,就自以为天下第一。老虎屁股摸不得。"华天雪趁势把所有的不满都发泄出来,"以为自己是火眼金晴,一下子就能抓住案子的本质,谁的话也听不进去。要不就是不让说。"

"我谁的话听不进去了?"邢天很无辜地说,"曾几何时,我不让你们说话了。"

"你一上来,就把结论端了出来。这样,谁还会说?"华天雪反问,"你平常口口声声地说,毛主席说过,结论产生于调查研究之后,而不是之前。自己就做不到。"

"我检讨。我检讨。"邢天举手做投降状,"'与其昏昏'想'使人昭昭'是不可能的。您说,您把想说的都说出来。"

华天雪一下子就没了脾气。笑了起来,"你给我听好了。"

周密看陈晓岚的能量已经释放得差不多了,就低声问:"你还有说的没有?"

陈晓岚摇了摇头。

周密冷冷地指着门说:"那请你出去!"

这话显然极有力量——语言的力量,在很多时候,不在乎音调、音量的高低大小,而在于其内涵。很多帝王将相,弥留之际,话都说不清楚,但一个字、一句话,仍然足以让天下震撼。——这种力量,是冰冷的力量。它与周密更加冰冷的眼神相配合,直逼得陈晓岚退向门口。

到了门口,周密又给了她最后一剑,"请把门关好!"

华天雪的分析如下:第一,如果是周童知道了某些"不应该知道的事情",周密夫妇必须要"除掉",那也没有必要把她打死之后再勒死,或者是勒死之后再打死。后者显然属于虐待尸体。虐待尸体只能源自仇恨。

"法官先生,我有异议。"邢天举起手。得到华天雪的批准之后,他说:"也很可能是失手误杀。然后为了逃避法律制裁,伪造现场。"

"失手?对吗?"华天雪见邢天首肯之后就说,"我专门计算过:针对颅脑的一击,完全可以击倒一个体重八十公斤的男子。而周童不过是一个体重三十五公

181

斤的孩子。不可能是失手。"

"我收回我的异议。"邢天承认后反击,"但信纸你怎么解释？你怎么能够假设一个外来的凶手,在杀人之后,在犯罪现场,从容地写完一封不算短的勒索信？"

"这正是我要说的第二个问题：如果周密夫妇,伪造了这封勒索信,那么他们为什么没有做最应该做的事情,伪造成外人的破门闯入呢？"

邢天无法回答这个问题：现场多次勘查,都没有破门、破窗的痕迹。而周密夫妇口口声声地说："门窗全部关好。"

"如果那封信是周密夫妇写的,那么可以推定他们知道信纸的来源。既然知道,为什么非但不销毁,反而堂而皇之地拿出来,呈现给警务人员？这完全不合逻辑！"

"也许是因为惊慌失措、神志昏迷。"邢天察觉到自己处于下风,"再者说,笔迹鉴定专家也做出了'不能排除陈晓岚'的鉴定。"

"一个神志昏迷、惊慌失措的人,能够设计一个局,并且写一封长长的勒索信吗？并且伪造了一个很像是神秘的、虐待狂的现场？"华天雪说,"鉴定结论还说：但陈晓岚的相似性很小。换句话说,根据这个结论,会有很多人'合格'或者'不能被排除'。你要是陈晓岚,你会在写了这封信后,自愿地接受笔迹鉴定,并且提供许多以前的笔迹样本吗？"

"很可能是掩盖计划的一部分。"邢天说。

"无论如何,他们对笔迹鉴定是一无所知。所以不会相信自己能够骗过专家。尤其是在有数百字证据的情况下。"

"但这一切,在理论上还是可能的。"

"但在实际中不可能,因为不合逻辑。"华天雪一顿,"如果你的'误伤说'成立,那么根据你以前在《心理杂志》上发表的文章中'希望痛苦快点结束'观点,在咱们第一次去查的时候,他们夫妻就应该说：'有人去看过地下室了吗？我好像听到地下室里面有声音'。"

"以子之矛,戳子之盾。"邢天无可奈何地笑笑。

"你不能否认你写过的东西。"

"你说得对,但有一点,"邢天语速很慢地说,"第二次深入的尸检报告中,表明了周童受到了性侵害。但不是常规的性交,而是借助工具进行的。这很可能是真正的原因。因此,方向应该集中到周密身上。"他顿住,"我是领导。领导就是作决定的。如果将来证明你是对的,我会检讨。"

华天雪不由地有些失望,但也无言以对:"领导""责任"都出来了,话已至此,夫复何言?

华天雪认为如果单独与陈晓岚进行"面对面的女人式"谈话,可能会获得更多的信息。这个动议,得到了邢天的批准。

她原准备将陈晓岚约到某个清静一些的咖啡馆,但陈晓岚不肯,说"再也不会离开女儿一步"。于是,只好在陈晓岚的卧室进行。

虽然只有两天没见,可陈晓岚的面容改观却很让华天雪惊讶,"你要是身体不舒服,咱们改天再谈。"她看出陈晓岚虽然经过精心化妆,但依旧不能掩盖无穷的憔悴。

"没事。我没事。"陈晓岚坐到华天雪的对面,"只要能够找到杀害童儿的凶手,我就是死了也心甘情愿。"

"你先生,会不会……"

陈晓岚打断华天雪的话,"他不来。从来不来。我说点我的机密给你听:我们已经起码两年多,没有夫妻生活了。"

"所以——"华天雪故意顿住。

"所以才有了孙东。"陈晓岚主动接上来,"但是他不会干。他甚至连我是谁都不知道。更甭说我家在哪了。"

真是应了一句老话:女人傻起来,没有底。华天雪想。孙东不仅清清楚楚地知道陈晓岚是何人、住在什么地方,还知道她的家庭经济情况、可支配的经济情况。不知鱼群在什么地方,如何捕得大鱼?但这些话,没有必要说。"我给你看一样东西。"她把第二次《尸检报告》的摘录,递给了陈晓岚。

这是一份经过整理的《尸检报告》,其中令人毛骨悚然的部分都去掉了。而周童遭受"非常规性侵犯"的部分却被突出。

陈晓岚在阅读的过程中,手就开始哆嗦。等到读完,一下子就扑到了床上,把头埋在松软的大枕头内,剧烈地、无声地哭起来。

华天雪知道此刻说什么也没有用,只是轻轻地抚摸她剧烈颤动的肩膀,试图用身体语言来安慰她。

针对周密的调查,是由邢天负责。但周密很不配合,拒绝提供自己的社会关系,声称在S市,"一个朋友也没有"。当蒋勋表示不相信时,他竟然说:"现今社会,'朋友'只是一个文学名词而已。"

邢天只好自行调查。但一天电话打下来,所有的人,都仅仅说"认识""见过"。别说自称与周密是"朋友"的人,就是说与他"比较熟""有私交"的人,都没有找到。

"做人做到这份儿上,也太没意思了。"蒋勋说,"按说人是群居动物。这小子怎么跟老虎似的,独来独往。"

"你用官方名义,去他所有学习、工作过的地方调查。我再找找试试。"邢天说。

针对华天雪"性侵犯的嫌疑人"之提问,目光呆滞的陈晓岚抓着自己的头发,拼命地问:"会是谁呢?"

华天雪只好启发道:"童儿都可能与哪些男人接触?"

"一个也没有。一个也想不起来。"陈晓岚绝望地说。

"她学校里的男同学,或者,"华天雪故意说得很慢,希望能够减少陈晓岚回忆的痛苦,"男老师。"

"男老师?男同学?"陈晓岚摇头。

"她就一次没和你谈过？"

"没有。"陈晓岚的泪水再度涌出来，"我跟你说实话，我是个坏妈妈。有些日子了，尤其是有了孙东之后，我就没有和童儿好好谈过。我后悔，后悔死了！我得罪了上天。苍天有眼，它都看着呢！"她一把就从自己的毛衣领子内，揪出了那个十字架，"我就是因为忏悔，才把这个戴上的。你知道，这个白金十字架是谁给我的？"

华天雪摇头。

"周密。周密送给我的生日礼物。"陈晓岚眼中闪动着偏执的光，"你见过送人生日礼物送十字架的吗？他就是一个大十字架。沉重的大十字架！"

"那他，有没有可能？"华天雪原本不打算主动提出这个问题，但邢天安排，一定要提。

"他？周密？"陈晓岚见华天雪点头，"有可能。太有可能了！"

"莫非他有些变态？"华天雪小心地问。

"变态？太变态了！"陈晓岚顿了顿，"一个男人，壮年男人，没有女人怎么行？而且这个人，是个伪君子。在外面装得人模人样的，骨子里是个色鬼。色鬼什么事情都干得出来！竟然对自己的亲女儿下手。下毒手。他很可能是为了报复我。吃醋了。你们把他给我抓起来。"

"你喝点水。"华天雪觉得陈晓岚有些歇斯底里。

"不喝。我要说完。"陈晓岚推开华天雪递过来的水，开始历数周密的不是。

邢天是个相信"六人理论"的人。这个理论说：世界上任何人和任何人之间，无论地理距离多么遥远，社会地位多么悬殊，中间都只隔着"六个人"。只要你正确地寻找，通过六个人，都能联系上你需要的那个人。这个理论，还附带一个数学模型。他选的切入口，就是江夏。并特地约他吃饭。

"你这顿饭，便宜大发了！六个人？"江夏指着自己说，"一个！"

"你和他熟悉？"邢天有点不敢相信自己的运气。

"熟！太熟了！我们是球友，"他掰着手指头数，"棋友。"

邢天很希望江夏再数下去，可他停住了，只好问："酒友？"

"不是。他不喝酒。"

邢天很是失望：如果两个人是酒友，那么就会有比较深入的了解。

"两友相加，就等于朋友。"江夏下了定论后，就问邢天希望了解周密的哪个方面。

邢天当然希望全方位的了解。但他明白这样一个道理：你提的问题越多，得到的答案就越少。于是单纯地提出"性关系"。

"没有。周密对女人没有兴趣。"江夏很肯定地回答。

"你这个回答不符合人性。窈窕淑女，君子好逑。"

"我纠正一下：他对女人的兴趣，在平均水平之下。用行话说，'力比多'比较少。"江夏所谓的"力比多"是弗洛伊德提出的一个概念，大体上相当于性能量，"'力比多'这东西，确实因人而异。《清史稿》说纪晓岚'一夜孤眠，百骸不舒'。"

"《清史稿》？《清朝野史大观》还差不多！"邢天知道江夏言不及义的本事最大，及时勒住话头，"你凭什么这么肯定？"

"专家。懂吗？我是专家。古人云：观千剑而识器。我见过的人实在太多了。而且我的职业使得我往往能够观察到人隐秘的部分。告诉你我一个研究的结果：人隐秘的部分，往往在五分之四以上。"

"我要具体的东西。"邢天知道江夏的"理论"，根本就没有统计数据的支持，不过是信口开河而已，"越具体越好。"

"我在德国碰到他。他是老欧洲，门槛精。所以我要求他带我去看柏林的夜总会。别看德国人表面古板，实际上色情得很。他先是推托，可我锲而不舍。没办法，只好带我去。在脱衣舞、成人秀表演场，我目不转睛，他的眼光，"江夏想了一下，显然是在寻找合适的形容词，"就像模特的眼光一样。"

邢天不懂"模特的眼光"是什么样子的。

"莫非你没有看过模特的表演？"江夏诧异地问，"不管你在观众席的任何一个角落,模特的目光都不会与你对接。准确地说:她们的目光没有焦点,是离散的。"

邢天想了一下,发现确实如此,"看来你的观察,要比我深刻。"

"比你深刻?"江夏不屑地说,"你是'一个人拜把子'。"

"什么意思?"

"你算老几?"江夏笑着说,"不要以为当了一个小官,手中就有真理。观察力这东西,尤其是对女人的观察力,几乎是天生的。"

"孤证不立。必须要构成一个证据链。"

"周密有一个基金。类似于私募基金一类。在世界各个大的期货交易所,都有席位。但门槛极高,为的是不使其规模过大。这时候,一位在若干部著名的影片中,担任主角的著名的漂亮女人,想要加入。但周密认为她不合格,拒绝了。此女自从出道以来,从来没有吃过'闭门羹'。她先以为是计。"江夏显然津津乐道,"你要知道,一个漂亮女人来求你办事,大多数人,都会故意设置一些障碍,好获得一些'利益'。所以,她亲口对我说,想占便宜就让他占一些。可没有想到,周密非但没有主动出击,竟然连此女的电话都不接。"

邢天知道听江夏的这些"絮叨",是自己必然要付出的成本,所以一声不吭。

"周密所有的电话,都有一张'黑名单'。凡是被登录的人,你打电话是通的,但他的电话却根本没有响。此女愤愤不平地发誓要'拿下'周密。咱们分析一下她的心理。问题至此变质了:已经不是钱的问题,而是面子问题。她拿出了浑身解数,利用一切机会,施展出全部魅力。"江夏喝了一口水,"你应当知道,一个女人,只要有中等姿色,但足够不要脸,就攻无不克!可结果此女却一事无成。于是,周密在我们这个小圈子里,被称为柳下惠的弟弟周下惠。"

"他会不会是隐藏很深的色情狂?"邢天多少有些失望。

"食色性也。根本就藏不住。"江夏断然否认。

"那他会不会是一个变态的恋童癖?"邢天接触到问题的核心。

"我目前到英国去考察期货市场。遇到一个英国人,他拼命向我打听中国的

'足球流氓'是什么样子的。我实在不好意思告诉他:中国连'足球'都没有,哪来的'流氓'?"江夏点燃一支香烟,"皮之不存,毛将焉附?"他喷出浓浓的一口烟,"我再强调一下:'食色性也'中的'色',不但包括女色,也包括了男色、童色。"

"每个人心中,都有一个恶魔。对于那些没有道德约束的人,只要条件合适,这个恶魔,就会把他从人变成兽。"邢天坚持自己的观点。

"我承认你的观点,但我要告诉你的是:这个恶魔,往往是变态的。而周密如果需要,无论是男色、女色、童色,都有无穷的供应。犯不着冒如此大的风险。"江夏说,"这是根据你最喜欢的'成本——收益'公式推算出来的。"

"时也!势也!此一时也,彼一时也!"邢天强调,"巴西的一只蝴蝶扇动翅膀,就会在太平洋上形成一场风暴。"

"讨厌的混沌理论!你真是顽固不化。好了,周密的女儿就是周密杀的。行了吧?"

"你是一叶障目,不见泰山。"邢天还是不依不饶。

第 十 章

华天雪与陈晓岚的谈话录音在清晰地播放。

邢天、秦川、蒋勋、华天雪在静静地听。

录音播放完毕后,华天雪关闭了设备,"起码证明了一点:陈晓岚所戴的白金十字架,不是在凶杀案之后买的。这有发票可以证明,信用卡的消费记录,也可以证明。"她出示两张复印件。

邢天象征性地看了一下后,放到桌子上,随后复述陈晓岚的话,"太变态了!一个壮年男人,没有女人怎么行?骨子里是个色鬼。色鬼什么事情都干得出来!"他用手指敲击桌子,"这些都是明证!"

"邢处食言了。"蒋勋笑着说,"您说过:我宁肯要一个科学证据,也不要十个人证!而陈晓岚这话,连证人证言都算不上。怎么能够叫作明证呢?"

邢天一愣,随后笑着说:"反对有效。我收回我刚才的话。"他灵巧地一转,"但这也从另外一个侧面,说明了周密的人性。"

"以你的观点,江夏的谈话,不也从另外一个侧面,说明了周密的人性吗?"华天雪不同意,"如果把这两个证据都呈堂证供的话,应该有着同等的证明力。"

"非然也!"邢天挥手,"陈晓岚是与周密朝夕相处的妻子,而江夏不过是一个认识周密的人。"

"你的说法显失公平。"华天雪对邢天的取舍尺度不满,"最少也应该说是周密的朋友。"

"如果周密有朋友的话。"邢天当下反击。

"有句老话:丈夫有外遇,老婆总是最后一个知道的。"秦川一般很少就理论问题发言,"有些时候,外人往往更清楚。"

"老婆最后一个知道,是因为一旦她知道之后,这桩婚姻就埋单了。"邢天并不是一个心胸狭小的人,但连日来的操劳,尤其是深度的思考,极大地消耗了他的体力和耐心,"所以才有'最后'一说。"

"我们对周密的背景进行了初步的调查。"蒋勋把一叠打字纸放在邢天的面前,"他从来没有过暴力的记录,也没有过对儿童的骚扰。完全没有。有个美国的博士说过:人的行为是在性格之下的。"

"是萨米诺博士。"邢天打断道,"他还说,如果他们看起来性格与行为不一致,那是因为我们还没有完全理解他们的性格。"

"没有人会突然变成杀人犯或者别的什么罪犯的,行为总是渐进的,总是前后相关的。"华天雪说。

"但总有第一次!"邢天语气虽然与平素无甚差别,但内容很武断。

邢天的说法,很容易反驳:第一次不会是陡然凸起的高峰,高峰是需要酝酿的。但华天雪没有说。提意见,要讲究方式和时机:"什么时候说"和"如何说"是两大要件。

"无论周密是因为什么原因杀害了周童,是用钝器猛击,"秦川做了一个大幅度的挥手动作,"这都是一个带有很大故意性的行为。所以嫌疑犯身上、地上应该有大量的血迹。但在这个案子当中,血迹非常少。是不是杀人犯把血都打扫干净了呢? 要知道,血迹证据是很难消灭的。"

"或许地下室根本不是第一现场。就像美国的辛普森一案一样。我一直都怀疑辛普森的住宅不是第一现场。"邢天对着华天雪说。

华天雪没有任何反馈,虽然她很钦佩邢天的机智。

"那么,周童的尸体,是用什么交通工具转运的? 第一现场又在什么地方?"秦川的逻辑很强硬。

"这些正是我们现在要做的。"邢天多少有些强词夺理,"当我们排除了各种不可能之后,不论最后剩下什么,也不论最后剩下的多么不合情理,也必定是事实真相!"

屋子里一时间静悄悄的。

猛然,电话响。

蒋勋接听后,对邢天说:"有一位妇女在广州大厦,要跳楼自杀。"

邢天摆手,"立刻行动。"

广州大厦地处市郊,是一座完全竣工的大厦。邢天等抵达的时候,南郊公安分局已经封锁了现场。

邢天用一架八倍的望远镜观察这位在二十二楼未封闭的阳台上的妇女:此人衣着普通,相貌也普通,年纪大约在三十五岁左右。他把望远镜递给华天雪,问当地的一位警官:"有资料吗?"

"没有。连她是哪里的人都不知道。"警官回答。

"一点也没有?"邢天皱眉。

"只知道她不是工地的家属。"

"你们没有和她接触过?"

"接触了一下。"

"她说什么?"

"她只是让我们走开。说是再往前一步,她就跳下来。"

"什么口音?"

"就是这一带。"警官含糊地说。

"哪一带?"邢天皱着眉问。

"江浙一带,也许是安徽。"警官不很肯定地说。

"这就和说'不是法国人,就是德国人,如果不是波兰人的话,那么就一定是捷克人'一样。"邢天没好气地说,"救生气垫准备好了没有?"

191

"气垫倒是准备了。"警官抬头望着,"可二十二楼太高。楼和楼又太近。"

"街道风?"邢天问。街道风是因为高层建筑引起的气流变化。

"对。对。街道风。不好确定降落地点。"警官笑着说,"所以才请你们来。"

我们又不是神仙!邢天心想。"华天雪、蒋勋,你们两个跟我上去。"

华天雪迟疑了一下,"我有一个要求。"

"说。"邢天觉得很奇怪。

"我主谈。蒋勋辅助我。你在底下做总指挥。"华天雪认真地说。

"你?"邢天有些不相信,"什么资料都没有?"

"我是女人。女人和女人之间,比较容易沟通。"华天雪把望远镜还给邢天,"我通过观察,发现此人可能来自边远地区。"见邢天认真地听,她又说:"她的上衣不错。"

"好像是宝姿牌的。"邢天为了工作,不得已看一些名牌奢侈品书刊,知道宝姿属于中上品牌,为职业妇女喜爱,"这怎么能证明她来自边远地区呢?"

"她的鞋子,很不讲究。还有衬衣。另外,皮肤也保养得不好。所有这一切,都说明她不是此地人。"华天雪一口气地说,"所以很可能是投亲不遇.被人所骗。"

蒋勋补充道:"还有遇人不淑。"

邢天笑了。这通常是指男人遇到不好的女人。"你们去。要小心。"

两个人很高兴地换上装备,上了楼。

江夏看见周密一口喝下一杯白兰地,惊讶地说:"我从来没有见过你这么喝酒。"

"这是因为我从来没有死过女儿!"周密重重地把酒杯往桌子上一放,"从来没有!"

"你很悲痛?"江夏试探性地问。他本来想约周密吃饭,把邢天的造访内容知会于他:在现今社会,信息是最有价值的硬通货。更何况,周密还是他的理财顾问。没想到,周密的邀请先期抵达。

"你怎么能够提出这样的问题?"周密眼中充满痛苦的神情,"我说过多少次:人非草木,孰能无情?可有人偏偏不信!你相信我吗?"

"当然!"

周密又喝下一大口酒,"知我者,江君也!"

江夏也陪着喝了一大杯,"天下谁人不识君?"他已经基本清楚了周密请客的原因:说服邢天相信他不是凶手。但越是这样,就越不能提前把"底牌"露出来。

"可有人偏偏不相信。"

"谁会这么无端怀疑你?"江夏反问。

"你的朋友。一个警界的朋友。"周密给江夏做顾问之前,仔细地研究了他的资料,在同学录中,发现了邢天。

"谁?"江夏一脸真诚地明知故问。

"邢天。"周密并不知道江夏在"装"。

"邢天?"江夏给周密倒酒,"这可是一位极难说话的角色,怎么,他抓住你什么把柄了?"

"我没干,能有什么把柄?"周密不以为然地反问。

"真金不怕火炼。没事怕他干什么?"江夏在诱敌深入,"我和我的小女朋友吵架后,我吓唬她,说要用煤气灶把她的金银首饰,化成一个金银球。这下子把她给吓坏了,赶紧求饶。殊不知,金子不是冰棍,熔化之需要坩埚。否则没等金子化,锅先化了。"

"就算我是金子,我的饭碗可不是金子。"周密没有心思说笑,"他到处调查我。对我的信誉有极大的影响。"

"能有多大影响,你又不是等待提拔的国家公务员。"江夏正准备把一笔钱投放在周密的私募基金里,所以能多了解一点,就多了解一点。

"你知道,"周密慢慢地说,"我有许多客户。这里我要说明一下:都是境外的客户。很注重信誉。"他想起自己给陈晓岚打的比喻,"信誉这东西,就和贞操一样,一旦失去,绝不会再来。"他指指自己,"我是真金,可要有人相信才行。而资本这东西,从来都是趋利避害的,一有风吹草动,就立刻转移。一个莫须有的传闻,能够搞垮一家银行,就是这个道理。"

江夏点头,表示听懂了。

因为未封闭的高层建筑上的风很大,从耳麦传送的信号质量相当差,基本上听不清楚。再加上邢天明白"将在外,君命有所不受"的道理,索性摘下了耳麦,观察两个人的行动。

从望远镜里,可以清楚地看见华天雪已经在与那名妇女对话。而蒋勋则隐在一侧,随时准备行动。

邢天放下了望远镜时,已经明白了两个人行动的构思:华天雪说服那位妇女,自然皆大欢喜。退一步说,能够说服她从开放式阳台的边沿,往里面走几步——甚至是一步——蒋勋就可以一把抓住她。

警官也看出了其中的名堂,就问道:"那位高个子警官是不是试图擒拿住这女的?"

"有这种可能。"邢天点头。

"谈判专家不就是谈判吗?"警官不解地问,"要是论行动,肯定不如我这刑警队的小伙子。"

"要把她谈到安全的地方,才能行动。"邢天居高临下地说,"你这的人,有这本事?"

"要是万一谈不成,或者行动失败,两个人都从上面掉下来。"警官说,"全身的骨头都得碎了。"

邢天看了他一眼,重新举起望远镜。

"李大姐,你这是何苦呢?"谈了足足两个小时,华天雪唯一的收获。就是知道这名女子姓李。因为不知道名字,只能这么称呼她:"上有老,下有小。你死容易,可他们怎么办?"

"老人没了,闺女也嫁人了,一身轻。"李大姐望着远处说。

"还有你男人呢?"把李大姐的嘴撬开了一条缝,华天雪很是兴奋。

"哼!"李大姐十分不屑地说,"男人,男人就认识钱!有了钱,什么都干。可我,偏偏没有钱。没有钱!"她顿了一下,"没有钱,就没人要!就不活了!"

华天雪突然想起一句话:钱的事情,要用钱来办。于是,灵机一动,指着墙角,用指责的语气说:"你这个人,口口声声没有钱。那不是钱?"

"钱?"李大姐茫然地看着华天雪,"哪有钱?"

"那里!"华天雪直指墙角。

李大姐下意识地往前走了两步:她不是犯罪分子,她只不过是一个一时想不开的普通妇女。作为一个普通人,在听到一些敏感的词语,譬如"钱""儿子""女儿""相好"等,就会不由自主地被吸引。

一直蓄势待发的蒋勋,趁这个机会,往出一窜,一把就抓住了李大姐。

"珠联璧合,默契甚深!"邢天在望远镜中,观察到一切,"三个动作,一气呵成!好!实在是好!"

"确实不错!"警官称赞后,对属下说:"弟兄们,撤!"

"你刚才说:从这二十二层上掉下来,全身的骨头都会碎?"邢天问警官。

"莫非不是?"

"不是。显然不是。"邢天的兴致很高,"有四处骨头不会断裂!"

"哪四处?"警官虽然佩服邢天,但也感觉不舒服。"说来听听。"

"内耳骨、锤骨、砧骨、镫骨。"邢天掰着手指头说完后说,"它们的细胞密度高,还受到头骨保护,所以不会断。"

见江夏同意"疏通",周密拿出了方案,"给他一些钱?"

江夏摇头,"这个人不爱钱。"

周密根本不相信会有这样的人,做出了原则性的反对,"钱之所至,金石为开！"

"这并不是'放之四海而皆准'的真理。你爱钱,我爱钱,不等于他也爱钱。"

"那江兄说怎么办？"周密懂得求人之道。

"我再想想。"江夏当然不会马上回答。

"要不,"周密试探道,"我给江兄一些筹码？"

"你这是在骂我。"江夏故作不高兴地说,"我尽力办就是了。"他并不是不爱钱。只不过不爱小钱罢了。与周密这样的"大鱼"打交道,如果试图兼收并蓄,肯定会因小失大。

"我一定'投之以桃李,报之以琼瑶'。"周密起码此时此刻,很是感动。

"小说家琼瑶？"江夏起身,"告诉你,这是《诗经》上的话。正确的说法应当是:'投我以木瓜,报之以琼琚'。木瓜就是文冠果。琼琚就是美玉。"

"兄才如海。佩服,佩服。"周密连连拱手。

在庆功宴上,华天雪有点不好意思地分析了自己当时所想,"我其实不过是想起了《不见不散》中的一个场面。就是那个葛优装成盲人,徐帆怀疑,就说:谁的钱包？"

蒋勋接上来,"葛优马上就到处找,嘴里还念叨:哪呢？哪呢？"

大家都笑了起来。

"我想,她是一个来自欠发达地区的妇女,为生活所困。钱在她们的意识和潜意识中,占有很高的地位。这并没有贬义。"华天雪解释道。

"一点贬义都没有。"秦川说,"只有那些钱多得没地方花的人,要不就是虚伪透顶的人,才说'钱没有用'。一分钱难倒英雄汉。你们没去过贫困地区的农村,那里人种地仅能糊口,活钱全靠从鸡屁股往出抠。如何能熟视无睹？"

"所以我想,这样说或许能够唤起较强烈的反应。"华天雪看着邢天说,"根据国外的资料,谈判专家绝对不能采取行动。我好像违反了这条规定。"

"干得好！"邢天竖起大拇指夸奖,"尽信书,不如无书。至于规矩？规矩从哪里来?"见没人应答,"小人物遵守规矩,大人物建立规矩。在咱们这行里,咱们就是建立规矩的人!来,干杯!"

因为李汉魂局长去中央党校学习三个月,局里的工作,暂时就由金副局长主持。他召唤邢天前去。

邢天一进金副局长的办公室,见其格局,便知内容——内容总是先由格局呈现——平素,金副局长总是谱摆得比任何人都大,可今天竟然屈尊亲自给他倒"刚摘下来的乌龙茶"。乌龙茶要么早就下来了,要么还要再过几个月,等明年那拨。哪有此刻"刚刚下来"的?

其实,邢天已经判断出,金副局长是说客。果不其然,金副局长要求邢天汇报周童案。

邢天很坦诚地讲述,并且主动把之后的工作计划也说了。他以为金这种人虽然有些江湖气,也不免被小利益诱惑,但底线还是有的,否则不可能在"公安战线"上终老。

在这个过程中,金副局长以高频点头和浅微笑作为反馈信号。但当邢天一说完,他立刻就换了一副面孔,用命令的口吻说:"这个案子,可以告一段落了。"

邢天很明白"告一段落"的内涵:一个案子,如果一两个月的时间没有侦破的话,人财物就会被分散。再过一段时间,专案组就会被解散。案子也就被"挂"起来,等待新的线索出现。"我判断此案,还没有到'挂'的时候。"

"判断?"金副局长有些不耐烦地转动着手中的红铅笔,"这是经过局党组研究的。"

邢天知道,这种案子,目前是不会上党组会研究的,金此言的意思,不过是强调其身份。"既然领导定了,我们执行就是了。"

"一切要按程序办。"金副局长在送客的时候强调。

"是。一切按照程序办。"邢天心想:程序有很多种,每个人的理解是不一样的。

"那好。再见。"金副局长没有再说什么。他并不认识周密,"人托人"罢了。这种事,说了也就等于做了。

昨晚江夏"请托",今天金副局长的"指示",尤其是"周童案"纷乱的头绪,都给予邢天极大的压力。回家之后,他一点吃饭的心思都没有,静静地坐在唯一的一张沙发上发呆。听到门铃响,好半天才反应过来,去开门。

来的是华天雪。她进屋就拿出了若干饭盒,并且立刻进入厨房,展开工作。大约二十分钟后,一桌说得过去的饭菜,就摆上了餐桌。

邢天吃到一半的时候,才问道:"你怎么知道我没有吃饭?"

"你关了手机,也不接电话。"华天雪给邢天盛了一碗汤,"很少有这种情况。所以,我把它视为要约邀请。"所谓"要约"是希望和他人订立合同的意思表示。而"要约邀请"则是希望他人向自己发出要约的意思表示。

"没电了。"邢天看看手机后说,"电话大概没听见。可这些怎么能够说是'要约邀请'呢?"

"我就是这么认为的。我看你承受不小的压力。"

"我要是一只开水壶的话,现在应该响起来了。"邢天当然不会对下属透露与金副局长的谈话内容。

"那你就应该减压。"

邢天心中顿时涌起一股无名火,"叫我怎么减压?"他旋即放缓语调语速,"这像皇帝听到老百姓没有粮食吃的时候'那么为何不吃肉'的反问。"

"那你为何不吃肉?"华天雪笑着说。邢天向她发泄,她自觉挺高兴:这属于"不见外"之一种。

"没有呗!"邢天挥挥手,借以表示对刚才的失态之歉意。

"你是心理分析的专家。可现在,我要给你作一个心理分析。周童案一开始,你就有了一个先入为主的看法:富人家中的丑闻多。"

"我一向反对这种说法。我曾经不止一次地说过,富人中坏人的比例,和穷人中坏人的比例差不多。不同的是富人干坏事,比较容易被人知而已。"

"你这么说,但并不等于你真这么想。"华天雪排除邢天几度干扰波,重新摆正方向,"这种看法,指导了你的行动。当所有的信息都指向非周密、陈晓岚所为的时候,你仍然不肯放弃。你知道这是为什么吗?"

"为什么?"邢天很不情愿地被华天雪纳入了"轨道"。

"第一,你相信你的心理分析。相信到迷信的程度。"

"心理分析当然不是万能的。"邢天反击。

"所以你固执地根据那条包裹周童尸体的毛毯判定必是周密或者周密夫妇所为。我虽然不是专家,但'一个人杀害了自己的亲朋好友后,因为歉疚,通常要善待尸体'的理论,还是知道的。但你观察过那条毛毯没有?"华天雪不等回答就说,"那不是精心地包裹,很草率。两条腿都露在外面。所以很可能是凶手,我这里说的是外来的凶手,把周童从楼上弄下来的时候,顺手拿的。"

"这些分析,你从来没有公布过。"邢天惊诧地问。

"这个问题,你会在我的第二点中找到答案。杨六马飞案、王从军案的成功解决,卞宇投毒案更是你心理分析法的杰作。所有这些成功,使得你高高在上、唯我独尊、闭目塞听、颐指气使、独断专行,甚至有些不可一世。认为自己是战无不胜的。"

"幸亏你贬义词会得不多。"邢天解嘲,"没有人是战无不胜的。"他略事停顿后问,"也许我错了。但你说,应该怎么办?"

"一个客人说菜炒得不好吃,厨师就说:那你给我炒一个看看?这是很没道理的事情。"华天雪恢复了平静,"这话是谁说的来着?"

"鲁迅。除了鲁迅,还能有谁?"邢天说,"但这个比喻是不恰当的。你不是顾客,你也是厨师。"

"不是大厨。仅仅是厨师团中的一员。"

"压迫深,反抗重。我虽然是一个独裁者,可就算是希特勒,也得有几个帮手啊?"

"跟周密谈谈。"华天雪的大眼睛一动不动地看着邢天,"不要居高临下,把他当成人,一个普通的人,认真地谈谈。"见他还有些犹豫,就说:"《刑法》的原则都改成,疑罪从无了。你有什么好怕的?"

"怕?我怕过谁?"邢天有些被激怒。

"你怕你自己。"华天雪把该说的话说透,"你必须亲自谈。"

"为什么?"

"你的察言观色、你的独到分析,是他人无法替代的。"

"打一巴掌,给一个枣吃。"邢天高兴起来,"别给我戴高帽子。群众是真正的英雄。"

"真的。你应该自己去。虽然俗话说,三个臭皮匠,顶个诸葛亮。但诸葛亮就是诸葛亮,有着不可替代性。"

"要是能把他排除了,就容易确定方向。"邢天的反省能力是很强的。

"应对周密这样的人,秦队稍嫌粗,小蒋嫌嫩,我又是个女人。"

"上毋庸多言。诸葛亮得令去也!"邢天做了个领命的姿势,"为了表彰你对我的批评,我准备把我唯一一瓶最好的干红拿出来。"

"你这话错误就多了,'表彰一批评'能组成一个句子吗?既然'惟一'何来'最好'?另外,最好不要说'拿',而应该说'贡献'。"

"有一个大作家说:因为错误,所以生动。"

"哪位作家?"

"我本人。"正寻找开瓶器的邢天,指着自己的鼻子说,"本人如果不干警察的话,肯定是一位好作家。你信不信?"

"如果把'肯定'改成'可能',我就完全相信。"

"给我挖坑?任何人都可能成为任何人。关键是有多大可能。"邢天把酒放在桌子上,"我家曾经有过开瓶器。法国都彭牌的,很贵,所以应该被我的前妻拿走了。"邢天不无尴尬地一笑,"我这个人怎么这么不厚道啊?背后说人家坏话。"

华天雪望着放在桌子中央的酒说:"这下子喝不成了。有一次,在我的一位大学同学家,也出现了类似情况。最后决定用菜刀斩断酒之颈部。结果……"

"结果是全身粉碎性骨折?"

"然也!"

"本人却另有办法。"邢天拿着酒瓶,往厨房走。

"把软木塞往里面捅?"

"那可不行,全是木屑,把酒的味道都破坏了。"邢天把一块毛巾湿透,叠成四方,垫在墙壁上。然后拿住瓶颈,猛力撞击。

软木塞在红酒内部的撞击力作用下,一点一点地出来了。随着最后一击,飞了出去。一些酒飞洒出来,落在华天雪脸上。

"过犹不及。过犹不及。"邢天去找毛巾,"这个方法,我也只是听说。第一次用。对不起,对不起。"

"总比干看着强。"华天雪接过毛巾。

邢天关掉了大灯后,郑重地把酒分配在两只杯子里。

"关大灯为什么?"华天雪慢慢地举起杯。

"你猜。"邢天顽皮地说。

"猜不着。"

"你就是猜不着:你要是说为了营造气氛,我就说为了节能。你要是说为了节能,我就说为了营造气氛。答案本身,就有着很大的不确定性。"邢天举起了杯。

就在两只酒杯将要碰撞在一起的时候,响起了门铃声。

"谁?这么晚?"华天雪问。

"还能是谁?除了鲁芹,没有人会连续不断地按门铃!"邢天起身。

"我,是不是……"华天雪尴尬地问。

"您安坐。"邢天去开门。

鲁芹率先进入餐厅,边走边说:"我饿着呢。你有什么好吃的?"看见华天雪,她一点不自然也没有,"好漂亮的小妞!"然后就坐到桌旁,"说实在话,我路过这

201

里,看见只有餐厅开着灯,我当时就想,这家伙一定在宴请小姐。否则,他根本就不会开餐厅的灯,只会一边看球赛,一边吃方便面。你看,不光他会心理分析,大姐我也会!"

华天雪看着喷着酒气的鲁芹边吃边说,一时间不知如何应对。她看看坐在一旁的邢天,发现他面色如常,也就镇静下来了。

"姑娘在哪里发财?"鲁芹问。

"我跟邢天在一个单位。"

"嗷,那不屈才了?这么漂亮的姑娘,干什么不行?偏偏当警察。警察是最差劲的行当。挣钱少不说,连房子都没有。"鲁芹指指地,"这房子还是我付的首付,离婚分给他了。"她此时的心里很酸,所以很希望邢天反驳,这样就会引发一场战争,气也就出了。谁知他一点反应也没有,只好自己往下说,"还没出路。你看,一个派出所,就一个所长、一个副所长、一个指导员。好几十干警,当好几十年,也提拔不起来。我们老邢,论能力不差,要是在别的厅局,不说副厅,正处起码没问题。在你们那,费死了劲,才弄了个副处。"她吃了几口,拿起酒杯,"你们喝不喝?"

没有人回答。

"你们不喝,我喝!"说罢,鲁芹一口喝干。然后把杯子放在邢天面前。

邢天一言不发地给她倒上。

"我要喝了,你们就没有了?"鲁芹四面看看,见没有任何目光的交流,又自己喝干。把杯子重重一放后,柔声说道:"姑娘,嫁给他吧。他除了穷一点,别的没缺点。我说得对吗?老邢。"

"你还喝吗?"邢天平静地问。

鲁芹站起来,"好啦。我不当电灯泡了。"

华天雪也跟着站起来,"大姐,再聊会儿。"

"你看他那眼睛,"鲁芹指着邢天说,"就和苏联贝加尔湖深秋的湖水一样,冰冷、冰冷的。"

"你喝多了,我送你。"邢天起身。

"岂敢!"鲁芹推开邢天,对华天雪说,"姑娘,大姐我也年轻过。趁年轻,好好过。别等像我一样,人老珠黄,也没个着落。"说罢,摔门而去。

邢天对华天雪说:"她喝多了,我去送送。"

华天雪赶紧说:"快去吧。"

等邢天走后,她赶紧到阳台上看。

因为楼高,且有玻璃,听不见声音,就和看默片一样。但眼前一幕,确实有点惊心动魄:邢天快步走去,拦住鲁芹的车,在说什么。鲁芹根本不听。最后竟然猛地加油,撞向邢天。幸亏邢天躲得快,否则一定是场事故。随后,鲁芹的车扬长而去。

她见邢天往回走,就坐到桌边。好半天,还心有余悸。

邢天回来,默默地坐回桌边。

"她不让送?"她模棱两可地问。

"我下去,她已经开走了。"邢天也轻描淡写地说,"你我重打鼓,另开张。"

"你还有心情?"

"鲁芹是个好人,就是脾气不好。"邢天重新把杯子洗过,倒上酒。

"怎么就分开了?"她从来没有问过这个问题。

"我不听她的。另外,就是她认为我穷。来,干杯。"他举起杯。

与他碰杯的时候,华天雪很感动地想,这才是男人:处变不惊、不喜形于色、不背后说他人坏话,尤其是在这个人当面欺负你之后。她一口把酒喝完,"你知道,我很少喝酒。可我今天还想喝一点。"

"一分为二。"邢天倒酒。

"可惜少了点。"华天雪见每个人只是一盎司多一点,不禁感叹。

"意思到了就行。"邢天与之碰杯。

华天雪的谈话,确实给了邢天很大的震动。所以,他没有去周密的办公室,更没有把他传唤到公安局来谈。而是把他约到郊外的一处有着茂盛植物的田野中,边走边谈。因为这是一次非正式的谈话,所以他没有按照"两人以上"的规定,单独前往。

周密一开始,戒备心理极重,但随着邢天的开诚布公,心扉慢慢地打开。

邢天当然不会操之过急,而是慢慢地深入。谈话是从童年开始的。

周密有一个近乎完美的童年:他的爷爷是解放前交通银行上海分行的襄理,解放后,被定为高级职员,而不是"被赎买的资方人员"。这个定位,就使得其父能够顺利地完成大学学业,并且在一所中学当数学教员。其母则是同校的音乐教员。

"书香人家。"邢天给出了它的定位,"按照春秋秦汉的分类,属于士。"

这一句话,发挥了极大的作用。周密开始缓缓地讲述有关父母的故事。"我父亲一向认为为人师表者,首先要注意的就是自己的仪表。每次上课前,总要把头发梳理得一丝不苟,穿上正规的中山装之类。复课闹革命的时候,没几个学生来上课。可他还是认真备课,上课的时候,还是一如既往。这连母亲都不能理解。父亲说:'十年树木,百年树人。某些时候,老师的一个举动,就会影响学生的一生。'最后一次,一个学生也没有来。但父亲还是在教室里坚持到下课。你可能不知道:连下课铃都没有了。"

邢天望着周密的眼睛,发现其中没有虚假。这样的细节也很难编出来,文学大师也不行,除非有生活。想到这,他就否定了"童年不幸"说。这是很流行的一个学说,意思是成年后的变态行为,总能在童年找到根源。

但话题转到周童身上后,周密突然说:"你知道我女儿最初叫什么名字吗?"见邢天摇头,他望着西坠的落日说:"她是日出的时候出生的,所以爷爷,命名为瞳。你知道是哪个瞳吗?"

"'千门万户瞳瞳日'的瞳。"邢天知道这个"瞳"的意思是"初升的太阳"。

"邢警官渊博。可好多人,甚至包括老师,都不认识这个字。就改成了童年的'童'。或许,是这个名字改坏了。"周密发现邢天在看他,就尽量回避,"当时要是找一位易经大师咨询一下,或不至如此。"

"《易经》是哲学。不是玄学。没用。"

"真的没用?"周密转过头来,看着邢天。

邢天看着他眼中噙着晶莹的泪水,郑重地点点头:他明白,这是周密在寻求支持、解脱。

"那我也有无可推卸的责任。"周密的话匣子终于打开,历数自己种种过错。叙述的过程中,泪水时断时续,他却连擦的意思都没有。

谈话告一段落后,邢天提出了最后一个问题:他与陈晓岚的关系恶化之原因。

"士农工商。士农工商。为什么会把'商'排在最后一位呢?"周密自问自答,"因为唯利是图。身不由己啊!"他长叹一声,"要是早知道,我就——"他说不下去了。

邢天等周密完全平静下来后,慢慢地说:"你要么无罪。要么就是我平生见过的最好的演员!犯罪的大师!"

周密默默地看着邢天,淡淡地说了一声:"谢谢。"

刚刚从党校学习回来的李汉魂,亲自参加了由邢天主持的"周童案"分析会。

邢天第一个发言:"看来前阶段,我的思路是错了。现在,我们已经基本上知道凶手不是谁。但我们还不知道凶手是谁。"

邢天请李汉魂做指示。

"哪有什么指示?起码具体的指示没有。"李汉魂笑笑说,"我当领导时间长了,有两条基本的体会,说给大家听听。第一,领导作指示,应该原则。比如'要抓紧'啊、'要搞好'啊。这样的指示虽然没有用,但永远不会错。第二,领导岗位,尤其是一把手的位置,是滋生自我至上、个人主义最好的温床。因为大部分的事情,都无所谓是非对错。昨天,我们全家聚餐。在什么地方吃饭,通常是由我来定的。我就选择了'饺子宴'。我是北方人,喜欢吃饺子。吃完之后,我问大家怎么样?大家都说好。我于是做出了'物美价廉'的总体评判。随着我年龄的增大,很少有人反对我了。包括之前一直与我针锋相对的太太。"

众人笑了起来。

"这时,只有我的小孙子站起来说了实话:爷爷的战友来的时候,奶奶说来'饺子宴'吃,爷爷不同意,非要去'国际饭店'。吃完之后,爷爷就说:多排场啊!爷爷总是这样,来来回回地说,而且每次都是他对。"

众人的笑声又起。

"所以一把手要时时刻刻提醒自己。'日三省吾身'不够,要多次反省自己。"李汉魂接着说,"具体的指示我没有。有也不会说。有一个更普通的故事:我太太和我刚结婚的时候,不管是任何鱼,她都要切三刀。注意,这并不是像饭店一样,分成'鱼头''肚裆''划水'好多赚钱,纯粹是家里吃。我就问她原因。她说:我妈就切三刀。我这个人,有一个大缺点,喜欢刨根问底。等我岳母来的时候,我就追查。岳母的回答,与我太太如出一辙:我妈就这样。三年后,我的太岳母,也就是岳母之母来了。我就问这位健康快乐的老太太为什么要切三刀。老太太一语以蔽之:嗨,那会儿家里没有大盘子!"在大家的笑声中,李汉魂说:"我还有点小事,先走一步。"

邢天非常佩服李汉魂这种"润物细无声"的工作方法。至于李汉魂的意思,不说大家也明白:去掉"思维惯性","逆向思维"。

思路调整到"外部侵入"方向后,第一个问题是:罪犯为什么没有在雪上留下痕迹?

答案是:地上的雪,原本就很薄,而且又被小区物业及时清理。所以罪犯即使是从地下室的窗户进去,也不会留下痕迹。

第二个问题是:罪犯如何进入房子的?

答案是:山泉别墅是一个低犯罪率小区。这里居民的防范意识不强。那些外面看去美观的窗户,很容易被打开。

另外,周家前前后后,换了若干位保姆。还有小区的一些物业维修人员,都曾持有过周宅的钥匙。这些人都能够"方便"地出入周宅。

第三个问题:如果罪犯没有被抓住,为什么没有再犯类似的罪行?

答案是:并不是所有的罪犯,都是连环杀手。或者说,连环杀手在杀人犯中,也不过是少数。所以此案的罪犯,很可能只是一个初出茅庐、没有经验、计划不周密的罪犯。

第四个问题:罪犯为什么要在犯罪现场待那么长时间?

答案是:这个罪犯,很可能了解周家的行动时间。也许已经对周家进行了长时间的监视。更有可能的是他在这之前,通过合法或者非法的途径,进入过周宅。所以很从容。

第五个问题:为什么要用周家的信纸,写那么长的一封勒索信?

也许他写好的勒索信,因为疏忽,没有带来。也许他随身带来了一封勒索信,但发现还有时间,所以就写了一封长的勒索信。

第六个问题:罪犯的动机是什么?

最可能的是发泄和报复。

虽然有了如此之多的分析,但罪犯的形象,依然很模糊。

"很遗憾,"邢天说,"犯罪分析至今不是也从来不是一门精确的科学。我们的所作所为,只是使得我们靠近罪犯一步。"

"天网恢恢,疏而不漏。"蒋勋说。

"群众的眼睛是雪亮的。"秦川说。

停了好一会儿,邢天才若有所思地说:"以前或许是这样,犯罪都有着明显的动机。但在现代社会,准确地说,是现代消费社会,欲望、机遇、差异、风险、压力、冲突等交织在一起,随时都可能诱发犯罪。更加上急剧裂变的社会分层,当一些人,面对五百平方米以上的别墅、八缸汽车、铁丝网圈起来的高尔夫球场等权力的符号时,突然发现自己,还有自己的儿子、儿子的儿子,根本就没有可能进入其中时,愤怒就产生了。这种愤怒,一定会导致犯罪。而这种犯罪,不是针对某个人,而是针对一个阶层。"

"所以要加强法治。"秦川说。

"单纯的法治,只能打击犯罪,而无法取消犯罪。只有公平和正义成为普遍原则的时候,犯罪的发生,才会趋向减少。"邢天说。

"任重而道远啊!"蒋勋感叹。

"你知道这话是谁说的?什么意思吗?"邢天问。

"孔夫子说的。意思就是担子重,目的地还很远。"蒋勋很不以为然地说,"兄弟怎么说,也是大学生啊!"

"如果认真想想,起码能想明白一点:孔子不会说这么傻的话。"谈了如此之久的严肃话题,邢天想让大家轻松一下,"这中间的'任'是使命的意思。与'天将降大任于斯人'中的'任'相同。而'道'则是终极真理的意思。合起来就是'使命伟大,真理值得永远追求'。"

"经典这东西,都是人吹出来的。《诗经》打头的一首,就是'关关雎鸠,在河之洲,窈窕淑女,君子好逑'。我要是翻译成'美丽的姑娘啊,你跟我这个帅哥是多么好的一对啊!'投稿到县一级的文学刊物,一定是'判处死刑,立即执行'。"蒋勋根本不服,"《诗经》还有'昔我往矣,杨柳依依,今我来思,雨雪霏霏'四句。翻译成白话,不过是:'我走的时候,杨柳尚且在风中摇摆。等哥们儿回来,却已经风雪漫天了'。能有多大意思?"

华天雪笑着说:"愚者千虑,必有一得。"

邢天也笑着说:"学术江湖化的典型。"

第十一章

这是一个似乎你一出门,就能把你打一个跟头的坏天气,但邢天依然决定走着回家。秦川等坚持要小陈送。他笑着说:"毛主席说过,衣食住行受太好的照顾,是高级干部生病的主要原因。我虽然不高级,但还是想走一走。"

蒋勋故意装老,叹口气说:"天要下雨,娘要嫁人。由他去吧!"

邢天笑着把他推上车,"这是林彪乘三叉戟逃往苏联时,毛主席对周恩来说的话。没想到你小子也知道。"

"我就不能知道?"蒋勋装模作样地给邢天敬礼,"祝你周末愉快!"

车开走后,邢天开始步行。"街道风"呼啸着掠过他的周边,并且形成一个旋涡。走着,走着,他突然感觉到一阵疲劳袭来,顺势就坐在路边的台阶上。

在他的脑子里盘旋的还是有关"周童案"的一切。

但这一切,就像"街道风"一样,毫无规律地搅成一团,然后肆意地撞击着他脑子内所有的部件。

不知道过了多久,他才发现旁边站着一个人。"小华?"他惊奇地问,"你不是早就走了吗?"

"我知道你要走着回家,就在前面等你。"自从那日在邢天的住所"巧遇"鲁芹后,华天雪觉得自己与邢天的关系有了变化,"等不上,就返回来了。"

邢天强打着精神站起来,笑着说:"我要是不坚持,就坐车回去了。那你不是白等了?"

华天雪笑笑,"你不会坐车的。"

"为什么？"话一出口,他就觉得这个问题很傻,赶紧自己回答:"因为我惟我独尊、独断专行、不可一世。"

"一个大男人,这么小的心眼。"华天雪挽住邢天的胳膊,"把人家批评你工作的话,记得这么清楚。"

"玩笑而已。我要是记仇,也就不说了。"

"那是大仇。"华天雪见邢天没有反对,心里挺高兴。

"大仇就更不说了。大音希声、大象无形、大奸似忠、大雪无痕、大智若愚。"邢天随口说着。

"还有大愚若智。"华天雪笑着补充。

"你在说我！但只用错了一个字:我是'弱智'而不是'若智'。"邢天突然顿住,"大愚若智？大愚若智？我记得我刚会修收音机的时候,一旦不响了,就把它大卸八块。后来我爸爸告诉我,机器要是出了毛病,先从简单的地方找起。"他站住,"是这个道理:咱们想得也许太复杂了。那天,我与周密在郊外谈话时,他给我看了周童的一张相片。那是周童在朝阳中照的,虽然她只有十岁,但俨然一位美丽的少女。"他不无歉意地说,"说实在话,我对周童的第一印象,就是在深度冷冻柜中,然后就是在解剖台上了。那个时候,她已经变形了。所以,我就没往那边想。"

"也难怪。艺术品被砸碎了,原貌便无法想象了。"华天雪深知生前死后的面貌差别。周童虽是幸运的,一直处在深度冷冻状态下。如果在野外曝尸,只要一两天,别的不说,脸部的体积,就是平常的两三倍以上,在法医行中,被称为"巨人观",极为可怖。

"你一语惊醒梦中人。使得我不远而复。"邢天兴奋起来,"罪犯的年龄应该在……"

这时,正好路过"金师傅"快餐店,"咱们吃点东西？"华天雪提议。

"我不饿。"邢天不肯被打断,"罪犯……"

"人要是到了二十点还不饿,机体就有问题了。"华天雪说,"别害怕,我请客。"

"什么话？兄弟好歹也是二级警督。一顿饭还吃不穷。"邢天拉着华天雪进了门。

现代社会的公因子有二。其一是电。如果没有了电，就没有水、没有热、没有火……总之，基本的东西都没有了。其二就是钱。这里所指的是广义的钱。这些钱都在高速地运动，一旦停止，整个社会的经济运营，也就基本停止了。

刚刚落成的中心银行就面临着二者都缺的局面。

中心银行办公楼的历史，可以上溯到这个城市的开埠时期。此楼直至现在，外观也不落后，虽然只有九层，但在周围高耸入云的建筑逼视下，依然不改雄伟之姿。

但外表的雄伟，改变不了内部腐朽的本质——资深美人，虽然面容依旧，但她的心脏的吞吐能力、血管的口径，已经大打折扣了——今天出问题的是电路。而且很巧，是在六点三十分出现了"全楼停电"的故障。这个故障，不在电力部门，而在其内部。

这是很要命的事：S市五分之一的现金，都集中于此楼的地下金库中。而各个储蓄所、支行的运钞车，都是在六点动身，来此汇集。所以，一时间，运钞车云集，很是壮观。

同时，因为停电，银行内部还滞留了一些顾客。银行职员从一个门往外疏散，从另一个门，往内搬运装在铁箱子里的钞票。因为有数次银行劫案的教训，所以不但银行内部的保安都出动了，银行还向市公安局求援。所以，秦川、蒋勋也在回家途中被召唤到此。

一个中老年人，站在不远处的一座楼房的高高的台阶上的一根柱子后面，静静地观察着这一切——之所以笼统地将其称为"中老年"人，是因为他的年龄无法判断：从容貌上看去，大约五六十岁的样子，可从他的动作敏捷度、力度看，却只有三四十岁。

邢天问服务员要一张纸,服务员微笑地递给他一张顾客意见表。"你们这里再没有大一点的了?"

服务员是一个微笑着的小伙子,"多大?"见邢天比划了一个比A1还大的四方后,他说:"这您得到美院去找。"

"美院?"邢天稍过片刻,才反应过来,"你是美院的?"

小伙子点头,"你怎么知道?"

邢天没有回答:"油画系?"

"你怎么会知道?"小伙子越发惊讶了。

邢天指指小伙子的衬衣衣袖和皮鞋,"只有专业美术人员,才会有这种痕迹。要不然,除非……"他笑笑,没有往下说。

"除非什么?"小伙子好奇地问。

"除非你是故意把这些涂抹在身上。"邢天说。

"那为什么?我的动机是什么?"小伙子连连发问。

"动机吗?"邢天看看华天雪,"为了诱惑一些高品位的女孩。我有一位大学同学,"他说的是江夏,"只会弹奏一两首曲子,而且不准。但他整天背着一只真正的西班牙吉他,在校园里转悠。战果很是不俗。"

"一弹不就露馅了?"华天雪也不相信。

"沉浸在爱情中的女孩,是没有辨音力的。"邢天作结论。

"为了表彰您对我做出的杰出分析,我特奖励您优质纸四张。"小伙子慷慨地撕下若干张意见表。

"寒假来打工?"邢天问。

"赚两个钱,补贴家用。"小伙子说。

"家都没有,何来家用?"邢天反问。

小伙子又很阳光地笑了,"这地方,观察人最来劲。"他低声说,"你是公安局的侦探吧?"

邢天用更低的声音说:"您别吓着我!"

小伙子朝柜台处看看,"不能跟您聊了。食人之食,忠人之事。"说罢,一溜烟地走了。

"很佩服你的观察力。"华天雪说。

"观察力尚在其次,主要是推理能力。"邢天吃了一些东西,恢复了体力,他把纸递给华天雪,"别闲聊了,咱们干正事。我说你记。"

"你说那银行的金库能装多少钱?"蒋勋边走边问。

"用咱们邢处的方法说,第一,"秦川伸出了一个手指头,"我不是行长,也不是金库总管。第二,我也不是耗子。所以,"他顿了一下,"我不知道。"

"你的意思,除去这几样,谁都不知道?"

"听说是。反正金库这东西,不和商场一样,谁想进谁就进。咱们吃点东西,前心贴后心了。"

"给他们忙活半天,也不管饭。"蒋勋抱怨。

"人民警察为人民。再说,人多没好饭吃!"

"如此说来,跟着您老人家,定有好饭吃了!"

"你这是敲诈罪!"

"《刑法》说,敲诈、勒索公私财物,数额较大的,处三十元以下的罚款。我请客。"

"三十块钱,喝西北风吧!"秦川推开"金师傅"快餐店的门,找到一张桌子坐下。

两个人谁也没有发现:邢天和华天雪也在里面。

"第一,很可能,罪犯在一个偶然的机会,在公园、电影院这类的公共场合,看见了周童。周童的嫣然一笑,或者一句温馨'你好'的问候,激起了罪犯的欲望。"邢天把筷子当成教鞭。

"我反对。"华天雪停止了记录,"中国妇女,绝少主动向陌生人问候的。"

"周童是个女孩子。"

"女孩子也是妇女。"华天雪不肯退让,"而且是有心理创伤的女孩子。"

"去掉这一条。"邢天把筷子往下一压,"也许是她郁郁寡欢的神情,吸引了凶犯。凶犯尾随,到了山泉别墅。第二,也就是最关键的,就是这个凶犯的形象:十四五岁到二十一二岁。"他陷入了沉思,"不会再大了。因为犯罪缺乏复杂的后续行动,杀人过程中的重复动作,也暗示着他是一个年轻人。他应该是孤独的。性欲也不成熟。而且,这很重要,他可能与父母住在一起,或者是单亲家庭。但更可能的是他有套单独的住房。否则,他不可能彻夜不归,而不引起怀疑。"

华天雪抬起头,试图与邢天的目光对接,但接不上:邢天的目光没有焦点。

"职业。职业呢?"邢天显然在自问,"应该没有职业。没有职业,有单独住房。"

"不会是学生?高中生或者大学生?"整个过程中,华天雪还是第一次发问。

"也许有这个身份,但他并不上课。上课就无法实施这个行动。"

"案发在周末。"华天雪提醒道。

"但需要跟踪、侦察、作犯罪的前期准备。这需要大块的时间。"邢天继续推论,"如果他是学生,一定是被开除的、被处分的。"

"这大大地缩小了排查的范围。"华天雪收起了笔。

"我想,这仍然应该是一个庞大的数字。你怎么不记了?"邢天诧异地看着华天雪。

"我有一个条件。"

"这是公务活动。所以你不能提出工资的要求。"经过一阵紧张的思考,疲倦重新向邢天袭来。他竭力舒展身体,试图缓解。

"你把这些吃了。我就接着记录。"

"不记也罢。"邢天觉得自己的眼睛都快睁不开了,"没有胃口,也没有想法了。咱们走吧。"他挥手把小伙子招来问:"多少钱?"

"二百三十元。"小伙子料到邢天会质疑这个价格,率先解释,"面是九十八块钱一碗。"

"这价格令本人倒吸一口凉气。你这不该叫'金师傅',改成'十字坡'吧!"邢天拿出了钱,"与金师傅碗面相比,面条依旧,调料依旧,仅仅是干牛肉换成煮的。凭什么要九十八块钱一碗?"

"品牌。金师傅是一个品牌。"小伙子辩解道。

"我懂了。就和登喜路、劳斯莱斯、哈瓦那雪茄一样,"邢天接过找回来的零钱,"注意:我说的是价格,而不是品质。"

小伙子边收拾餐具边说:"再见。"

"再见?再见你的时候,肯定是在某个画廊,或者某个拍卖会上。"邢天很喜欢这个笑眯眯的小伙子。现在笑着面对生活的人不多,多的是气急败坏之徒。

路过秦川、蒋勋的餐桌时,双方都没有看见。

再过三个餐桌,坐着的是那位中老年人。邢天自然更不会注意。但他们不知道,这是一位将困扰他们多日的灾星。

这位中老年人的相貌粗看上去,很是平常。但如果仔细观察,就可以从这平常当中,看出几分刚毅、几分霸气。

给他服务的小伙子,显然看出中老年人的"不平凡",在对方查看流水单的时候说:"您如果答应我一个要求,我可以给您把单免了。"

中老年人抬起薄薄的眼皮,一言不发地看着小伙子。

"我给您画一张像。"小伙子已经认定这个只要了一碗面,连小菜都舍不得要的老者,一定会答应他的要求。

中老年人一点表情都没有,从口袋里掏出一个信封,抽出一张百元大钞,放在桌子上,一言不发地走了。

小伙子诧异地望着中老年人笔直的背影,一直到看不见为止——如果中老年人答应了他的请求,以后的故事就很可能变得不同。但这是绝对不可能的。

走到邢天的住宅前,两个人相对无言地站住。

"按道理,我应该邀请你上去喝一杯。"过了好一会儿,邢天才说。

"按道理,我应该先婉拒。"华天雪说,"然后在你的再三要求下,方才勉强同意。但考虑到你可能不再发邀请,所以我现在就同意了。"她之所以想上去,就是发现他的脸色很不好。

"江夏说得好:在谈判的时候,谁先开价,谁就倒霉。"邢天打开大门,做了一个"请"的手势。

中老年人出了"金师傅"后,打了一辆出租车。到了地铁口,就换乘地铁。然后再换出租车。到了城乡接合部后,步行了大约一公里的样子,来到了一辆发动着的北京吉普跟前。他二话没说,打开车门坐到驾驶员后面的位置上——这是整辆车最安全的位置,在部队中,被称作"一号位"。意思就是一号首长的座位。

驾驶员什么也没问,就起步开走。

车上了高速公路后,就显示出其非凡的动力。致使一辆被超越的本田轿车很不服气,一直紧紧地跟在后面。

中老年人的驾驶员,是一个小伙子。他从后视镜中,看到了试图追赶的本田,不屑地加了一点油。

本田车立刻被落在后面。

本田的驾驶员,也是一个小伙子,乘客则是他的女友。此情此景,是显示他男子汉气概的最佳时机。他迅速将车速提高到一百九十公里,"烂吉普,还想跟我赛车。"

但还是追不上。"妈的!"本田驾驶员,将油门踩到底。

当速度超过了两百公里时,紧紧抓住安全带的女友害怕了,"别追了。我害怕。"

这带颤音的要求,使得小伙子已经接近沸腾的体液开始降温,他减缓了速度。他不知道,这实际上救了他的命:他的右前车胎,刚才已经越过了极限,高速摩擦,使得它马上就要爆裂。一旦爆裂,车立刻就会作起码七百二十度的侧空翻,然后再作若干个地翻——只有在近似荒诞的电视剧、电影里,警察或者检察官,才能够驾驶着桑塔纳之类的车,追上逃犯的奔驰。牛顿定律告诉我们:当动力超过阻力的时候,车可以无限加速。但轮胎、轴承却承受不住。因为它们不是为这个速度设计的。

望着远去的北京吉普,小伙子气恼地拍了拍方向盘,"撞上鬼了!"

他没有撞上鬼:北京吉普装备的是带有涡轮增压的宝马发动机。驾驶员则是在汽车拉力赛中获得过名次的专业车手。

坐在"一号位"上的中老年人,虽然在睡觉,但还是感觉到速度的变化。用他儿子的话形容:"你背后长着两只眼睛,睡觉的时候,有一只眼睛是睁着的。"感觉的器官是靠椅传达给后背的压力。他根据这种很像飞机起飞时的感觉判断,速度在每小时二百公里以上。但他并没有批评驾驶员:飞机在天上的时候,你如果指责飞行员的话,可能出现一些你不想看到的局面。

他只是在第二天,下达了一纸没有标明时间的"停职通知书"。原因很简单:他曾明确规定,只有在紧急情况下,才可以发挥车之"潜能"。

华天雪深刻感知到邢天的疲倦,故而给他拿来拖鞋之后,强迫他去换睡衣。

换了睡衣出来的邢天,看看自己的打扮,不无尴尬地说:"这合适吗?"

"都什么年月了,还那么古板。"华天雪给邢天倒水的同时,命令他躺在沙发上。见他不肯,她就说:"三年前,我刚来局里时,来了一位公安部的特派员,因为是你的校友,李局长叫你去陪同,结果人家认为你缺乏素质。"

"准确的说法是:缺乏官员素质。其实,不过是礼数不周。"邢天躺着说,"没有给他拎包、倒酒、替酒。其实,我不是没有酒量。'非不能也,是不为也'!"

"当时,你说了一句很有名的话,礼法岂是为我辈所设?"

"少年狂妄,不足为法。"

"可你现在怎么拘泥起礼法来了?"华天雪问。

"此一时,彼一时也!"邢天顿了一下,"你说周童案的凶犯——"

华天雪伸出三个手指头,"约法三章!"

"萧何认为,刘邦订立的约法三章,不足以防止吞舟之鱼,所以又制定了法律九章。"邢天无奈地笑笑。华天雪应邀上楼的条件是"不谈案子"。"那你叫我说什么呢?"

华天雪坐到邢天对面的地上,"我有一位伯父,是个电视上的官。"见邢天不解,她就解释道,"也就是你在马路上见不到,只有在电视上才能见到。"

"如此说来,也是不小了。"

"不是不小,而是足够大。"华天雪用一根吸管,文雅地喝饮料,"他在办公室里说话说惯了,你无论对他说什么,哪怕就是通知他你要结婚。他也会问,有什么事要我办?退休之后,积习不改,需要打电话的时候,也只是说:给我接某某。可因为秘书没有了,所以只好由我伯母给他拨打。有一次,堂妹在邀请我去逛街前,对我伯父说:我们去逛街。正在看报的伯父说:你们去吧!堂妹顽皮地顶了他一句:我们不是征求您同意,而是通知您一声。"

"异化。他被异化了。除去官场上的话,别的什么也不会说。"邢天指指自己,"你用这个阴险的,很可能是杜撰的故事,来批评除了案子,什么也不会说的我?"

"你最好用事实来证明你没有被异化。"

邢天开始了论证,"有一次,我给金副局长写了一个讲话稿。整整写了六稿。曹雪芹也不过'增删五次'。再者说,不过是一份在全国治安会上的交流发言。最后一稿递上去后,他虽然提不出什么具体意见来,可还是说,还可以改改。我实在忍无可忍,就说:天下就没有不能改的东西,增删都可以,并且以唐诗和徐悲鸿的画为例,最后……"

"说来听听。"华天雪很感兴趣地插入。

"我先删杜牧的《清明》,说是'清明雨纷纷,行人欲断魂。酒家何处有?遥指杏花村。'接着又删李白《送孟浩然之广陵》,说是'西辞黄鹤楼,三月下扬州。远影碧空尽,长江天际流。"

"删是删了,可是不好了。接着往下说。"华天雪特别喜欢听邢天说话,尤其是富有磁性的语音。

"我接着说,徐悲鸿画马,往往就是黑白一匹马。您说:在地上加一片青草,上面再来一轮红太阳。行不行?当然行。可就不好了!"

"说完的结果?"华天雪笑着问。

"也没有什么结果。我这个人,就这性格。性格即命运,官至副处,已经是喜出望外了。"

"人类的头脑真是奇怪。"华天雪本来想说"我真佩服你的头脑",可随后一想,似乎冒失,于是就改成了泛指。

"我对那一团熔岩状的物质,一直感到敬畏。它多重来着?"

"一公斤到两公斤之间。"华天雪与邢天的默契很深,知道他问的是脑重量。

"一切指令都从这里发出:爱因斯坦想出了相对论;莫扎特创造了那么美好的旋律。而拉登却要让世贸大厦毁灭。还有一个未知的人,做出了杀害周童的决定。"邢天见华天雪摆手,知道自己又越界了,便拐了回来,"可人们对这两公斤内部的结构、运行的方式,绝大部分,都没有弄清楚。所谓心理学,别的不说,就是它常用的一些名词术语,我都觉得像形容词。它的参数,更是宽泛。几乎包含一切。而包含一切的东西,往往没有意义。我觉得,它的结构,应该与互联网相似。有着无数个节点,"他突然觉得自己的眼皮很重,睁也睁不开,"你是不是在给我施用催眠术?"

"我是医生,不是印度催眠师。"

"可我的感觉不对。"邢天的眼睛已经闭上。

"你的感觉很正确。"华天雪在邢天的水杯中,投放了一片安眠药。

她给邢天盖上了一床被子。然后重新坐在对面的地上望着他。这个男人,就像一辆没有制动的车。不给他外力的话,他会一直工作下去。直到发动机跃出极限被烧毁。他没有父母、没有妻子,只有一个不懂事的儿子,所以维持他的平衡,是我的责任!想到这,她起身,从桌上拿走房子的钥匙,关上灯离开。她准备明天中午再来。而在这之前,他是不会醒来的,药是最唯物的。

邢天的分析是对的:传媒传播的是唯利是图,珠宝、香车、美人……富有创意、无穷尽奢华,占据了核心位置;城市的形象也是唯利是图,公共草场被改建成人均一百平方绿地富人别墅区;动物园、图书馆都被驱逐到边缘地区,取而代之的是富丽堂皇的办公楼和商厦……所有这一切,都物化成一张又一张的欲望之网,交叉重叠地笼罩在所有人的头上。

于是,有一些无知者——尤其是那些被排除在外的——便被自己的欲望给"诱捕"了。他们的罪恶之手,伸向了那些财富的化身。

毛勇、毛敢是孪生两兄弟,农业人口。孪生通常就注定了他们不会是身高体壮者。这一点,在南方或许不太要紧。因为南人普遍身材不高,就算你矮一点,差别也不会很悬殊。其次,南人多是"吾宁斗智不斗力"之辈,比的是脑筋的快慢。可他们两个偏偏是黑龙江人。整个东北,其实是一个移民的"国度",民风彪悍,直来直去,一言不合,便拔拳相向——如果不是拔刀的话。

两点相加,使得他们在居住地没有地位,只有出外谋生。这倒不是说没有地种:黑龙江地广人稀,土地不缺,问题是种地永远不可能发财,即使你很勤劳。

如果出外,仅仅是为了"谋生"的话,问题也不算太大,但他们本意并非如此。问题就来了:勉强完成义务教育的哥俩,不会有"日进斗金"的好工作,同时也没有强力的亲戚、朋友。故而,游荡一年之后,他们找到了"唯一一条掘金之路":抢劫。

他们先是在边远的地方,趁黑夜抢劫一些"散户"。但这样做危险并不小,收益却不大:深夜行走者,能有几多钱?就是有块值点钱的手表、有件说得过去的首饰,也大都取下来,存放在家里了。

开始,毛氏兄弟也还满意。但"供给制造需求",他们的欲望被刺激起来,消费的档次也被提升:白酒从"塑料袋装",改成了瓶装;香烟也从二十元一条,改成了二十元一盒；另外，性资源的开发，也从发廊、歌厅等处，向高品位的"洗浴乐园"迈进。

享受一道中的"铁律"就是"只能上，不能下"：一个人可以在一天之中，习惯了"高级生活"，而如果你要他"回去"，就一辈子不能适应。

感官的享受，是没有止境的。与其配套的资金，也因之没有止境。毛勇因此在囊中即将羞涩之前，确立了战略方向："横竖也是个死。要抢就抢银行！"

二十三岁的毛敢立刻响应："能痛痛快快地活到二十五岁，也就行了。"他说的是心里话：作为一个吸毒者，他还感觉出自己很可能染上了艾滋病——这当然不是医学检查的结果，而是自我感觉：经常感冒，还会莫名其妙地发烧——他没有去看，简陋的常识告诉他，这是一种看不好的病。至于病源在何处，他懒得去想，反正不是某根被污染的针管就是某个妓女。更有甚者，他还有一个恶毒的念头：尽可能地扩散艾滋病毒。

他们的目标，不是运钞车：这需要有火器，还需要有运输工具。他们没有运输工具，就是有，也不会开，所以只能退而求其次：抢劫提款之人。

起初订立的目标是五万：抢银行是惊天大案，小数字不值。但在银行"侦探"的毛勇，接连三天，换了三个银行，也没有发现一个提取五万现金的人，只遇到一个存放六万现金的人。弄得他直后悔："早知道，在路上把他办了多好！"随后，他们选定了靠近市中心的一家银行，并且将目标调整到"一万以上"。

邢天醒来之后，发现华天雪还在面前，很不好意思地坐起来，"我怎么就睡着了？我睡了多久？一个小时？"他看看外面的阳光，"不对。起码有五六个小时了。"接着他发现还不对，"莫非我睡了七八个小时才醒来？"

"应该叫作苏醒！"华天雪笑着说，"我回家睡完觉再来后，你又睡了五个小时。"

"罪过。罪过。"邢天起身，"我请你吃饭。家里什么也没有。出去吃。"他突然发现餐桌上已经摆放了三个盘子，还有一瓶红酒。不禁感激潮涌，"我真的不知道说什么好。"

"不说也罢。"华天雪看着邢天恢复血色的脸,也很高兴。

"说也是。此时无声胜有声。"他邀请华天雪,"请上座!"

"哼,一副主人架势。"

"怎么,莫非我不是主人吗?"邢天为她拉开椅子。

"你的地方我的酒菜,最少也是股份制。"

"您控股。您控股。"邢天赶紧说。

华天雪当仁不让地坐到了主人的位置上。

关小燕开着一辆红色的奔驰小跑车,利索地停在银行门口。随后下车。

她是一个有着"魔鬼身材"的女子,今年二十三岁,肤白貌美,步履轻快。如同行走在水上一般。加之优质的衣装、柔软如同人皮的手包、诱人的香气等等,纯是天然禀赋和世俗财富的完美结合。

她一路走来,集合银行内外几乎所有的目光。在这些基本成分为"艳羡"的目光中,她仪态万方地走到贵宾窗口,拿出一张金卡:"苏先生预约的十万现金。"

这位苏某是她实际意义上的"先生",为安徽人士,标准的煤矿主,身价数亿。在全国一类城市,都有花园别墅。采掘业,尤其是煤炭采掘,是新时期产生富翁最集中的行业。在上世纪80年代之前,国家禁止任何个人采掘任何矿藏。但这个禁令,逐渐被"承包""租赁"等方式突破。于是,一轮掠夺性的开采兴起,财富迅速地向这些矿主集中。究其实质,这是对公共财富的掠夺:国家规定,所有的矿产资源归国家所有,绝不能支付一点点微不足道的人工成本,就将其归为己有。这就好比你在砍伐原始森林,所得是原木,所支出的仅仅是人工成本一样。

等到国家意识到这一点,在二〇〇四年开始征收资源价款时,这些完成资本原始积累的矿主们,已经改投其他行业了。比方这位苏先生,就在此地买了一座楼,开始充当业主,将其出租给那些中外白领。而这时,房价如牛、租金如牛,两项相加,每年就有百分之十的进项。用他的话说,钱多得"三辈子花不完"。所以他从美国的拍卖会上,买来了迈克尔·杰克逊拍卖的宾利车。买来了一批"海捞"的明代官窑瓷器。更有甚者,当其弟弟因为醉酒驾车死亡后,他竟然买了一辆宝马越野吉普作为陪葬。当然,最好的炫耀财富的方式,就是身边如云之美女。

关小燕心甘情愿地充当"云阵"之一朵:青春美貌与财富,是资源的最优配置。作为博弈一方,她的规划目标是五百万人民币。她认为这是一个很合理的数字,目前基本已经完成。

她提着十万现金,得意地穿越目光群,向自己的奔驰小跑车走去。之所以要这么多现金,为的是"玩一会儿"——所谓"玩",就是赌博。对于这些富豪来说,只有赌博,才需要现金。

毛勇自然不会放过这个天赐良机,赶紧用短信通知。其内容很简单:十万!

因为华天雪声明昨天的约法三章依然有效,所以邢天在"谈古"。作为素材的是"荆轲刺秦",所用的方法,则是心理分析。

第一是"背景":燕太子丹,在赵国做少年人质时,与随父做人质的秦嬴政相识。两个"天涯沦落人",自然成了"发小"。之后,秦嬴政沧桑巨变,继位成为秦王。而燕太子丹则还是人质,不同的是变成秦国的人质。

此刻,燕太子丹有一个固定的想法:既然是"发小",秦王政一定会照顾于他。但此刻的嬴政,则另有想法:在赵国的历史,是一段屈辱的历史,他不愿意让人知道。如果过于照顾燕太子丹,他则会在酒肆中、声色场上,到处吹嘘,于王权不利。因此对燕太子丹格外不友好。深感屈辱的燕太子丹要求回国——他以为这是底线——但嬴政却着实戏弄了他一番。王政应允之后,附加了一个不可能的条件:"天雨粟,马长角"。被击穿底线的燕太子丹愤怒至极,遂逃回燕国。

第二,博弈双方的心理分析。

君王的心理,从来都是从政治出发的,所以人们常说寻常人是"共富贵易,共贫贱难",而君王则是"共贫贱易,共富贵难"。道理就在这里。而燕太子丹的错误,就是没有与时俱进地把嬴政当成"王"。

此外,嬴政的做法,也有现实意义:人质逃跑,相当于毁约。任何时候都可以成为进攻燕国的良好借口。

极度恐惧的燕太子丹,死地中求生。但灭秦国是不可能的,两国的国力悬殊,有如现今的美国、伊拉克。所以只能采用恐怖主义的做法:自杀式突然袭击。

自杀式的突袭之第一要件是自杀者,也就是刺客。第二要件则是保密。

燕太子丹自有其组织程序,他通过田光,结识了荆轲。田光随之自杀,永久性地闭上了嘴——他不死,燕太子丹也会杀他。

无论荆轲愿意不愿意,他都要完成此任务。马克思说过:"我们往往不能选择我们喜欢的工作,因为在我们决定客观世界之前,客观世界就已经决定了我们。"他知道,燕太子丹是不会放他走了。因为他已经拥有了秘密,或者说,秘密拥有了他。

这以后,他与剑术高手盖聂与侠客鲁句践之间,分别发生了两场著名的纠纷:两个人都以各自的方式侮辱他,旁观的所有人,都以为有一场"普希金式"的决斗发生。但他却很有后来韩信的功夫,甘愿受辱,默默而退。这与他的身份不符。所以可以把它们看成是一个计谋:希望燕太子丹认为他不堪重任。

此同时,他还与屠狗的高渐离结为朋友,两人一起在酒肆中饮酒击筑高歌,情浓之处,荆轲总是涕泪磅礴——他是向燕太子丹传递这样一个信息:我是一个柔弱之人,不堪重任。

燕太子丹拒绝接受这种信息,因为没有时间换人了。他只是不停地用物质语言来催促:奉上金丸,供荆轲掷"塘中蛙";取千里马的肝送荆轲食之;断美人手,以博其欢心。

所有这一切,都构成一种"势",逼得荆轲带着经过药淬之的"徐夫人匕首"、秦降将樊於期的首级和秦王梦寐以求的、燕国最富饶的督亢地图,上路了。

告别之时，他唱出了千古名句："风萧萧兮易水寒，壮士一去兮不复还！"——这个词，透露他内心希望"复还"的心理：一个人如果总是把"视富贵如浮云""金钱如粪土"挂在嘴边，必名利之徒无疑。真正的英雄，都是"太上忘言"，认为献身是不言而喻的。

第三，现场还原。

荆轲通过各种手段，主要是用"金弹"开路，最终得以面见秦王，呈送地图。

按说，把匕首藏在地图里，并不是什么"绝招"。但荆轲充分理解秦王对土地的渴望——这种渴望，与岛国日本相仿佛，数百年来，一有机会，就要扩张——于是就用这种平常的方式，来完成任务。

坐着的秦王，贪婪地看着徐徐展开的地图，注意力完全被吸引。有充分准备的荆轲，在图穷匕见之际，抓住匕首的同时，还抓住了秦王宽大的衣袖。两个动作，一气呵成，时间长度不过两秒钟。如果，他再用一秒钟刺过去，历史将重新写过。

但荆轲没有这样做。这样只有一种可能：两个人都死。可他还想活。他想效法蔺相如在渑池以死威逼秦王就范一样，来一个全身而退。但此王非彼王，在荆轲错过了最好的机会之后的一切，都无关宏旨了。

关小燕根本就没注意旁边人的目光——或者说，有人注意她，就是她的本意：否则不如同"锦衣夜行"？

她在离开奔驰小跑大约二十米的地方，就按动遥控装置。

"小跑"夜莺一般地叫了一声。

而这一声，是关小燕此生最后听到的一个声音：一把匕首从左肋直接刺进了她的心脏。

毛敢、毛敢并没有受过什么杀人训练，但心脏在左边还是知道的。另外，就是他们"最好把人杀死，杀死的人越多，活得就越长"的信念。

毛勇沉稳地从慢慢倒下的关小燕手中，夺走了那只"如同人皮般柔软"的皮包。

毛敢则随之将装有十万元的大口袋夺走。

这一切的发生,总共不足十秒。目击者很少。

两个人从容地加入了人流,进入了超市。

邢天作最后的总结:"秦王坐,荆轲跪。即使荆轲没有拉住他的袖子,从姿势来说,他也要慢半拍。再配上那把'见血封喉'的徐夫人匕首。他已经一线生机也没有了。关键之处,就是荆轲打算生擒之。这也是他生还的前提。这就给了秦王迂回的时间。日本剑道大师宫本武藏说:要一击制胜!"他比划着,"一击。历史给你的只有一击。"

华天雪完全被邢天的"故事"吸引住了。

"但荆轲不会这么做。马斯洛说:人对自身安全的追求,是第一位的。那么,根据'成本—收益'的公式,荆轲可以得到什么呢?"邢天见她有些茫然,"换句话说,激励、约束荆轲的是什么呢?"

"承诺。一诺千金。"华天雪说。

"承诺不过是一个合同。献身需要巨大的支持。到目前为止,我个人以为只有理想、宗教、刻骨的仇恨三样,可以驱动一个人去献身。这三样,荆轲都没有。驱动他的只是实在的物质和虚幻的'义气'。所以,他的所作所为,都是可以理解的。"

"荆轲在我心中,一直是一位英雄。这下子,被你给消灭了。"华天雪说。

"最好的老师和最坏的老师都能做到这一点。"邢天笑着说,"我上大学的时候,有一位数学教员,本事特别大。因为作了预习,我对微分已经建立了很好的概念。可他的两节课下来,居然把我这概念给讲没了。"

华天雪的手机响。她看了一下后说:"有案子。"

"走。"邢天立刻动作起来,"我的手机怎么没响?"

"我想让你睡一会,就改成静音了。"华天雪解释。

第十二章

凶杀案现场,离邢天住宅不远,他和华天雪抵达时,110刚到,但120还没有来。

华天雪过去一看,便说:"已经死了。不要叫120了。"

别说110的警察,就是邢天也不相信,"可是你连脉搏也没有摸?"

"这些血量,差不多有两千毫升,人体的一半。"华天雪指指地上的血,"胸腔、腹腔中,还应该有一些瘀血。加起来,几乎是此人的全部血了。"

邢天赶紧说:"没有血,肯定不能活。"

"我估计这一刀大概刺中了她的心脏。"华天雪弯下腰看了看。

邢天看看不远处的奔驰车后,四下寻找,立刻看到了银行的招牌。

"情杀?"华天雪问。

"情杀乎?非然也!"邢天指指不远处的银行招牌,"你看见广告上的字了吗?"

华天雪念道:"实现你心中理想,请找我们银行。"

"这种破广告词,也不知道是谁想出来的,好像是号召人来抢他们似的。"邢天边看警方搬运尸体边说,"一个好的广告词,不容易想出来,必须简单明白。我所见过的最好的广告词就是通讯部门设立的:光缆没有铜,偷了要判刑。"见华天雪不解,他解释道:"在边远地区,后来甚至在准边远地区,有很多人偷盗电信、电力电缆。偷了电力电缆,换上就行了,而且通常电力部门都有备用线路,也不至于断电。而电信电缆,尤其是光缆,一旦被盗,更换的难度很大。不过碗口粗的一条电缆,其中有成千上万路电话,恢复的工作量极大。"

这时,秦川携分局刑警队长过来。刑警队长给邢天敬礼。

邢天还礼后问:"这是普通的命案,叫我们来干什么?"

刑警队长看看秦川。

"是我的主意。"秦川说,"敢在光天化日之下,在繁华区公然杀人抢劫的都不是善良之辈。"

"照你的逻辑,趁风高月黑、在偏远山村抢劫的,就是善良之辈了?"邢天开玩笑。

"总之,我一听报案,就感觉不善,所以就劳您大驾了。"

"确实不善!"

毛勇、毛敢有着"农民式的狡猾":他们没有坐出租车,因为那样,很容易被警方找到线索。他们徒步穿越一个热闹的超市之后,上了地铁。然后又换乘长途汽车,到达邻省以小商品批发著称的 P 市,找了一家正规的旅馆住下。

按照常理,这样做更危险,因为见过他们的人很多。但毛勇认为:人越多就越没用。不错,确实有人在案发现场见过他们两个。但见过他们的人,至多知道他们进了超市。而超市里的人,警察是无法查找的。"这就等于,咱们两个脱胎换骨了。"他这样解释。至于为什么不住桑拿浴室之类不用登记的地方,他也有说法:"咱们知道,那地方不用登记,警察也知道。所以,这地方最安全。咱们老家的二王,抢了钱,往哪里跑不成,偏偏往福建的大山里跑。你想想,在偏远的地方,来了两个说咱们这话的人,还能跑得了?"

"说也是。"毛敢同意,"这两兄弟一共抢了多少钱?"

"听咱爸说,一千三、四百。"

"一千三四百?"毛敢不相信,"玩一个好点的妞、吃顿好点的饭,也得这个钱!"

"这会儿的钱和那会儿的钱不一样。那会儿咱爹干一年,也就是一百块钱。"

"两盒烟！有意思。"毛敢把空烟盒扔掉，打开一包新烟，"有钱就得赶紧花！"

"花完了呢？"

"再去弄啊？"毛敢说，"你怎么提这么傻的问题？"

"然后呢？"

"然后再花，完了再弄！再花、再弄。"

"一直到？"

"一直到死。"

"你想什么时候死？"毛勇知道在第一笔大钱到手后，必须给这位弟弟上上课。

"要是有钱，就越长越好。要是没钱，立刻就死。"毛敢说的是心里话。

"咱们上了这道，钱不会没有。可要想活长了，就得有点规矩。"毛勇接着给弟弟定下了几条军令，"违令者斩！"

毛氏兄弟"穿越超市"这一招，确实很管用：警方除去两个现场目击者语焉不详的叙述外，什么线索都没有。

不光凶犯的线索没有，连死者的线索也没有：关小燕的驾照倒是在车里，但到发照地一查，却没有登记。把她的名字输入户籍系统，倒是有若干，可没有一个能与她相对的。

按说汽车是"登记动产"。可从这条路上去查，发现牌照是假的，而车上的发动机号，也被锉掉了——这倒不是因为关小燕所"傍"之苏大款不舍得钱，而是他的招数：不能给相好任何"动产"，因为那样，她很可能会脱离控制。而用假的牌照、手续，她就拿不走。"物"走不了，人就走不了。

银行的人，倒是很容易认出了关小燕，也找到她提款的账户——这么美丽的人、提这么大数额现金的人，毕竟不多——可那是一张借记卡。卡上的姓名是姚言，一听就是假的："姚言"者，"谣言"也，不会有人叫这个名字。

"这帮人，就没点真的？"秦川愤怒了。

"邢处说过：罪犯从现场拿走多少，就留下多少！"蒋勋说。

"他们拿走十万，可没留下十万！"秦川没好气地说。

"要不然，咱们去找邢处，让他画像？"蒋勋小心地说。

"别忘了你是刑警队的人。"秦川严肃地说。在任何机关，部门都有着部门的利益。

"那你倒是定个方向啊？"

"对！"秦川一拍桌子，"两个人：一个人在银行里侦察，一个人在外面持刀等候。他们之间一定要用电话联系。去查电话记录。走！"他一摆手。

蒋勋也认为这是一个好主意："用小华刺我的话说，这叫作愚者千虑，必有一得！"

"杀猪杀屁股，一个人一个杀法。"秦川得意地说，"各村地道都有高招！"

毛勇对毛敢宣布的约法三章中的第一条，就是不准把外人带到住所来。可他出去回来，一开门，就发现毛敢正与一名女子在地上翻滚。他厌恶地皱皱眉，关好门出来，在走廊里踱步抽烟，无名火一阵阵地往上涌。

大约半个小时后，毛敢才开门邀请哥哥进去。

毛勇进去后，那名女子还在地上躺着，就像一件坏了的玩具。"你早晚得死在这上面！"

"嗨！人还不就这么回事？"毛敢点燃一支烟，"屁股朝天种地，活一千年有什么意思？快活一时是一时！"

"我恨不得！"毛勇攥拳头。

"恨不得杀了我？"毛敢嬉皮笑脸地说，"可你舍不得！大一个时辰也是哥！"

毛勇确实舍不得：父亲死后的第二年，母亲就死了。临死前，就把弟弟交给了他，"咱们老家有句俗话：吃全得，穿二八，赌对半，嫖白搭！干什么不好就干这个？"

"我就喜欢这个嘛！"

"赶快打发了。"毛勇叹了口气,指指地上的女子。他已经没了脾气。规章制度这种东西,是针对很多人的。比方一个分房子,单位越大就越好分:什么级别的人,住什么房子。如果是同一级别的人,看谁任职在先。如果同时任职,那么就看谁参加工作在先。如果同时参加工作,就看谁出生在先。几下子就分开了。可如果单位小,麻烦就大了。而如果是哥儿几个,那干脆就没法分。

秦川的主意确实是一个好主意:移动通信,看起来没有线,但实际上有。移动公司把一个地区,划分成若干个"块",每个"块"都有接收和发射设备。用户到了那个块内,就用那个块的设备。而块与块之间,也可以"无缝拼接"。

所以,只要找到了案发现场所在的块,然后在案发前后那个特定的时间段——关小燕进入银行之后,到案发之前——内查找电话,那么数量就不会很大,才有"可查性"。

可即使如此,电话也多达一千多个。排除了一些显而易见不是的。还剩下三百多。经过一天的走访,只剩下十个:有七个电话没有开机、三个不接。再经过十个小时,七个中排除了五个。三个不接的也有两个接通后被排除。

"三分之二,三分之二。"秦川很兴奋:四十小时之内,破获无头命案,无论按照什么标准计算,都可称神速。"他俩就在里面。"

紧接着,那个"不接"者也接通被排除。

"就是他俩了!"秦川重重地一拍桌子,"将这两个人列上通缉名单。"

但这个提议遭到李汉魂的否决:单凭电话在案发地使用过和关机两项,不足以通缉——通缉对于一个人的名誉有重大影响,必须慎重。他这样回答刑警总队长的请求:"宁肯放过,不能误杀。"

秦川对李汉魂的批示,一点不满都没有:多年的警察生涯,已经让他养成了"唯大是从"的习惯,"咱们多费点力就是了!"

毛勇明白自己无法制止弟弟的"嫖"——常言说:劝赌不劝嫖。这是因为

"赌"在某种程度上,是一种习惯。而"嫖"则是本性。而本性是不能改的。改了就不是毛敢了——所以他只得容忍他把女人领回来。至于为何不把毛勇放出去,那是因为"放出去"出事的可能更大,他知道自己的弟弟就像一辆没有刹车的拖拉机。

但安全问题,仍然是首要问题。没办法,他只好在毛敢"用完"一个女人之后,就赶紧"挪窝"。这样做的结果,就像一站一站买火车票一样,大大地增加了成本。

邢天一直在关注着银行命案。他调来了三十年来所有的银行劫案的卷宗。统计下来,一共只有八宗。其中六宗结案,两宗未结。

未结的这两宗,一宗是直接在银行内抢劫,劫匪虽然持枪,但一枪未发。用刀杀了两个人,抢走的钱是六百万。另一宗是抢劫运钞车,总共七百万,开枪打死两名保安。

"没有一起作案手法与这起相同。"邢天合上卷宗后对华天雪说。

"不用看内容,我也能知道。"华天雪对充满疑惑的邢天说,"第一起未结的银行劫案的歹徒戴面罩,看不清脸。但据身手判断,一为青年、一为中年。第二起的两名歹徒,虽然没戴面罩,但经过化装,经分析,也是这样:一中一青。可这分别是一九八〇年、一九八三年。如果还是他两个,那就应该是一中、一老了。"

邢天拍拍自己的脑袋:"看样子,这东西真应该重新格式化了。"

"应该用'升级换代'才对。"华天雪知道他对电脑并不精通,只处在"不完全使用"阶段。随后,她把关小燕的尸检报告递给他。"此人经过隆鼻术、割过双眼皮、还做过隆胸术。"

"一个人造美人。"邢天作结论。

"但属于可造之才,基础不错。"华天雪说,"同时检测出她患有多种性病。"

"哪些?"

"你知道的几乎都有。"

"艾滋病有没有？"邢天见华天雪摇头后说，"没有艾滋病，便能排除自杀之可能。"

"自杀？"华天雪不明白邢天为什么会得出这样的结论，"分明是他杀啊？"

"他杀在某些时候，也是自杀之一种。毛姆有一篇小说，叫作《没有毛发的人》。这个没有毛发的人，是一位职业杀手。与A先生一同被派去执行一项任务。在火车上，A先生问这位没有毛发的人为什么要平白无故地杀掉B先生。没有毛发的人回答很简单：他是自杀。A先生很不理解，因为B先生与没有毛发的人素不相识，只是在他与一位女士谈话的时候，从两个人中间穿过，而且是在拥挤的鸡尾酒会上。没有毛发的人解释：按照我们民族的习惯，从两个谈话的人中间穿过，是极大的侮辱。所以B的行为，就是自杀行为。"邢天随后补充道，"侮辱杀手，就是自杀。"华天雪点头表示同意。

"多种性病并存。"邢天思考了一下，"她应该是傍在一个什么人身上？或者说，专属于某个大款。"

"不可能是职业性工作者？"

"女性，尤其是她这样有一定经济实力的女性，应该很注重自己的健康。因为身体对于任何人，都是本钱。对她这样的职业性工作者尤其是。"邢天听华天雪质疑"尤其是"这个词，便解释说，"兄弟我的工作，身体虽然重要．但头脑也重要。准确地说，头脑占的股份要更大一些。有坐在轮椅上的科学家。比方高士其、比方霍金，但绝对没有挂着双拐的妓女。"

华天雪再度被说服，"那她傍的是个什么人？"

"一个刚刚发财的人。一个土大款。"邢天边走边分析，"这个人，顽固地保留着农村的性习惯，在过性生活的时候，不肯采取任何保护措施。加上性生活极度狷獗，所以是一个功率强大的性病扩散器。关小燕的职业性质，决定她只能无条件地服从。她可能去医治过，但医不胜医。反复被污染，所以也就放弃了。"

华天雪钦佩地说："你为查找尸源指明了方向。"

"因为是遭遇战，找到尸源，于破案无补。"

"你说秦队他们能从电话中找出线索来吗？"她听他说"理论上说不可能"，便问："为什么？"

"你不能想象犯罪嫌疑人A用电话在银行里对外面的犯罪嫌疑人B说：这个女的，取了十万块钱。动手不动手？"邢天比划，"他们之间的信息交换，要么是手势，要么是短信。无声是关键！"

"那你为什么不指出秦队他们的方向性错误？"华天雪问，"办公室政治？"

"不是。"邢天解释，"第一，不能排除犯罪嫌疑人使用电话联络。第二，我也没有更好的办法。"

这时候，蒋勋进来，沮丧地报告：那两个"静默"的电话的主人一个病了、一个出国去了。统统被排除。

整个办公室的人，都进入沉默。

"你倒是拿一个办法啊！"蒋勋终于忍不住了。

邢天双手一摊，表示无能为力。

蒋勋很不满地说："你应该有主意，起码要指一个方向。咱们是一个科研小组，而你就是带头人。"

"苏联在二次大战后，开始研制原子弹。项目的科研负责人叫作库尔恰托夫。小组内的科学家，和你们的年龄差不多，都在三十岁左右。一旦他们有了什么问题，就去问库尔恰托夫。之后用不了几天，库尔恰托夫就能够拿出方案解决。并且不用试验，直接干就是了。而且事后思之，绝对是最简捷的方法。大家因此惊为神人！"邢天慢条斯理地说。

"我们就需要神人！"蒋勋说。

"其实，库尔恰托夫是去问苏联克格勃首脑贝利亚，而贝利亚则又去问富克斯。"邢天环顾众人，"富克斯是一名英国科学家，在曼哈顿计划中担任重要职务。出于意识形态的原因，充当了苏联的间谍。他的存在，使得苏联的原子弹研制工作，提前了二十年，从而打破了美国'一头独大'的世界格局。"

蒋勋还有一线希望，"你当不了富克斯？"

"我不过是一个比喻。走,咱们再去现场看看。"邢天说。

这些天来,毛勇一直在P市到处转,寻找下手的机会。按道理,十万元可以支撑很长一段时间。但毛敢的花钱速度也在高速增加,让他这个当哥哥的顿生坐吃山空之感。所以他再次准备下手了:人只能死一次,再加一些也无妨。

P市是一个现金流相当大的地区——小商品集散地,焉能不大?几乎每一个银行,甚至于城乡接合部的农村信用社,都有百万级的现金。目标很好找,关键是逃离现场的路线。他的时间,大部分花在这上面了。

邢天坐在银行的长凳上,已经两个小时了。他时而微闭着眼睛沉思,时而睁大眼睛四下观望。弄得蒋勋疑惑地对华天雪说:"处座别神经了?"

"你我都神经了,他也神经不了!"华天雪喝着饮料回答,"他在思考。"

"思考应该这样。"蒋勋摆出罗丹"思想者"的造型。

"都说雕塑家懂得人体解剖,但罗丹起码不懂。我研究过'思想者'的人体结构,照这个样子,"华天雪用手托住下巴,"肌肉的张力起码相当于中度运动消耗的能量。"

"但这并不等于不能思想。"

"人体的总能量是有限的:体能上用得多,智能上就用得少。"

蒋勋指指邢天,"处座肯定全用在智能上了!"

银行快要打烊的时候,邢天突然站了起来,径直往出走。蒋、华两个人紧跟了出去。只见邢天一言不发地上了车,开车就走。

两个人好不容易才拦住。

"我说您中了魔了,小华还不信。"坐在后座的蒋勋,象征性地摸摸邢天的额头,"没事吧?"

"我知道了!"邢天望着前方说。

"知道什么?"蒋勋、华天雪几乎异口同声。

"知道了方法。"邢天见两个人有些失望,便说,"方法即世界!"

邢天的方法很简单:犯罪嫌疑人一定要踩点。踩点就要进入银行大厅。而进入银行大厅的人,都应该是办理与钱有关业务的人。如果有一个人,没有办理业务,或者是象征性地办理业务,那就应该是犯罪嫌疑人。

根据银行的监控录像统计,在案发之前的一个小时内,一共有二百三十人办理了业务。很容易就把犯罪嫌疑人甄别出来了:毛勇并没有那么傻,他排了两次队,分别给自己和毛敢的手机交了费。

"录像虽然不清楚,但手机号码很珍贵。"蒋勋高兴地说。

"手机号码大概没什么用。"邢天边说边拨号:两个都是空号。"我想他们也不会那么傻。"他对华天雪说,"有请画像专家赵教授。"

赵教授很容易地把像画了出来:他把电子图像放大,然后抽象出面部轮廓的基本点,再把零部件添加上,也就完成了。

"您这活不难。"邢天与赵教授很熟悉,"您说我这个门外汉,强化训练几天,也差不多能画出来吧?"

"'文革'期间,我看了一本三岛由纪夫的《金阁寺》,惊叹其文笔,但一直无法找到他别的书。直到开放以后,我才在一位学日文的中学同学那里看到他的原文文集。我问这位同学:'没学过日文能看吗?'他愤怒已极地回答说:'那哪能!'后来我想想也是:要是不用学,就能看三岛,那他的大学不白上了?"赵教授一看就是一个很有幽默感的人。

"看来我只好老老实实地画我的心理画像了!"邢天故作失落地说。

"画鬼容易画人难啊!"赵教授很夸张地说。

"没错。我不过是滥竽充数而已。岂可与神笔赵教授同日而语?"邢天自嘲道。

毛勇制定了方案后,与毛敢商量:"抢银行里的钱,肯定在两百万之上。"

"运钞车上的钱不是更多？干吗不抢它？"

"这里的运钞车，有四个人押运。有外国的催泪枪、电击枪。再说，钱多了也拿不了。拿两百万走也费劲。两百万足有一百多斤。"

毛敢想了想，"也是。反正银行就是咱家，咱家就是银行，放在哪也一样。"

"今天晚上不许找女人。不吉利！"毛勇警告。

"你太封建！上次要不是我找了个外国妞，哪能撞上十万大洋？"毛敢眉毛一挑。

"这是个力气活。要攒些力气才行。"

"我不缺的就是力气。"毛敢鼓动胳膊上的肌肉，作健美比赛状。

"不管怎么说，今天晚上不行。"毛勇坚持。

"好！好！听你的。谁叫你是哥呢！"

赵教授的画像，通过警方的网络，迅速地传达到各个角落。

按照邢天的分析，被列为重点的 P 市，行动尤为迅速。

很快，毛勇就被认了出来。

于是，在第二天下午，两个人提着买来的五四式手枪，出旅馆的门时，被当地警方轻松擒获。

鲁芹把邢小天送到邢天家里时的第一句话就是："你应该尽哪怕一点父亲的责任！"

邢天没有反击。鲁芹属于那种"有话不会好好说的人"。

"我估计你现在穷得够呛，"鲁芹扔到桌子上一个信封，"这是你们爷俩一个月的生活费。不算太多，但你要是不和年轻的女人鬼混，足够了。"

邢天没有拿，也没有推让。那非但不会起作用，还会招来更多的麻烦。等送儿子的时候，一块送回去就是了。

"不许他吃麦当劳，不许他玩游戏，不许他踢球。"鲁芹连说三个"不许"，"要是你能够监督他做到这三点,我会在遗嘱里写上你的。"

"如果连我也写上的话,你的遗嘱岂不是要像《红楼梦》一样地长?"邢天忍无可忍。

鲁芹根本不接他的话茬,继续说自己的:"对了,你儿子现在迷上了赌博。"

"赌博?"邢天一听就紧张起来。

"对。赌博。这肯定是从你那里遗传来的。"鲁芹随口说。

"在哪里赌?"邢天不理睬鲁芹的诬蔑,"赌什么?"

"好像是在网上。好像是,"鲁芹停顿了一下,"反正是赌钱。"

邢天多少放下心来:鲁芹对网络深恶痛绝,而且一点不了解。

"你要是能让他改掉赌博这个恶习,我会在遗嘱里再给你加一些钱。"鲁芹点燃一支烟,"不过我也知道希望不大。有其父必有其子。基因的力量就是大。你在想什么?"

"你真的想知道?"邢天忍无可忍,"那我就告诉你,第一,我情愿你是醉的。那样,你还可爱一些。第二,我认为让我难受,似乎是你来到这个世界上唯一的目的!"

"我要走一个月。"鲁芹在桌面上把烟掐灭,"你好自为之吧!"

邢天真不知道鲁芹怎么会变成这个样子。曾几何时,她也是个美丽、纯洁的姑娘。时间和金钱的力量实在是大。或许也有我的一分责任?想到这,他改用和善一些的语气说:"你去哪?"

"英国。"

"一个人?"

"当然。"

"别丢了!"邢天知道鲁芹在大学里学的英语,早已经被酒精溶化了。

"这个你放心。我的钱没花完之前,我是不会出事的。"

"结婚吧。无论和谁。"邢天真心地说。

"我可不愿意失去好不容易才获得的自由。我和你不一样,我对性不感兴趣。更不相信爱情。再说,我还有一大堆怕别人算计的钱。"鲁芹说完,开门走了。

邢天看着洞开的大门,一言不发。

乐山市位于三省交界处,正儿八经地"鸡鸣闻三省"。

出了村大约三里地,有一栋独立的院落。院墙看上去很平常,院里的房子,看上去也很平常。很少有人进过这个院子。可即使侥幸进去,在一楼也发现不了什么异常。

但如果上了二楼,并且打开纯然农村样式的柜子,就会令你大吃一惊:全都是书,线装古书,精装英文书。累计起来,最少接近万册。

如果你打开靠墙角的一个柜子,就会发现这其实是一个门。从这个门就可以进入另一个房间。这个房间里,则全是电子设备:最新款的电脑,卫星电话,应有尽有。

最里面的一个屋子里面,除去当中一张大台子上摆放着一盘兵棋外,什么都没有:兵棋是十九世纪普鲁士冯·莱斯维茨父子发明的一种用地图、棋子、骰子、计算表组成的模拟军棋。从二〇〇三年开始,台湾当局不断地举行"汉光兵棋推演"用来检验台湾地区军队抵御解放军的能力。这种棋就开始流行起来。但这副棋的历史,可要早得多。

从这个房间,还可以上到阁楼内。阁楼内则装有一台天文望远镜、一台红外军用望远镜。

房屋的主人就是那位乘坐改装北京吉普的中老年人。他的名字叫邬春晓。乐山村的村委会主任。

他是三十年前,也就是一九七六年九月底——这正是中国现代史上最富有戏剧性的年份——来到这个村子的。投靠他的弟弟邬冬晓。邬姓在村里是个小姓,所以很费劲才落了户。落户后不久,邬冬晓在外出时,突然失踪。只寄回过一封信,说自己和一个女人私奔了,他新婚不久的妻子,见信哭得死去活来。

大约一年后,由村里的老人出面说和,邬冬晓的妻子,就嫁给了邬春晓。

邬春晓确实是一个人才：每次都看准时代的风头，先是搞养殖，后来又搞农副产品的深加工，最后又办起了打火机厂，远销欧美。

尤为可贵的是，他不仅一个人富，还带领全村的人致富，并且出钱给村里盖起了小学。给所有愿意出去读书的子弟出所有的费用。所以在实行村民委员会直选的第一年，就顺理成章地当上了村委会主任。一直当到上一届，他突然宣布退休。村民们自然不愿意他退，但挽留无用，只好先推选他的儿子邬冬坚、邬冬强。这两个都是他与弟媳妇生养的，为了纪念失踪的弟弟，所以都用了"冬"字。但他坚决反对，认为应该"皇帝轮流做"，乐山又不姓"邬"！村民们没有办法，只好退一步求其次，选了他的女婿邵江。

邵江的本职是红都公司——此公司由打火机厂、汽车零件厂、雨伞厂组成——总经理。他还在上中学的时候，就被邬春晓看中，一直由他供养上大学、出国留学。前年才从美国读完金融博士学位归来。

邬春晓说到做到，自从退职之后，对村里的事，完全不闻不问。甚至对红都公司的事情，也基本不太管了。每天除去和村子里的老人们聊聊天外，就是躲在家里，不知道干些什么。

邢小天玩的这款游戏叫作《征服》。因为儿子玩，所以邢天对网络游戏做了一些研究，知道这款网游是原来卖脑白金的史玉柱推出的。在不到一年的时间里，最高同时在线人数达到了七十五万。而在这之前，只有《梦幻西游》的在线人数曾超过他。这个家伙是纯粹的商人，很明白客户的心理，于是透彻、露骨地利用之：玩家需要交朋友，他就设一些功能，促进他们交朋友；玩家需要敌人，他就设一些利益，让他们去争夺，这样可以制造出敌人。更过分的是以前的游戏，想要得到打怪、找路、升级都需要外挂来做。但他却全给你弄好了：一点鼠标右键，一切都成了自动的了。但一过四十级，所有的东西，包括装备、经验、道具，都可以用钱买到。你当然可以不买，不买就会被花了钱的人，像打狗一样，一天被人杀上十多次。而花了钱的人，一个人可以打十多个人，还可以隐名埋姓，雇一帮小弟兄帮你打。

"以前的游戏,尽管也刺激玩家欲望,但还讲一个锄强扶弱、天道酬勤、邪不胜正等等。而这东西,整个一个丛林法则!"邢天很不屑地说,"早晚是一个死!"

"死不了。"邢小天边玩边回答,"一款游戏在线的人超过五十万就死不了。"

"真是民族的灾难!"邢天有意识地用大人的方式来与儿子讨论问题。

"以前的游戏,规矩太多。就和我妈一样。规矩一多,谁也不爱玩。除这外,还太假。丛林法则怎么就不对?现在外面不都是丛林法则?赢家通吃!谁有钱、有权就行!"

"这都是谁教你的?"

"您不是好讲故事吗?我也给您讲一个。"邢小天转回身来,"狮子、狐狸、驴子达成协议,一块儿去打猎。它们打到了好多东西,狮子就让驴子来分。驴子小心翼翼地、特别公平地分成三等份,并且谦虚地请另两位先挑。"

"应该是谦恭。"

"您听明白了吗?"邢小天见父亲点头就说,"听明白了就成!"然后接着讲,"狮子大怒,一口就把驴给吃了,然后请狐狸来分。狐狸把东西分成了一大堆和一小口。狮子特别高兴地说,你真聪明!跟谁学的啊?狐狸就回答了四个字:跟驴学的。"

"这个故事是谁编的?不好。"邢天知道这个故事出自《伊索寓言》,但不能说。说出来就无法批评了。

邢小天笑了,"您知道这是《伊索寓言》里面的,我也知道。"

"我是心理学家,你也是?"邢天开玩笑来掩饰自己的尴尬。

"小心理学家。我说的是年纪,不是水平。"

"你说得很对!"邢天拍拍儿子的肩膀。

因为这句充满亲情的身体语言,邢小天竟然关闭了电脑,"其实,我算好的。我的一位朋友,玩起来,连上厕所的时间都没有。三天三夜不离开。"

"人不可能三天三夜不上厕所。"

"你还心理学家呢?"邢小天笑着说,"我说他没上厕所的时间,没说他不撒尿。我告诉你:他在自己家里,就往啤酒瓶子里尿,要是在网吧,就用尿不湿!"

邢天这次是真的震惊了。

邵江按动一个五位数的密码锁后,轻松地推开通向后院的那扇实木门。

邬春晓正在演练太极拳。标准的杨式太极拳。即使是外行,也能看得出他颇有些功力:一股绵绵不断的"气"始终贯穿整个过程,就是在收势完结后,仍给人以"形断意不断"的感觉。

邵江一直保持着恭敬的姿势,静静地等待岳父锻炼结束,"我有个事情,要向您请示。"

"你定吧,不用问我。"邬春晓的个子不高,但站在当院,总给人一只鼎的感觉。

"这事情太大。必须向您汇报。"邬春晓曾经当众宣布,授予邵江处理公司事务的全权,邵江也真的这么做了几次。其中有行得通的,也有行不通的。经过总结,他发现只有与岳父思想一致的才能行得通。这之后,他凡遇大事,一定请示。

"说。"邬春晓的回答很是简短。

邵江开始了汇报:随着原材料成本、人工成本的提高,也随着人民币的增值,欧盟、美国对中国轻工业产品的"反倾销",红都公司的核心产品打火机大量积压,目前已经到了不能维持的境地。"您说该怎么办?"最后他问。

"家有千口,主事一人。你自己拿主意吧。"这些情况,邬春晓完全掌握。而且一直在等邵江提出。

"转产是必须的。"邵江边说边察看岳父的脸色:他知道岳父的第一桶金,就来自"打火机",要弄掉它,不能不谨慎。

"天要下雨。该怎么就怎么吧。"

"那您说转成什么?"

"你当家人。你定。"

"现在干实业赚钱太难了。所以,"邵江小心地说,"我个人以为,转到金融产业上去,机会会多很多。"

"具体说。"邬春晓说话从来就不多。

邵江先是罗列了包括股票在内的若干种金融品种,但最后落在石油期货上。他详细地解释了期货的性质,最后总结说:"保守的估计,每年最少能有百分之百的收益。没有任何一个行业,能够达到这个水平。"

邬春晓看着女婿。对于期货,他知道的可能还要比这位博士多一些,"乐观的保守估计。要是悲观的呢?会是什么局面?"

"我不会把所有的鸡蛋都放在一个篮子里。同时,我还可能做一些别的东西,比方铜、棉花。总之,我很有信心。"

"咱们可调动的现金有多少?"

"五百多万。"

"全部变现呢?"

"三个工厂加起来,总投入大概有三千多万。可您知道,有些是收不回来的。叫作沉没资本。"

"全部变现是多少?"邬春晓强调。

"一千二百万。不会再多了。"邵江拿出了结论。

"用一半去试一试。"邬春晓说完就往屋子里走。

邵江也跟了过去。但到了屋门口,邬春晓突然停住,"半年。半年之内,没有成果,你就不要再说了。"说罢,就关门进去。

邵江愣了好一会儿,才出了院子。

为了与儿子拉近距离,邢天取出了《微表情》教材中的图片,让儿子识别。

第一张图片的表情是垂下眉毛、并且皱在一起,鼻子上有一道垂直的纹路。嘴唇紧紧抿着,下眼睑拉紧,目光紧盯远方。

邢小天不加思索地说:"愤怒!"

第二张图片是眉毛向上拱起,脸颊上提,嘴角向下。因为没有动画,邢天补充了一句,"嘴唇多少有些颤抖。大多数人不能假装的一种表情。"

邢小天仍然不加思索地说:"害怕。也不是谁都假装不了。伍迪·爱伦和金·凯瑞都会。"见父亲不知道这两个人,他居高临下地解释道:"美国的两个有名的演员。"

邢天又出示了第三张图片:微笑,外眼角有鱼尾纹,下眼睑向上堆但不是紧绷。

"高兴。快乐。"邢小天只瞟了一眼就说。

邢天有些不高兴地拿出第四张"惊讶"和第五张"轻蔑",都被邢小天认了出来。"这莫非就是您的工作?"

邢天不动声色地拿出第六张图片:眉毛下垂,但没有皱在一起。鼻子皱着,嘴角向上翘,脸颊向上提,同时目光向下看。

邢小天久久地看。邢天不无高兴地说:"看样子,令尊的工作,不是那么简单。"

邢小天不是很有把握地看着父亲说:"厌恶?"

这回轮着邢天惊讶了,"你以前看过?"

"您是说这些表情,还是这些图片?"

"当然是图片。"邢天见儿子摇头,越发惊讶了:用这些图片测试初学者,通过率不足百分之十。尤其是常常会把"愤怒"误读成"厌恶","惊讶"读成"害怕"。"那你怎么就会?"

"从《玩具总动员》《怪物公司》里面学来的。"邢小天说的是两部动画片,"再说,"他顿了一下,"现在告诉您也没关系了。总之,甭管您还是妈,每当一个问我'下午上学了吗'的时候,要是眉毛下垂,我就可以随便说。要是眉毛上扬,那就麻烦大了。"

"你不多的聪明,怎么都用在歪道上了?"邢天暗作决定:明天就找这两部影片来看看。

"没办法。"邢小天小大人似的叹了一口气,"你们两个逼我、老师逼我、社会逼我。我要是不会点这个，"邢小天做了个后仰姿势，"早就完了！你们可能不知道，你们的脸说得特别清楚。有时候，我看动画片都不用声音，就能看懂。"

邢天知道儿子说得很对：去掉声音之后，你会失去很多文字线索，但你却可以读到更多的非文字线索。

夜很静。月光如洗。

邬春晓静静地坐在妻子的床边，看着妻子那张毫无表情的脸：妻子是在十年前，突发脑溢血，成为植物人的。这些年来，他无微不至地照顾妻子：别的不说，卧床如此之久，一次褥疮都没有得过。

保姆张妈端着一碗稀粥，悄悄地进来，站在邬春晓旁边，等待指示。

邬春晓接过稀粥，缓慢地倒入妻子的鼻饲器中。一年前，她已经不能进食。

张妈接过碗后，用一双堪称美丽的眼睛看着邬春晓。见他没有表示，默默地退了出去——她是哑巴。

邢天睡不着。在周童案的凶手没抓到之前，他估计自己很难睡一个好觉。突然间，他感觉到什么，猛地起身，进入儿子的卧室。

邢小天正在酣睡。他看着儿子，实在不忍心把他唤醒。但最后还是狠下心来，推醒他。

"怎么了？"邢小天根本就没有刚醒之人的懵懂，"有事？"

"有事？"邢天笑了，"你能办什么事？不过有个问题要问你。"

"你说。"

"我有份文件，想让你看看。"

"遗嘱还是复婚协议？"

"都不是。"邢天把儿子领到电脑前，将周童案中的那封勒索信调了出来，"你看看，这东西可能是谁写的？"

第十三章

邢天在会议上,通报了研究的结果。"这封勒索信里面,有两个关键的词,以前一直没有看出来。一个是'砍头'。一个是那个被涂抹掉的'银子'。"

众人都不明白其中的含义。

"我先说'银子'。"邢天在白板上写下了这两个字,"原来卖脑白金的那个巨人史玉柱发明了一款游戏,叫作《征服》。其中有一个任务叫作'运镖'。这是所有任务中经验值最高的。玩家一天可以运五次,每次平均要交二锭'银子'。也就是五元人民币,给系统。如果你的镖半路被人打劫,那你的'银子'也就被系统没收了。与此同时,劫镖者能得到一定的'银子'。"

"系统?系统不就是他吗?"蒋勋见邢天点头,"这家伙一年要赚多少钱?"

"七八个亿的营业收入。"

"七八个亿?"蒋勋吸了一口气,"连圣人都会动心。"

"第二个词'砍头'。现在谁还说砍头?枪毙都不用了。"邢天把谈话的方向扭过来,"可在一些人当中,这个词很流行。如果你玩过网络游戏《地域暴龙》《封神榜》,尤其是《高级大屠杀》的话。"他所谓的《高级大屠杀》,是美国的一个游戏商,根据著名的"科恩拜恩校园大屠杀"改编的一款血腥网络游戏。在中国虽然被明文禁止,但仍然有很多玩家。

众人几乎立刻得出了相同的结论:一个网络游戏玩家。

"应该是一个年轻人。"邢天说。

"年轻男人。"蒋勋补充。

"男人是问题。有问题的大部分是男人。"邢天附和这个说法,"至于他有多年轻,我想,应该在十六岁到十八岁的样子。至多不会超过二十岁。一个孩子,在一个虚幻的世界里,看到了性,看到了暴力。首先感到震撼。随后就不满足了。就要在现实的世界里,寻找对象。"他的目光变得很深远,"他应该在学校里,或者在学校到周童家的路上,偶然认识她的。是广义的认识。"

"网吧,或在去网吧的路上。"华天雪改用了一句很时髦的话,"周童从来不去网吧。一定是在去网吧的路上。"

"他应该是一个离群索居的人。沉溺于网络游戏的人,大体如此。"邢天继续作心理画像,"他一方面很优越,一方面又很自卑。工作不好,准确地说,是学习不好。家庭不健全。"

"动机呢?"蒋勋见大家没有反应,"可能是一起偶发的'无动机犯罪'。"

"每一个犯罪,都有一个动机。没有找到罢了。"邢天说,"罪行对他来说,是使用权力的一种方式。给尸体盖上毯子,则表述的是一种'软弱'。至于那封勒索信,"他略微一顿,"一个刚成年人,年龄和心理结构,根本不可能让他全面考虑。受到暴力游戏和其他的不良影响,开始是偷窥,后来可能是调戏,最后入室企图强奸,因为怕被认出来,就杀人了事。一次成功,就会变成范式。最后成为连环杀手。"

邢天接着讲述了他参与破获的两起连环杀手案。

第一起是前年。地点是火车站货场。此地接连发生了两起强奸杀人案。最后警方派一名女警察,扮装成下夜班的女工,将罪犯一举擒获。在审讯的时候,此人对货场案供认不讳,但对其户口所在地,却守口如瓶。邢天断定其中定有蹊跷,随后利用他丰富的语言学知识,根据罪犯经过矫正的普通话中的尾音,判断其为山西北部人。然后邀请山西方面的专家会审,断定其为雁北某县人。最后到某县去调查,果然在那里还有两起类似案件。

还有一起是杀害出租车女司机案。根据作案手法和犯罪后的镇静态度,警方认为此人非第一次作案。可屡攻不下。邢天于是建议从亲情出发，寻找突破口。这个建议被采纳，案犯得以与儿子见面。这之后，他彻底坦白：曾经在黄山等地，杀害三名女出租司机。

"这是第一起。有第一起，就有第二起。必须将其绳之以法！"邢天最后说。

"知道'为什么'，再加上'如何做'就知道是谁了。"蒋勋说。"一九五七年一名叫作布鲁塞尔的精神病专家，在研究了爆炸现场的图片和爆炸犯写给报社那些嘲弄的信件后先画心理画像：未知的犯罪者是一个偏执狂，他恨他的父亲，而对他的母亲很迷恋，现在，或者以前是一个公共机构里的一名不满的员工。住在康涅狄格州，有严重的心脏病。这以后，他又描画实体画像：身材魁梧、中年男性、在国外出生、罗马天主教徒、未婚。与他的兄弟或者姐妹住在一起。他很可能穿着双排扣的西装，扣子扣得整整齐齐。警察抓住他的时候，一切都说对了。只是穿着睡衣。但他让警察等他几分钟，然后进屋。等再出来的时候，他已经穿上了双排扣的西装，扣子扣得整整齐齐。"

"这是一个传奇。我想经过很多加工。"邢天知道必须掌握平衡，"排查工作很复杂。这要依靠秦川同志了。"

邬春晓独自一个人，站在高坡上的坟地中，望着天上翻滚的乌云。

红都公司的经营情况，他是了解的。在八十年代、九十年代，这一直是一个不错的企业。那个时候，不需要太多的市场敏感，只要找对了一个项目，就可以吃上五、六、七、八年，甚至十年。公司也因此很有了一些积累。但所有这些，在亚洲金融风暴中，几乎"一风吹"了。原因就是他在新加坡的一个重大客户，跳楼自杀。他损失了将近一千万。一个企业，也许有几个亿的身家，但真正可用的资金，却没有多少。剩下的就是邵江所说的"沉没资本"，也就是不可收回的资本。若非他采取断然措施，红都也许早就寿终正寝了。这以后，他惨淡经营，慢慢地有些恢复。但还是元气大伤。于是，他决定交班了。

他不愿意放弃权力。几乎所有的掌权者，都不会自动地放弃权力。权力使人获得尊重:你的话,立刻就可以变成他人的行动。但形势迫使他不得不放弃。市场越来越国际化,而他则已经不能适应。更重要的是,类似红都这种规模的企业,几乎都是三四十岁的人,政府里有关部门的关键人物,比方海关、税务、银行的一些掌权的"员"们、科长们,也都是这个年纪。他已经不能与之"对接"了。一句话:非不为也,是不能也!

交班的方针定了,但交给谁,却是一个问题。他当然想交给自己的儿子:非洲有一种蚂蚁,当你危及它的后代时,它就会用爆炸身体喷溅出来的毒液驱散敌人。究其原因,不过是为了基因的延续。人自然不会例外。但他是一个十分清醒的人,知道邬冬坚、邬冬强两兄弟,都不是经营企业的人才:企业是一个综合的经济体,与整个世界有着千丝万缕的联系。"非其才"却偏要"当其用"的话,就是害他们。

当然,这并不是说这两兄弟的智商不够。而是因为他们出生在这个山村,因为十分复杂的原因,不能够出去读书。所以他们的见识就被局限。另外的一个重要原因,就是他本人过于强大:"虎父"配"犬子",是统计出来的规律。

万般无奈,他只好选择交给女婿邵江。

对于邵江,他当然不能完全放心:姻缘关系远远低于血缘,因为它是可以置换的。一旦邵江与女儿离婚,他与这个家族就一点关系也没有了。所以,他把邬冬坚安排成财务总监,邬冬强安排成运营总监。他们的智力水平虽然不高,但很有执行力,尤其是对他而言。

其实在邵江对他说要到金融市场去"搏"的时候,他已经知道了他的想法。邵江是人,是人就难免把自己的想法说出来。可之所以同意,也是经过考虑的:邵江上任伊始,就提议把公司迁到S市去。从市场角度考虑,这绝对是英明之举。乐山属边远地区,物流、人流、信息流、金融流都极不通畅。而地处沿海的S市,却得天独厚。但这个提议被他当场否掉,甚至连原因都没有说。再一再二,不能再三再四,更何况变革是大势所趋。金融也不妨一试。

对于金融市场的风险,他当然是知道的:有利益的地方,必然有风险。只要风险在承受范围之内就行。

他回身望着黑压压的一片墓碑想:邬氏家族的过去,只有我知道。它的未来,也只有我知道。

网虫虽然很多,但符合"心理图像"的人,毕竟不多。摸底名单整理之后,拿框子一框,就去掉了一半。在所余的一半中,根据大家的意见,特别选出了三十人。可怎么才能从这三十人当中,挑出"唯一"的来,却是伤透脑筋。

一个一个的谈,显然不行。不一定问出结果来不说,还很可能打草惊蛇。

议来议去,也没个结果。直到最后,秦川才对邢天说:"你不是总喜欢说'兵不厌诈'吗?咱们就诈他一诈。"

"一惊一乍!"蒋勋说。

邢天赶紧制止,"让秦兄说完。"

秦川慢慢地说:"把他们集中起来,测试DNA。"

华天雪问:"可咱们手里没有可对照的样本啊?"

秦川笑眯眯地反问:"可他不知道咱们没有啊。"

"经验和智慧是什么都不能替代的。"邢天重重地拍了一下秦川的肩膀,"我懂了。谁提供假的DNA样本,谁就是罪犯。"

"咱们派一个人,混进这些人当中,散布要找周童案凶手的消息,逼得凶犯作假。"蒋勋说。

"如果有谁故意不来,就首先查他。"华天雪说。

"先让他们带一把自己用过的牙刷来。然后在现场提取每个人的DNA。"秦川说。

蒋勋问:"作DNA比对,最少也要三天。这三天怎么办?"

邢天说:"把他们集中起来。如果谁要逃跑,谁就可能是犯罪嫌疑人。"

一个计划,就这样被完善起来。

"现在指纹比对,只要几个小时就能完。以前没有计算机的时候,那可长了去了。"秦川说,"一九八〇年,水湾银行被抢劫。凶犯很老练,戴着手套。但还是在墙壁上发现了半个血手印:他负重翻墙,手套掉了下来。那个手印太模糊,所以我们就把那截墙头锯了下来,带回局里分析。等手印出来了,就开始比对。你知道在咱们的指纹库里有多少指纹吗?"

"十几万?"蒋勋回答。

"一百一十万!每个人看一个指纹,大约需要五分钟。要让你小子一个人看,到退休都看不完。"秦川拍拍蒋勋的肩膀。

"可不是。每天干八小时,也要四十年。"蒋勋算术还挺快。

"是不是用刀杀了两个人那起悬案?"邢天问。

"你怎么知道?那会儿你还没来呢?"秦川说。

"我还知道中华人民共和国是一九四九年成立的,虽然那会儿我还没出生。"蒋勋说。

"那起案子,后来好像一点进展都没有。"邢天说。

"我特别要了一张那个血手印的拷贝图。发现新的嫌疑人,首先就对。"秦川说,"这事一直挂在我的心上。我坚信一点:一个人抢过一次银行之后,一定会再抢。"

邢天不同意这个观点,"也不一定。有的人就会深深地藏起来。"

"还有一种人,也不会再抢。"蒋勋等众人的注意力集中到自己身上后说,"死人。"他见秦川不以为然,便说:"二十年了,二十年当中,会有多少变化?那个罪犯也许得病死了,也许死于非命。"

"可我总觉得他还活着。"秦川说。

获得邬春晓的同意之后,邵江几乎连夜到了S市。到达之后,入住一家三星级的旅馆:这是邬氏集团——他在心里这样称呼,嘴上可一次没有说过——规定任何人在任何地方,都不能住超过三星级的地方。

他洗完澡后,就打电话把住在隔壁屋子里的司机叫来。他出门从来不愿意带司机:要么自己开,要么使用公共交通工具。有个司机多碍事啊!但邬春晓每次都专门给他派车。他给了司机三百块钱,安排他去"洗个澡,乐一乐"。

"谢谢您。谢谢您。"司机是邬太太的远房亲戚,一个三十多岁的小伙子。拿着钱,很是高兴。

"小心。别染上病。"邵江老大哥似的叮嘱。针对这颗岳父安插在他身边的"钉子",他采用的是收买政策:给他钱,并且制造"嫖娼"的机会。他知道,"嫖"一道,几乎也是条不归路。果不其然,"钉子"很快就上了道,并且十分热爱。

"您放心。您放心。"司机连声说。

他一摆手,司机就欢天喜地地走了。随后,他也换上一套杰尼亚牌西装,悄悄地出了门。

排查不顺利。在三天的"监视居住"期间,用蒋勋的话说:"没有一个不想逃跑的。"十多岁、至多不过二十岁的男孩子,怎么待得住?

最后的结果是:全部货真价实!

"跟这些孩子说对不起,然后把他们都放了。"邢天下了命令。

"你说会不会这个凶犯识破了咱们的计谋?"蒋勋问。

"他哪有你这么聪明?"邢天在这三天时间,有空就到这些人的居住地去,利用"微表情"技术,观察有没有人特别地害怕。结果却只看到了"无所谓""生气""愤怒"等表情。没有一个害怕的。

秦川问:"下一批什么时候开始?"

"马上。"邢天说,"一鼓作气。"

在一场激烈的性爱中,邵江与安静很默契地完成了几乎所有的高难度动作。最后,双方都筋疲力尽地睡去。

但在凌晨三点,邵江的生物闹钟,准时地将其"闹"醒。

这个时间,是他的妻子邬小梅离开乐山去美国定居后不久的某一天被"固定"下来的。而且不能调整——安眠药和酒精都不能。

这是一桩在外人看来不般配的婚姻:邬小梅相貌平平,性格阴沉。而他则相貌堂堂、博学聪慧。"风流"之特性,所有的人,都没有看出来。

但他知道这桩婚姻是般配的:邬小梅所代表的财产再加上邬春晓在他身上的投资,足以平衡一切。他的一些同学不理解这桩婚姻,认为以他的才干,不愁"搏"一份与邬氏家族差不多的"家当"。但他深深地知道,这相当难,如果不说不可能的话。人们往往以盖茨、巴菲特为榜样,要不然就效法王永庆、李嘉诚等华人富豪。但所有这些人都忘了根本一点:前两位是在美国、后两位则是在港台,而且他们正好赶上了"时代的浪头":新技术革命、韩战、越战不是谁想赶上就赶上的。

在美国读书的时候,他听过这样一个故事:一个人请一位千万富翁讲讲自己的发家史。富翁说:"大学毕业后,我找到了一份薪酬菲薄的工作。我不满意,就批发了一百美元苹果。然后,我把每个苹果都擦得干干净净去卖。结果我赚到了五十美元。然后第二天,我又去批发了一百五十美元的苹果,又把它们擦得干干净净地去卖。结果卖了两百五十美元。"提问者赶紧接着说:"就这样,一点点做大了?"富翁摇摇头说:"第四天,我继承了一笔遗产,其中包括曼哈顿中心地区的一块地。"

他从这个故事中悟出了一个道理:获取财富最佳路线只有两条:"继承"和"联姻"。自己没有可继承的,也就只有"联姻"一途了。

成功地进入邬家之后,他才发现这是一个阴沉之所在。简直就像鬼魂出没的古堡。慢慢地,他发现"阴沉源"就是邬春晓。虽然岳父与他和所有人说话,都和颜悦色,但他就是害怕。在妻子无缘无故地离开后,他越发害怕了。因此就落下"凌晨三点必醒"的病根。

"有一片阳光,就有一片阴影"的道理他是懂得的。为了把"阴影"缩到最小,他就找来了安静。想到这,他把像小猫一样,缩在自己的臂弯内甜睡的安静推醒。

安静的眼睛还没有完全睁开,就顺从地投入第二轮性爱竞赛中。

"终于找到了一个!"蒋勋和华天雪进来后,兴奋地说。

邢天接过华天雪递过来的一个文件夹:里面是这个叫作王国的人的相片和DNA 检测报告。

"他提供的是别人的 DNA 样本,我一下子就发现他神情不对,就让先检测他的。"蒋勋得意地指点着照片说,"你看他的神情,多像是凶手。"

"像不等于是。"邢天边翻动报告边说,"卓别林有一次到英国去旅行,在英国乡间巧遇一个'谁像卓别林'的比赛。他匿名参加,结果只得了第三。"他说完后问,"其余的人呢?"

"这不来向你请示了吗?放了吧?"蒋勋问。

"您的意见?"邢天问秦川。

"我刚结婚的时候,住在郊区县一座简易楼的顶层。有一天想吃涮羊肉,就认认真真地切了一下午。媳妇下班回来,一看挺高兴。并且告诉我,她还存着一包好佐料。我一听有好佐料,顺手就把那包已经过期的佐料从窗户扔到电力局的宿舍院里。"秦川笑着说,"那会儿的人,没有什么环境意识,而且很本位。可谁知媳妇说没找着那包好的。我一听,赶紧跑到电力局的宿舍院去找,可早就不知道被谁给捡走了。最后只好蘸酱油凑合吃了一顿。"

"再买一包不就行了?"华天雪表示不理解。

"那是一个商品短缺的时代。没得卖不说,商店也到点就下班。"

"您的意思是等好佐料来了之后,再扔也不迟?"蒋勋问。

"然也!"秦川笑着说,"咱们也来句文化的:半途而返,善就很大。"

"学也学不像。"蒋勋也笑着说,"迷途知返,善莫大焉!"

"走。一起去询问这个王国。"邢天站起来。

"五百万,如果是五百万美金……"周密望着邵江,故意不把话说完。

"我也知道有点少。可是……"邵江搓着手。

"期货不是股票。"

"我知道。我知道。"是邵江的一位同学,将周密介绍给他,并且介绍说是"大陆境内期货第一人"。

"据说红都是一家大公司?"周密盯着邵江的眼睛。

邵江本来想说不过是"金玉其外",可一想不能自毁,便说:"如果效益好,自然就可以多拿出来一些。"

"《红楼梦》里面充满机关。就是写诗,也象征着每个人的命运。"周密故意往远处说,"比方薛宝钗就写:好风凭借力,送我上青云。邵先生可知道这隐喻什么?"

邵江不知道。他虽然上过大学、留过洋,但中学却是在乐山一所全封闭、纯粹是为了高考而设立的学校读的,缺乏基本的人文教育。

"说的是风筝。风筝要想飞得高,必须靠别人。"周密说。

"我这不是投靠您,入伙来了吗?"这笔生意对邵江来说,意义重大:只有资产到了这里,公司才可能到这里,自己才能摆脱邬春晓的控制。

"你知道,官方对国内的资金出境,监管得很严。而且有着越来越严的趋势。要把钱安全地弄出去,需要一些费用。"

"有句谚语:一只羊是赶,十只羊也是赶。您也不多我这一点。"

"邵先生农村出身?"周密故意问。他看过邵江的履历,基本底细是了解的。

邵江没有回答这个问题,"如果您实在嫌少的话,我可以用红都公司的一些资产作为抵押,从您这里融一些资金。"

"我记得红都公司另有董事长吧?"

"是我的岳父。"

周密居高临下地笑笑,"第一,不可以用别人的东西来抵押。"他往窗外一指,"就像我不能拿这座华东最高的国际大厦来抵押一样。第二,"他又指指国际大厦旁边的大楼,"我不是中国银行。我如果有资金的话,我会悉数投入的。"

邵江经不住周密的"重量级攻击",最后将佣金提到一个很高的水平之上。

"我请你吃饭。"周密在合同书上签完字后说。

"我也正想喝它个一醉方休。"邵江的笔尖还没有离开合同,就开始后悔,"咱们就去那幢别人的大楼!"他指着国际大厦说。

王国并不像蒋勋形容的那样獐头鼠目,而是一位身高一米八以上的英俊小伙子。起码以前是英俊的,邢天望着他有些浮肿的眼睛想。

"这是最后的机会了。"秦川指指门,"一旦你从这里出去,到了公安局。那就不会按照自首论处了。"他的声音因为低,所以很重。

邢天看到王国的眉毛轻轻地抖动。他知道这是害怕的表示,"即使是故意杀人罪,自首与否,也有很大的区别。"

"她死了?"王国惊讶地问。

"那还用问吗?"秦川厉声反问。

"你慢慢地说经过。"邢天感觉出有点不对,声调平和地说。

王国的肩膀完全塌了下来,"那天,我玩了一夜一天的游戏。"

"哪天?"秦川插入。

"好像是十二月二十四号?"王国不很肯定地说。

"好像?"秦川讽刺道,"你不是大学生吗?还能连日子也记不住?"

"对。就是二十五号。平安夜。没错。街上尽是男女。"王国低着头,"你知道,我有个习惯:一边玩网游,一边喝啤酒。"

"喝了多少?"邢天和蔼地问。

"啤酒能顶饿。好像,好像喝了有十多筒。"王国抬起头,看着邢天说,"然后我就开车回家了。我喜欢开快车。"

"多快?"邢天要竭力舒缓王国的情绪。只有这样,才可以问出细节来。

"一百二。"

"多少?"秦川问。

王国一下子慌了,"可能有一百四五。我也闹不清。"

"你开的什么车?"邢天接过问话权。

"普桑。"

"普桑?开一百四五?"邢天有些不相信。

"我的车是经过改装的。悬挂、轮胎都更换过。"王国的兴头来了,"以前我在三环跑一圈,只要十分钟。"

邢天看见王国眼中闪动着的光芒,就估计到他很可能不是杀害周童的凶手。

"把自己说成神仙了!"秦川又把问话权拿走,"快说关键的。"

王国眼中的神采立刻没有了,"我打了一个哈欠,然后突然看见了一个骑自行车的姑娘。说什么也来不及了。她就飞了出去。"

邢天此刻已经肯定王国不是凶手了:一个人交通肇事后,不会再有精力去杀人。

"我停了下来。过去把姑娘扶了起来。她浑身是血,但还能动。我害怕极了,所以……"王国把头埋在双肩内。

"所以就逃跑了?"邢天边问边操作电脑。

"没办法。"王国绝望地看着邢天和秦川,"太快。就是我妈在前面,我也没办法。停不住。"

"然后呢?"秦川还是不死心。

"然后我就回家,等警察来抓我。等了三天,没见警察来。我就又去玩游戏了。我还以为这事过去了呢。没想到……"王国声音嘶哑地说,"没想到她死了。"

"你知道这是什么罪吗?"邢天已经从市公安局的内部网站上查到了这起交通事故:姑娘重伤,但已经脱离危险。

"你们不是说是故意杀人吗?"王国看着两人,"完了。才开始就完了!"

"如果像你所说的,那你就是交通肇事逃逸罪。不是故意杀人。"邢天说。

王国的眼睛又亮了,"交通肇事逃逸?不会死吧?"

"这要看被你撞的对象如何了？"秦川没好气地说。

"被撞者即便死了，也是这个罪。这个罪的最高刑是七年。"邢天说，"但有一种情况例外。曾经有一个司机，看把一个人轧成重伤，害怕巨额赔偿，又倒回去将其轧死。最后被判了死刑。因为这就是故意杀人了。"

王国完全活过来，"我不会这么做。"

"但你这仍然是严重的罪行。如果不是姑娘，而是一位老者，就很可能因为你的懦弱、胆怯、自私而失去生命。"邢天深知法律的目的是教育人。

"你将要面临着巨额赔偿。"秦川说。

"赔钱不怕。我爸说，只要是能用钱办的事就不怕。"王国说。

"我希望你能利用今后一段不能玩游戏的时间，好好想一想。"邢天起身，拍拍王国的肩膀，"要想明白在这个世界上除了你，还有很多和你一样的别人。"

自然界的任何物体，都能够以"固体、液体、气体"三种形态存在。比方水，就有可能是冰，也可能是水蒸气。人也不例外。

两杯茅台下肚之后，邵江就从固体变成了液体。随后，极快地越过了临界点，变成了气体。真真假假地说了很多、很多的话。

这些话不光周密听到了，安静也听到了：她就在他们隔壁的包厢内。

按说包厢的隔音设施应该很好，否则包厢便失去存在的价值。可她就是"听"见了，并且包括邵江在周密办公室的会谈内容。原因很简单：她在邵江的皮包里，放了一个台湾产的窃听设备。因为此设备随听随发，且距离不能超过三百米，所以她不能离开"猎物"太远。

猎物！她边小口喝着茶边想。我实在是太喜欢这个词了！世界的一切，在我来看，都是可以猎取的。

大学毕业后，她没有像别的女人那样，匆忙结婚。而是撒开了一张大网，网住了，同时网住了五位男士。之后，一直保持这个规模——如同杂技演员向空中抛球一样，五个是极限——但人选却经常换。一直到遇到了邵江，才逐渐将规模压缩到两个。邵江之外,另有一个备用。

经过多方面的侦察,她基本上将邵江"勘探"清楚,并且决定在他身上开掘出够用"两辈子"的财富。

很多人对财富都是很盲目的,希望传给子孙万代。读大学二年级时,病重的母亲把她叫到床前,问了她一个问题:儿子的儿子叫什么?她不以为然地说:"孙子啊!"母亲又问:"孙子的孙子叫什么?"见她回答不上来,母亲说:"玄孙。"然后又问:"玄孙的孙子叫什么?"这她更不知道。母亲告诉她:"玄孙的孙子叫来孙、来孙之孙叫昆孙、昆孙之孙叫仍孙,仍孙之孙叫云孙,云孙之后,就没有专用名称,开始循环了。"她不明白母亲说这些干什么。母亲接着语重心长地说:"不要去给那些连称呼都没有的人攒钱。够两代人花的就行。"说完这些后不几天,母亲就去世了。至于她的生父是谁,母亲至死也没有说。只是告诉她:"该知道的事情,要搞得清清楚楚,不该知道的事情,就不要去知道。"

她在耳机里听到邵江在大叫"结账",知道隔壁的饭局结束了。自己也埋了单,从容地离开了国际大厦。

邢天、蒋勋、华天雪在一家烤鸭店吃饭。

蒋勋有些不好意思地说:"我想起冯巩的一个相声,说点子公司的老总,为了救活一个蛋糕厂,就给他们的老总出主意:附带生日蜡烛。"

华天雪笑起来:"我想起来了,他给蛋糕厂出了一个主意,却救活了一个蜡烛厂。"

这时候,一位戴着墨镜的中年男子带着一个妖娆的女子进来,很神气地问老板:"我的位子呢?"

老板打量了此人片刻,才说:"我眼拙,没认出金先生!快请!快请!"

金先生很有气派地坐下后,傲慢地说:"要不是靓女想吃烤鸭,我是不会来你们这种地方的。"

老板谦恭地说:"那是。那是。"

金先生拿出一盒软中华烟,"三字头的。"见老板只拿一根,便说:"赏给烤鸭子的师傅一根,让他把我那只鸭子烤得好一点!八个字:肥而不腻,脆而不柴!"

老板多拿了一根,别在耳朵上,满脸堆笑地进入厨房。

"你知道他是谁吗?"蒋勋小声问。见邢天一脸茫然,便说:"他就是《盛筵》的主角金帝。"

邢天想了好一会儿,才想起金帝是他早年喜欢的一部电影中一个聪明、清纯的青年。没想到变成这样了,"看来,不仅仅是'士别三日'要'刮目相看'!"

"你看了《盛筵》没有?"华天雪问。

"我有两样不看的东西。第一是中国足球。第二就是最近的中国电影。"邢天说,"中国的电影导演集体缺乏想象力。我肯定不是认为'月亮都是美国圆'的人。但必须承认,美国的导演们,把所有人类未来可能发生的灾难:病毒变异、洪水、火灾、小行星撞击地球。凡此种种,都想遍了。而且他们都有文化诉求:个人英雄主义。无论《泰坦尼克号》还是《拯救大兵瑞恩》莫不如此。可咱们的导演都选些什么题材呢?皇帝完了是皇后、妃子,然后是太监、厨子。更重要的是没有文化诉求:表现的是武林。武林是什么?"

"江湖呗!"蒋勋回答。

"江湖又是什么?"邢天见蒋勋不能回答就说,"江湖就是黑帮。你用很多讲述黑帮的电影,是没有可能进入西方的主流社会的。"

这时,师父端上烤鸭,正在给金帝"片"。

金帝很得意地向靓女说:"你知道这种刀法很像什么吗?"

靓女摇摇头。

"凌迟!凌迟处死的凌迟!"金帝因为旁若无人,所以声音很大,"凌迟的关键,就是不能把人一刀割死。要一刀、一刀地割。割上一天一夜,最后这人光剩下一个脑袋和一副骨架,可还活着。风一吹,骨架在来回晃。"

靓女显然很害怕,但还是恭维道:"暴力美!"

"美个屁!"蒋勋愤怒地说。

邢天微笑着说:"我建议在餐桌上,最好不要使用下三路的语言。"

"你说我是怎么了?选罪犯选错。选人也选错。本来我还想向你们二位推荐《盛筵》来的。没想到他是这么低俗的人!说真的,我看了《盛筵》还挺感动的。"

"这说明你的沸点比较低。"华天雪说,"我也看了。我只觉得导演把名字搞错了。不应该叫《盛筵》,而应该叫作《小吃》之类的。"她转向邢天,"皇帝不是不能演,要演就得演出那股子君临天下的劲儿来。别像这位,整个是一个混混。虽然他'金'且'帝'也!"

"让你们两个一分析,我也觉得那电影是'狗而屁之'!"蒋勋赶紧一捂嘴,"我又说不上桌子的话了。"

说话间,金帝已经吃完。他拿出一张金卡付账。老板不肯收,只是提议一起照张相。

"照张相?那可便宜你们了!"金帝一副深知自己身价的架势,"就你们这鸡毛小店,用我来做形象代言人?"

老板赶紧解释,"我是想给我儿子。他特别喜欢您的电影。"

"这个说法我爱听!"金帝说完,就搂住老板的肩膀,照完后,就搂着靓女走了。

"这小子,真应该遭绑架才对!"蒋勋咒骂道。

邢天正色说:"不要开这种玩笑。"

这时,老板拿着"拍立得"出来的相片给伙计们传看,并且学金帝说话:"你们这种鸡毛小店!"他恨恨地说,"我们是烤鸭店。烤鸭店不拿'鸭子'做广告,拿什么做广告?"

"鸭子?"华天雪一下子没有反应过来,"什么意思?"

邢天笑着说:"贾宝玉听见喝多了的焦大骂贾府'养小叔子的养小叔子、爬灰的爬灰',便问王熙凤是什么意思。王熙凤说道:这种话,听见不是装听不见,还问!"

"我还是不明白。"华天雪属于那种"校门对校门"的人,社会经验很少。

"不懂也罢！"邢天挥挥手，招呼老板过来，"肥而不腻，脆而不柴的好鸭子给大人物上了，该给我们这些早就来的小人物上只次的了吧？"

"马上来。马上来。"老板连声说。

邵江醒来的时候，发现在安静床上，很惊讶。"我分明是在国际大厦啊？怎么上这来啦？"

安静一副小鸟依人的样子，"你进来就睡。一直睡到现在。"

"三个钟头？"邵江看看手表。

"再加十二。"安静穿上衣服，"我给你弄点吃的。"

"你先别走。"邵江拉住她，"我没说什么框外的话吧？"

"你什么都没说，光是行动。没完没了的行动。"安静笑眯眯地说。

"看我这德行！"邵江看看床头柜上的经理箱，不像有人动过的样子，"以后再不喝酒了！"为了节约成本，也为了安全，他对她的身份是国营企业推销经理。

"该喝就喝。推销东西嘛！就要求人。"安静不光看了他与周密的合同文件，而且还拍了照。"我包了点馄饨。"

"谢谢。"邵江边说边看手机，"坏了！你没接吧？"

安静作吃醋态，"我怎么会接你老婆的电话呢？"

"是我们大老板。"邵江有些着急，"十多个小时不回电话，可不得了。"

"你就说：手机丢了。"

"可我不能又不在旅馆，又不接电话。"他用的是手机双卡，为了防备邬春晓"查岗"，将旅馆的电话，转到了联通卡上。"不行。我得走了。"他起身穿衣服。

等他穿好衣服、洗漱完毕，安静已经将一大碗雪白的馄饨端了上来：汤一直处在保温状态，片刻就熟。魔鬼永远是在细节中的。

邵江很感激地吃完后说："要是没大事，我去去就来。"

大事确实没有，但敏感的邬春晓，还是察觉到邵江不对劲儿。他利用电话，很快就找到了旅馆的服务员,验证了邵江有两个晚上没在旅馆住。他很随便地问,但邵江说一直在。撒谎他不怕:天下就没有不撒谎的人,水至清则无鱼。但要查清楚,他在干什么!十有八九是女人,关键问题是,那是一个什么样的女人。

对周童案凶手的查找很不顺利:几次几乎已经确定了,但到最后一步,都被排除。这其中的繁杂度、琐碎度,外人很难感觉。

"德国考古学家谢里曼,四岁的时候,从《荷马史诗》中看到有关特洛伊城的记载,从此立志找这个特洛伊城。最终还是让他找到了。"邢天给大家鼓气,"咱们要比他幸运。特洛伊城可能不存在。而咱们的'标的物'则一定是存在的。既然存在,就是一个寻找的问题。"

"找到之后,工作也很多。他要是不承认,还是没有办法给他定罪。"蒋勋说的是实话。周童案到目前为止,不光没有物证,连人证都没有。

"如果找到了,我相信有办法让他说出来。"邢天很有信心地说。

蒋勋疲惫地靠在沙发上说:"小时候,我爸爸给我讲过他亲历的一个故事。一支部队,被敌人包围了。几乎弹尽粮绝。但连长很镇静地拿出望远镜四下观看。并且说援兵很快就来了。最后……"

华天雪打断了他的话,"最后没有援兵,他们是靠自己的力量,打垮了敌人。"

"你怎么知道?"蒋勋奇怪地问,"我还是第一次在小范围内讲这个故事。"

"我爸爸也给我讲过这个故事。不同的是那个拿望远镜的是团长。他也说是亲历。"华天雪说,"你该不是听我说的吧?"

"我刚才已经说了,是我爸爸亲口对我说的。"蒋勋不服气。

"故事和案件一样,每一个都是独一无二的。"华天雪也不服气,"你给评评理。"她对邢天说。

"如果你们两个的故事,都是发生在朝战,那么小蒋的就是假的。"邢天作结论。

"我爸爸也参加了朝战。"蒋勋说,"虽然他说这个故事发生在自卫反击战中。"

"参加了没错。但在朝战的时候,志愿军的连长,还没有配备望远镜。"邢天说。

"也可能缴获一个。"

"缴获了得上缴。局长没有好车,你就坐不上好车。"秦川的解释很通俗。

"如果发生在自卫反击战,小华的故事就是假的。因为令尊大人,已经是高级干部,不可能亲临前沿,所以不可能亲历。"邢天说,"所以,你们两个人的故事,都可能是真的。至于刚才小华说的'唯一性',则是因为两个故事,都是仅有实质的梗概。故事编来编去,元故事其实就是那么几十个。这也正是咱们心理侦查之所以存在的原因。"

邵江在离村三里处的独立院落里,向邬春晓汇报与周密谈判的情况。

在整个汇报的过程中,邬春晓一直用一根 4B 铅笔画狼。停下来的时候,就抽烟斗。邵江知道岳父画狼,不过是个习惯。抽烟斗,也是象征性的。

"这个 A&C 公司可靠?"邬春晓在邵江停止汇报后很久,才突然发问。

邵江一惊:他并没有说到 A&C,因为是一个为了布置财务迷阵设计出来、子虚乌有的公司——之所以要设计这样一个公司,是为了他个人的远景规划:没有宏图大略,就不会有大业。

"可靠。可靠。"

邬春晓瞟了一眼邵江。可以肯定他不懂理论上的"心理分析""微表情",但他还是看出了邵江在撒谎。"A&C。A&C!"他连着重复了两声。

邵江这次才感觉到岳父的英文很标准:"我还是头一次听您说英文。这是一个与英国皇室有关的金融公司,有着二百年的历史。"这虽然纯属杜撰,但他很认真地做了"功课"。

"翰林院文章、太医院药房,都是虚有其表。"邬春晓又开始低头画狼,"不过,你不像冬坚、冬强,志向远大。取法于上,也仅得其中。有一点,我要告诉你:五百万。超过五百万,一分钱也不行。明白了?"

"明白了。"邬春晓最后一句"明白了",分量很重,让邵江一哆嗦。

"明白了就好。"邬春晓的语调又改成和风细雨型,"儿子不能选,生下什么,就是什么。女婿是可以选的。看来我选的不错。去吧,放手去打你的江山吧。"

"我一定不辜负岳父大人的重托。"邵江显然听懂了"女婿是可以选的"这句话的潜台词:"可以选"就等于"可以换"!他见邬春晓闭上了眼睛,知道这是让他"跪安"的信号,于是告辞出来。

离开了这间阴森森的房间,看见满天星斗,他顿时感觉到一身轻松。

第一批遴选出来的三十个人,很快排除干净。邢天接着命令"沿着老路",扩大范围,重新开始调查。

经过两个星期的艰苦工作,焦点落在了一位叫作陈纯的人身上。

陈纯十九岁。父母离异后,分别去了南美和北美。他一直与溺爱他的爷爷奶奶长大。以还算优异的成绩,考上了一所还算不错的大学。但因为酷爱网络游戏,第一学期,全部缺课,被学校开除。但他的患帕金森病的爷爷和瘫痪在床的奶奶,远在天边的父母都不知道。

他的家和他喜欢去的网吧,就在周童的"活动圈"内。更为重要的是,他提供了假的 DNA 样本。

"我敢用头和你们任何一个人打赌:陈纯就是凶手。"坐在精心布置的审讯室内,蒋勋环顾众人说道。

"谁的头?"邢天低头看着笔记问。

"当然是我的了。用别人的,别人也不干啊!"

"千万不要用唯一的、必须的东西和人打赌。原因很简单:你输不起。"邢天说,"请陈纯进来。"

陈纯进入。这是一个身高有一米八十五以上的男子。高高的前额、尖尖的鼻子、黑黑的眼睛、白皙的皮肤。

邢天虽然已经数十次地看过他的相片,并且不止一次透过单向玻璃或从远处亲眼见过本人,但近距离接触,还是第一次。他一动不动地看着陈纯,达十分钟之久。

这一招,他是从日本棋手桥本昌浩处学来的。桥本是"长考"——围棋术语:长时间考虑的意思——每次下棋,第一步就要用掉一个小时。后来他解释这样做的目的,是为了给对手施加压力。

压力如水,果然慢慢地渗透到陈纯身上。到了第十分钟,他竟然先开口问:"我怎么啦?你们把我带来?"

邢天没有回答他的问题,"你的智商多少?"打乱对手的思路,是审讯突破的关键。

"一百三十。"陈纯回答。

"属于不超过百分之十的高智商人群之一。"邢天依然直视陈纯,"那么你应该知道今天是几号?"

"几号?"陈纯想了一会儿,"好像是十月二十五号。"

"我问你是几号?"

"二十五号。"

"对。是二十五号。"邢天故意停顿,"这个日子,对你有没有意义?"

陈纯偏过脸,用一只眼睛看着邢天,"一个普通的日子。"

"十个月前的今天,你在干什么?"邢天问。

"十个月前的事情,我怎么会记住?"陈纯回答得很快。看得出,他连想都没有想。

"难怪。十个月前的事情了。"邢天转对蒋勋说,"有人说,记忆如海。也有人说,记忆如河。无论河海,要想正确地航行,必须依赖一些标记。"他重新面向陈纯,"最能唤起人记忆的东西是什么?"

"音乐。图像。"陈纯不知道邢天扯那么远到底要干什么,但他还是很乐意回答这个问题。

"那好!"邢天摆手。

屋子里的灯光立刻暗下来。

随后,响起了圣诞节的音乐。

悬挂在墙壁上的一个大屏幕投影电视上,出现了圣诞老人、圣诞树、飘飘的雪花、一对对拉着手的情侣……总而言之,圣诞节所有的元素性符号,一应俱全。

"想起来了吗?"邢天走到陈纯的背后,将一只手轻轻地搭在他的肩膀上。

"圣诞节。"陈纯回答的声音,显然是经过调整的。

邢天感觉到陈纯在竭力控制自己的身体,但一些"害怕"的信号,比方微微的颤抖,回避的目光,还是渗透出来。

接下来,屏幕上出现了山泉别墅的大门。

"认识这地方吗?"邢天问。

"不认识。"陈纯说。

"这不应该。"邢天感觉到陈纯在回答这个问题的时候,身体往上"挺":这是一个表示"豁出去"的姿势。"也许是我们拍得不好。继续。"

屏幕上又出现了别墅区的围栏。

"象征性的栏杆。'把栏杆拍遍,无人会,登临意!'"邢天从陈纯的档案中知道他在中学时候,酷爱文学,"怎么?还不认识?"

"好像是山泉别墅区。"陈纯回答的声音已经变低。

"十分正确。接下来,你需要仔细看。"邢天说完,屏幕上就出现了"九号别墅"的外观。"好好看。"

接下来是周童在蹒跚学步、在游戏、在浇水、在学习。

最后一帧则是十岁的她孤独地坐在台阶上。

这时候,画面黑白混乱、高速抖动。一个恐怖的声音响起来:"不要!不要!"

重重的脚步声。人窒息前拼命地喘息的声音。重物打击人体的声音。

屏幕重新亮起来的一瞬间：鲜血喷溅，充满画面。

接着，屋子里的灯光重新亮起来。

瘫在了椅子上的陈纯，喃喃地说："你们都知道了！"

按照陈纯的交代，很顺利地找到了所有的作案工具。包括那个重击周童的保龄球瓶。

陈纯动机很简单：在一个秋日的下午，偶然中，他看见了周童，觉得怦然心动。他跟踪她到了山泉别墅九号。随后，很容易就从互联网上获取了有关周密的资料。这之后，他几乎把她忘掉了。但突然有一天，她又从潜意识中冒了出来。于是，他开始行动了。

他的策划，完全依据从网上下载的《恐怖百科全书》中学来的。只有那个保龄球瓶，是自己添加的：这是他在十五岁的时候，参加少年比赛，获得冠军的奖品。也是他平生所得最高的奖励。

进入别墅出人意料地容易，以至于所学根本用不上：地下室的一扇窗户没有关。周童也很驯服，听话地跟他一起去了地下室。但当她发现他要实施强暴时，却大喊起来。无奈之中，他只好把她绑起来。可周童还是拼命挣扎，他只得勒紧她脖子上的绳索。这过程中，她一直用不屈的眼睛看着他。直到最后闭上。他不放心，又用保龄球重击其头部。看看没有多少血喷出来，知道她已经死了——这也是《恐怖百科全书》所叙述的——然后，他把她放进了深度冷冻柜中。

随后，疲惫已极的他，竟然睡着了。等醒来，已经是中午十二点。他一层一层地侦察，发现屋内根本没有人。吃了一些东西后，才开始思索。为了布下疑兵阵，就写了一封勒索信。

"你有过不安吗？"在审讯结束后，邢天问了一个他很关心的问题。

陈纯摇摇头，"没有。只是害怕。"

"杀了人，竟然没有一点不安？"华天雪问。

"开始害怕。后来也就不害怕了。一直到你们要求提供DNA。"陈纯很坦然地说。

邢天厌恶地看着这双堪称美丽的眼睛,用平缓的声调说:"我蔑视你。你不属于人类。"

第十四章

"爸爸请你吃点好的。"邢天坐下后,对儿子说,"这一家的青椒肉丝最好吃。还有茭白。"

"那就都点上吧!"邢小天大大咧咧地坐到椅子上。

"我最近太忙,没顾上多招呼你。"邢天点完菜后说。

"你的意思是不要对明天回来的妈妈说?"邢小天锐利地反问。

"你怎么这样想我?"邢天不高兴地说。

"就算你自己认为自己没这么想,可你的潜意识里面,肯定有这个想法。瞧瞧,被我说中了不是?"邢小天指点着他说。

邢天想想也对,可不愿意承认,"潜意识?我的潜意识我可分析不了。"

"那就不分不析了。"邢小天开始大口地吃,"不过你放心。我不会说的。奶奶活着的时候,姥姥经常对妈说:好媳妇,两头瞒。坏媳妇,两头传。这个我懂。"

"奶奶活着的时候,你才五岁。"

"五岁?五岁就不小了。人一共才几个五岁?"

"吃完了,我再给你买双球鞋。"

"你不过啦?"

"犒劳犒劳你呗!"

"你也应该。"

"应该？"邢天认为有必要反驳,"我应该给你买球鞋。但不一定是乔丹。"

"买乔丹也应该。"邢小天眨着眼睛说,"要不是我,你能破了周童案？"

"你怎么知道周童案？"邢天严肃地说,"另外,你怎么知道破了？还知道其中有你的功劳？"

"周童案,最少有三四个月,你一天到晚挂在嘴上。至于破案,文章都登在你们的网上了,还不让我看？至于为什么是我？虽然没说名字,可我还不知道我都给你贡献了什么吗？"

"你怎么能上我们的网？"

"一敲'人民公安'四个字,是人就能上去。"邢小天不高兴地说。

"我们内部机密网,你上得去吗？"邢天有些着急地问。

"没试过！"邢小天没好气地说。

"你是说你想上就能上？"

"这可是您说的。我可没说。"

邢天多少放心下来,"我等会儿得批评蒋勋。机密的事情,不该放到公开的网上。"

"罪犯都干出来了,还叫什么机密？"邢小天不服。

"有一本小说,叫作《世界末日》。是一个很好的惊险故事:一个对航空公司不满的员工,在飞机上放了一枚对高度很敏感的炸弹:四千英尺之下就会发生爆炸。飞行员最终找到了解决这个两难局面的办法:降落在丹佛机场,这个地方的海拔比四千英尺高。"

"不错。机智。"

"这个故事是作者从他的哥哥,一位国际合众社的航空编辑那里听来的。基本的技术支持,也是他哥哥提供的。当知道弟弟要发表小说时,哥哥警告弟弟,希望他认真考虑,以免他人效法。小说发表后,一周内,美国的东部航空、泛美航空、环球航空都收到了恐吓信。"

"这倒也是。"邢小天说。

"杀害周童的凶手,也是从网上的《恐怖百科全书》上,学了不少东西。"

"我还看见《圣战百科全书》呢!有好几千页。连怎么制造'脏弹'都有。源代码全部开放。而且越来越丰富。"

"世界也因此显得很脆弱。"邢天忧心忡忡地说。

"以后,我也要当警察。"邢小天突然说。

"缉毒犬就是一个好例子:幼犬生出来后,把它和经过训练的成犬一起喂养,百分之八九十的幼犬都会对毒品特别敏感。"听了儿子的话,邢天很高兴,但又不好当面表扬。因为那样无异于表扬自己,所以就举了这个例子。

"你这话错误就大了。就算我是狗,我也应该变成'大款'才对。"邢小天见父亲不明白,就说,"几乎所有的狗,都是跟母亲长大的。"

"我错了。没想到你对狗有这么深刻的理解。"

"小时候,你们谁都不理我。"邢小天的声音突然低下来,"我只好跟狗玩。"邢天望着儿子,感到一阵内疚。但他说出来的却是,"我没有你懂得多。对于一位物理学家来说,甚至在一位植物学家面前他也是外行。"

邢小天知道父亲最后这句不知所云的话,其实就是道歉。于是改了话题,"你所用的方法,也不全对。"他扳着手指头,"二十岁以下的年轻人;家庭不健全;学习不好;沉溺于网游。我也合格!"

邢天终于忍不住搂住儿子,"儿子,这个推理是在'邪恶'这个大前提下进行的。可你很善良!"

周密集中了大量的资金——其中有江夏的两千万、鲁芹的两千万、邵江的一千万,还有其他人的一些钱,总共大约有一亿五千万人民币的样子,去伦敦金属交易所进行期货铜的交易。

所谓期货,不过是对未来某一个特定时间、某一种特定物品价格上涨或者下跌打赌。以铜为例。假设此刻交易市场的铜价为每吨三千七百美元,而你预期铜价将下跌,你就可以在某个价格上,比方每吨三千八百美元,与某人签订一份为期若干时间的合同。到期之日,如果铜价为每吨三千六百五十美元,对方将付给你每吨一百五十美元的差价。反过来,如果每吨四千美元,你也将付给对方每吨二百美元的差价——换句话说,就是你"看多"还是"看空"。

周密看空:准确地说,是中央储备总公司的焦总看空。一股脑地把所有的钱,都押在了"空"上。

期货不同于股票:你买每股十块钱的某股。它如果跌到每股八块钱,你损失了两块,但八块钱的本钱还在。而期货,则是把全部钱都用来买涨跌的部分:假设你有一百块钱,就十块钱的价格,与交易所签订一百份某种物品的合同。到期之日,如果这种物品的价格跌了一块钱,你的一百块钱就全都没有了。

当然,所有风险大的东西,收益也都大。周密集团,就因此在第一个月里面,赚了"相当多"的钱。

被利益所驱动,江夏、鲁芹都倾其所有,追加投资:鲁芹拿出了所有的现金和动产,其中甚至包括她的两辆汽车。江夏则把自己医院的房产抵押给银行,获得了一千万的贷款。

而邵江则借了月息五厘的高利贷一千万,期限为三个月。这也就是说,到期之日,他要还给借款方一千一百五十万。没有任何一种合法的生意,能在三个月内获得百分之十五的利润。但他以为这正是他的胆略所在。当然,所有这一切,都是瞒着邬春晓做的。

邢天是在睡梦中被叫醒的:有一个不明身份的人,欲从国际大厦楼顶上,跳楼自尽。他立刻起床,草草擦了一把脸就下楼。迎头就碰上驾车前来接他的小陈。车蜻蜓点水一般地停了一下,转过弯就开走了。

在车上,邢天电令已经在现场的蒋勋,第一要务就是查明自杀者的身份。

"这人也是的,大早晨地跑到咱们这儿最牛的大楼上自杀。"小陈边开车边说,"这一跳下来,还不摔成肉酱?交通也得堵塞。现在的路,就跟人得了心肌梗死似的,一堵就好半天恢复不了不说,旁边的路,也都跟着堵。"

"不能让他跳下来！"邢天坚定地说。

"说得也是:好歹也是一条命！"

"生命就是生命,无所谓好歹。"邢天纠正道。

"自从拉上您,我学了不少。前天,我带着我家的大狗去野外撒欢。它抓住了一只喜鹊,叼在嘴里不放。我好说歹说,才拿过来。我一看,它没有受伤,不过是被雨打湿翅膀。就给它擦了擦,放飞了。"

"你做得对,人和动物、植物一起,构成了这个世界。没有高低贵贱之分,都是兄弟姐妹。"邢天听到电话响,就接听。

来电的是秦川,他说已经了解到自杀者是中央储备总公司的员工。但叫什么名字,目前还不清楚。

"赶紧联系中央储备总公司,让他们派人来协助啊！"邢天说。

"我们已经联系过了,但他们说要请示。"秦川回答。

"人命关天,请示什么？"邢天质问后,好一会儿,也不见秦川回答,反思片刻后说:"对不起。我联系李局长,让他出面与中央储备总公司交涉。"关机后,他眼前浮现出焦总高高在上的面孔、拒人千里的神态、冰冷的语言。

江夏此刻正在周密的办公室里:自从他将"全部"投入"期货铜"之后,时时刻刻有"命悬一线"的感觉。万般无奈之际,只得来这里寻求支持。但又不能明说。那样只会让人讨厌。再说也不是"企业家"应有的风度。但今天实在忍不住了,"昨天晚上,看到价格曲线异动。闹得我'辗转反侧,夜不能寐'。"

"感同身受。"周密淡淡地说。他知道在这个利益联合体中,他将是唯一的赢家:他没有投资。不过,为了获得信任,对外诈称有一千万美金的投资。他只是在其中提取佣金,其总比例,大约在百分之三上下浮动。这就好像赌场的庄家、妓院的老鸨,只要有交易发生,或多或空,均有纯利产生。"更何况我还承担各位的信托。也用《诗经》的话,叫作'如临深渊,如履薄冰'。"

江夏感觉到界面不很友好,就转到窗前往外看。

周密用余光瞟了一眼他的背影,重新低头研究相关资料。自从周童被杀之后,陈晓岚陷入了深度的抑郁当中,眼睛发直、头发枯萎,像一个五十岁以上的老媪。因此他决定离开中国:换一个环境,也许对两个人都会好一些。国外赚钱之艰辛,他有深刻体会。所以必须在离岸之前,赚够"这辈子"花的钱。战略决定战术,所以才有了目前这个联合体。

"快看。"江夏头也不回地招呼,"那个小子好像要跳楼!"

周密慢慢地起身,走到窗前,向外看去:一个人在国际大厦的辅楼顶上的最边沿站着。"你怎么知道他要往下跳?"

"你看那边,"江夏一指,"有个说客。不对,警方管这个叫做谈判专家。"

周密经过观察,也确认是谈判专家,就转回桌旁,电令秘书:"把望远镜拿来。"

邢天进入辅楼顶的时候,所掌握的相关信息,与在路上没有什么差别。

一切如他所料,焦总果然拒绝配合。经过办公室主任中转的只有一句话:"不能你们说是我们的人,就是我们的人。"他万般无奈,只好请李局长出面。但这样做的结果,也不过是答应派个"观察员"来。而这位观察员此刻才刚刚出发。

时不我待,他只好"赤膊上阵"了。

他一出面,蒋勋自然退居"副代表"的地位。

因为自杀者面向楼外,所以周密通过用三脚架支撑的高倍望远镜,看得很清楚,"此人面容白皙;眼镜框是钛合金的;西装是手工的,很合体。大概是伦敦的裁缝做的。"他边说边让开观测位。

江夏立刻接替了这个位置。观察片刻后说:"是一个白领。"

"很像是外国公司,或者跨国公司的白领。"周密坐在沙发上,悠闲地点燃一支雪茄烟。

邢天也看出了这位自杀者是个高级白领:他虽然没有周密那么多有关奢侈

品的知识,但他看到了对方手表上发出若干束细碎的光。这种光只能来自钻石。

邢天没有用"兄弟""师傅"之类的俗称,而是用"先生"这个尊称开篇,"有什么能跟我谈谈吗?"

此人慢慢地转过头来。

"我叫邢天。是市公安局的首席谈判专家。"其实没有"首席"这个职位,邢天之所以用,就是因为如此一来,可以让对方觉得自己受到重视。

"首席?"此人喃喃地说,"我也曾经是首席!"

"来而不往,非礼也。请问首席先生贵姓?"邢天用很知识分子的语言探询。

"许冰声。"

邢天望着许冰声茫然的目光,试探性地问:"许先生在中央储备总公司担任什么职务?"见对方的嘴唇动了动,可没有发声,就加了一句,"我认识你们焦总。"

"焦总?焦老板!谁不认识焦老板!"许冰声面无表情地说。

邢天原本计划如果许冰声接轨的话,就用"焦总"打开突破口。可他从对方"干巴巴"的语气里获知两个人之间可能有"过节",就改换途径,"有什么事,可以向组织上说嘛!"

"说不清。说不清楚啊!"许冰声感叹道。

邢天从这深刻的感叹中得知问题一定十分重大。可又无从知道详情,只好试用第一个"框子"来套:"贵公司掌管着国家物资储备,许先生又位高权重。加之环境恶劣:各种诱惑,来自方方面面。好多人都说,当清官难。有些时候,甚至于身不由己。"

"身不由己!"许冰声指点着邢天,"你说对了!"

"毋庸讳言:贪污贿赂罪的最高刑是死刑。但那是指情节特别严重的。什么是特别严重呢?根据司法解释,是指贪污救灾、抢险等危害人民生命财产安全的款项。我想,许先生不会,也没有机会做这等事。"邢天说完,仔细观察许冰声的反应。

许冰声过了好一会儿,才喃喃地说:"数额十分巨大。情节特别严重。"

邢天认为自己说准了,"数额特别巨大"其实包含在"情节特别严重"内,刚才他故意没说。"即使是数额比较大,能够积极地坦白,并且积极退赔,也罪不至死!"

"死是一定要的。但不是贪污。"许冰声断然说。

"既然不是贪污。那就更好办了。"邢天开始用第二个"框子"往上套,"《刑法》第三百八十四条说:国家工作人员,挪用公款数额巨大不退还的,处十年以上有期徒刑或者无期徒刑。"他一顿,"挪用与贪污不同。贪污是把账做平了,是故意。而挪用,则是准备还的。只不过还不了罢了。如果你积极退赔,还可以减轻处罚。我想'十分巨大'的款项,你一个人是花不了的。"他迅速地进行推理,"如果有别人参与其中,交代出来,甚至可以算作立功。"

"不是挪用!"许冰声一挥手。

邢天一下子愣了,不是贪污、不是挪用,那又会是什么呢?

"不是挪用,胜似挪用!"许冰声这次的语调很低。

"胜似挪用?"光靠听,邢天是听不全的。部分话语,他是利用"唇读"读出来的,"什么意思?我不懂。"

邢天不懂,但有人懂。

焦总派到现场的人,是他以前的司机,现在的办公室副主任。此人没有什么文化,资历也不算好,但能官至正处——中央储备总公司是副部级单位,依此类推,办公室副主任就是正处级——完全凭借着忠诚:对焦总个人的忠诚。

他抵达现场后,先用望远镜观察,发现确实是物资储备调节中心进出口处的副处长许冰声后,立刻向焦总进行了汇报。

焦总的回答很简单:"知道了。"

副主任以前执行的任务,通常都很具体。对这种雍正、乾隆"御批"式样的指示,实在不能理解,"我要不要向公安汇报?"

"如果你及时抵达现场的话,就应该。"焦总说完,就放下了电话。

副主任文化不高,智商却绝对不低,立刻就明白这话的潜台词是:"不能及时抵达"就"什么事都没有了"。于是,他潜入人群,进行观察。

江夏和周密都从望远镜里面看到了邢天。

"他是咱们这里,说全国也差不多,首屈一指的谈判专家、犯罪心理分析专家。他一出场,攻无不克、战无不胜。"江夏说。

"确实很不错。"周密说,"很能够自省。分析、综合能力也很强。非如此,不能使凶手陈纯伏法。要是能把他请到公司来,或许对他,对咱们都好。"

"这不可能!他是孟子说的那种人:威武不能屈,富贵不能淫,贫贱不能移。"

"有这种人吗?"周密反问,"威武不能屈、富贵不能淫,或者还能做到。贫贱不能移?我从来没有见过。"

"你没有见过,不等于没有。"江夏反驳。

"对我来说,就是没有。"周密双手交叉在胸前,望着对面楼上的邢天与许冰声的对峙,"或许邢警官能够胜出?也未可知?"

既然"晓之以理"未能奏效,邢天只好动之以情,"身体发肤,受之父母。想想你年迈的父母!让'白发人送黑发人'也未免太残酷了吧?"

"没有了。没有啦!"许冰声望着蓝天,"一切都没有啦!"

邢天看着许冰声向边沿迈步,非常着急,"那总有爱你的人啊!"见许停下,他赶紧补充,"一定有一位美丽的姑娘,热烈地爱着你!不要辜负爱!这是人类最伟大的感情!"

"伟大的感情!不能拖累!"许冰声说话是断断续续的,"舍得。舍得。不舍何来得?"

"你死了,一切都失去了!你没有权利——"

"有!"许冰声打断邢天的话,"死是我现在唯一的权利!"他向邢天点头致意,"感谢你陪我说了这么久。来生再见吧!"说罢,毅然迈出最后一步。

邢天下意识地做了一个"挽救"的手势。当然是徒劳。

周密和江夏目睹了许冰声坠楼的那一刻。

"如果我是一个新闻记者,这将是一幅珍贵的作品。"周密说。

"你是不是把这当成一场'真人秀'了?"江夏显然对周密的话很不满。

"真人秀?现在这世界上还有什么不是'秀'?非洲干裂的土地上,嗷嗷待哺的婴儿、越南被三十年前敷设的地雷炸断腿的男人、伊拉克被炸得血肉横飞的尸体。一切的一切,从电视中看去,都是秀!"周密指指窗户,"这不是和电视屏幕一样吗?"

"要不是考虑到你最近受到的巨大创伤……"说到这,江夏停住。

"要和我断交?"周密摇摇头,"不会的。起码此刻不会的。因为你还离不开我。"

江夏的嘴唇动了动,"卞之琳的诗怎么说来的:你站在桥上看风景,看风景的人在楼上看你!"

"迟到"的副主任确认了许冰声的身份。但对其背景,只做了简略的介绍。其中不乏误导的成分。比方在邢天问许到底有多少权力时,他轻描淡写地说:"您说一个副处长能有多大的权力?处长不愿意管的事,他才凑合管一管。"又比方对邢天"自杀动机"的提问,他这样回答:"他不太能够沾着钱,顶多是小钱。我估计是男女的事。"见邢天不相信,他又说:"你我这个岁数,已经不太能够理解小伙子们了。现在的小伙子,尤其是小许这样又帅又有点钱的小伙子,办法太多。办法一多,麻烦也就跟着来了。"

所有这一切说法,副主任都是根据焦总"尽量减少对机关的负面影响"的指示来做的:怎么才能减少?显然只有把许冰声说成是一个无足轻重的小人物。而且他的死,与公司事务毫无关系。

在场的警官们,几乎都接受了副主任的说法:他的职位,给他的话以很大的权威色彩。就连亲自参加谈判的蒋勋,看着被装进尸袋中的许冰声,也感叹地吟诵:"可怜无定河边骨,犹是深闺梦中人!"

唯一心存疑惑的只有邢天。"数额巨大。不是贪污!""不是挪用!胜似挪用!"这两句话印在他脑海里。尤其是最后那句"不舍何来得?"——死亡肯定是"舍",那么究竟是谁"得"了?但这些他都不会说。原因很简单:第一,别人会以为你在为自己的失败找原因。第二,万一其中要是有名堂,此刻说出来,肯定会对今后的调查产生不利的影响。

焦总对许冰声很了解:许今年三十六岁,两年前曾经到伦敦金属交易所培训了十个月,回来之后,就被任命为物资储备调节中心进出口处的副处长。这一切都是出自他的安排。目前,中央储备总公司董事长的职位还空着。但它不会一直空着。要想正式获得,去掉"副部级待遇"的帽子,必须拿出"业绩"来。央企的业绩是什么?当然是钱。可储备总公司,主要是保证国家战略物资的供应,很难有突破。所以,他才另辟蹊径,开展了期货铜的交易。许冰声作为一枚"棋子",也就上了棋盘。

他当然知道无论是总公司还是调节中心,都没有从事期货交易的规则,遑论大规模的境外卖空投机了。但还是"有空档":调节中心有套期保值的需求。也就是说,你可以在伦敦金属交易所做空,而在上海期货交易所做多,利用两个市场的价格走势间的波动进行套利。因此,他决定从这个"小口子"里过大车。于是,许冰声就"非正式"地被派到伦敦。

许冰声是一个精明能干的人,一开始,获利甚丰。但不久便受挫。受挫之后,许冰声向他请示。他很原则地说"在哪里跌倒,就在哪里爬起来"。

许冰声领会了他的意思,开始在伦敦做空。先是短期的,很成功。于是,急于表现的他铤而走险,开始单边卖空,且一再加码,风险敞口越做越大。同时还参加了一些风险更甚于空单的结构性产品投机。

根据他的指示,许冰声采用了"分兵合围"的战略:由他和另外一些人分开做。最后建立起来的空仓达到八千手(每手二十五吨)。以每吨三千七百美元计算,其保证金就达到五千一百二十万美元之多——根据统计,许所用总公司的资金,不过两亿多。其他的是什么地方来的呢?肯定是许私募来的。大鱼吃小鱼,小鱼吃虾米。这是千古真理。再说,有许"自己的钱"在里面,他应该更经心才是,所以他并没有查究。

当市场风闻"中国在做空"的时候,一些人联合起来,开始拉动铜价来做多。他知道"血腥将引来鲨鱼",并没有大惊小怪。他根据战略计划,下令在国内市场以公开竞价的方式,销售了二万吨储备铜。铜价应声回落。

可为什么他在这个时候自杀了呢?他百思不得其解。或许真是因为感情问题?最后,他得出结论:应该是——此刻他已经忘记"感情问题"的始作俑者,就是他本人。

邢天汇报结束之前,专门向李汉魂提出了自己的猜想:许冰声之死,背景深远。说完,他有些后悔,"猜想。我这不过是猜想。"

"伟大的发现,一开始都是猜想。"

"可以立刻开始调查。"邢天很感兴奋。

"中央储备总公司。名字就很说明问题。"李汉魂没有正面回答。

"公安是执行属地政策的。"

"属地政策?"李汉魂笑笑,"我记得你在卞宇投毒案中,就是用这个政策抗击 K 公司中国总裁的。"

"局长好记性。"

"事关国内政治,就不同了。举一个简单的例子:我住在北方小区。户口就在北城分局恒山派出所。你说那里的小毛所长或者分局的小方局长,能不能把我控制起来?"

"当然不能。您是市管干部。有问题,也轮不到他们。"

"此题证毕。"李汉魂看看手表,"我还有一个任务。"

"您说。"

"陪我去吃顿饭如何？"李汉魂说。

"要是官场应酬，我就免了。"邢天非常不愿意参加公务应酬，那太浪费时间了。

"一个纯粹的私人活动。"李汉魂说，"我真诚地邀请你参加，而且保证你不会后悔。"

"那好吧！"邢天笑着说完，立刻更正，"我应该说'是'才对。"

"你是'国士'，不必拘礼。"

"李局'国士待我'我一定'国士报之'。"邢天一阵感动。

"我不过是个风尘俗吏，如何能承受'国士'之报呢？"李汉魂实在太忙，所以有机会，很愿意开两句玩笑。

信息从来是不对称的：周密很快就知道在自己眼前死去的高级白领，竟然是大名鼎鼎的许冰声。

他感到很震惊。在期货铜这株"金钱之树"上，他属于顶端。而江夏、鲁芹、邵江则在他之下。而他的上线，则是许冰声的下线——在生意场中，人人害怕被"短路"，因此从来不会把自己的上线，介绍给自己的下线的。

他思前想后，最后终于决定去见焦总。

李汉魂的饭局就开在市公安局的小食堂内。酒菜很简单。其中，凉菜计有：姜汁皮蛋、油炸花生米、龙虾片和一大盘蔬菜拼盘。酒则是本地产的干红。

主客是高能物理专家、中国工程院院士常诚。邢天则是唯一的陪客。

"不来点白的？"李汉魂手持红酒瓶问。

"花甲一过，就把白酒戒了。"常诚拿起杯承受红酒。

"我外力这么大，白酒还是戒不了。"李汉魂给邢天倒酒时说，"院士无因戒酒，实在佩服。"

"别院士、院士的，我听上去很像是诽谤。"常诚与两人碰杯，"世上有两样东西不饶人:节气不饶人,岁数不饶人。还是主席说得好,外因要通过内因起作用。另外,你还在第一线工作,应酬是难免的。我已经退居二线,甚至三线。"

"三线?"李汉魂显然没有听懂。

"三线就是无线。"常诚喝了一大口,"所以不用应酬了。"

李汉魂示意常诚吃菜。

常诚分别吃了一点后,由衷地说:"好吃。好吃。还是老三样好吃。"

"以前我与老沈在一起的时候,最高档次的接待,就是这老三样中出现一样。要是全出现,那就是过年了。"李汉魂怕邢天不解,继续解释,"除去青菜。青菜在任何时候,都是没有的。以粮为纲嘛!"

"沧海桑田。当年的最尊贵,现在连台面都上不了了。"常诚显然很喜欢吃这些东西,"我到什么地方去,人家若是问我喜欢吃什么,我就说这三样。结果后来才知道,除去花生米外,别的东西不是因为价格太低,就是因为不健康,全被淘汰了。即使是花生米,也改成水煮醋泡了。倘若你要,他们就得出去给你专门找。你这常备?"见李汉魂点头,他又说:"这怕是因为你是这里最高首长的原因。等哪天你一退休,我保证人亡政息。"

"您退休了,还可以著书立说。我退休了,就专门弄这些东西吃。"李汉魂笑着说。

邢天虽然没说什么话,但感觉到与这些幽默的人吃饭,是一种享受。

见到焦总后,周密首先为自己女儿的事,给对方带来的麻烦表示歉意。

焦总很不以为然地说:"没什么。不过是个小警察而已。本不想接见,后来想想,或许能给你老弟提供些帮助,就见了。小警察还真不客气。一副官腔官派,基本道理都不懂。"

"就是。"周密附和道,"刑不上大夫!"

焦总之所以喜欢周密,除去是球友外,还有他的机敏:总能说出你想说,可不便说的话。"所以我就给他来了个'礼不下庶人'!"他看看手表,"你有事?"

"不知近来发生的事,对未来的期货铜走势,有没有影响?"周密当然不会提许冰声的名字。单位就是中国人的"大家",家里死了人,肯定不是好事。

"会有什么事呢?"焦总反问后自己来回答,"市场是公平的,市场是最有效率的。一句话,市场是逐利的。一有利益,那些资本大鳄就会闻风而来。没错。他们作为个体,确实很庞大。比方索罗斯、比方巴菲特。可我们,"焦总指指自己,"我们代表国家。或者说,我们是国家的代表。"

"焦总能给我们这些小民一些阳光雨露吗?"周密懂得越是谦恭就越能获得你想要的东西。

"目前,铜的价格有些上升。我在国内市场上,不过抛售了区区两万吨铜。价格就应声而落。我想他们应该明白:我们的国家,是世界上数一数二的经济体。如果非要跟我们对着干,哼!"焦总重重地哼了一声后说,"小小寰球,有几个苍蝇碰壁。嗡嗡叫,几声凄厉,几声抽泣!蚂蚁缘槐夸大国,蚍蜉撼树谈何易?"他顿了一下,用肯定的语气说:"我想我已经说清楚了。"

虽然焦总用的不是疑问句,周密还是连声回答:"说清楚了。说清楚了。"

"北方有句俗话:好吃莫过饺子,舒服莫过躺子。"饺子端上来后,李汉魂招呼道,"趁热吃。"

"我不同意你的理论。好吃莫过顺口,舒服莫过随便。"常诚边吃边说。

"那你就别吃啊!"李汉魂难得地开玩笑。

"我是说你的理论缺乏普适性。我并没说饺子不好吃。"常诚吃了三个之后,就放下了筷子。

李汉魂赶紧说:"我收回刚才的话。"

"我不会因为你的一句话就不吃了。是吃不下去了。"常诚拿起还剩一小半的酒瓶晃晃,"遥想你我当年,一人一瓶地瓜烧,不在话下。"他很感伤地说,"岂有豪情似旧时,花开花落两由之。"

李汉魂等常诚的感伤情绪过去后说:"记得去年,常兄刚刚退下来的时候,我邀请你来。你说你一辈子跑够了。退休之后,不出北京一步。"

"我孤身一人,要出门就要有随员。有随员就要有接待。我生平就厌恶没完没了的宴会。所以就做出了上述决定。"

"那为什么又改了初衷了呢?"

"小老弟不是外人,我就把话全说了吧。"常诚稍微放松了一下,"前些时候,我检查身体。发现,"他指指自己的头,"这里面长了一个很麻烦的东西。"他制止要说话的李汉魂,"你不用怀疑是不是搞错了。解放军总医院最好的大夫诊断的,'非霍奇金氏淋巴细胞瘤'。"

李汉魂虽然已经见惯生死,但还是下意识地重复道:"霍奇金氏淋巴细胞瘤。"

"不是'霍奇金氏淋巴细胞瘤'。而是'非霍奇金氏淋巴细胞瘤'。"常诚很认真地说,"霍奇金氏淋巴细胞瘤是霍奇金在一八三二年发现的一种肿瘤,比较单纯,可以化疗、放疗治疗。而非霍奇金氏淋巴细胞瘤,则是一组成分非常复杂的肿瘤族群。很凶恶。所以我深知来日无多。"他摆手,"不用安慰我。那毫无意义!我特地前来,有我的用意。"

"您说。您说。"李汉魂说。

"我一生只爱过小萌一个人。"常诚目光似乎穿透墙壁,"她死之后,我好像三度烧伤一样,一直都不能恢复。我没有再婚,也没有子女。我一生只有一件事。"他将目光收回,"我不相信她会自杀。她像我爱她一样地爱我。我在,她是不会死的。就是别人谎称我死了,她在没有见到的情况下,是绝对不会相信的。我相信她是被人杀了。"

李汉魂趁常诚稍事休息时,把事情原委讲给邢天听,"常院士和夫人夏小萌是清华大学同届学生。一位是工程物理系,一位是冶金系。都是高才生。被称为金童玉女。毕业时,常院士被分配到西北一个核反应堆材料工厂,常夫人就分配在六〇五工厂。"

"咱们市的六〇五?"邢天知道那是一个研制枪械的保密工厂,多年前已经废弃。

"是的。"李汉魂看看神飞天外的常诚,"他们就是在六〇五举行的婚礼。度完一周的婚假之后,常院士回西北去了。一周后,常夫人不幸辞世。"

"噩耗传到西北,已经是两个月后。"常诚插入,"我们的工厂,位于沙漠腹地。原来是三天通一次火车。可因为铁路系统的大规模武斗,很不正常。没有人知道火车什么时候来。于是我决定步行出沙漠。我背着干粮和水,沿着铁路线走了整整七天,才走到通车的地方。等我到了六〇五,不但没能见到小萌的遗体,就连她埋在什么地方,也没有人说得清楚。最后,我只好在传说中的埋葬地,立了一块碑。壮岁之时,献身工作,常求一梦而不可得。近来小萌却频频入梦。看来是黄泉路近了。"

邢天看着两行泪水,沿着常诚脸上的皱纹往下流。流着、流着,就不见了。

"离开尘世之前,我一定要把小萌的死因搞清楚。"常诚站起来,拱手说道,"拜托了。小老弟。"

李汉魂也站起来,极认真地说:"责无旁贷。老兄放心。"

凡是有利的消息,周密传达得都很及时。焦总的谈话,传到邵江的耳朵里时,已经变成了"中国政府有决心与国际资本大鳄对决"。根据"人与人之间语言传播之信息,在其过程中无限偏离原型"之原理,他还举了很多例子:比如在亚洲金融风暴时,索罗斯等在东南亚、俄罗斯等地频频得手,却在香港遭到中国政府有力的阻击,铩羽而归。

"据我所知,中央储备总公司的职责是战略储备。不应该与国际炒家对赌。"邵江在周密告诉他投资期货铜是跟在"中央储备总公司"旗下后,他自然不肯在一棵树上吊死,所以建立了自己的信息渠道。

"焦总的职责,就是让中储总公司最大限度地获取利益。就和你我一样。"

在邵江这里"焦总"是一个传说,但此刻他坚持要分析这个"传说人物","钱对你我是实实在在的。可对于焦总来说,输赢都是国家的。他会不会在恰当的时候止损？"

"钱是低级利益。焦总要的是更高级的政治利益。"周密很权威地说。

"政治"一词，产生了神奇的魔力，把邵江的疑虑一扫而空。

李汉魂把"夏小萌案"交给了邢天，"四十年前的一件无头案，你可有信心？"

"有。"邢天简洁地回答。

"这不是私事。我不会动用宝贵的公共资源，来为我本人以及常院士谋取私人利益的。"李汉魂边说边打开写字台最下面的一个抽屉，从里面取出一份卷宗：这个抽屉里只有这一份薄薄的卷宗。"六〇五厂，是研究枪械的。当时的头等任务，就是研制一种足以与AK47相抗衡的自动步枪。据可靠消息，已经做出了三枝样品枪。但这些枪，连同所有的技术资料，全都不见了。而夏小萌正是这种编号为JF69自动步枪的技术负责人。"

"您的意思是夏女士之死，与JF69有关？"

李汉魂没有回答邢天的问题，"'文革'时期，一片混乱。JF69丢失、被遗忘在仓库的某个角落里，也未可知。"他把卷宗打开，"问题是它在银行劫案中出现了一次。"

邢天走到李汉魂的身后看资料，"这里没有枪。只有子弹。"

"但这种子弹为JF69专用。"李汉魂把资料递给邢天，"罪犯只开了两枪，却打死了两个人。当时，我是一名普通刑警，协助这个案子的侦破。主办的是咱们的老局长。老局长卸任时，专门交代了这个案子。其实，不用他交代，这个案子也一刻没离开过我的心。"

邢天翻动着资料，发现每一年都有李汉魂添加上去的新资料、新想法。

"我与常院士是忘年交，相知甚深。其实他一来，我就知道了来意。"

"所以您就叫我来作陪？"邢天合上卷宗。

"我觉得夏女士之死、JF69失踪、银行劫案之间有着密切联系。"李汉魂说，"三案合一，非你莫属。"

"局长过奖。"

"战国的故事,尚且能够解构之,何况此案乎?"

"工作之余,信笔涂鸦。"邢天知道李汉魂看到了自己在《心理分析》杂志上发表的题为《有关荆轲》的文章。

"写得好。言之有理,言之有物。新时代的警察就应该这个样子。"李汉魂站起来,"卷宗你拿走吧。"

"我复制一份就给您送来。"邢天把卷宗放进皮包。

"不用了。我连同我的责任、常院士的希望,打包交给你了。"李汉魂说。

"我跟了你几年了?"一场圆满的性爱结束后,安静问邵江。

"三年。"邵江说。

"你还记得第一次吗?"

"永远不会忘。"

"你是我的第一个男人。也是唯一一个。"安静在"套住"邵江之前,对他做过调研,知道他的农村出身,所以专门去做了"处女膜"修复术。农村人是最在乎"头一次"的。

"我怎么会忘?"邵江亲吻安静,"我越来越离不开你了。"

"我也是。"安静在一个"深度吻"之后,说,"但我是一个女人。"

"一个美丽的女人、善良的女人、一个好女人。"邵江由衷地说,"有了你,我才知道什么叫作女人。"

"你有太太,这我知道。"安静望着天花板说,"我不会去取代她的位置的。我连这个想法也没有。"

"等我岳父去世了,我就和她离婚。"邵江保证。

"这我相信。我在你的手机里看到过她的相片。"

"一个很平庸的女人。"

"可你的岳父,身体很好。也许能活很多、很多年。"

"你怎么知道？"邵江惊讶地问。

"你把钱投放到铜期货上，肯定要作调查吧？"安静看着邵江惊讶的样子说，"可我投放出去的是我的青春、我的爱。我能不做调查吗？钱没有了，可以再赚。可我这些都是一次性的产品。"

邵江着实惊讶了。他从来没有听过安静会用如此专业的术语，来讨论如此重大的问题。"你，你，"他坐了起来，"我实在没想到你会是这样的女人！"

"我爱你。这没有错。我相信，你也爱我。但你不会娶我，起码暂时不会。我相信，有朝一日你离了婚，你也不一定娶我。"安静用哀怨的声调说，"到那会儿，我已经人老珠黄了。"

"人老珠黄我也要。"邵江赶紧说。

"你不会要的。"安静搂住邵江，"到时候，你就是想要，你身边如云的美女，也不会同意。"

"怎么你才会相信？"

"你给我一样东西。"

邵江等了一会儿，见安静没再说，就问："什么东西？"

"所有女人都要的东西。"安静一顿，"安全。"

"安全？我怎么才能让你感觉到安全呢？"邵江其实已经被安静所控制——一种软控制。

"很简单：钱。"

"多少？"邵江开始评估，"你应当知道，我不过是'使唤丫头拿钥匙：当家不做主'。"

"只要当家，就可以弄出钱来。你不是用红都公司的财产担保，借出来六百万吗？我要一半。"安静用很温柔的语调说，"我想，这是一个很合理的价格。"

邵江一惊，"我要是不给呢？"

"你不会不给的。"安静的语气越发温和。

"真的。我要是不给，你会怎么办？"邵江虽然有很好的学历，头脑也很聪明，但出道之后,一直处在邬春晓的统治之下,江湖经验并不多。因此就沉不住气了。

安静当然看出了邵江的底,所以故意不说:"《天下无贼》里面,有一句台词:黎叔生气了,后果很严重!"

"我现在没有现金。"邵江败下阵来。

"我不会那么不通情达理,我也不要现金。只要你一个承诺。"

"诺成性合同。"邵江使用了一个专业法律用语。

"你我的关系,是议定的。不是法定的。"安静更专业,"承诺在铜期货生意结束之后,给我一百万现金。"

"怎么一下子就变成了一百万了?"

"我说的是要一百万现金。"

"其余的呢?"

"其余的等我们两个分手的时候给。"安静柔声说。

"那就不用给了。"邵江搂住安静。

"《合同法》规定,租赁期在六个月以上的,应当采取书面形式。"安静挣脱邵江的束缚,"我要你给我写一张字据。"

"完事之后再写。"邵江试图把安静按倒。

"合同创立后,我会履行我的一切义务。"安静不肯躺下。

坚持使得她最终拿到了合同。

第十五章

六〇五厂因为在"文革"中两派武斗时,被基本摧毁——军工行业的武斗,到了最后阶段,双方所用的都是重型火器——再加上地处深山当中,交通不便,就干脆废弃了。

单位一没有了,人当然也就星散。一周下来,邢天只找到一位知情人。而这位知情人,也就是知道一条信息。"夏工死的第二天,就打起来了。死了很多人。最后都埋在一起了。"至于埋葬的地点,知情人在地图上画出了一个大约方圆两平方公里的地方。

"要是有一个标志性的建筑就好了。"蒋勋在车上说,"或者在哪条路边也行。"

"人类活动在消失二十年后,乡村的道路就会被野生植物覆盖。即使像长安街那样的街道,也用不了五十年。"邢天说。

"时间真可怕。"华天雪说,"人类活动的全部痕迹要是消灭,需要多少年?"

"我没看过有关的资料。几十万年?"邢天说。

到了现场一看,果不其然:一片荒芜。

"这上哪儿去找啊?"蒋勋灰心地说。

"连一个下手处都没有。"华天雪也灰心了。

"但有两点可以肯定。第一,夏女士的遗骸就在这里。第二,她是和许多人埋葬在一起的。这就一定能够找到。"邢天很有信心地说。

"你就是那个拿着望远镜的连长。可援兵在哪里？"蒋勋装模作样地四处乱看，"没错。要是找来几百工人，把这里深挖一遍，肯定可以找到。可那要多大的成本？上哪里去弄这钱去？"

"一辆厢式货车，只差三厘米过不了一个山洞。车厢不能拆，山洞更是不能。怎么办？大家正在发愁，一个孩子过来了，"邢天说。

"把轮胎的气放掉一些。"蒋勋插入，"别'王顾左右而言他'了。有办法就赶紧说。"

"两个关键词。"邢天伸出两根手指头，"洛阳铲。考古队。"

"好办法！"华天雪称赞道，"许多人埋在一起，人体有机物大量渗透到周边土壤中，应该容易辨识。"

邬春晓率领邬冬坚、邬冬强分别视察了三个工厂后，在家里召开了会议。他开篇就说："工厂的情况，你们都看到了。现在没有外人，你们两个有什么想法，就说出来。"

"这种样子，就是因为妹夫。"邬冬坚知道父亲所说的"外人"，就是邵江，"您不应该把这个厂子交给他。"

不交给他，莫非交给你？邬春晓心想。两个儿子的素质，他是很清楚的。否则没有必要交给邵江。他看看小儿子。

邬冬强的心眼显然要比鲁莽的哥哥多很多，在未探明父亲的态度之前，他是不会发言的。

"情况明摆着，咱们得转产，或者干脆关门。"邬冬坚说。

"关门你们吃什么？"邬春晓反问。

"前些时候，妹夫请了两个会计师，来审咱们的账。说是要给咱们企业做诊断。"邬冬强把还有大半截的中华香烟掐灭、折断，"企业又不是人，做的什么诊断？所以我就多了一个心眼，趁他不在，请那两个会计师吃饭，给他们小钱、灌他们大酒。最后还是把底给套出来了：姓邵这小子，是请人查咱们的家底来了。"

会计师来红都公司的事,邬春晓是知道的。"结果是什么?"

"结果?"邬冬坚看看弟弟,见他没有发言的意思,只好自己说,"他们说,收入和资产相比,起码有三千万以上的差额。"

"什么意思?"

"有人把三千万块钱藏起来了。"邬冬坚解释。

"三千万?这么多年,不知道有多少你们看不见的灰色支出。加起来,也差不多是这个数。"邬春晓惊讶会计师的精确:他确实把一些钱另外"放"起来了。但这事谁也不知道。"毛收入。他们说的是毛收入。"

"那两个家伙说他们审计的企业多了。各种灰色的支出也打进去。而且是按照最高的系数打的。"邬冬强很想知道父亲到底有没有这么多钱。

"以前红都谁主事?"邬春晓问。

两个儿子异口同声地回答:"您啊!"

"红都是谁的?"邬春晓又问。

"您的啊!"两人又是异口同声。

"那我为什么要自己偷自己的钱?"邬春晓睁开平素总是半睁半闭的眼睛,露出猛禽一般锐利的光芒。

邬冬坚、邬冬强分别感觉到后背发凉。

"转产是方向。说说你们两个的想法。"邬春晓见"威慑"的目的已经达到,重新闭上了眼睛。

邬冬坚先拿出了自己的方案,"现在做烟草的利润特别大。咱们可以拿出两个,最少也要一个工厂,改成卷烟厂。"

"出什么牌子的烟?冬坚牌?"邬春晓不屑地问。

邬冬坚属于那种比较"木"的人,"'中华''芙蓉王'。做这两种烟的利润,不比印钱小。"

"老二呢?"邬春晓不想和邬冬坚再讨论下去。

"咱们有土地、有厂房。我想改成一个化工厂。"邬冬强说,"生产药品。现在药厂的批准手续不难办。我也有关系去批新药。"

邬冬坚赶紧插话,"做药的利润也特别大。除了劫道,就是卖药。要是能够搞到麻黄素一类的,转手一卖,就是大笔、大笔的钱。"

"要是自己生产呢?"邬春晓问。

"那利就多一百倍。"邬冬坚又点燃一支烟,"恐怕还不止!"

"制定企业的战略规划,必须有依据。"邬春晓重新睁开眼睛。

"我们有依据。"邬冬强说。

"我知道你们两个都有依据。我也知道你们依据的是什么?"邬春晓等两个人的注意力都集中到他这里后说,"你们的依据是《刑法》!"邬春晓的语调虽然很严厉,但眼睛中却充满悲哀的光芒。

考古队工作时,警方的人都插不上手,只好在一边观看。

"这其实也没什么?找两把洛阳铲,把土取上来。比较黑的,就是疑似地带。标上标记,等普查完了,再细查。"蒋勋说。

"照你这么说,汽车也不过是把车厢装在四个轮子上,再装一个发动机,一个方向盘就行了。"邢天说。

"如果再加两个翅膀,还能飞起来。"蒋勋笑着说。

"道理是没错。可这中间有很多学问。比方隔多远,取一铲子土,要多深,等等,不一而足,是一门大学问呢!"

"也没多大。你看那些盗墓贼,没上过大学,照样能找着好东西。"蒋勋不服气地说。

"盗墓贼都是祖传的,经验一辈一辈心口相传,很是丰富。"邢天说。

"我看见公安部破获山西的一个大的盗墓集团的通报,确实有很多对父子。"

"一对父子,发现了一个有价值的古墓,并且开了口子。你说应该谁下去取宝,谁在上面接应?"邢天问。

"爱谁谁！"

"一般来说,是儿子在底下,父亲在上面。你说这是为什么？"

"儿子矫健呗！"

"不对。儿子在底下,万一挖上什么稀世珍宝,上面的父亲绝对不会持宝弃儿而去。倒过来就不一定了。"邢天说。

"这倒也是,光见儿子因为财富,对双亲下毒手的。没见过反过来的。虎毒不食子！"

"也不完全是这样。有一种人,就经常对自己的儿子下手。"

"什么人？"

"皇帝。"邢天说,"汉武帝、清康熙帝,史不绝书。原因一,就是做皇帝的好处太大,而且又是唯一的。原因二,儿子太多,自然会形成若干个利益集团,相互倾轧。"

"您的心理分析,无处不在。"蒋勋说,"其实当皇帝有什么好？让我当我也不当。"

"你这话毫无意义:当皇帝有什么好,你不知道,我不知道。现在中国已经没有人知道。其次,也没有人让你当,因为没有这个位置了。"邢天笑着说。

邬春晓用顶楼上的天文望远镜看了很久的星星,才逐渐恢复平静。

两个儿子的无知和愚昧,他是深知的。当然,这不怪他们。基因应该是没有问题的。这从他本人吸取知识的速率就可以推断出来。关键是小时候,没有受到很好的教育。自己孤身一人,隐名埋姓,来乐山投靠亲友。站住脚之后,娶妻生子。但没有能力,也不敢送他们去大城市上学。等到一切条件都已经具备了,他们也错过了最佳求学年龄。换句话说:世界观已经形成——人的世界观,到了十多岁,就已经固化——而且是一种落后的农民式的世界观。

这种落后的世界观,指导着他们的一切思想和行动。所以他很明智地决定放弃"这一代",而从孙子辈抓起。他在两个孙子七岁的时候,就把他们送到了美国,派自己的女儿去"监管"。然后让自己亲自挑选的女婿,接管这个企业。

这一切安排,堪称完美。可人算不如天算:人民币升值,首先打击了出口。汽车配件厂,因为没有跟上汽车本身的更新换代,也被淘汰出局。而那位看上去温文尔雅的女婿,又志不在此,偏要去弄金融。因为别无选择,他只好同意。新时代要有新思维,这或许是一条生财之道,也未可知。

他当然不会把自己所有的"积蓄"都投放进去,而是"留了一手"。但没想到的是这位女婿,竟然有了"抄家"的想法。

当然,到目前为止,女婿不过是个"想法":没有人能够禁止别人想什么。但不能做。一旦有具体行为,就应该立刻"消灭之"!要未雨绸缪,严加防范。想到这,他拿起了电话。

掘开厚厚的黄土,发现一个干涸了的蓄水池。在这里面,散乱地放着若干具尸体。因为年代久远,加上潮湿、高温,皮肉全无,只剩下森森白骨。

"十三具尸体。"华天雪一看就说。

"你怎么知道?"蒋勋不解地问。

"我见到了十三个头骨。"

"一个人一个头,这我也知道。可我怎么数着、数着就糊涂了呢?"蒋勋用手指点着数。

"十三种不同的酒放在一起,你一下子就能数出来。我就不行。"华天雪说。

"你的意思是这些头骨,在你看去很不一样?"

"是的。"华天雪指指角落里的一具白骨,"那是一具女人的遗骨。看上去大概是唯一的一具。咱们先从那里开始。"说罢,她就下了墓坑。

邢天和蒋勋也跟了下去。

华天雪小心地用直角规、圆角规、尺子测量骨骼。当初掩埋很草率,人和人都叠放在一起,尸体腐烂后,骨骼就混了。每当确定一块后,便放在一个特定的箱子里。

大约三个小时后,夏女士的骨骼全部找到。

"我要是没有记错的话,人体是由二百零六块骨头组成的。可这里怎么有二百二十七块骨头?"邢天问。

"你的记忆很准确。多出来的二十一块,是我用简单的办法无法确定的。"华天雪说。

"你都用什么方法?"邢天很感兴趣地问。

"先用肉眼观察骨骼各部位的性状:大小、角度、性状、厚薄、宽窄来判定性别。好在只有夏女士一位女性。要是确定不了的,就用均值法。"华天雪将盒尺拉开,"男女骨骼尺寸,有一个经验数据。如果落在男性的均值内,则可以排除。"

"应该有重叠的部分吧?"

"所以我才把疑似的骨骼都取走。"华天说,"回去先用判别函数法算一算。实在不行,就做DNA。"

"那剩下的呢?"蒋勋问。

"我加一个班。把它们分别装殓。"

"这工作量可不小。"邢天说。

"有什么办法呢?"华天雪望着一堆堆白骨,"他们也都是人子、人夫、人父。"

"你有一颗金子般的心。"蒋勋说,"我给你帮忙。"

"前面这句我爱听。"华天雪笑着说,"后面这句不对:帮忙是伙伴关系。应该是给我打下手。"

"好。好。我给你打下手。"蒋勋也笑了。

伦敦的金属交易所,是一个纯粹的国际市场。一切都是由一只"看不见的手"组织起来的。资本的意志,决定一切的价格。

如果没有任何扰动的话,如果供求双方能够满足的话,价格应该是平稳的。但许冰声在价格"异动"的时候,未免慌张起来,于是夸大其词向焦总汇报。焦总也草率地在中国期货市场抛售了两万吨铜。这下子,"中国政府在赌期货铜"的消息,在市场上不胫而走,引起方方面面的重视。用通俗的话说,是"鲨鱼围了过来"。

许冰声是行业中人,自然知道厉害。同时,他也知道自己逃脱不了干系。一来,他并没有官方身份:焦总为了逃避中国证监会的监管,命令他用个人的身份与期货经纪公司签订合同。在伦敦金属交易界,他有着广泛的人脉,更重要的是他有着中国国资公司的背景。其二,他拉了不少"朋友股",还利用自己的信用,伪造了一份中央储备总公司董事长委任状,获得了一家美国银行的贷款,也全部投入其中。总的计算下来,他"浑水摸鱼"的一块,几乎是总数的三分之一强。

综上所述,当他得知诸多国际炒家加入到"多方"阵营的时候,便知道自己将万劫不复:这绝对不是和焦总说的"亚洲金融风暴期间的香港金融市场的对决"一样,"中国政府将义无反顾地加入"。因为当时的国际炒家,试图猎取的是事关香港数百万人生计的"港币",中国政府自然责无旁贷。而"铜期货"则是一家中国公司领导人,"私下授意"的"企业行为"。完全没有可比性。

为了免去羞辱、免去牢狱之灾、免去巨额的债务,他才决定自杀。

这一切,焦总自然洞若观火。他一向以"每逢大事有静气"自命,并没有惊慌失措,而是在郊区的一幢原属于一位民国要员的别墅内,召开了一个由几位法律、经济专家参加的会议。这些人,并不是公司的组成人员,而是他私人智囊:每有大事,他都这样做。原因很简单:处理的时候,可以给公司的下属一个惊讶。

会议针对许冰声所购买的八千手铜在到期之日,可能产生的巨亏,提出了如下的对策:

第一,宣布许冰声的行为属于个人欺诈行为,这样就不必承担其卖空的损失。而给他开设账户的期货公司只好认赔——谁叫他们不认真核实资料,只听信了许冰声的个人"暗示"。

第二,实物交割。国际炒家的目的,并不是真正要"买铜",而是要赚钱。可中央储备总公司,有的是铜。可以把铜运到伦敦去,把这些铜给他们。

第三,展期。这就是在期货到期之日,延期交割。希望铜的价格回落,浮亏消失。

一位期货专家认为,最务实的做法就是此刻"平仓、止损、出局"。也就是不玩了,算账回家。损失既然已经铸就,止损应当是最高原则。

但这却是焦总决不会考虑的:这样一来,一切都摆到了桌面上。自己的政治前途,定是一片暗淡。

综合思考后,他决定采取三项措施。第一,封锁许冰声自杀的消息。第二,将一些铜,运往伦敦。给国际炒家一个"继续玩下去"的信号。第三,同时准备展期所需要的资金。放出"展期一年"的风声。

这时,另一位财务专家给他算了一笔账:如果铜价到了每吨四千美元——这是经过研究测算出来的可能数字——而要展期的话,每吨每天将产生一点二五美元左右的费用。八千手即二十万吨,每天就是二十五万美元的费用。这也是不小的数字。再者说,国际炒家看你展期,也会竭力控制价格,降低的可能性不大。

"一年是很长的时间。"焦总与这些"属于自己"的人在一起,总是感到很轻松,"有一位大臣获罪,国王要杀他。他于是对国王说:我可以教会您那匹最心爱的马说话。国王平生最遗憾的就是自己的爱驹不会说话。每每对人言,它要是会说话,比你们谁都聪明。于是,就设下了六个月的期限。大臣回家后,已经听说的妻子,担忧地问,这怎么可能呢?大臣告诉她,六个月是很长的时间。在这期间,或许国王改了主意,不再杀我了;或许国王去世,新君当朝,不咎既往了;或许……"他一顿,"或许那匹马真的会说话了!"

众人嘴上都恭维焦总幽默。但心里都知道这可能性极小。

焦总其实也知道这可能性不大。但在这一年中,他极有可能获得董事长的任命。一旦大权在握,些许亏空,不难弥补。

常诚前来的时候,提供了全套的资料:与夏小萌全部通信的合订本、夏小萌的一缕头发。夏小萌以一种科学的态度,仔细记录了有关自己身体的一切变化。

其中包括体重、身高,甚至用很专业的术语记录道:"昨天在县城修复工作中损伤的右上切牙。""第三磨牙萌出,疼痛难忍"等。

这些都为华天雪的"复原"工作提供了极大的帮助。当 DNA 比对证实的报告送来后,她郑重地宣布:"可以作结论了:这就是夏小萌女士的遗骸。万无一失。"说罢,她把总结递给邢天。

邢天很认真地看完报告后说:"切牙。磨牙萌出。我都看不懂。"

"切牙是我们常说的门牙。一共八个,分上下左右。磨牙是最里面的恒牙,一般萌出的时间在十八岁到三十岁之间。"华天雪解释。

"不到三十岁,就走了。"邢天感叹。

"是啊。"华天雪指着遗骸的胸骨说,"只有在三十岁之前的人,骨质才会如此光滑细密。"

"过了三十岁,就会怎么样了?"华天雪的眼睛,透露出她极度的疲惫。邢天试图说两句题外的话,让她轻松一下。

"你真的想知道?"华天雪把洗漱用具放进手包。骸骨运回法医室后,她就没有回过家。

"真的想知道。"

"首先是胸骨体的下部出现局限性小孔区,表面略有下凹。到了四十岁,这种退行性变化达到高峰,呈现出局限性骨质疏松,并且向上蔓延,骨质疏松处下凹明显。五十五岁之后,胸骨的中部和上部出现蜂窝状骨质疏松,下端的凹陷非常显著。"华天雪笑着问,"还想继续听下去吗?"

"不啦。不啦。"邢天连连摆手,"人还是糊涂一些好。"他转回正题,"死因呢?"

华天雪指点着遗骨的前臂骨说:"两根前臂骨,都有骨折。看样子,是有人强扭手臂所致。"她指着遗骨的下部说,"胫骨、腓骨也有骨折。完全性骨折。"

"完全性骨折?"

"就是完全断裂。有人扭住她的足部所致。"

"强暴?"邢天问。

"没有证据。我也不愿意这样想。"华天雪转过脸去。

"真正致死的原因呢?"

华天雪指着颅骨说:"这是打击形成的骨裂线。后来的骨裂线,不能穿越前裂线。所以一定是多次打击形成的。按深度计算,她不可能活下去了。"

"真惨啊!"

"关键是这里。"华天雪指着头骨后部说,"颅底这里有一个弹孔。"

"你能肯定?"

华天雪点头后,幽幽地说:"我但愿常夫人是先中的这一枪。那后来的事情,就都不知道了。"

"没有自杀的可能?"

"一点也没有。一个人不可能自己把自己的两个胳膊扭断、两条腿扭断,然后再打碎自己的颅骨,再给自己一枪。"华天雪一连串地说。

"走吧。"邢天拉住华天雪的手,"我送你回家。"

"我知道你想问是什么枪打的。我不知道。我只知道不是我已知的枪。"华天雪说。

"不说了。用你的话说,工作是做不完的。"邢天挽住华天雪的胳膊。

"你这是对我工作的奖赏,还是情感的表白?"华天雪站在原地不肯动。

"我有权保持沉默吗?"邢天笑着问。

华天雪眼睛中原来闪动着的笑意,突然不见了。

调查许冰声死因的任务,邢天交给了秦川。临行之前,再三叮嘱:"中储公司是个庞然大物,千万要小心、不要生气。尽量搜集有关的一切信息。"

秦川却很不以为然,"强龙不压地头蛇。你就等好消息吧。"

中储公司出面接待的是副主任。他笑眯眯地说自己"全权负责此事",一定"满足警方的一切要求"。例行的工作完了之后,强拉秦川吃饭。

秦川在向邢天汇报时说："我就将计就计,把他灌了一个底朝天。最后,他告诉了我一条很有价值的信息:许冰声在国外的交易中,贪污了一些钱。中储公司的纪委准备立案调查。这老小子害怕了,就一死了之。"

"你看到讨论问题的会议纪要了?"邢天问。

"此事的负责人说,这种事情,很可能是捕风捉影。而且又在国外发生,所以一般都是领导口头指示。"

邢天知道像中储公司这样的大公司,类似的事情,都要上会的,不会没有记录。担忧不好当面说,便改问其他:"他那个移情别恋的女友落实了?"

秦川拿出一张相片,"这是影像。从集体照中间摘出来的。"

"你见到人没有?"

"我去问了,说一周前度假去了。"

"一周前?那么就是许冰声死后!你知道她的联系方式吗?"邢天问。

"给了我一个手机号。但一直关机。非有重要公务的人,是不会让手机漫游到国外的。那要花多少钱?"

"住址呢?"邢天听秦川说"没有",便说,"那劳驾您再跑一趟。一定要把这位女士的地址搞到手。"见秦川点头,又补充道:"最好不要通过官方。另辟蹊径,剑走偏锋!"

江夏和鲁芹因为已经把"鸡蛋放进一只篮子里"了,所以都拼命伸出自己的"触角",获取相关信息。见铜价微涨之后,都很着急。急忙联合邵江,到周密处探问究竟。

周密见三个人联袂而至,心中不由地一惊:因为收取的佣金高低不同,他在他们之间,设置了"隔离带"。

"看见我们一起来,吃惊了不是?"江夏毕竟是心理学博士,"我们都和章鱼一样,触角很长呢!"

"江博士这是什么话?人多力量大。你们都有什么情报,全拿出来,咱们分析一下。"周密命令秘书沏茶,"不要铁观音,要龙井。几位火气很大呢!"

"我们没有什么情报。我们只要求强行平仓后出局。"鲁芹是公推的代表,因为她气势大,且口无遮拦。

"强行平仓,就是按照现行的价格卖出去。"周密在一张纸上算了一下,"这样你们将损失百分之十九。"

"那也比百分之百强。"仍然是鲁芹出面驳斥。

"完全可行。"周密扫视众人,"但有一点,我要说清楚:你们不能后悔。"

"后悔?"江夏问,"为什么要后悔?"

"既然你们已经决定强行平仓了,说也无用。"周密平淡地说,"委托书带来了没有?"见没有人回答,"现在写也行。"他拿起电话说,"叫一位打字员来我办公室。"

"周兄有什么相关信息资源,拿出来共享嘛!"一直没有说话的邵江,出面圆场。

"'相关'才能'共享'!"周密已经看出这三位"平仓卖出",不过是虚张声势。目的不过是在打探消息、讨价还价。"面对问罪之师,夫复何言?"

"何来问罪之说?"邵江笑嘻嘻地对刚刚进来的秘书和打字员说,"两位女士先出去。有事再叫你们。"

"刚才我说话有点问题。"江夏也拱手说道,"周兄见谅!"

"我是女人。哪有和女人生气的。"鲁芹更有一手,贬低自己,来提高对方。

周密作了一两分钟余怒未消状,然后才慢慢地说:"有部电影叫作《有话好好说》。好好说,才能听到真话。"

"还有部电影叫作《没完没了》。我们跟您,就是没完没了。"邵江说。

"你们就不怕来个《一声叹息》?"周密脸上也出现了预定的笑容。

秦川调查一回来,就连声对邢天说"惭愧"。接着又说:"我去了那个所谓的许冰声的女友家。她的父母在家。说不光没有见过许,就连这个名字也没听说过。"

"秘密恋爱？"蒋勋说。

"老太太告诉我,说女儿去欧洲旅行结婚去了。男友是青梅竹马。"

"许冰声是单相思？"邢天知道可能不大。但可能再小,也要排除。

"这位女士是一年前调到咱们这来的。而这个时候,许冰声已经在伦敦常驻了。"秦川排除了唯一的可能,"那个见鬼的副主任头衔把我唬住了。"

"不能唯上。要求实。"蒋勋说。

秦川不高兴了,"轮不着你小子教训我！"

"纯粹的杜撰。"邢天慢慢地说,"一位正处级干部,没有必要对警方说谎。说谎一定有目的。还有什么与许冰声相关的资料吗？"

秦川说了很多,但邢天抓住了其中的关键:伦敦金属交易所。期货铜。

周密是用故事开篇的——不光是"文如看山不喜平",任何叙事都一样,直白就丧失力量。"我的岳父是老红军。他给我讲了一个书上根本就没有的故事。秋收起义失败后,毛主席率领部队向井冈山出发。中间很多人逃跑了。甚至于师长一级干部,都跑了。你说他们亏不亏？如果上了井冈山,建国后,最少也是上将。"

"那要活下来才行。"江夏不愿意被诱导。

"高级干部,很少有牺牲的。就和股市、期货市场一样:大户接近决策层,很少受损。受损的都是散户。信息不对称。"

"来点干货吧！"江夏说。

周密没有说话,拿出一套文件,给众人传看。

这套冠以"中央储备总公司"的红头文件的扉页上,盖有"绝密"字样的图章。并写有:"五份"的字样。

第一份的内容是有关如何在国内市场,准备铜在伦敦市场卖出。

第二份的内容则是如何联合印度、俄罗斯这些战略伙伴,一起抛售铜,平抑铜价。

"马克思说:价格劳动定。这不完全对。价格市场定:多了就便宜。少了就贵。这么多铜,一下子去了伦敦,谁也吃不下去。到时候,铜价一定会一落千丈。焦总事先就请了若干国内外的专家,作了可行性研究报告。他们估计最后铜价会到每吨三千二百美元。"

这是一个非常鼓舞人心的数据,三个人脸上都露出了笑容。

"万通的董事长冯仑经常讲,做生意要:爱学习、傍大款、走正道。"周密开始分析,"爱学习就不说了。什么叫作傍大款? 就是依靠国家。谁是国家? 具体地说:焦总就是国家。什么是正道?"他指着文件说,"这就是正道。"随后稍微一顿,"人间正道是沧桑!沧海变桑田,桑田变沧海,弹指一挥间!"他说完后,从三人的脸上看出自己的话,进到他们心里去了:但凡在中国生长的人,对于"机密的红头文件"之崇拜程度,不亚于教徒见到圣物。

"可是保证金一旦损失在百分之二十以上,经纪公司就会要求追加保证金。"邵江说。

"天下没有白吃的饭。"周密轻描淡写地说,"你们看着办!"

三人都答应随时准备追加保证金。

等三人告辞后,周密把文件扔进了碎纸机:这套精心伪造的"红头文件",已经完成了它的历史使命。

随即,周密拿起了电话,并打开了电脑。

屏幕上出现的是伦敦期货交易市场的期货铜的交易图。

"我要求的证件准备好了么?"周密的声音很低沉,眼睛盯着电脑,"好,明天我亲自去取。"随即挂掉电话。

面前的显示器上,标志着价格的红线坚决地上扬着。

邹春晓看着自己桌子上的文件,忽然大声咳嗽起来。

张妈无法说话,只能站在身后伸手为邹春晓顺气。

邹春晓平静下来："儿孙自有儿孙福？哼！儿孙的福我没有想过,但我至少不愿受儿孙的罪。"

张妈嘴中"啊,啊"地比划了几个手势。

邹春晓看了看："身体是自己的,但不只是自己的。这几个孩子。如果能有一个把心放在我的身体上,而不只是'我'上,我就心满意足了。"

张妈又比划了一下,最后伸手比出了一个"二"的手势。

邹春晓看完,摇摇头："我知道你来的时候,强儿还小,你就把他当成自己的孩子养。不过,这种事情,不能感情用事。"

张妈叹了一口气,忽然流下泪来。女人,很坚强或者很柔弱的,在流泪的时候都会爆发出惊人的威力。张妈的外形本就出色,再加上口不能言,杀伤力于是更为扩大。

邹春晓有些手足无措,犹豫一阵之后,抽出在裤子口袋中叠得整整齐齐的手帕。出于个人原因,邹春晓十分迷恋英国的绅士风度,讲究"不把财富表现在离身体一米之外的地方",因此他身上的衣服虽然都是请国外设计师专门定制,量身裁剪,但无论是用料还是颜色,都十分低调。所用的手帕也是如此.只是在下角用英文绣上了自己名字的简写。

邹春晓把手帕递到张妈面前："你的意思我明白,我多看看强儿就是了。"

张妈抽泣着接过手帕,却没有使用。

邹春晓扭头看了一会儿病床上的妻子："人是半导体,感情只能单向传递,只有从父母流向子女,反向传递是不可能的。你看看现在,除了几个特殊的日子。他们几个谁还来看自己的母亲。久病床前无孝子。我要是一病,床前别说孝子,儿子都没了。"

张妈听后,脸色有些嗔怪。双手合十,向天空拜了几拜。

邹春晓笑笑："子不语怪力乱神,这些东西我是不信的。"看着张妈责怪的眼神,摆摆手："生老病死,最能够看出一个人品性的,还是死。"

张妈的神色又焦急起来。

邹春晓摇摇头："不是你想的那样。"出了一会儿神，突然苦笑了一下："人家是养儿防老，我是养老防儿啊！"

张妈也叹了一口气，轻轻点点头。

邢天回到家中，几个案件的没有头绪，让他十分疲惫。一进门，就看见儿子的屋中亮着光，于是走了进去。

邢小天正在桌前，面前摊开的是一本计算机方面的技术书籍。

邢天皱皱眉，他本身并不反对学生看课外的书，更何况是技术书籍。不过现在面临的经济压力实在让他有些杯弓蛇影："小天，计算机的确是一门科学。但毕竟不是考试需要的知识。还是多看看课本吧！"

邢小天头都不抬，正在抄一大段复杂的程式："爸，这是最新公布的防火墙源代码，十分有用。"

邢天把头凑近了一些，看到的是密密麻麻的命令，不禁有些头晕。他是典型的拿来主义者，技术方面，只要是和他的专业没有关系，一概不去深究，因此对计算机程序方面的了解与儿子相比差得很远。而且他知道在这方面中国的技术要落后美国两到三个阶段，毕竟作为美国打击力量的一部分，不可能向其他国家出口。微软尚且要在"视窗"系统中留下后门，尽管各国政府抗议不断。而这样的技术，落实到纸上，更是"相差不可以道里记"。尽管如此，邢天对儿子能够掌握这些仍然觉得不可思议。

邢天用怀疑的语气问道："你真看得懂？"

邢小天小天不屑地"切"了一声。

邢天不依不饶："那你也记得住？"

邢小天终于抬起头来，把笔向桌上一扔："爸，这些程式对您来讲是天书，对我来说就是文字。像上次我去您那儿，那么多指纹，我看着头疼，您和华姐却看得津津有味一样。这就叫隔行如隔山。"

邢天看着儿子自信的模样，微微一笑，伸手抚摸着儿子浓密的头发："没有耽误功课吧？"

刑小天对父亲这种把自己当小孩子看的行为十分反感,这几乎是所有把自己当成男子汉的男孩子的通病。他不耐烦地甩甩头:"课本课本,那就是本。您儿子我知道基础的重要性,放心吧!"

邢天笑了起来,决定尊重儿子的行为:"好,我相信我的儿子。"

邢小天也笑了起来,一边拿起笔继续抄写,一边说:"那是,也不看我是谁的儿子。"

邢天站在儿子身后,不愿意就这么关闭与儿子之间这么良好的界面,犹豫了一阵之后:"你妈最近回来过?"

尽管邢天自诩是一个真正意义上的知识分子,仍然避免不了一些普通人的通病,尽量把不好的东西说成是别人的,而出色的就一定会说成是自己的。因此在对别人提到刑小天时总是使用"我儿子",而在和儿子对话时提到鲁芹,就会使用"你妈"这个词。

邢小天手上不停:"嗯,还行色匆匆的。说是要急着看期货行情。我就在咱家给她下了一个网上行情软件。"

邢天一愣:"怎么？在家里机子上？我不是说过……"

邢小天扑哧一笑,打断了邢天的话:"好了,好了,知道你觉得网上不安全,害怕影响到保存在机子里面的资料。有我这个计算机专家在,你就放心吧。为这,我还专门更新了防火墙。"

邢天故作不屑地逗儿子:"计算机专家？在哪里？我怎么没看见？"

邢小天顿时有些急,站起身来:"老爸,您说什么呢？跟您说,要不是我,就您这台破机子,早罢工了。"

邢天知道儿子说的是事实。计算机这个东西,不像自行车,只要你想用,不丢,自行车总能一直骑下去。而一台计算机,时间长了,无论是主板还是声卡、显卡,都会出现各种各样的问题。而运行稍微大一些的程序,更有可能直接崩溃。前几天一个朋友,在炒股的时候,计算机突然故障,无论如何都无法操作。后来诉苦的时候对自己说:"倒不是说修需要花很多钱,问题是耽误事啊!你知道,咱们中国股票本来就是投机性市场,以短线为主,分分钟需要操作。你说在开市期间,拿出几个小时修机子,有那工夫,说不定再买一台电脑的钱都挣出来了。"

邢天于是笑呵呵地对儿子说道:"好,好,你是专家,行了吧!"

邢小天撇撇嘴,坐了下来:"就您那点资料,看得还挺重!"

邢天不满地说道:"话不能这么说。常归纳,有条理是一个非常良好的习惯。以前你读书,不做笔记,最后到要用的时候只能说'那谁谁在哪本书里说过那什么怎么样。'这在信息学中被称为'无效信息'。说了和没说一样。而不作索引,寻找资料的时候就会出现'只在此山中,云深不知处'的情形。退一万步说,就算这些资料没价值,那也是属于我的东西。美国宪法开宗明义'公民的财产权利神圣不可侵犯'。"

邢小天投降似的举起双手:"好,好。我说不过您。真神了,每次一谈话。不管什么话题,您都能扯到学习或者法律上去。"

邢天呵呵笑着离开了屋子。

第十六章

期货这种交易形式,最早实际上是一种远期合同交易。诞生之初,本身是为了规避风险。但是商人对利润的追逐之心是商业的第一推动,能够创造出无限的奇迹。很快地,期货交易合约本身成了一种商品。

金融投机者,这是对不以实物交割为目的的期货交易者的称呼,也有称为国际炒家的。当然,其中资本雄厚的佼佼者,就是我们耳熟能详的"大鳄"。

焦总作为一个传统意义上的官僚,很明白一个道理:权力的来源,是位置。有了位置,其余的一切自然会来。

他很爱给人讲一个战国时的小故事:宰相爱吃鱼。有人给宰相送鱼,却被他在家门口打了出去。家人不理解,他于是说道:我是宰相,我的俸禄让我在想吃鱼的时候尽可以去市场买回家。可如果我收下了别人送我的鱼,他求我办事的时候我就不得不答应,即使这件事会违反国法的时候我也没有办法。当我因此获罪,关在牢里的时候,即使想用自己的俸禄去买鱼也办不到了。

秉承着这一信念,即使他身处能够接触"大钱"的企业,并成为一把手,也从不在经济上做文章。而是一心向上爬。

现在,想登上更高位置最关键的是业绩。他这个部门的业绩,或者说他的业绩,就是盈利,创收,上缴的收入。不管怎么称呼,实质上就是一个字:"钱"。他的钱,正在期货交易市场上。

而现在,他感到了大鳄的觊觎。

尽管对周密讲述的时候镇定自若,实际上他是"瘝瘝思服",讳疾忌医的心态让他不愿意再听到和期货有关的消息。

周密再次求见的请求因此被拒绝。

秦川作为传统的警察,在面对庞大的国家机构时力不从心,擅长的手段受到了极大的限制——他不能传唤嫌疑人,"中"字头的企业随便出来一个也是副处级。所谓官不大,官架子不小。没有证据之前连面都不好见;无法走访,大机构里的"群众"对这种事情极其敏感,在不知道水有多深的情况之下没有谁愿意做出头鸟。尤其在知道这件事情有涉高层的时候,大家更是三缄其口。

在两个星期的劳而无功之后,秦川决定来找邢天。

"邢处,许冰声的案子,我是黔驴技穷,无能为力了。"秦川开门见山。

邢天一笑,递给秦川一支烟:"秦队之言,有撂挑子的意思!"

秦川接过烟闷头抽着:"不是我埋怨,实在是这些人水火不进。我就不明白了,也都是受党教育这么长时间的人,又是在这样的机构中工作,一个个的怎么都这么没觉悟?"

"那换个方向?"

"两眼一抹黑,根本就没方向。"

"秦队工作时间这么长,工作经验又这么丰富,总有一两手绝活吧!也就不要密技自珍了。"

"你别拍我了。我那都是土路子,跟不上时代了。"

邢天被秦川的话说得笑了起来:"我明白了,秦队这是在逼我啊!"

秦川也笑了起来:"我可没有逼你。不过,你心理分析的那一套很有用,这次也给指点一下不就行了。"

邢天笑着摇摇头:"心理分析是在特定的条件下,对特定的事件和人群进行的一种分析。我们现在对许冰声的了解很肤浅,不能准确地进行判断。"

"那也先分析一下,指条路。"

邢天还是摇摇头:"秦队,心理分析不是灵丹妙药。勉强使用,会给我们今后的工作方向带来极大的负面影响。歧路亡羊,一旦方向错误,能力越强,后果越严重。"

秦川看着邢天的样子是真的不打算说什么,于是失望地叹了一口气:"那你说怎么办吧?我反正是没招了。"

"枝节肯綮,那就究其根本。这个案子,之所以我们无从下手,是因为我们对这个领域不熟悉,看不出问题在哪里。如果……"

秦川连忙摆手:"别,别。储备总公司,还中央,我都想不出来他们平常的工作是什么样子的。如果要研究的话,你自己去。"

邢天被秦川的样子气笑了:"你说你,一提学习研究就往外推。不说知识是自己这样的高头讲章,就算是为了自己的政治前途,想升一步,也不能像你这么做啊!"

两个人之间,虽然秦川曾经因为邢天的"一鸣惊人"而生过一阵子闷气,但是在之后的搭班子一起工作的过程中,逐渐地被邢天身上的精神感动。那是一种人本主义精神,在现在的警察身上已经很少见了。用秦川自己的话说就是"这个工作,每天接触的都是社会的阴暗面,很容易对人和社会失去信心。"而邢天对秦川本就没有什么成见。他这个人,一以贯之的就是不把"关系"看得那么重,不然也不会被压制了这么长时间。再加上秦川对工作的认真态度与自己不谋而合,因此两个人之间的关系已经很融洽。

秦川摆摆手:"人一辈子能干些什么,享多少福,受多少罪,那都是注定的。上次升处长没升上去,我就彻底明白了这个道理。"

邢天看秦川这么说,想解释什么,却什么也没有说,只是点点头。

秦川:"邢处,你是十年磨一剑,我呢,也早就明白了自己这是技不如人:不过,你总相信我,干工作我从不偷工减料吧?"

邢天"嗯"了一声:"那当然。"

秦川接着说:"你总是说我不愿意学习。但你想想,我从十八岁就上警校——我并没有对警校不敬的意思——但在那里面我学的除了一些基本的警察技能,其余的什么也没有。出来后从小警察干起,也没机会镀镀金。说实话,我能有今天的水平,已经算是我个人够勤奋好学的了。"

邢天是一个"唯学习论者",在他看来,所谓"世上无难事,只要肯登攀",本能地不太同意秦川的看法。

"话是这么说,可我还是认为……"

秦川再次打断邢天的话语:"别的我也不说了,就像前两天我儿子看一个文章,里面提到'维多利亚时代的精神',他不懂,拿来问我。我看完之后,第一句话就问'维多利亚是谁?'他告诉我是英女皇。我又问'那不是伊丽莎白么?'我儿子于是就走了。"

两个人都笑了起来。

"后来我想明白了,我这辈人,各方面的基础都不扎实,背景知识更是贫乏。如果处理一些日常的事务还好一些,可只要问题涉及什么国外,什么新科技,那我浑身有劲也使不上。你就说这个案子,'国家物资'咱懂,从那个年月过来的人全都懂,可到了'贸易'就一知半解,'期货'已经完全云山雾罩。最后还来一个'国外'——伦敦的交易所。这些加到一块,我光弄明白名字就要好几天,更别提什么研究了。所以这事,你还是找别人吧!"

邢天无奈,只好开玩笑结束这一话题:"主席说'严重的问题在于教育农民',看来我这辈子也成不了主席了,认识不到这个问题的严重性。"

秦川也是一笑:"你成不了主席我早知道了,就是没想到你到今天才认识到这一点。还是从一个错误的论据得出正确的结论。"

江夏最近很烦躁——期货市场是一个公开的市场,交易信息随时可以查询。更何况江夏作为一个成功人士,很早就觉悟了金钱的重要性。对已经押上了自己全部身家的项目表现出来的关心超出一般人的想象,不然的话也不会寻找到邵江和鲁芹。要知道周密隐藏自己的业务关系的水平就像是当年抗战的时候老乡藏粮食。

当江夏听到周密所说的话的时候,不可否认,他也被突然出现在自己面前的红头文件晃花了眼睛,晃晕了头。但激动过后,他还是觉得有什么地方不对劲。在几次过滤自己的信息无果之后,他知道自己已经陷入了思维定式,就像一个人看自己写的文章,很难找到其中的错别字一样。这是因为他在看到文字的同时,已经先于视觉信号在大脑中形成了印象。换句话说,他看到的不是眼睛接收到的信号,而是想象中的信号。这被称为"逻辑定势"。或者就像做算术题,经常有人在等号左右两端直接消去相等项,这种行为当然是正确的。在分线上下消去相等项也无疑是正确的,可这两者同时进行,在等号左边的分母和等号右边的分子中消去相等项就肯定是错误的了。但是这一行为如果不幸在你做第一次运算的时候发生,那几乎可以肯定,你在进行自我检查三遍之内,不会发现这一错误。

当然,江夏作为一个专业的心理医生,很是知道一些人类心理方面的缺陷和陷阱。因此当他发现自己已经走进这一心理怪圈的时候,立刻决定,找一个能够站在客观立场上对自己提出建议的人。这样的人,在江夏的生命之中并不多,而在 S 市,这样的人选只有一个,邢天。

鲁芹站在邢天的家门口有些犹豫,举起的手几次抬起,又几次放下。这副景象倒是吓了开门准备出去的邢小天一跳。

但是他马上高兴了起来:"妈,你来啦!"

鲁芹先是"嗯"了一声,向着屋里探探头,小声地问儿子:"你爸不在?"

邢小天点点头:"是啊,这才几点,不到晚上他是不会回来的。"

鲁芹点头,神态似乎一下子放松了,语气也自然了起来:"你刚才是要出去?"一边说着一边向屋里走去。

邢小天点点头,仔细打量着妈妈。

鲁芹的脸色显得有些黯淡,需要每个星期花费三百元一次的保养似乎失去了魔力。而同样费用的头发也已经有两天没有打理,向着四五个方向伸展着枝枝。身上的夏奈尔女式西装上衣竟然有了几道褶皱。这种种一切,在以前的鲁芹身上简直不可想象。

鲁芹被儿子的目光看得有些不自在,伸出手在邢小天眼前乱晃:"喂,这才几天没见,连你妈都不认识了?"

邢小天没有被鲁芹这刻意缓解气氛的话干扰:"妈,是不是出了什么事?"

鲁芹愣了一下,随即在脸上堆出笑容:"傻儿子,你说什么呢?"

邢小天想了一会儿,张口问道:"你要结婚?"

鲁芹又是一愣,随即咯咯地笑出了声:"说你傻,你还真傻。妈什么时候要结婚了。再说,就是要结婚,也要有个对象啊。你说,你让我和谁结去?"

"那你准备和老头复婚?"

邢小天自从认为自己长大了之后,就坚持称呼邢天为老头。邢天为此多次提出抗议,认为这不符合实际情况,自己正是年富力强的时候,老头把自己叫老了。但是邢小天一概不予理会。

鲁芹装出来的笑容维持不住了:"小天,妈不会和你爸复婚的。"

"那是什么事情?"

"什么事情都没有。"

"不,肯定有。你别骗我。"

鲁芹严肃起来:"你这个孩子,就像你爸爸一样那么主观,那么固执。你怎么就认为我一定有什么事情呢?"

邢小天低下了头,再抬起来的时候眼睛里有了泪水:"你这个样子。我只在你和爸爸离婚的时候看到过。我永远也忘不了。"

鲁芹低头看看自己的衣服,又对着离着不远的镜子看了看,叹了一口气。

邬春晓也叹了一口气,对着刚刚摆到桌子上的白酒恋恋不舍地看了看:"还是拿下去吧！我最近总感觉心脏不舒服,今天喝红酒吧！"

为了和老爷子吃好这顿饭费了很大工夫的邬冬坚顿时有些不高兴。但是餐桌上领导者的话就是指示,他还是挥手示意张妈把白酒撤了下去。一句话,他今天特意准备了这桌饭,摆出孝子的模样,为的就是让老爷子高兴,所以一切都要听老爷子的。

"爸爸,红酒是喝国内的还是国外的？"

"怡园干红吧！这个酒味道不错。"

邬冬坚皱皱眉："前一阵子一个朋友对我说,怡园干红对人的身体很不好,最好还是不要喝。我看还是长城干红吧！"他自觉这个话很得体,在突出自己学问的同时还关心了父亲的身体。

邬春晓没有抬头,仔细地把餐巾铺好："几乎所有的医学专家都认为红烧肉对人身体健康有很坏的影响。"

邬冬坚不理解邬春晓话中的含意,勉强接了一句："是啊,所以尽量还是少吃。"

邬春晓抬头看看大儿子,笑了笑："是啊,尽量少吃。"

如果听到夸奖乐起来的邬冬坚能够仔细观察邬春晓,就会发现邬春晓的笑容只是挂在脸上,和他的内心没有丝毫关联。

为了这次见面不让邢天受到其他信息素的干扰,江夏特地选择了一家新开的酒店"忆湘情"。听名字这个饭店是做湖南菜的,但实际上里面什么菜都有。中餐馆一直如此,极其善于因地制宜,到了山西,各个菜系的菜都会加很多醋,因为不这么做客人们就会抱怨。同理可证,到了四川就会变辣,到了东北就会变大。如果沿着京沈线接着京大线,你就会发现一出东北,不但菜量变少了,连装菜的盘子都小了。更可怕的是,到了美国,竟然出现了快餐式的中国菜,这对讲究色香味的中餐来说,近乎完全的颠覆。

"忆湘情"之所以入选,当然不是因为菜色,而是因为良好的私密性。房间里就有卫生间。不要小看这一设置,常在饭店吃饭的人都知道,很容易在上洗手间的时候遇到熟人,到时候要多喝酒不说,做一些不想别人见到的事情的时候更是不方便。另外,不知出于什么原因,这间饭店之内手机的信号很差,这一结构上的缺点意外地成了一大优势——无论什么时候,都会有一些电话你不想接而又不得不接,在这里可以理直气壮地解决这个问题。

邢天赶到之时,江夏已经坐在桌旁,并点好了菜。今天他并没有点上次那样的大菜。道理很简单,上次是为了显示实力,诱惑邢天加盟,这次是朋友相聚,需要一个平等的气氛。

"怎么,我的表慢了?"邢天看到江夏在座,不禁看了看自己的表。每次两人在一起吃饭,不管约在什么时候,都一定是邢天等江夏。江夏坚持认为"先到者鄙",因此在所有他能够控制的场合,一定要晚到一会儿以显示自己的重要性。

"你这张嘴啊!你要是把这个毛病改了,不会等到今年才从兵变成官。"

邢天一笑,落座之后直接限定今天的规模:"不能超过一瓶。"上次江夏在酒桌之上的表现邢天记忆犹新。

江夏表示异议。

邢天站起身来:"那咱们就喝啤的。"

江夏连忙拦住听到后向外走的服务员:"好,好,听你的还不行。唉,今天本来打算喝个一醉方休,为这我专门没开车。"

邢天坐了回来:"花看半开,酒至微醺。你我之间,没必要刺刀见红。"

江夏哈哈一笑:"我有那么穷凶极恶么?"

"你说我穷凶极恶?"安静看着激动的邵江。冷冷地问道。

"你敢说你不是么?"

安静微微一笑:"我不认为拿回自己的钱就是穷凶极恶。"

"你的钱?什么时候成了你的钱?你什么时候有过钱?"邵江已经被刺激得语无伦次了。

安静即使在这个时候也保持着自己的外在形象,但温柔的语音却像一把刀扎着邵江的心脏:"邵先生,你我之间是有合同的。即使我投资不成功,那么不要利息,收回本金是天经地义的事情。不要告诉我你不懂合同法。"

邵江毕竟不是初出茅庐的小伙子,当安静提到了合同,他就明白了事情无法挽回,迅速地冷静了下来。

时间回到下午,邵江意气风发地来找安静。

在当天看到周密的红头文件的三个人当中,江夏和鲁芹是当场被震慑,邵江是最不相信的一个。可是在那一个环境之中,看着在场的其他三个人都表现出信心,邵江没有说出拒绝的话语。但是与那两个人不一样——他们亲身经历过文件的威力,所以在看到的时候本能地选择了服从,可在离开后自身的经历又提醒着他们要注意。邵江却是反着的,当时抱有很大的怀疑,之后却越想越觉得保险。

于是他再次寻找所有的渠道,采用融资的方法,筹集到一千万的资金。这次,他不但是倾其所有,还把下辈子可能借来的钱都用上了。

男人在做了得意事的时候,总是希望得到别人的欣赏。出于众所周知的原因,他无法告诉家里人,尤其无法告诉邬春晓,于是他告诉了安静。

在随后展开的性爱中,邵江表现得像一头勇猛的狮子。

没想到刚从睡梦中醒来,他就听到了安静要求收回自己的钱。尽管她实际上一分钱也没有投入。

安静没有睡,她睡不着。

当邵江把钱投入到期货市场的时候,曾经说得天花乱坠。对金融知识的了解只停留在表面上的安静被说服,还认为这是一只潜力股,于是抓住机会讹诈了邵江一笔。

没想到半个月之内风云突变,期货市场上的铜价一再走高。价格每上升一块钱,就意味着手里的钱少掉一百万。如此在持续了几天之后,安静决定把钱变现。她牢记着一句话:落袋为安。

邵江转变了态度:"亲爱的,如果你现在不要,我这次投资成功之后,赚取的利润可是一百万的五倍,六倍,甚至十倍,二十倍啊!"

安静嗤笑一声:"不需要。一百万已经可以让我舒舒服服地过上十年安逸的日子了。"

邵江急忙抓住话头:"十年怎么够,最少要赚够下半辈子的钱。你这么美丽、善良的女人,怎么也要活到九十岁,一百岁。"

安静看着邵江的样子,终于还是有些心软:"邵江,不要这样。你以为我愿意这么做吗?"

邵江以为自己的柔情攻势产生了效果,决定趁热打铁,走上来,半蹲在安静坐着的沙发前:"安静,我是爱你的。我们不是说好了么。等我岳父一死,我就和我妻子离婚,和你结婚。到时候我的就是你的,你何苦现在就要拿走那笔钱呢?"

安静怜悯地看着邵江:"你还是不明白,是吗?"

邵江还在表演:"如果是你有什么急用,我这里还有一些钱,你先拿去。"

安静摇摇头,从沙发后面的一个隐蔽的角落中拿出了一个烟盒,取出一支点燃,在邵江震惊的眼光中深深地吸了一口。之前为了维护自己的纯洁形象,她从来不在邵江面前吸烟:"我之所以说要过十年的好日子,是有自己的计算的。十年之中,我好好地玩,好好地生活。十年以后,我三十六岁,到时候,我准备去西藏待一段时间,然后在云南开一家店,楼上住人,楼下卖东西。这样再十年,如果我还没有死,就出家当尼姑。"

邵江完全不能理解安静的想法,没办法找到突破口,因此只能重复说着相同内容的话语。

安静闭上眼睛:"这一百万,是我必须要的。如果不是期货铜价格上涨,我本来不愿意这么早对你说这些。但是,你竟然还要再次追加投资,这样的话我的钱就真的危险了。我不能再这么陪你玩下去。"

邵江颓然了:"真的没有商量?"

安静摇头。

邵江:"那你让我考虑一下。"

"三天,你有三天的时间,不然……"

安静显然懂得威胁的力量所在。未尽之意,受话人会自己补足,而且是按照自己最害怕的方式。

饭已到尾声,邬冬坚小心翼翼地向父亲提出了自己的想法。

他想从家中支取一笔钱,进行一个高利贷项目。据他的说法,年回报率高达百分之七十。

邬春晓不置可否。

"爸爸,这个跟我合作的人是国家安全部的。您放心,谁敢借了他们的钱不还呢?安全是绝对有保障的。而且,回报率这么高,咱们投得越多,挣得越多。"

邬春晓还是不说话。

"爸爸,您倒是给个意见啊!"

邬春晓站起身来,离席的过程中对儿子说道:"尽管红烧肉大家都说不好,但主席一直到死之前,都没断了。"

"主席,哪个主席?"

邬春晓终于忍不住叹了一口气:"儿子,不学,有的时候可以,但也需要有术。不学无术,就真的没有立足之地了。"转身离开的过程中:"回去想想,好好想想。"

"人在江湖漂,哪能不挨刀。"江夏已经到了一定程度,进入"准开放"状态,"我有一个病人,号称'挨刀也要漂'。这个家伙在感情方面的经历之丰富,在我的职业生涯接触过的病人之中,可称第一。他光在去年一年的时间之内,就换了八个女朋友,这还不包括没有得手的。重要的是他的感情是真的,每一个女朋友他都是真心对待,绝没有玩弄的意思。因此每次分手的时候都痛不欲生,还要送给女朋友非常贵重的礼物。如果不是他的物质基础极为坚固，早就完蛋了。我仔细研究他的心理，发现他对待女性的行为，不光是因为他的观点，也是因为他已经形成了习惯。"

邢天静静地听着，他知道这是江夏的引子，接下来的话才是今天这顿饭的真正主题。

"其实每个人在自己的领域内都有习惯。而习惯一旦形成，作用力非常强大。"

邢天认为抓住了关键点："江夏，你不会是在工作中做了什么违反职业道德的事情吧？"

江夏哈哈一笑："老兄，你的心理分析这回失误了。我找你，不是要谈工作方面的事情。"

"那就好，我可真不希望在工作中遇到你。"邢天的话很真诚。他的工作，遇到的不是受害人，就是嫌疑犯。

江夏听懂了，感激地一笑："你放心，我的自我保护做得很好。假如真的有一天我犯什么案子，也不会让你发现的。"

两人干掉杯中酒。

江夏："你很早以前就对我下过评价，说我是一个金钱至上主义者。我也承认了。这就是我的习惯，追逐金钱无止境。"

邢天："那也没什么不好。"

江夏点点头："是没有什么不好，虽然不像你追求知识那么高尚，起码也是在法律允许的范围之内。不过话说回来，在法律允许范围之内的生意，几乎无法积聚大量的财富。即使可以，速度也非常的慢，慢得让人心焦，慢得让人绝望。"

邢天劝解："钱财身外之物，生不带来，死不带去，多少是多？"

江夏没有理会，这个话题，两人已经辩论多次，谁都无法说服谁："所以有些时候，发现一个好的投资项目，就像在十八世纪的美国西部发现一个金矿一样，绝不能放过。"

321

邢天沉默了一会,整理了一下思路:"投资?我看是投机吧?"

江夏没有回答。

邢天:"期货?"

江夏诧异地看了邢天一眼,他确实没有想到邢天的推理这么敏锐。但他还是没有表示,他只是想听邢天的建议,不是说教。如果这个时候同意对方的判断,在这场对话当中就将失去平等的地位,沦为绝对的下风。

邢天的推理过程很简单:江夏上来就表示不做违法的生意,接着又说合法的生意不赚钱,合在一起就说明他的项目是介于这两者之间,在打擦边球。而对大资本来说——江夏的钱在美国市场上只是小得不能小的一个泡。对一般中国人来说绝对是大资本——能打擦边球的地方非常有限,基本上归结在金融方面。换句话说,不是风险投资,就是股票,期货。这里面以期货的回报率和回报速度最高最快。而以他对江夏的了解,什么东西赚钱多他就做什么,不管其中的风险有多大。

邢天把这视为江夏的默认:"是什么项目?"

"铜。"

邢天一愣:"铜?"他几乎是在瞬间就把江夏、周密、焦总联系了起来。这么看来,许冰声的案子也许江夏知道什么。

"巧了,最近我正在研究这个,对伦敦的期货铜的走向有些了解。"

江夏倒没想到邢天真的对期货铜有研究,最近的心思都放在价格相关的信息上,对周边的事情没怎么上心,许冰声的事情是真不知道。"罕见,终于开窍了。研究开这些了。"

邢天盯着江夏:"也不是,是有一个案子牵涉到这方面。"

江夏神情不动:"哦,难怪。怎么样,有什么心得?"

邢天没有发现江夏有什么异常:"没有,刚刚开始。还没有什么头绪。"

"那你怎么看?"

邢天的话很谨慎,不用说都知道,这就是今天这顿饭的"眼",江夏一定是在市场上投入了大量的资金,寻找自己提建议就是在构建一个心理支撑:"价格将随市场的趋势而动。"

江夏一听就笑了:"你这个家伙,在我面前玩花样。"

邢天也笑了,他对资本的运营一直不感兴趣,这句话是以前鲁芹炒股的时候收看股评时经常听到的。他一直认为这句话不包含任何信息,价格当然追随市场的趋势,收看股评时股民想听到的是市场的趋势到底是什么方向,上还是下。这句话虽然是废话,但是一定正确,在这个时候用在这里是最合适不过了。

"我都说了,刚刚开始研究,我还想找你给我上上课呢。"

江夏一指邢天:"邢天,我最欣赏你的就是这一点,不知为不知,绝不会不懂装懂。"

邢天摆摆手:"这有什么,不过是一个人应该具备的基本素质罢了。"

江夏表示不同意:"基本素质,哼!现在还有几个人能够做到这样的基本?别的不说,前一段时间电视上的新闻报道,夸奖官员廉洁自守,多少年不受贿。你听听这都是什么词——官员廉洁那是基本要求,你能夸我坚持四十年不间断地呼吸么?那本来就是该干的事。"

邢天只能表示接受夸奖,不然很快就会出现敏感话题。

江夏于是开始给邢天讲述基本的期货理念:"期货,你别管书上是怎么写的,以我的经验来看,就是资本和意志的较量。"

"怎么讲?"

"书上总是说什么期货的保值作用啦,价格发现作用啦,那其实都是小部分,大量的资本还是在投机。"

邢天:"不会吧?"

"怎么不会,随便找一本介绍期货的书,里面都会告诉你,百分之九十以上的期货开户人,都是在进行投机。你不要以为投机这个词是一个贬义词,在市场经济环境里,你应该把这词恰当地理解为抓住机遇。"

"你又开始歪曲解释。"

"你还别不信。我问你,商人在不违法的前提下,甘愿承担风险,进行商业活动,最后获得利润,这有什么错么?"

邢天摇头。

"只是因为风险大,利润高,这一行为的本质就变了?"

邢天还是摇头。

江夏得意地向后一靠:"此题证毕。"

邢天向江夏一拱手:"虽然用词有些偏激,但还是正确的理念。"

"接下来的过程,鉴于你目前的基础知识太过薄弱,就不给你详细分析。基本的理念就是:永远相信市场上有比你傻的人。"

"此话怎讲?"

"期货合约就像是股票一样,所谓低买高卖,赚取中间的差价。不过它更灵活一些,是双向的。价格上涨的时候你可以挣钱,下跌的时候照样也可以挣钱。这就是做多,做空。"

"这个我听说过。"

"但是差价只有在买卖成立的时候才出现,如果没有人愿意接受你的合约,你的利润也就无法实现。所以这个时候,就需要有比你傻的人出现,帮你埋单。而在这个市场上,永远都有比你傻的人。"

尽管对话的内容对邢天造成了冲击,但在实质上,邢天理解了江夏的意思。

江夏对邢天的态度很满意:从上学开始,他一直没有在智力上压倒过邢天。现在尽管邢天只是对他掌握的知识表示敬佩,他个人也还是感到了满足。于是继续讲述自己的心得。

"所以,你实际上就是在利用自己的一切智慧,你的所有学识,你的毕生经验,你的全部关系网,来进行判断。"说到这里,江夏一笑,"价格随市场的趋势而动,没错,我们要做的,就是判断这个趋势,判断它究竟是向上,还是向下。"

江夏在说这一番话时,明显投入了感情,似乎是要通过说服面前的邢天来说服自己。

邢天看着江夏。

江夏看着邢天。

良久,邢天问江夏:"没了?"

江夏点点头:"怎么样?"

邢天:"很精辟,对我的启发很大。"

江夏:"我不是问你这个,我是说,你的判断是什么?"

邢天吃惊地笑了出来:"你说什么?你是要让我给你做判断,判断向上还是向下?"

江夏严肃地点点头。

邢天:"你甚至都没有给我讲具体的过程,以及你现在面临的形势,你就要我做判断?"

"那些都不重要,你就说你现在直觉是什么。"

邢天看着江夏严肃的面容,沉沉地叹了一口气:"你知道,我之前对期货的了解很肤浅。"

江夏点点头,等着听邢天的判断。

邢天:"不过,我从事的工作,让我有机会在很多人那里看到了你刚刚表现的影子。"

江夏疑惑。

"赌徒。你刚刚的表现,就像是一个彻底的,完全的赌徒。

"只有赌徒,在他倾家荡产,面临最后一搏的时候,才会出现你这样的心理,也才会问出你这样没有逻辑的问题。

"我实在不能想象,一个正常的商业行为,怎么会在运行的过程中,出现这样的情况——需要一个完全的外行,凭借他的直觉,来做有可能是最重要的决定。这很像选哪个病人来充当疯人病院院长的问题,绝对是非常荒谬的。

"你刚才有一句话,提纲挈领——这是资本与意志的较量。也就是说,是多方与空方的较量。我认为,实质其实就是对赌。在没有出现足够影响世界铜市场

325

的事件的前提下,比方战争,比方灾难,在这个前提下,谁能够筹集更多的资金,谁的意志更坚定,谁就会赢。

"如此之大的资本运作,如此复杂的相关背景,没有人能够保证自己的判断是准确的。我想,这也就是你为什么会找我来的原因,你已经无法自己判断,于是向外寻求心理支点。

"但是很抱歉,我第一没有能力做出这个判断,第二也没有胆量做出这个判断。我能做的,只是把自己的心意说出来。我是诚心地希望你的判断是正确的,也诚心地希望你不要再参与这样的投机。

"毕竟,一枚硬币落地,无论哪面朝上的可能性都是百分之五十。"

鲁芹穿着睡衣坐在沙发上,电视机虽然开着,她却完全看不进去。

心乱了。

在儿子的劝说下,她刚刚洗了个澡,整理了一下形象。没想到出来的时候儿子告诉她把她的衣服丢洗衣机了。无可奈何之下,她只好穿上了儿子拿来的自己以前的睡衣。

现在穿着睡衣,坐在沙发上看电视,一丝久违了的家的感觉涌上心头。"真是的,要是邢天争气,知道把握机会,现在的日子有多好。"虽然习惯让她依然埋怨邢天,但其中的激烈味道已经大大减轻。

鲁芹今天的到来,同样是因为期货铜价格走高。她对周密出示的红头文件很相信,但是与江夏的方式不同,她只是出于直觉觉得这件事情有危险。不过,女人的直觉敏锐,但不愿意相信直觉。鲁芹要找一个最信任的人来倾诉。

她想抽烟,在点火的时候又把火机放了下去。"还是别抽了,省得那个家伙叨叨。"鲁芹这么想,微微地叹了一口气。

江夏长长地出了一口气:"今天这顿饭,物超所值。你果然没有让我失望。"

邢天很高兴:"对你有帮助?"

江夏连连点头,一边招呼服务员埋单,一边说道:"我最近一直被一个事情困扰,看不清自己的位置所在。今天请你来,就是希望能够听到一个客观的分析。你不但做到了,还友情奉送了你的真挚情谊。这不是物超所值是什么!"

　　邢天一笑,站起身来:"幸不辱命。时间也不早了,我先走。"

　　江夏一边在单子上签字,一边挽留:"着什么急,出去活动活动吧!"

　　邢天:"你的夜生活丰富,这是你自由的工作时间和雄厚的物质基础决定的,我可不敢和你一块疯。不过一定要注意,不要……"

　　江夏皱着眉头摆手:"要走快走,不要啰唆了,你放心,我不会做出什么会最后和你在你的单位见面的事情。"

　　邢天走到门口的时候,终于还是忍不住问了一句:"江夏,这次的操作者,是不是周密?"

　　江夏没有回答。

　　"那你们的判断是什么?"

　　江夏还是没有出声。

　　邢天:"我换个问法。你现在,最终的判断是什么?"

　　江夏坚定而快速地回答:"向下。"

　　"或者向上。"

　　安静的突然爆发,令邵江措手不及。不但打乱了他的平静,甚至威胁到了他的整个计划。

　　原打算利用这次机会,真正掌握家族中的财富,实现脱离邬春晓控制的愿望。而如果真的有什么变故,自己在看得见的将来,生活会是灰色调的。至此,邵江愿意尽一切努力,避免这一处境。

　　但严重的是,邵江现在根本没钱。

　　"手里没有米就叫不来鸡。"尽管惧怕自己的岳父,但是邬春晓的话语还是深深地刻在邵江的心中。手中没有筹码,自然无法和安静谈判。

安静展现出来的本色,让邵江不由自主地把情况向最坏处打算。因此,从错误的出发点开始,经过正确的推理,邵江得出了错误的结论:目前这一情况下,邬春晓知道自己的计划已经无法避免。与其被动地败露,不如把目前的困境通知他,换取一丝主动。

"等死,死国可乎!"邵江在拿起电话拨给岳父的时候,还不免用这句《陈胜吴广列传》中陈胜的话安慰自己。这句话的原意是:反正是要死,为什么不死在建造这个国家的过程中呢?他取其中部分意思,结果是一定的,最大限度地减少损失。

浑然不觉这句话原本是陈胜鼓动造反的言论,而自己此刻的行为,与之相差甚远,甚至是背道而驰。

邢天一走出"忆湘情"的大门,放在上衣口袋里的手机就响了起来。邢天看了一下,有七个短信息,四个未接电话。其中除了一个电话是秦川打来的,其余的主叫者全都是邢小天。

邢天连忙给邢小天打了过去:"怎么了,发生了什么事?"

"老头,你快点回来,家里有人等着你。"

"是谁?"

"你快点回来!"邢小天说完就把电话挂了。

邢天皱着眉想了一下,伸手拦了一辆出租。出租车上,邢天给秦川打电话:"秦队,什么事?"

秦川的声音显得有些着急:"邢处,上面说许冰声的案子要马上结案。"

邢天一下子急了:"什么?为什么?我们还没有调查清楚。"

秦川也很无奈:"可是除了您提到的那个疑点,我们没有任何证据。上面说了,目前警力紧张,有限的资源更需要我们合理地分配。因此如果我们三天之内找不到有力的证据证明冰声是非正常死亡,那就按照自杀案处理。"

邢天无奈地"嗯"了一声,挂断了电话。

"研究报告说,学英文的时候,每学会一个新词,你就会立刻在各个地方看到它。那是因为你只对你认识的单词有反应,以前是见如不见。"邢天沮丧过后感到有点好笑,心中暗自想着,"可今天刚说要研究期货,就不断地发生和期货有关联的人和事,这可绝不是什么习惯性忽略之后的发现。"

周密能够从事这个行当,当然有自己的消息渠道。放下电话,转身看着窗外,他的面色很不好看。

刚刚打给在伦敦的"鼹鼠",对方的消息很确定:鲨鱼闻到了血腥味,游了过来。

"鼹鼠"本来是打入敌人内部的间谍的称呼。期货从业者,尤其是操作者,对信息的保密性要求很高。道理很简单,在遇到多空双方激烈争夺的时候,如果你知道有某笔大资金加入,那么跟风操作,很容易就会获得利润。这违反了游戏的公平原则。因此,各个交易所对操盘人员的规定很详细,监管很严,当然,薪水也给得很高。不过,话说回来,世界上没有人会觉得钱咬手。利益刺激欲望,欲望导致行动。"鼹鼠"从来就没有消失过。

周密相信这个消息。不只是因为对"鼹鼠"的信任:再信任一个人,他也不会把自己的钱,交到对方手里。他相信是因为他明白一个道理,目前市场上面的情况,对那些大鳄们来说,是十分难以遇到的。

通常所说的多空对战,只是一个形容词。因为真正的大投机机构,对市场的看法基本是差不多的,因此很难在平常找到合适的对手。

这就好像武松打虎,固然是因为只有打虎才能体现武松的英雄形象,不过真的一头猪在树林里,也就轮不到武松来打了。

大机构准备进行投机,挑选的对手需要具备几个条件:足够有钱,对市场形势判断错误,内部有漏洞。

焦总的公司完全具备以上条件。这就好比在牌桌上,有的时候你会遇到很傻的,有的时候会遇到很有钱的。但当你遇到一个又傻又有钱的,你发财的机会就来了。

"傻瓜和他的钱,是最受欢迎的。"周密在心中暗暗想着,"所以,要想保有你的钱,就不要当傻瓜。"

邢天看着已经在沙发上睡着的鲁芹,无声地叹了一口气。

怎么一瞬之间,周围的人——亲人、朋友,就全都和期货有了关系?想到刚才鲁芹的话"我一个女人,到了这把年纪,身边没有依靠,全都指望着这次机会啦",邢天摇头苦笑,他实在想不通鲁芹的逻辑。平常鲁芹总是在自己的面前利用一切方法展示她的财富,并通过两人之间的贫富差距来打击自己,现在反而在自己面前哭穷。要知道,只是鲁芹的上次期货交易中投入的资金,在邢天看来已经是一个天文数字了。

"但有什么办法?"邢天又走进了习惯性的思维之中,"这是孩子他妈啊!"当年,如果不是鲁芹坚持要离婚,邢天一直认为两人的婚姻还有挽救的余地,只需要鲁芹稍微退一步。当然,按照鲁芹的看法,是自己需要进一步。

"吱"一声,邢小天的房间门开了一条缝。邢小天悄悄地露出了自己的脑袋,看了一下,对坐在沙发上的邢天招招手。

邢天站起身来,走进邢小天的房间,低声问道:"你干什么,这么晚还不睡?"

邢小天神神秘秘地反问:"老头,怎么样?"

邢天一皱眉:"什么怎么样?"

邢小天"嘁"了一声,冲着外面努努嘴:"你和妈。"

邢天把脸拉下来:"这些事情你一个小孩子搅和什么。"这是他的惯用手法:遇到什么事情不愿意讲述,就推到对方的弱势上。如果是鲁芹,就说"一个女人搅和什么",尽管他并不是一个大男子主义者。当然,这一招还是对邢小天最好用,他兼有双重身份,既是长辈,还是父亲,先天上就有不讲理的优势。

既然是惯用招数,邢小天自然已经经历过很多回。看到邢天这么说,立刻明白现在与老头之间的沟通渠道不畅通,于是恼怒地甩了一下头,爬上床钻进被子里,嘴里嘟囔着:"孩子怎么了,孩子就不是人了?"

听到抱怨的邢天尴尬地摸摸鼻子,这实际上与他的教育理念并不相符。

他一直都认为应该让孩子多承担责任,这样孩子才能够健康地成长,也才能真正地成熟。于是在当年认识到离婚已经不可避免的时候,他甚至建议让邢小天自己选择和谁生活在一起。可惜最后法院不支持。

"成功律师都明白一个道理,当事实对你有利的时候,你就强调事实;当证据对你有利的时候,你就强调证据。"邢天转身向外走时心里想着,"我总不能真的和自己的儿子探讨和他妈妈复婚的问题吧!"

关门时,又是"吱"的一声,邢天皱起眉头。自己回家晚,晚上回来的时候往往邢小天已经睡着了,为了在进屋看儿子时不打扰他,邢天总是避免发出任何声音。"最近太忙了,忘了给轴承上油。"他暗下决心,"明天一定把这件事情办了。"

在夜里接到女婿打来的电话,邬春晓有点不高兴。他认为良好的生活要由良好的生活习惯组成,因此总是早早上床。但这次他听了几句话就完全地警觉起来。

"我希望你能够尽量回忆起她说的每一句话,然后复述给我。"邬春晓说着按下了电话上的录音键。

在邵江冗长无比,反复补充但又尽量详尽的复述之后,邬春晓问道:"你确定她对钱的看法是你说的那样?"在得到肯定的答复后他下达命令:"好的,保持电话畅通,我一个小时后打给你。"随即挂断。

点燃烟斗,这个烟斗是一套烟具中的主要组成部分,还包括一个专门点烟斗的打火机,放烟斗的架子,清理烟锅的小刷和数个烟嘴。整个一套价值不菲,是他专门让人从欧洲买回来的。平常看得很宝贵,在需要长时间静心思考的时候才会点燃。

他知道邵江在外面有女人。不过,他总是认为成大事者不能儿女情长。因此即使远在美国的女儿向他抱怨,他也没有向邵江表露过自己的不满。但是,一旦问题涉及自己的事业,准确地说,涉及自己的家族利益,他表现出的冷酷会让所有的人惊讶。

安静的话邵江没有听懂,邬春晓却很明白,他立刻认识到,安静是一个很难对付的女人。或许不可怕,但是很厉害。

首先,她要一百万,证明了她对金钱的渴望。拥有这样的渴望的人会爆发出强大的力量,时常会做出超乎想象的事情来。

其次,在邵江试图用更多的金钱来诱惑她的时候,安静却不为所动。这证明了安静虽然喜爱金钱,但是决不贪婪。能够冷静地认识到极限在哪里的女人实在是太罕见了。不被财富诱惑的女人,简直可以说违背了女人的天性。

接下来,安静提到了自己对今后生活的打算。这是更让邬春晓觉得危险的地方。先去西藏,再去云南,她追求的,已经是一种精神上的平静。而且时间安排只到五十岁,换句话说,她要的是一种高质量,灿烂的生活。最后的结局如何,不在考虑范围之内。

最后,安静提出这个要求的时机,简直是完美。

这样一个聪明,冷静,目的明确又没有后顾之忧的女人,邬春晓知道有多么难以应付,因为他曾经遇到过一个类似的。他认为真正的解决办法只有两个:让她陷入爱情,或者让她消失。

邬春晓于是回拨电话,听到邵江的声音之后直接讲了一个故事:刚建国的时候,大陆与台湾之间的谍报战十分激烈。但是领导不能直接下达过于"不人道"的命令,于是需要部下领会精神。当领导说"采用一切必要的手段"的时候,实际上的意思是"一切的手段都是必要的"。说完邬春晓问:"你听明白了?"

邵江沉默了一阵。

邬春晓重复问题:"明白了?"

强大的压力之下,邵江终于出声:"是的,我听明白了。"

邬春晓于是说道:"好,听明白就好。明天,去买一部新手机,再找一个新号码,这个号码只告诉我一个人。保证随时开机。我会给你打过去。"

挂下电话之后的邵江出了好一会儿神。在他看来。岳父刚才所说,所布置的事情十分周密,简直就像是演练过很多回一样,难道当真是"能者无所不能"么?

邬春晓又点燃一锅烟丝,走到墙上挂着的条幅前欣赏了起来。这是小儿子邬冬强上个星期专门请人给老爷子写的。这个人名气很大,在外面的价格是论字卖,据说一个字就值一辆国产小轿车。但邬春晓看重的不是字,而是所写的内容:"凭谁问,廉颇老矣,尚能饭否?"几个字写得元气充沛,神韵十足。

烟丝熄灭之后,邬春晓终于露出笑容。"真理的定义,就是'放之四海而皆准'。尽管随着时间的推移,手段会有所变化,但其内在的核心是不变的。"

"小强还是比较懂事的。"邬春晓再上床的时候,内心深处对小儿子的评价高了一层。

李汉魂看着面前的报告,眉头紧紧地皱了起来。这已经是三个月以来发生的第四起纵火案了。

"报告。"邢天推门走了进来。

李汉魂看到邢天就笑了起来。

他很欣赏邢天。当初力排众议,坚持让邢天上任,就是因为他对邢天的才华抱有信心。而邢天之后的表现也很争气,很快地就让之前的意见声消失,他作为邢天的发现者也深感"与有荣焉"。

"既然敲门,就应该等我说'进来',怎么就自己推门了!"李汉魂假装生气。

邢天对这位局长是"以师视之"。他曾在非正式场合郑重地对李汉魂说:"先有伯乐,后有千里马。千里马常有,伯乐不常有啊!"

李汉魂听懂了,这是一个很著名的观点:古人有伯乐,善相马。凡是他选中的马,皆能至千里。于是人们称赞"先有伯乐,后有千里马",以此赞誉伯乐的重要。伯乐却很谦逊,他讲自己曾经见过很多的好马,因为人们认识不到价值,沦为拉车驾辕之物。于是说道:"先有千里马,后有伯乐。"意思是说"我没有那么重要,没有能力把劣马变成千里马,我只是把你们没有发现的千里马找出来而已,它们其实早就在那里"。后人评价其实两边说得都对,但是伯乐的眼光罕见,于是加了一句话"千里马常有,伯乐不常有"。总体上还是认为伯乐更重要一些。

邢天的那次抒发,在他来讲很罕见,暴露出内心深处的骄傲与矜持,言外之意:"我是千里马,终于等到了您这位伯乐来发现。"

李汉魂听到邢天竟然在一句话中结合了两家之言,并完美地表现了自己的意思,对邢天的才华也很是佩服,于是接道:"伯乐不常有,千里马也不常有!"算是互相恭维。两个人从此成为"忘年交"。

邢天听到李汉魂的责问,装作惊奇地回答:"怎么,您没有说么?我还以为您很希望见到我呢!要不然我这就回去写检查,您把要安排给我的任务交给其他人怎么样?"

李汉魂笑笑:"你这个家伙,怎么知道我要找你安排任务?还有,你这什么态度,威胁我?"

邢天笑着坐下:"哪敢威胁您,是开个小玩笑。我刚才已经听秦川说了,这几起案子,手法相似,很有可能是同一个人所为?"

李汉魂点点头,把手边的资料递到邢天面前:"这是相关的资料,你先看看。"

邢天看着资料,欲言又止。

李汉魂:"有困难?"

邢天点点头:"李局,上次许冰声自杀的案子有很多的疑点,我想……"

李汉魂:"许冰声的案子,先放一放吧!你目前要把主要的精力放在这个案子上。"

"可是,许冰声的案子马上就要结案了。如果这个时候不抓紧,也许……"

李汉魂严肃起来:"邢天,我问你,许冰声跳楼之前,你在现场么?"

"是的。我在。"

"现场有其他人么?"

"没有。"

"是否有外力作用,让他不得不摔下楼?"

"没有。"

"不是失足?"

邢天苦笑着说:"您不要说了。明知后果,主动采取结束自身生命的行为或者纵容行为的进行,定义为自杀。许冰声符合。"

李汉魂微笑着看着邢天。

邢天还是心有不甘:"不过,根据我与许冰声自杀之前的对话,可以推断出这中间必有隐情。能够让一个正值盛年,并且级别不低、收入不菲的男人选择自杀,我相信一定有很深的内幕。"

李汉魂:"原因的原因就不再是原因了。"

"可是考虑到许冰声所在的单位,与国家的资源有关联的可能性很大。"

李汉魂看着面前的邢天,内心苦笑一声。邢天是一个有才华的人,可就像所有的人一样,在一个方面才华出众,那么一定有一个方面是他特别不擅长的。邢天在政治上非常不敏感,不客气地说,简直就是一个政治白痴。许冰声的案子,当然有背景。但是目前的情况是,方方面面都在关注,公安局又拿不出什么有力的证据,总不能就这么搁着吧!

可话不能这么说,要不然邢天还会接着争执下去。有时候邢天的坚持简直让李汉魂无可奈何。

"有一个案子,孙子不小心开车撞了人,内心害怕,就把车开回了家里,告诉了爷爷。于是当警察找上门来的时候,爷爷站出来承认车是自己开的。你作为警察,证据已经表明,孙子确实是无心,而且刚刚考上大学,前途一片光明,而爷爷也诚心地想替孙子顶罪。如果你带走孙子,那么这个家庭就毁了。面对着流泪的爷爷、忏悔的孙子,你会怎么做?"

"带走孙子。"

"为什么?你不说,爷爷和孙子不说,受害人家属不知道,这件事会很圆满地解决。你不想帮助这个家庭么?"

"不,我很想帮助他们,但这违背了法律的精神。"

李汉魂满意地点点头:"说得对。法律的精神。以前在乡村中,两家打架,一家死了人,那么犯事的一家就会召开一个家庭会议,选出一个家庭成员,通常会是丧失了劳动力的人,去吊死在对方的家门口。这样,当我们的工作人员下去调查的时候,所有的村里人都觉得没有必要。他们认为,'杀人偿命',既然行凶一方已经付出代价,这件事情就了结了。"

邢天点点头。李汉魂说的这个案子在上大学的时候是作为典型案例来讲解的。这涉及一个观念:是"杀人者偿命",而不是"杀人偿命"。

李汉魂:"什么是法律精神,这就是法律精神。案件发生了,该怎么办,就怎么办。不能因为任何原因而改变我们的立场。许冰声符合自杀的定义,经过一段时间的调查,我们没有找到可疑的线索,那么就应该按照自杀案结案。"

说着李汉魂抬头看看有些沮丧的邢天:"当然,我们的职责除了调查犯罪,终止犯罪之外,还有很重要的一部分是预防犯罪。"

听到局长的口气有所缓和,邢天又满怀希望地抬起头来,看着李汉魂。

李汉魂:"所以,如果你发现了一些不正常的情况,其导致的后果有可能造成国家财产的大量损失,我们也是可以采取行动,提前介入的。"

这句话,等于是说邢天可以继续调查,只不过要换一个名目。

邢天高兴起来:"是,局长,我明白了。"

李汉魂满意地笑笑:"当然,家有千件事,先从紧处来。我们的资源有限,一定要把主要精力放在重要任务上。"

邢天已经完全理解了局长的意图,面前的纵火案要尽快破,而对许冰声案的后续调查可以进行,但不能占用太多的精力。

邢天站起身来:"是,保证完成任务。"

李汉魂:"还有,秦川队长对这方面的案子有很丰富的经验,你要记得多多向他请教。"

邢天点点头,拿着资料转身离开局长办公室。

情况恶化的速度远远超过邢天的想象。

纵火是行为犯,意即只要做了,不管是否造成危害,哪怕只是预谋阶段,都是犯罪。之所以这样,是因为它危害的是公共安全。也就是我们说的"危害特别巨大"。

这样的案件,国内并不常见。这也跟我们的国民性有关。中国人除非受到特别大的委屈,一般是不会对社会有什么仇视心理的。我们的犯罪,除去金钱因素之外,通常都有明确的指向性。这也就是同为行为犯,"投毒"出现的几率远远超过"纵火"的原因——投毒好控制,能够直接指向目标,你说毒谁就毒谁;纵火的范围广,难度高,也许你烧掉了目标所在的楼房,却不一定能够烧死目标人物。

纵火少见,因此当"见"到了,会引起民众极大的好奇心。尤其是连续纵火案出现,更是刺激了大家的猎奇心理。需求制造供给,媒体已经嗅到了味道。

当邢天找到秦川的时候,他刚刚放下电话。

"是谁啊?电话里也能让你满头大汗?"

秦川苦笑一声:"一个朋友,很不错的关系,受人之托让我去参加一个宴席。"

"那是好事啊!怎么看样子你好像很怕?"

"是啊!我开始也挺高兴,谁知道一问,真正请客的是一个媒体方面的人,你说这种情况下,我还敢去么?于是我就开始推。可我那个朋友说他已经夸下海口,一定能请到我,我要是不去,他面子上下不来。"

"那咱就去,但给他来个'徐庶进曹营,一言不发'不行么?"

秦川摆摆手:"你那都是老招数,现在的媒体,一个个都精得很,有的是招儿让你张开嘴。到时候也许哪句话不对就找出事来。别弄到最后,这件事我瞒住了,却弄出一个更大的麻烦。"

邢天理解地点点头:"蒋干也说'曹营的事,难办得很'啊!"

"谁说不是呢！"

"那你晚上还是去？"

秦川摇摇头："没有，我说接到了一个紧急任务，实在是去不了。"

"说得是，咱们这个案子，也确实当得上'紧急任务'这四个字。处理不好，要出大问题。"

邢天的话并不是随便说说的，这种有很大公共影响的事件，一个处理不好，就会造成公共恐慌。

秦川点点头："这个人，连续作案，并且有规模越来越大的趋势，如果不尽早抓捕归案，真有可能捅出大娄子。"

邢天皱皱眉，迅速地开始翻看资料："对不起秦队，我对这个案子的情况还不熟悉，请你先不要讲述观点，以免我形成先入为主的印象。"

秦川撇撇嘴："秀才事多。我这是对你很了解了，不然一定认为你是看不起人，认为我的推论不值得信任。会很生气。"

邢天头也不抬："呵呵，那你听完我接下来的要求一定会更生气。请你帮我找几本书，是关于期货方面的，最好有教材和实际案例的分析。然后召集咱们的人开个会，讨论一下案情。"

秦川笑着站起身来向外走去："像你说过的那样，一把手的权力就体现在可以召开会议，我当然不会为此生气。另外，听到头儿同意我们继续进行许冰声案件的调查，我更是高兴。"

邢天也笑了："看来咱们在一起一段时间，对你的帮助很大。已经能够通过我话中的信息推断出局长同意我们继续调查了。"

"你可不要贪天功为己有，对信息进行有效的判断是刑警的基本功课，这可不是跟你学的。"走到门口的秦川这个时候扭回头，看着邢天，"带领我们抓住那个纵火犯才是你应该做的，也是我要向你学习的。"

邢天苦笑着说："不要再把你的推论讲出来了，我还没有认定这四起案子是同一个人做的呢！"

秦川哈哈笑着关门离去。

期货市场上,"山雨欲来"的迹象已经很明显。大规模的看多单涌入交易所。市场上继续看空的大户,已经只剩下了"中央物资储备总公司"。

周密在这个时候接到了焦总的电话,对方提议要一起打球。周密同意了。他知道这很有可能是一个机会,看清楚整笔交易最终走向的机会。无论市场向上还是向下,他相信自己最终会看出来。

华天雪看出来了,处长邢天最近一定很疲劳。尽管他掩饰得很好,但是眼底的血丝,拿茶杯的时候微微颤动的双手,都在说明他的身体到了极限。

华天雪这个年纪的女子,已经不再会被男人的外表吸引。或者说,那只能给一个男人的吸引力加分,而不再是决定性的条件。

邢天的形象,简直就是为她量身打造的。稳重,严谨,事业有成。她对事业的定义,不是一般人想的那样要多么有钱,而是在自己的领域有所建树。所以她很喜欢邢天,这种喜欢随着两人在一起工作的时间越来越长,而越来越深。她已经决定尽快向邢天表示出自己对他的好感。因此,她在第二天的案情讨论会上,专门准备了一壶鸡汤。

邢天开门见山:"我们今天,要把这几起案子理出一个脉络。我先提两个问题。第一,是否是人为纵火;第二,是否为同一人所为。谁先说?"

秦川:"我先来吧!"

邢天点点头:"好,秦队在这方面的经验丰富,我们先听秦队的意见。"

秦川:"这几起案子都是纵火案,不是失火案。这一点,毋庸置疑。"

邢天看看华天雪和蒋勋脸上迷惑的神情,转脸对秦川说:"秦队,您是根据什么得出这个结论的?"

秦川明白邢天锻炼年轻人的意思,于是仔细解释:"一般的火在燃烧的时候,留下的痕迹是从下向上烧。这是因为火焰燃烧需要空气,而空气受热上升,火焰自然随之往上。而这四起案子,着火痕迹都是从上向下的。"

蒋勋:"那就说明违背了自然规律。"

华天雪:"助燃剂。"

邢天满意地点点头:"对,就是助燃剂。现场的痕迹鉴定表明,起火点离地五十五厘米,助燃剂为汽油。现场无其他残留物。"

蒋勋兴奋地抢着说道:"不可能有汽油在离地五十五厘米的地方凭空燃烧,所以一定是人为纵火。对吧?"

秦川笑了:"说得对,这解决了邢处的第一个问题,现在我们来说第二个。我认为这四起纵火案是同一人所为。"

邢天:"理由。"

秦川:"目标相同,手法惊人相似。"

邢天:"确切一点。"

秦川:"这四起案子,嫌疑人选择的都是空旷地带的废弃厂房,燃烧范围都控制得不大,都没有伤人,采用的是同一种汽油。并且最重要的是,汽油都喷洒成了固定的图案。"

蒋勋又有疑惑:"您是说,他故意想让我们知道,这是他干的?"

秦川看向邢天,邢天先点点头,又摇摇头:"是的,留下痕迹,证明自己是他的目的。但是,他没有留下直接指向自身的任何线索。换句话说,他是想告诉我们,这是他干的。但是,他不想让我们知道他究竟是谁。"

华天雪:"这有点像我们在旅游景点写下'到此一游',就是没有写名字,对吧?"

秦川肯定地点点头:"是的,如果写了名字,会给我们省很大的事。"

大家都笑了起来。

邢天:"好,在这两个问题上,我们的意见是一致的,那么出现了两个新问题:第一,嫌疑人目的是什么?第二,他满足了没有?"

这下子,屋中安静下来。邢天等了一会儿,自己开口说道:"那么我来谈谈自己的看法。首先,嫌疑人的目的,是标示自我。其次,他的心理没有得到满足。"

秦川递给邢天一支烟:"怎么讲?"

"从心理学角度上来讲,每个人都希望自己是与众不同的。随着年龄的逐步增长,这种意愿或者消退,或者变成一种不满——对自身或是对社会的,隐藏起来。但是,如果遇到合适的机会,就会用不同的形式爆发出来。"

华天雪紧接着提问:"您是说嫌疑人采用纵火的方式,来显示自己与众不同?"

邢天躲开华天雪的目光,深深地吸了一口烟:"实际上嫌疑人现在的行为已经超过了这个限度。在初始的时候也许这只是单纯的标榜,但现在,他已经从中发现了另外一种乐趣,破坏的乐趣。"

破坏能够带给人极大的快感,这就是小孩子为什么喜欢捣乱的原因——这让他们高兴。所有违反规则的事情都是如此。

"不过,这种乐趣像毒瘾一样,很快同样的剂量不再能带来同样的快乐,因此他的行为越来越升级。也因此,我认为他的行动不会终止。"

邢天一口气说到这里,咳嗽一下,准备喝水。华天雪连忙拿出自己准备好的汤递过去。邢天假装没有看见,继续使用自己的杯子喝了一口茶。华天雪有些委屈,赌气地把杯子递给旁边一直眼巴巴地看着的蒋勋。

邢天缓了一口气,继续说道:"刚才秦队提到嫌疑人没有留下名字,实际上并不是这样。美国联邦调查局一九九八年的研究报告就指出。连续作案者,无论是杀人、强奸,或者纵火,都会在现场留下标示自身的痕迹,他们称之为'心理签名'。如果我们足够细心,足够耐心,就可以根据这个线索找到嫌疑人。最起码,能够大幅度地缩小调查范围。"

大家都点点头,提到心理方面的事情,自然是邢天出马。大家准备好爆米花,坐下来看电影就是了。

蒋勋笑嘻嘻地说:"那我们等着看'大变活人'了。"说着拧开手中保温瓶的盖子,准备喝口汤。华天雪手疾眼快地抢了回来。

邢天苦笑着摇摇头,但还是继续做解释:"通过对现场痕迹和嫌疑人行为模式的分析来推测嫌疑人自身的行为,称为心理画像。现在,我们来判断一下……"

桌上的电话响起,邢天接听后面色越来越严峻:"又发生了一起纵火案,这次,出现了受害人。"

第十七章

　　火势虽然很快就被控制住,但是面对着从火场中抬出的覆盖着白布的两副担架,邢天还是紧紧地皱起了眉头。尤其是其中一副担架上,白布覆盖的躯体明显小于正常人。

　　华天雪听到了邢天的咳嗽,担心地走近。但是邢天没有注意,正在现场踱来踱去地看着什么。华天雪看了一会儿,忍不住心中的好奇,开口询问道:"邢处,您在找什么?"

　　华天雪作为一个法医,深知鉴定过程中最重要的环节就是第一现场。现在邢天身处火灾现场,竟然没有抓紧时间进行搜查,反而在周围走来走去,并且行动之间有些走神,要不是对邢天太信任,简直要怀疑他是在故意破坏现场了。

　　邢天沉着脸没有说话,走到摆放着担架的地方,弯腰掀开白布,愣了一下,接着长出了一口气。

　　华天雪凑上去探头一看,也轻松了起来——白布下面,是一只狗的尸体。

　　秦川走到身边:"不幸之中的大幸,不是小孩子。"

　　像秦川这样长期战斗在第一线的刑警,最反感的就是受害人是小孩子。邢天深有同感地点点头。

　　蒋勋兴致勃勃地凑上来:"邢处,心理画像?"

　　邢天再次抬头,看看周围围观的群众:"不说这些,先进行常规检查。"

"非常规检查!"邬春晓对满脸惊愕地看着自己的邵江,破天荒地开了一句玩笑。

邵江措手不及。虽然知道自己这个深不可测的老岳父一旦插手,自己的秘密就不可能再保持下去,但是他仍然对邬春晓能够这么迅速地出现在这间房门外感到震惊。这间房,是安静出面租下来的。

安静的声音传了过来:"亲爱的,是谁?"

男女关系说到底是谁说了算的问题,无论是长期关系还是短期关系。邵江和安静之间不存在真正的爱情,那么,既然现在安静明显在经济上占据上风,邵江在日常生活中就自然处于从属地位。也因此开门、倒垃圾这样的日常行为已经由邵江来负担。

不等邵江回答,邬春晓的声音传来:"您好,我是邵江的……"说到这里,邬春晓停顿了一下,脸上带出笑容:"岳父。"

说完之后,邬春晓不理会因陷入惊讶而石化的两人,自顾自地走了进去。

安静惊讶是因为她没有想到面前的这个人就是邵江的岳父。那个在邵江口中白手起家,即使退下来之后也仍然掌控着集团真正大权的老者。邵江惊讶则是因为他没有想到邬春晓会这样开门见山地说出自己的身份。

多年的领导生涯让邬春晓无论身处何处,他的一举一动都像在自己家中一样自然。落座之后的邬春晓压压手,招呼着两个人:"坐,都坐。"

安静被震慑,依言坐了下来。

邵江更是多年的积弱,虽然有心在安静面前保持男性自尊,但还是不由自主地照做了。"估计在葬礼上,他也会从棺材中伸出手来,要求前来吊唁的客人们'坐,坐'。"邵江心中不无恶毒地想。

周密坐了下来,一边擦汗一边笑着说:"焦总今天的表现去 PEBBLE BEACH 也毫不逊色。"

PEBBLE BEACH,中文叫作圆石滩,是位于美国加州旧金山的一座高尔夫球场,以难度大、景色优美闻名。曾经诞生过许多里程碑式的高尔夫球记录。职业好手也以能够接到去那里比赛的邀请为荣,因此那里日常也全是职业高尔夫球选手,一般的业余爱好者不太敢去那里。

焦总笑笑:"圆石滩球场名气大,费用高,偶尔去一次还可以,长期的话,回去会看到老伴的脸色喽!"

焦总的话很讲究,周密原本说的是高尔夫球水准,他却把话题转移到球场的收费水平上。多年的宦海浮沉,他明白两人之间的谈话平台决定谈话内容。现在题目确定,就看周密明白不明白了。

周密明白,于是立刻接着说道:"我这里有一张圆石滩的会员卡,最近不怎么出国。正好您要去,就用它吧!"

会员卡制度,最早是欧洲的贵族们之间用来区分小团体的一种手段。现在贵族消失了,但是新贵们把它继承过来,显示自己与一般人不同。既然是想"高人一等",门槛就定得很高。而一张圆石滩的会员卡,入会费高达十万美元不说,还有每年最低不得低于五万美元消费这一要求。

焦总严肃地说:"高尔夫这种运动,一个人打没有什么意思。"

周密想了一会儿:"我有一个朋友,当时和我一起加入俱乐部。现在他的生意重心转移到了国内,也不怎么出国了,他的卡,您帮忙也处理了吧?"

正话反说,是商人在面对政府官员的时候必须掌握的谈话技巧。周密明白焦总的意图是在钱上,虽然对从来不搞这些的焦总的转变有些惊奇,他还是迅速地给出了自己的价码。

焦总点点头,不再说话。

周密等了一会儿,看到焦总开始慢条斯理地品起了咖啡,明白了什么。于是当着焦总的面开始打电话。

两张卡,就是三十万美元。看来焦总十分相信,自己的消息值这个价钱。

火灾原因已经调查清楚了,人为纵火。现场留下了相同的"个人签名"。被烧死的人是一个上了年纪的流浪汉,那条狗是他唯一的伙伴。据消防员们提到的现场痕迹来看,这条狗本来有机会逃离火场,但是为了拖主人一起离开而死在了一起。

"现在很多人还不如一条狗有情义。"秦川得知了这个消息后,很是唏嘘不已。

"任何时候都会有很多人做出不如这条狗的事情,不光是现在。"邢天回答得很有个人特色。

秦川被噎得难受:"您的回答很正确,很有逻辑性,也很有哲理性,就是很没人性。"

邢天一愣,想了一下自己说的话,抱歉地举起了双手:"我投降。"

秦川抬头对已经到齐的小组成员说道:"现在的基本情况大家已经清楚了,下面开始我们对调查方向进行一下讨论。"

听到这句话,大家齐刷刷地看向邢天。其中,华天雪目光的分量尤其重。

邢天的样子并不像其他人那样轻松,这也容易理解——大家只是在等待着他来揭开谜底,而他才是那个变魔术的。

邢天先用一个问题开场:"谁知道嫌疑人的动机?"

蒋勋的性子最急:"邢处,您就快开始吧,别吊我们的胃口了。"

秦川严肃地制止了蒋勋:"蒋勋,你这是说什么呢?我们是在进行案情分析,不是在看表演。"

蒋勋伸伸舌头,不敢再出声。

邢天向秦川点点头表示谢意:"美国著名的刑侦心理学家道格拉斯,是一个在犯罪心理学方面的传奇人物。他在总结了自己多年与罪犯斗争的经验之后,得出了一个方法:当我们清楚了暴力犯罪者是如何决定犯罪的,为什么会选择他们做目标,动机从哪里来,我们就可以提供一个有价值的工具,引导调查走向最终问题:谁干的?"

秦川对邢天所讲的内容有些反应不上来,蒋勋的反应稍微慢了一些。只有华天雪立刻接上说道:"也就是说,动机和方式决定了结果?"

邢天感到很意外,冒着华天雪火辣辣的目光看了她一眼,赞许地点点头:"是的,道格拉斯的观点,简单地表述就是:为什么+如何做=谁。"

看到几个人的神情兴奋起来,邢天把自己的语调放低:"大家都已经知道,破坏带来的快感,会让人欲罢不能,并且导致犯罪行为的逐步升级。我们现在面对的嫌疑人就是如此,在经历过几次尝试后,这次的火灾已经造成了人员伤亡。换句话说,如果我们不能尽快地把这个人找到,那么,下次灾难造成的影响将会更加严重。"

听到邢天的话语内容,大家的神情显得严肃起来。

秦川有些疑惑:"这次火灾,嫌疑人选择的场所,和以前的四次并没有明显的不同,仍然是废弃厂房,仍然选择在无人的时候。只是没有想到那个遇难的流浪汉在其中。我的意思是说,他原本并不想杀人,所以即使下次继续犯案,嫌疑人也不会选择以杀人为目的吧?"

邢天:"秦队实际上是提出了两个问题,我们来研究一下。第一,这次意外——我们姑且认定嫌疑人本身并不想造成这样的结果,出现人员伤亡对他来讲是意外——会否影响他继续纵火的行为。我认为答案是肯定的,因为这种行为犯所面临的心理压力环境并没有变化。放火本身带来的道德冲击,与杀人并无不同。既然能够说服自己放火,那么说服自己杀人也不会很难。所以他的行为还会持续下去。第二,下次犯案,程度上是否会变得严重。我的答案还是肯定的。原因已经说过,即使是意外,杀人带来的犯罪快感也会促使他追求更加严重和恶劣的犯罪方式。"

秦川点头表示同意,其他人的面色也由严肃变成了凝重。

邢天:"那么,接下来我们要进行的,就是'心理画像'了。"

邢天一直担心,"心理画像"这样的行为,因为太罕见,被其他的人,包括很多一线人员看得很神奇。但是,这样的心态中,更多是好奇、惊诧等等情绪,并不是敬重,也不愿意详细了解,有的时候,甚至不愿意去相信。

在国外,这样的应用实际上已经很普及了。美国的联邦调查局专门有部门从事相关研究和应用,这个部门叫作行为科学部。并且也发展出了专用的理论——犯罪应用心理学。这样,这种新式的反犯罪武器能够最大限度地被利用。

相同的武器到了中国,如果因为一些可笑的原因而被放弃,会是很大的悲哀。因此,邢天抓住一切机会,在实用的时候,讲述相关的原理,解释使用的方法,就是为了让周围的人尽快熟悉这样的思考方式。

"首先,他应该是有一定经济实力的成年人。男性。"邢天说出自己的第一个观点并加以解释,"纵火这样的行为,需要有相当大的外部动力或者压力。而男性与女性在处理压力的时候倾向点不同,男性向外部发泄,女性则基本会选择自毁。这就是为什么绝大多数的连续犯案者是男性的原因。另外,他一定是一个成年人,在我们国家,作为一个孩子,是不可能有大量的时间和精力来研究放火的技巧的。并且,犯罪的升级需要长时间的心理准备和适应过程。而之所以说他有一定的经济实力,是因为这些废弃厂房,除了最近这一所,都是位于城乡接合部,只有有车的人才能到。"

蒋勋表示了不同的看法:"邢处,应该存在着其他的可能性。"

邢天鼓励地看看蒋勋:"好,你说说你的看法。"

蒋勋:"我同意邢处说的嫌疑人是男性,女人不玩火。"说着蒋勋看了一眼华天雪。华天雪白了蒋勋一眼。

"我也同意邢处提到的嫌疑人利用汽车这一点,但是,我认为车并不一定就属于嫌疑人自身。他也许是一个司机,给领导开车的那种或者'的哥'也说不定。"

邢天点点头:"好,我们就这一点展开分析。首先,如果是给领导开车的,那么很难解释犯罪时间,毕竟,纵火需要事先就对目标进行观察,这很有可能和领导的用车时间冲突不说,有哪个领导会允许自己的司机晚上没事开车出去呢?换句话说,如果是单一的一起报复性纵火,我们不能排除蒋勋说的观点。但要是连续纵火,那么嫌疑人一定要拥有自己的交通工具,这样才能够不引起别人的注意，并同时携带自己的作案工具。"

蒋勋点点头。

邢天："接下来，我来解释为什么不是出租车司机。"说着邢天站起身来，比划了一下："所有的火焰起始燃烧点都在离地五十五厘米的地方。"邢天看着其他的人："这说明了什么？"

蒋勋看看身边的华天雪，摇摇头。

华天雪皱着眉头，想不出来。

只有秦川若有所思："手垂下来的高度？"

邢天一拍手："秦队说得没错，这个人，喜爱清洁，不愿意弯腰。而一个出租车司机，怎么可能养成这样的习惯。"

这下子大家都同意了邢天的观点。

邢天坐了回来："这个人，应该有着对火的相关知识，来自于一个消防员家庭，或者家人中有人从事这一工作。"

秦川学着邢天的思考方式："也就是说，他对社会的不满，来源于他的挫败。而这种挫败，应该是和消防工作有关的？"

邢天点点头："没错，这就是他为什么会选择纵火这样的平常人根本想不到的方式来做案的原因。"

蒋勋掰着手指头："成年人，有一定的经济基础，有消防背景。这虽然能够让我们缩小范围，但是工作量仍然很大。"一边说着一边看着邢天："邢处还有什么高招，一块拿出来吧！"

邢天被他的样子逗笑了："当然，我们的工作就是指导调查方向，接下来的推断将会让我们最大限度地缩小调查范围。"

每个人都将自己的频率调整到和邢天保持一致。

邢天慢慢地说出了结论性的推断："他应该是一家公司的中层主管，或者，叫作部门经理。"

大家虽然全神贯注，但都似懂非懂。

邢天解释："这个工作能够让他拥有一辆汽车。纵火的频率和组织性表明在白天他寻找纵火地点，然后晚上再来放火。这可能是他做销售工作的论据：白天可以随便移动，而无须向任何人解释——放了这么多次火，而不引起人们的怀疑，非如此不能解释。系列违法者经常把罪行和他们的工作联系在一起，这样就可以走很长的路而显得很自然。"

秦川努力地消化着邢天提出的东西："也就是说，我们的这种心理画像不能像以前的刑侦方法那样，推断出嫌疑人的具体外貌特征，身高、体重、外形特点等等，但是我们可以得出他的社会身份、行为特点，以此来寻找。"

邢天表示同意："是的，我们国家的制度，使我们能够进行大规模的普查，这也是为什么很多国外觉得棘手的案子在国内侦破起来比较容易的原因。但是，随着国家经济的发展，我们的人口流动性越来越强，渐渐地这种调查方式出现了重大缺陷，在面对一些新形式的犯罪的时候有些力不从心。这个时候，心理画像就能够发挥巨大的作用。"

秦川点点头："接下来，就是把这一结论通知刑侦部门，开始另外一种形式的普查了吧？"

邢天："对，秦队的这个提法很好，另外一种形式的普查。我们可以发动街道，机关以及各企业的相关部门，必要的时候甚至可以借助电视媒体。"

国际期货市场上的形式很奇怪，一方面期货铜的价格在不停地向上攀升，另一方面作为唯一的重量级看空方，中央物资储备总公司却毫无动静。

这种形势让一些中级炒家不敢跟风——中国人的事情，从来都难说得很。

江夏也不知道政府将会采取什么样的态度。

对他来说，焦总就是政府。或者更确切一点，周密就是政府。可是，自从上次与周密见面之后，他与周密之间的联系就变得困难重重。尽管他仍然对周密的消息有着期待，但是随着时间的流逝和期货市场上铜价的一再上升。他已经慢慢绝望了。

内心的想法总是会影响一个人外在的表现,一个心理医生,在工作中的表现实际上很难被定位——要是患者自己懂心理学,就不会来看心理医生了。失去了监管的权力就会变成腐败,江夏因此在最近的工作中总是显得心不在焉,在提心理问题的时候经常是随口一问。反正也不怕患者听出来。

更何况面前的这个患者憨憨的,让一直心里烦躁的江夏也有些开心。

患者叫张葵,中年,事业也算有成。当然,如果不是有一定的经济基础,也不会想到来看心理医生。这在国人的眼中,毕竟有些小资,不是一般人会干的事情。

他来,是因为想解决一直困扰自己的一个问题,自己的病,究竟是真实存在,还是臆想出来的。

张葵是一个月之前来江夏的诊所就诊的,当时陪着他一起来的是他的妻子。进门之后,张葵急急忙忙地躺到了患者专用的"倾诉椅"上,然后双手抚胸。按在心脏的位置上不再动弹。

陪着他一起来的妻子开始介绍情况。张葵是较早下海的人,胆子比较大,运气也不错,很快就有了相当丰厚的身家。男人一有钱就自信起来,于是开始参与需要很大资金的房地产。可不幸的是张葵加入的时候,正好赶上房地产的低潮期,几乎让他赔得血本无归。但就像他事后说的,这一段经历,虽然在经济上造成了损失,可是"明确了思想,锻炼了队伍",让他明白了房地产这一行当中的各个环节,并结识了不少相关的人士。于是在上世纪90年代末房地产市场回暖之后,他又迅速地发展了起来。

大资本在国内的出路确实不多,张葵选择了生产资源这一块。H省以煤炭资源著称,张葵于是在H省买了一个中等煤矿。这个煤矿在国家看来是中等,但是对个人来说,已经是一个巨型矿。紧接着煤炭开始涨价,所有认识他的人都夸他有眼光,抓住了一个完美的机会,但是张葵自身却有苦说不出。这种规模的煤矿,不比那些小煤窑,不能偷采,也不能滥采。这就意味着这个矿所有的生产都要完全按照国家的规定进行。资源费要交足,安全措施要做到位,最要命的是,每当H省任何一个煤矿出现了安全生产事故,都会要求他们停产整顿,配合检查。有年一整年,他们一共只开工了十一天。

十一天的时间,除非印钞,不然没有任何行业能够产生出足够维持一年的利润。

这样的情况持续了两年之后,张葵的心脏出现了异常状况——早搏并伴随着不时的疼痛。

这让一向比较惜命的张葵大为紧张,在自学了一段时间的医学之后,他开始自行诊断,于是出现了一个星期有四个晚上要叫救护车的情况。好笑的是他一到急诊室,状况就会消失,然后在观察床上睡得很香。几次三番之后,妻子忍无可忍,用她的话说:"如果真是心脏病,你怎么做我都能接受。可这明显是神经病。"到了急诊室,张葵可以睡觉,妻子却不行,只能在旁边坐着陪护。"麻子不叫麻子,他坑人。"

张葵自身也很矛盾,在理智的时候,他也觉得自己的行为不正常。可当他感觉到不舒服的时候,他又确实害怕。最后连给他看病的医生都忍不住了,劝他还是去看一下精神科医生。他觉得精神病不好听,于是在朋友的推荐下来找江夏。

江夏几乎在听完了张葵的经历之后就确定了,这是典型的神经官能症。神经官能症,在病理学领域是一个很模糊的概念。不能说病人没有症状,在发病时表现出来的症状与真正的患者发病时并无二致。但也不是真的得病。在进行检查的时候各项数据与健康人是一样的。举一个简单的例子,一个人,曾经得过肠胃方面的疾病,从此对自己的肠胃很小心。一天,在吃一根冰棍的时候,很担心会让自己的肠胃不适。果然,还没吃完冰棍就胃痛难忍。于是迅速去医院。医生诊治之后没有发现什么异常,但是此人放心不下,非要求医生给他开药。医生被缠得不耐烦,于是给他开了维生素C,他吃完之后,症状消失。这整个过程就是典型的神经官能症发作。最简单的理由,冰棍刚一吃下去就发作,就是硫酸也不可能见效这么快。

这个例子中,医生给患者开的维生素C被称为"安慰剂"。是指只在心理方面起作用的药物,并无病理学的药物成分。简言之就是保证无害,但也没有什么作用的药。使用这样的"安慰剂"有几个先决条件:第一,要求患者对开药的人绝对信任,这样患者对药的信心才能够超过对自身疾病的恐惧。第二,患者事先不能知情,就像是变魔术,一旦知道谜底,吸引力就会大大降低。

在过去的一个月的时间之内,江夏已经成功地建立起了张葵对自己的信任。这次张葵来诊所,一个主要的目的就是领江夏给他准备的"新稀特"药物。所谓"新稀特",就是"最新出产"、"市场稀缺"、"特别有效"。江夏告诉张葵,这个药针对他这种病特别有效,是专门从美国托同事带回来的。并且江夏很明白这种病人的心理:不求最好,但求最贵。他把这种药的单价加得很高,果然让张葵充满了期待。

按照惯例,江夏要与张葵进行一番对话,使他进入一个平静的状态。随着已经成为习惯的几句"今天的感觉怎么样?""放松,放松","想象你现在正在海边,海浪就在你身边缓缓冲击你的身体",张葵已经完全地放松下来。

纯粹无意识的,江夏问了一句:"你有几个银行账户?"

张葵也很自然地回答:"四个。"身体语言显示他并没有出现紧张、抗拒等情绪。

江夏来了兴趣:"怎么有这么多?都是干什么用的?"

张葵:"一个是公司的,一个是我和老婆合用的,一个是个人的,还有一个,还有一个……"

生产资源方面的相关企业,免不了要走一些黑色、灰色款项,监管再怎么不严,落在账上也是很麻烦的事情。张葵的这个账户就是专门用来处理这方面的事情的。多年的历练让他深深明白,这件事情不能说。所以尽管已经完全放松,他还是犹豫了一下。

江夏出于好奇,很想知道答案,于是换了一种方式继续询问:"这个账户,别人知道还是不知道?"

心理问题关键的一点,就是要用肯定句的形式让对象做选择题。如果采用疑问句,对象就会思考,随之会清醒起来。而两个选项效果最好,不能多于三个,再多的话,对象就会分不清重点而胡乱选择,影响心理医生最终的判断。

张葵:"不知道。"

"是不想让人知道,还是不方便让人知道？"

"不想,也不方便。"

"是和你的感情有关,还是和你的工作有关？"

"工作。"

"合法的还是非法的？"

张葵犹豫了一下,还是回答了这个问题:"非法的。"

江夏已经明白了这笔钱的性质,得到了这个答案他有一种成就感。一般人也许能够拥有很多东西,金钱,名誉,地位,权力。可是他却可以拥有别人的秘密。而拥有一个人的秘密,某种程度上就是拥有了这个人。带着一种居高临下的俯视感,江夏开口询问:"那么,这个账户的密码是多少？"

在展开对纵火案嫌疑人的调查之后,邢天不需要步步跟进,于是他的工作重点又回到了许冰声案件。根据上次与江夏的谈话,他开始寻找周密周围的合作者。

邵江的名字,出现在邢天的视线范围之内。

当他看到开门的安静,他并不知道面前这个女子与邵江之间的复杂关系,只是单纯地认为安静是被邵江包养的"二奶"。虽然邢天个人对感情的看法比较保守,但也并不批判现在流行的感情态度。与一般人认为的不同,邢天觉得这种事情不是单方面的男人或者女人的问题,总之只有一个愿打,一个愿挨,关系才能成立。所以他对安静并没有鄙视的情绪。

得知邢天身份的邵江态度很冷淡,寥寥几句话就想送客。邢天提出最近的期货市场的问题,希望他们几个和周密合作的投资人能够一起向周密提出建议,割肉出仓。邢天提出这个建议,并不是完全地出于公心,他考虑到了江夏和鲁芹。

但是邵江一口回绝："这个问题,你应该跟我的投资人去谈。"

谈话至此,成功地走入僵局。邢天只能告辞。

安静自始至终都没有说话,邢天更加把她当成了"金丝雀"。

邢天烦恼的,还是怎么说服鲁芹,让她迅速离开期货市场。以前说"当局者迷,旁观者清",实际上当局者未必不清,只是人总会有幻想,有的时候放不下而已。邢天通过近期的研究,已经很肯定期货铜走高的趋势不可避免,但是他无法理解投机者的心理:大钱在运作的时候,不到最后关头,没人认为自己是必输的。即使知道结果,也不会承认。

周密是承认的,很简单的道理,他的钱,并没有放在市场中。所以当听到焦总"我最近要出去转转"这句话的时候,他已经知道最终的结局——中国的退出,将使多头一方再无阻力。

所以,周密面临的问题,是怎么样挽回损失。

期货经纪这一个行当,很有些当年骑士"荣誉即吾命"的意思,十分讲究声誉。除非你总是成功的,不然只要你有一次失误,造成客户的重大损失,那么你今后将不会再有客户——每个人把自己的钱交给别人进行投资,都希望获利而不是亏损,所以没有人愿意把钱交给一个有着不良记录的经纪人。

这次的操作,周密几乎违反了所有的经纪人守则:内部操作,伪造文件,向客户隐瞒重要信息。他所做的这一切的目的就是投资成功。如果成功获利离场,别人不会深究他的违规行为。相应的,一旦失败,针对他的灾难将会接踵而至。很不幸,这次的投机失败,目前看来已经无可避免。

投资银行家的声誉,马上就要失去,他面临着失业的危险。更严重的是,由于那些违规行为,他很有可能连投资银行家的身份都失去。失去从业资格,他就连翻身的机会也失去了。

曾几何时"升官发财死老婆"这所谓的中年三大幸,在社会上广为流传。周密表面上对此嗤之以鼻,其实也未尝不在内心悄悄希望。而现在人到中年,事业失败,前途无望,女儿去世,妻子背叛,这绝不是一向以精英自诩的周密所能接受的。

周密成长的环境,让他在生存的手段上面非常出色,但是在生存的目的上有缺陷。当他在面临困难的时候,第一想到的是自保。也就是说,如果面临损失,他不会想到解决,而是转嫁。

"只是手段的问题。"周密在心中思量,"转嫁的对象实际上没有选择。"他看向窗外,"总之,我不会让自己输的。"

纵火案的嫌疑人找到了,李力,一个大公司的项目经理。

但是他拒不开口。

无奈的秦川来找邢天:"邢处,还是需要你出马。"

刑事案的侦破当中,有两种情况无法起诉:第一种,没有嫌疑人,你有一具尸体,可不知道是谁杀害了他,没有起诉对象;第二种,没有受害人,你已知道他杀了人,可是不知道杀了谁,找不到尸体,于是无法起诉。总不能在起诉的时候陈述说"我怀疑他杀了人,所以请法官判他谋杀罪名成立"吧!

在国内,处理一个案子,虽然根据《中华人民共和国刑事诉讼法》第四十六条的规定,对一切案件的判处不轻信口供。只有被告人供述,没有其他证据的,不能认定被告人有罪和处以刑罚。但口供被称为证据之王不是没有道理的。它一是可以弄清案件细节,二是可以指引其他证据的搜寻,三又可以验证已经得到的物证。

现在的情况是,这一件纵火案证据方面有缺陷,证人方面很困难——没有人亲眼看到李力放火的过程,能够指望的,就是有一份过硬的证言。如果这份证言出自嫌疑人自身,那效果可以达到最好,并且可以通过口供来找到其他证据。由此可以看出让李力开口有多么重要。

但是没有人会蠢到自己把自己送上死路。

秦川抱怨地说道："最近进行法律新建设，不允许上手段，不然早就把他的嘴撬开了。"

为了解决司法部门滥用权力的问题，国家正在进行一系列的改革。禁止刑讯逼供就是其中的一条，以前在审讯室中高挂的标语"坦白从宽，抗拒从严"，也摘掉了。这不符合法律精神——"坦白从宽"可以解释，符合"主动交代犯罪事实，可以依法从轻判处"这一法律原则，可"抗拒从严"去哪里找法律依据？

国家的决心很大，为此专门成立了新的部门——督察，它也被称为"管警察的警察"。

邢天一边和秦川一起走向审讯室一边说道："程序不合法，一切不合法。"

邢天的这句话有出处，当年轰动一时的橄榄球明星辛普森杀妻案，所有的证据都指向辛普森是杀害妻子的凶手，可是因为办案的警察取得证据的手段有违法的地方，导致检方最终在联邦法庭上败诉。邢天深刻地理解了辩方的辩护精髓，就是这句"程序不合法，一切不合法"。

秦川没太听懂，接着抱怨："可是像目前这种情况，如果不给他上手段，他一定会拖延时间，咱们就不好办了。"

督察条例中对"超时羁押"也重点防范，要求一切按照法律办事，"协助调查不能超过二十四小时，个别情况可以延长到四十八小时。否则释放或者转为拘留。"秦川已经几次因为违反这一规定而被局长李汉魂训斥，现在这根弦绷得很紧。

邢天也并没有完全的把握，但是如果他也失去信心，事情就更难办了："没什么是不能谈的，只要我们找到合适的切入点。"

秦川想到邢天的经历和特长，终于点点头："说得也是，这个家伙是心理变态，正好让你这个心理专家来治治他。"

被岳父叫出来的邵江已经陪着邬春晓在江边转了两圈。

围绕着S市的这条江水流程很长，直接入海，晚上在周边的灯光映照下很漂亮。可是再漂亮的景色也不能缓解邵江心中的震惊。

当他通知邬春晓这件事情的时候,他一直认为邬春晓的解决手段虽然会很强烈,但仍然是在合法的范围内。或者说,也许会有一些违法的手段,但起码在合理的程度上。可他没有想到,邬春晓竟然想一劳永逸地解决这个问题。

邵江的性格,是典型的书生型。想得很多,表面上看起来很周到,但实际上心不够狠,手不够黑。在这种情况下,他还是想尽量保住安静。

邬春晓听到邵江结结巴巴的解释之后,微微一笑:"目的就是我们一定要办到的事情,这句话的重点就是'一定要',至于中间的过程如何不重要。"

邵江:"可是,这毕竟是违法的啊!"

"这种事情,你要不就考虑法律,要不就考虑问题,不要混为一谈。"

"可是……"邵江还试图继续说服对方。

邬春晓摆手制止:"冬强在小的时候,有一次问过我一个问题。"

邬春晓喜欢别人揣测他话中的真正意思,认为上位者讲话只用一个字可以解决所有的问题,那就是"嗯"字。当读四声的时候,表示肯定和同意;二声的时候表示疑问和恼火;一声的时候表示思考和迟疑;当读轻声的时候,可以表示一切情绪。他总是说,身份是"王",那么"顾左右而言他"就是很自然的事情,而身为下属,揣摩上意是必备功课。

邵江看到邬春晓如此表示,只能洗耳恭听。

邬春晓:"他问我,如果地球突然躲避太阳对它的吸引力,那么月亮怎么应对?"

作为一个经过训练的大学生,邵江有些不太理解这个问题。万有引力是无处不在的,怎么会有躲避一说?

邬春晓看着邵江迷惑的神情,微微一笑:"那个时候,冬强正迷恋金庸的武侠,我只能说,他的具象能力很出色,具备成为一个优秀的几何学家的潜质。他成功地把施力一方和受力一方具体成了两个人。"

邵江保持沉默,他很早就明白了"疏不间亲"这个道理,因此尽管对邬冬强的学习嗤之以鼻——力的分析是在高中才有的科目,一个高中生问出这个问题只能证明他的学习不是一般的差——他还是不会在邬春晓面前批评邬冬强。没有哪个父亲愿意听到别人批评自己的儿子,尽管他自己可以。

邬春晓继续自己的讲述:"我试图向他说明白,物理是物理,武侠是武侠,不要混到一起。但他却固执地不接受。"

邵江明白了邬春晓的意思,中心思想是让自己不要把两件事情混为一谈。不过还是不能同意,再怎么说,这是一个人的生命,不能和那些冰冷的学问作比较。

邬春晓问邵江:"你知道后果是怎么样的吗?"

邵江摇头,邬春晓的问题太宽泛。

邬春晓看着江面,他们已经走了很长的距离,江面至此微有收敛,通道的缩窄导致了流速的增大,水流可以用湍急来形容,四周也不再有行人:"最后的结果就是冬强的考试不及格。"

这是题中应有之义,邵江一点也不惊讶。

邬春晓:"基本观念错误,就一定会建立错误的概念和体系。"说着看看邵江:"要慎之又慎啊!"

邵江无话可说,两个人的基本观念不同,邬春晓从根上就没把生命当成什么神圣的东西,这与邵江的理念相差太远,不具备沟通的可能。

邬春晓看着邵江的神情就知道自己并没有真正地说服这个女婿,不过他接下来的行动需要邵江的配合,于是换了一种口气:"邵江,你与安静之间,还有可能?"

邵江听到邬春晓的语气略有松动,心中又燃起一丝希望:"嗯,这个很难说。不过您放心,爸爸,我是不会放弃小梅的。"毕竟面前的这个人是自己的岳父,自己妻子的父亲,当着他的面说自己和另外一个女人的感情问题,邵江不能说得太明显。

邬春晓尽最后一次努力:"安静对你,肯定没有你对她这么有感情。"

邵江点点头,心中却大声反驳:"不是安静手中握着我的合同,我才不会对她有什么感情。"不过这话不能说出口,一说出来,安静与邬春晓之间的最后一点缓冲也会消失。毕竟与利益相比较,邵江还是认为生命更重要一些。

邬春晓叹了一口气,"丘吉尔曾经说过:'世界上有两件事情最难对付:倒向这边的墙,和倒向那边的女人。'你总不会认为自己的魅力会大过金钱吧?"看到邵江仍然一言不发,邬春晓放弃了。

"只有采取另外一套方案了。孩子,爸爸尽力了。"邬春晓心中对着远在美国的女儿默默念道。

邢天并没有立刻展开对李力的讯问,他在第一眼看到李力时就知道自己遇到了硬骨头。

李力的身材矮小,但是他神情淡定,即使坐在审讯椅上也努力保持着自己裤线的笔直,眼神不像一般人在审讯室中那样惊慌,四处逡巡,而是直直地看着坐在对面的蒋勋。

陪着邢天一起站在门外的秦川气哼哼地说:"看见没有,这小子一副有恃无恐的样子,刚刚就跟我'对眼'来着。"

对眼是一种街头词,也有叫"照眼"的,意思是两个人彼此互瞪。在街头,也许互相一"照眼",就会爆发一场战斗。

当然,"照眼"的前提条件是彼此实力差不多。也因此秦川才对李力的行为很生气——你一个嫌疑人,凭什么和我们这些执法者发横啊。

邢天拉住要推门进入的秦川:"秦队,先不要进去,我要准备一下。"

秦川诧异地看了一眼邢天:"咱们又不是上台表演,还需要什么准备?你直接去,给他上一些心理手段,还怕他不说?"

邢天一笑,秦川总是认为心理学是一种手段,当然这种认知在部分情况下是正确的,但整体上来讲,它还是一种理论。要想在实际中应用,必须要有经验,还要找对方式。就好像力学是物理学的基础,而力学的基础是牛顿三律,可你要是让自己的孩子就拿着这三个公式去考试,那结果一定是不及格。道理一样,表现形式却是千变万化的。

邢天只能对秦川直说:"我原来只是认为这个嫌疑人是一个简单的心理变态,一个自认为的失败者。现在看上去,他是一个比较麻烦的对手。我一定要做一些准备。"

人对自己不了解的事物总是有些敬畏。秦川尽管已经很努力地想要理解邢天的"心理学",可基础决定上层建筑,也许在涉及具体案件的时候,他能够跟得上邢天的思路并进行配合,比方说这次侦破纵火案,但是脱离了日常范围的理论性问题,他完全摸不到门道。听到邢天这么说,他立刻就答应了:"好,那你快去准备。"

邢天走了两步,回头看看秦川,思考了一下说道:"秦队,你也要做一下准备。"

秦川疑惑地看着邢天:"我?我要做什么?"

邢天一笑,回来拉住秦川一起走:"你刚才不是说唱戏么?我这个主角上场,身边怎么也要有一个跑龙套的啊!"

秦川似懂非懂,跟着邢天一起离开。

邢天和秦川不知道,就在他们谈话的时候,一则消息以惊人的速度在国际期货市场上开始流传:中国公司出了大问题。

当然,期货市场上从来都不缺乏类似的消息,真真假假,难以分辨。但是如果把这则消息和市场上"中央物资储备总公司"近期的行为联系到一起,那么可信度便大大上升。

"中央物资储备总公司"的作为,就是没有作为。在面对着多头一方的种种进攻手段时,他没有作任何反应。本来这还可能有另外一种解释,就是中方在积蓄力量,这让一些实力相对较弱的投机者心怀忌惮,但是当传播消息者言之凿凿地说中方老总已经消失的时候,市场疯狂了。

半个小时之内,看多的资金增加了三成,并且这一势头还在持续。

期货的价格,本质上和股票没有区别,也讲究"众人拾柴火焰高",而与股票相比,它没有涨停板的制度。这也就意味着只要可能,一天之内可以让财富升值好几倍。但是对方向错误的投机者来说,贬值时的"保证金"制度,能够让他瞬间破产。

"保证金"的全称叫作"期货交易保证金",是指会员或客户在其专用结算账户中已被占用的、确保其持仓合约履行的资金,按持仓合约的价值的一定比例向双方收取的交易初始保证金。这个比率是根据价格波动的一般幅度和结算制度来确定的。

简而言之,就是交易所为了不赔钱,实行每日结算无负债制度。这个制度的出台,是因为在现在的期货交易中,实际上的每笔交易都是持仓人和交易所发生的。而在每日结算无负债制度下,交易所会规定交纳保证金,保证金是合约按结算价计算的价值的百分之五——百分之十。注意,这中间的百分比是当天结算价,并且要始终保持。也就是说,如果你的投机方向错误,那么你就要追加投资,来弥补你的保证金差额。如果你不能在接到通知之后在规定的时间内追加,那么交易所就会强行平仓。

LME(伦敦金属交易所)当天的期货铜价格上涨幅度达到百分之二十三。这在没有战争爆发和大规模自然灾害发生的情况下,几乎不可想象。

中国地区的时间比伦敦晚了七个小时,七个小时之后,这场暴风雨将会袭击中国大陆,带来强烈的冲击——经济上,和政治上。

邢天经过对李力资料的研究,已经大体掌握了他的心理轨迹。当然,没有任何一个人敢于夸口他完全理解了另外一个人,但在大的层面上,一个人的心理还是有迹可循的。

他特意叮嘱秦川,一定要穿一套整齐的制服。

秦川很不理解,便衣是一种身份。在刑侦这一块,只有那些刚刚进来的"菜鸟"才会穿着制服。

邢天看看时间已经不多,马上就要到拘留的时限,来不及解释,只是直接说:"你就听我的吧。"

李力的案子,本质上讲,并没有直接的证据,所以本来应该归为问讯范畴。但是证据这个说法很模糊,如果把邢天的心理画像算作证据的话,也可以对李力实行拘留。不过即使是拘留,通常也只有七天的时间。所以不管怎么说,邢天他们的时间都很紧。

"时间紧,任务重。"换上制服的秦川对邢天说道,"这次要是不能直接撬开李力的嘴,我们就是打草惊蛇。往后的侦破难度会大大增加。"

邢天点点头。

他当然知道这一点,但是有些事情知道并不代表能够办到。就好像你知道火箭上天的原理不代表你就能造出火箭,邢天也并不能肯定自己的办法就可以击溃李力的心理防线。

李力的人生轨迹并不复杂,上学,工作。要说挫折的话,就是因为身高的问题在当初找对象的时候遇到一点麻烦。不过,随着他事业上的成功。这个问题也自然而然地消失了——商品经济不但改变了人的状态,也改变了人的思想,现在没有哪个姑娘还会在找对象的时候把身高的问题看得那么重。

但是邢天在李力的资料中注意到一个细节:李力小的时候,他家曾经遇到过一场火灾,他本人是被当时的消防队员从火场中救出来的。我们的档案系统主要针对的是人事资料,这样的事情当然不会出现在档案袋中。李力总是会对朋友们讲起这一段经历,因而在办案人员询问时朋友和同事们都不约而同地讲到了这一点,并就此对公安局的判断提出疑问:"李力不可能是纵火犯,他本人差点被火烧死,对消防队员也特别崇拜,怎么可能去纵火呢?你们一定是搞错了。"

邢天对此有不同的看法,从心理学角度来说,幼时的恐怖经历会让人对某一事物留下极为深刻的印象,而体现在成年后的行为上,"逃避"只是其中的一个可能,也有反而与之亲近的。他的一个中学同学,母亲的个性很严厉。当年每个同学都不愿意去他家里玩,进家门他的母亲就会询问你的学习成绩、在班中的排名,逗留时间稍长一点,他妈妈就会在房间外大声地收拾屋子。几次三番之后,关系再好的朋友也不愿意再去他家。他本人对母亲的做法十分反感,可是在前年的一次同学聚会的时候,他携带妻子一同出席,大家发现他妻子的个性与他母亲如出一辙。他苦恼地向邢天抱怨:"我也不知道是怎么回事,准能把厉害的女人找到家里。"可在邢天看来,这很正常——他早就习惯了这样的相处模式,潜意识当中就把那些行为当成了寻找的标准。

"秦队,一会儿在谈话的时候,还是我来主导吧?"邢天以问句的方式提出了自己的要求。

"嗯?"秦川对邢天的要求有些疑惑,以往在涉及具体案件的时候,邢天一般都是把审讯的部分交给自己负责。这固然是因为尊重,也跟自己的本职是刑侦有关。

邢天点点头:"对李力,我们不能采用常规的突破方法。"

张葵因为自己的疑似心脏病,已经不再开车,专门请了一个司机。可既然是司机,那么就会有自己的事情,于是在用车的时候不是那么方便,尤其是在不近不远的小长途的时候。什么事情一麻烦,就会不想干。所以张葵现在已经不怎么用自己的车,如果不打的,就是就近找一个什么朋友捎一段。

这一次从 H 省回来就是坐一个朋友的车,他连家都没有回,直接就来到了江夏的诊所,因为江夏给他的药实在是太灵验了,一吃下去,立刻就睡了一个好觉。

江夏远没有张葵见到他那样高兴,若不是张葵确实是一个好病人,也许他都不想接待——期货的消息,他几乎立刻就知道了。

消息这种东西,获知它的难度大小不在于传播渠道本身是否通畅,而在于你对它的关注程度。你喜欢一个女孩子,即使你是在赤道几内亚,也能够在她所在城市下雪的时候寄回一件衣服。而如果你对一个人一点兴趣都没有,那么哪怕他住在你家对门,你也会在他二婚之后,对着他的第二个太太大声而又真诚地说:"您保养得真好,越看越年轻了!"

江夏在知道期货铜价格上涨百分之二十三之后,第一个感觉是庆幸,庆幸自己没有把新筹到的资金投入进去——他现在已经清楚地认识到,这笔资金虽然能够暂时地保住自己的仓位,但是对大局不会有任何影响。大坝被冲毁,一根竹竿是阻拦不住奔涌的洪水的。

但是他的第二个感觉是害怕,这种感觉甚至比对自己财产上的损失的悲伤还要来得强烈。在他已经投入的钱当中,有七百万是他从高利贷手中借来的。

江夏本身的资金,是一个很大的数目,但是既然能够在短短的十年左右就积攒起这样一笔数目的资金,可以想象江夏绝对不是一个中规中矩的"挣钱"的人,他一向信奉"资本不流通,就相当于没有"。于是他锲而不舍地在各个项目上投资。去掉这次的期货投机,他实际上还没有什么大的失误。他每次的投入,都抱着一种不成功便成仁的决心——"全仓杀入"。市场对风险的回报是丰厚的,他的资产也因此在不断地翻番上升。也就是因为这样,一旦投资失败,他的整个资金链条就面临着完全崩溃的局面。作为救急,他向放贷者高利借了七百万,补足了因为期货投机而产生的资金漏洞。在他看来,既然马上就能够产生巨大的利润,那么所谓的"高利"并不是什么无法接受的压力。而现在他知道期货市场的现状之后,压力立刻具体了起来。还有三天,就是交付这个月利息的时候了。

放贷者,也就是"地下钱庄",是一个古老而又新鲜的职业。世界上任何国家、任何种族都存在,或者曾经存在过这个行业。当然,现在的"地下钱庄",远没有以前旧社会的猖獗,最起码不像文学作品中塑造的那样猖獗。但是,利息仍然高得可怕,一般的情况是五分利,高的能够达到九分,甚至十分,根据你借钱的多少和风险程度来定。借得多,利息低;风险大,利息高。

江夏属于那种风险极高的种类——放贷者掌握着一个朴素的真理:如果没有实物,那么就是高风险。也就是说,如果你不是要生产什么东西,或者买卖什么东西,那你就是高风险,原因是要是有实物,如果你失败了,还能够拿来抵债。

因此尽管当时江夏十分肯定自己的项目是稳赚不赔的,他仍然要付给放贷者每个月八分的利息。八分,七百万,一个月就是五十六万块钱。

三天后,江夏就要付给放贷者五十六万块钱。

曾几何时,江夏在自己的各个项目形势很好的时候,对钱本身已经没有什么感觉。邢天形容他"迅速丧失了对'万'的概念"。用他自己的话说"我现在听别人跟我说'几万,几万'的,一点形象感都没有"。可现在,他觉得"五十六万"这个数字的形象很清晰,非常清晰。那是一座山,一座压得他喘不过气来的山。

张葵并不知道江夏正在为这件事情烦恼,他按照惯例,躺到"倾诉椅"上,开始讲述自己这一段时间的经历:"我这不是自己不开车了么,那天要出门,就让一个朋友找车送我一下。他倒是挺细心,把我的名字写在一张纸上交给找来的司机。不过,这个家伙的字写得实在是不好得厉害,又大又分又草。"

江夏知道什么叫又大又分,汉字如果写得很大,结构上又不讲究,那么一个字很容易变成两个字,"好"字就会变成"女子"。他很不喜欢张葵这种说话分岔的习惯,一件事情能够扯得很远,如果没有很强的归纳能力,你轻松地就会忘掉他最初想说的究竟是什么。不过,心理医生的职业就是听患者讲述,从中发现问题,进行分析。所以他也不能打断张葵的叙述。

张葵这次倒是没有把话题岔开:"结果我来到司机跟前,司机不让我上车。说我不是他要等的人。我说'我就是,我朋友已经把你的车牌号给了我。'他说'不可能,你的名字不对'。我说'怎么不对啊?'他说'我是在等一个叫张菜的人'。说着,还拿出那张纸在我面前晃了晃。我当时就被气乐了,在社会上这么多年,我还真没见过这么笨的马仔。我都明确地告诉他我朋友已经把车牌号告诉我了,他还在那一本正经地对我的名字。说起来,这事情也好解决,只要打一个电话给那个朋友就行,可我就想说服这个孩子,让他以后想事情多转几个弯。"

江夏愣了一下,"葵"和"菜"如果写得比较潦草的话确实容易弄混,"葵"字有的人干脆就不会正确地写,草字头底下胡乱地画几笔,猛地看起来是挺像"菜"字的。

张葵咂咂嘴,一脸得意的样子:"我想啊想,最后想出一句话,就把这个孩子说服了。"说到这里张葵故意卖个关子,然后一脸期待地看着江夏。脸上就是那种"你问我啊,我停下来就是要让你问,你问我我就告诉你"的欠揍表情。

江夏只好配合着问了一句:"你说的什么?"

"我就问他,"张葵说着已经开始笑,"你妈给你起名字叫'菜'啊?那不就等着被别人吃么!"然后哈哈地大笑起来,"怎么样,我这个问题经典吧?"

江夏并没有觉得有多可笑,以前困难的时候,给孩子起名字起成食物的并不罕见,像什么"果果……实实"的就不说了,还有叫"米"的,"面"的。叫"菜"有什么好奇怪的。不过,现在大家的生活都好了,这方面的名字确实少了。心理医生又讲究"融洽情绪",患者悲伤,医生要平静中透着理解陪着难受,患者高兴,那么医生也要陪着愉快。所以江夏也跟着笑了起来。

突然之间,江夏想到了一个问题:"菜,不就是用来吃的么?"他看看笑得前仰后合的张葵,脑海中浮现起上次询问张葵账户密码的情景,几乎瞬息之间,他就想出了一个计划。这个时候,江夏真的笑了起来,发自内心地笑了起来。

邵江开门后十分惊讶地看到邬冬强坐在沙发上。不管怎么说,这间房都是他和安静的"窝",如今妻子的亲人却不断地出现在这里,这让他感到十分的别扭。

邬冬强倒是不尴尬,现如今男人在外面有个女人实在是太正常了,更何况邵江的条件不错。他只是对自家的"老爷子"也能够接受邵江的这种行为感到有些意外。他主动地站起来打了一个招呼:"姐夫。"

邵江点点头,笑了一下,看看周围:"爸呢?"

邬春晓不在屋中。

邬冬强坐了回去:"拿着一个大袋子出去了。"

邵江又看了看,迟疑地问了一句:"那个,安静,安静也不在?"

邬冬强摇摇头:"我就没见着。"说着拿起放在前面茶几上的相册:"长得还真不错。"

邵江一看就知道郧冬强拿着的是安静的照片，也不好就这个话题说什么，"嗯"了两声，也坐了下来。

邢天和秦川穿着整齐的制服走进审讯室，李力抬头看着他们，就是不出声。

秦川看着李力这个样子就来火，把档案往桌上一扔就想发作。邢天咳嗽一声，制止了秦川。

李力把目光转移到邢天身上，上下打量着。

邢天的眼睛一直盯着李力，当李力的目光移上来的时候，立刻紧紧盯住。两人对视了一会儿，李力撇撇嘴，把目光又移开了。邢天这才坐下。

旁边的秦川凑过来低声说："邢处，还是你厉害，这小子照眼的时候还从来没有主动避开过谁呢！"

邢天没有回话，还是一直看着李力，然后把档案夹打开，立起来，一张一张地往外拿火场的照片。

秦川一直认为这个档案夹中应该全是李力的纵火案现场照片，可是看着邢天一张一张地拿了很久，不由有些奇怪，探头过来看了一眼，也吃了一惊，这些照片数量庞大不说，还有很多根本不是这次系列案件的。他疑惑地看看邢天，又想起邢天进门前专门对自己说的话，以及"心理学"这种神秘的学科，把嘴边的话又咽了回去。

李力刚开始也有点不屑一顾，利用犯罪现场的照片来震慑嫌疑人，然后突然开口询问犯案经过，这一招已经被影视剧用滥了，他在进来的时候就有这方面的心理准备。更何况蒋勋和秦川已经对他使用过一次。审讯技巧很讲究时机的合理性，时机不对贸然使用，就失去了应有的威力，也让嫌疑人有了心理准备，后来者再次使用也无法取得相应的成果。

但是李力很快地就被照片吸引住了。邢天选择的火场照片很丰富，并且不是为那种业余的爱好者所拍摄，全部都是存档用的技术资料，很多根本不对外公开。

在出现一九九三年震惊一时的"美国大卫教案"的照片时,邢天第一次开口:"外界报道,大火的起因是纵火自焚,也有人宣称是政府坦克撞翻的油灯引起整个火灾。这些姑且不论,"说着他拿着照片走近李力:"如果要是你。你会选择哪些位置作为起火点?"

李力咽咽口水,没有说话,但是目光贪婪地盯着照片。

邢天走到李力面前,用手指着照片上的几个位置:"如果我来选择,就在这几个位置。"

李力不屑地哼了一声。

邢天笑笑:"你看,如果我在门口放置一个着火点,然后在壁炉边放置一个,再在……"邢天在讲述的时候做出一副洋洋自得的样子,手指在照片上比来比去。

李力终于忍不住打断:"荒谬,无知。"

邢天惊奇地看着李力:"哪里荒谬?怎么无知了?"

李力激动得想站起身来,却被一直站在他身后的干警按了下去。"放一场火很简单,但是要达到完美的程度却很困难。你要掌握多方面的知识。"李力在讲这些话的时候神情严肃,像是一个教授,还是英国的,"首先,你要知道在这场火中,燃者的目的。"

邢天注意到李力的特殊用词。大卫邪教案件是一个著名的案子,一伙狂热的信徒在一个更加狂热的宗教领袖的带领下,与前来收缴非法武器的政府成员发生了激烈的武装冲突。之后被围困在一个庄园之中达五十一天之久,而就在执法人员采用强行突破的办法准备逼这些人出来投降的时候,一场大火冲天而起,仅半个小时就将整个木建筑群吞没。所以一般人在讲到这次事件时,会用"惨案""悲剧"等名词,专业人士会用"案件",李力却单纯地使用了"这场火"。他的着眼点与其他因素根本无关。另外,邢天还很好奇一点:"燃者?这是什么词语?"

李力自豪地说道:"我自创的称呼。"

邢天感兴趣地问道:"顾名思义,就是指那些将火点燃的人了?"

李力生气地连连摇头:"胡说,怎么能这么简单。一个合格的燃者,要完全考虑到点燃的各个细节,选取目标,准备材料,确定步骤,估算风险,最后才是点燃行为。按照你的说法,一个小孩子,在外面随便点一个小火堆,也能被称为燃者了,那岂不滑稽!"

任何一个把自己痴迷的事物上升为艺术的人,在具备深厚的专业知识,尤其是有了丰富的实践经验之后,总会想要创建一套自己的理论,并且会发明出自己专有的符号,以此来拒绝"低等"的人进入自己的领地。据说在"蒙昧时代"刚结束,也就是"文艺复兴时代"刚开始的时候,欧洲的数学家们甚至找不到几个使用同种符号者。这固然是因为当时尚未制定统一的标准。也跟数学家们狂热的独占情结有一定关系。到了后来,在计算机技术标志性的二进制发明之后,美国和前苏联的科学家们根据同样的原理,竟然设计出了完全不同的两套计算机系统,这也就意味着每一个算法、每一个结果,都由不同的称呼来代表。因此前苏联的计算机专家在美国首例黑客袭击事件出现之后曾经骄傲地宣称,美国的黑客,永远不可能攻破苏联的电脑系统——这是理所当然的。再厉害的小偷,也打不开没门的屋子,因为在那个地方,进出物体的甚至不叫门。

邢天等李力发泄完:"嗯,那么,在这起案件,啊不,在这场火当中,燃者的目的是什么?"

李力平缓了一下情绪:"这就是这场火特殊的地方,在这场火当中,燃者的目的就是火而已。"

坐在审判桌前好久的秦川,看着邢天莫名其妙的行为已经运了很长时间的气,再看着李力一副学者的派头大言不惭地讲着什么"燃者的目的就是火而已",明显就是在故弄玄虚,终于忍不住出声:"哼,装模作样。"

邢天连忙回头,瞪了秦川一眼,秦川不说话了。

好在李力并没有被转移思路:"燃者的目的有很多种,有的想要引人注目,有的想要焚毁目标,有的想要破坏,而我们说的这场火,目的却很直接,就是想要燃烧。"

邢天已经明白了李力想说的话,这还是要归结到这场火的纵火者。虽然不断地有人说这场火的起因是因为政府的坦克撞到了油灯,之后迅速蔓延。但是光从这场火在半个小时的时间内就吞没了整个建筑群来看,这个说法就不成立——没有助燃剂,只靠木头自身的燃烧来延续火势,不要说半个小时燃起整个建筑物,火本身是否能够维持还是两说。另外,火场之中一共找到八十六名教徒的尸体,仅有九人冲出火海逃生,这明显有自焚的迹象。"所以说,大卫的目的,就是要一场火?"

李力点点头:"那人是个疯子,这场火对他肯定有什么精神上或者宗教上的意义。"说着盯着照片:"因此,对这场火来说,其他的因素已经可以完全不考虑,就是考虑火本身就行了。怎么能让火势更大、火速更快,就怎么点。所以,应该是在这里、这里,还有这里放置起火点。"

邢天点点头,李力指出的几个点,事后也被痕迹鉴定专家认定为最初起火点。于是他又接着问道:"这次事件当中,美国政府被批评最多的一点就是,在火起之后,没有迅速有效地控制火势,导致蔓延到整个建筑群。"说着他看着李力:"如果让你来救火,你会怎么做?"

李力的神情变成了亢奋:"我来救火?如果在有足够物资的前提下,我可以选择……"

邢天打断了他的话:"现场指挥明显没有想到会有这样一场火,所以虽然常规的灭火装置也有配备,但是肯定达不到你所说的'足够'的程度。"

李力点点头,陷入了思考。

邢天很有耐心地等待着。

秦川走了过来,趴在邢天耳边小声地问道:"邢处,你这究竟是在干什么?他一个纵火犯,你老问他放火救火的干吗?"

邢天正要回答,李力突然兴奋地说道:"有了,我想明白了。"邢天立刻追问:

"想明白什么？"

"哈哈，我是一个天才。"如果不是有后面的警察按着。李力就要跳起来了，"现场有大量的警察和军队，对吧？"

邢天点点头，当时的对抗已经持续了五十一天，在场的不但有警察，还有FBI、国民自卫队以及军队。

李力："那么，他们手中就会有大量的弹药和汽油。利用这些，我们很容易就可以做一个'火烧迹地'出来。"

所谓"火烧迹地"，指的是点迎面火之后，人为地制造一场小火，利用大火造成的热空气上升之后形成的真空，把小火吸引过去，从而阻挡大火火势的蔓延，小火燃烧过后的地带就叫作"火烧迹地"。

李力继续说道："有条件的话，还可以在火场上空引爆几颗炸弹。爆炸会消耗大量的空气，这样下面的火势就会因为氧气的减少而减小。当然，这需要一些计算，要考虑到当时的风势风力，周围的建筑分布情况……"

邢天又拿过来一张照片："那么这场火呢？"

鲁芹知道期货市场的消息并不比江夏晚多少，但是她表现的方式和江夏完全不同，她选择——寄希望于万一。

她不停地拨打周密的电话，办公室、住宅和移动电话。当然，不会有任何人接听。

于是她怀着万一的希望，来到了周密的办公室，就这样坐在门口，一直等待，等待着周密的出现。她明知道即使周密还会出现在这个地方，也不会是这个时间。但是她固执地就这么坐在周密的办公室门口。

秦川与邢天站在门口，透过窗户看着里面的李力兴奋地讲述着对各个火灾的救火方案。

秦川使劲地吸了一口烟："邢处，我看差不多了。连续审讯不能超过十二个小时,马上就要到点了。"

邢天扭头看看窗外的天色,一丝光亮已经出现,马上天就要亮了,慢慢地点点头:"这个时间差不多,经过一晚上的兴奋,李力的精神和生理上都已经到达了一个极限,现在应该已经感到了疲劳。走,秦队,咱们这就去给他最后一击。"

秦川把烟头捻灭嘿嘿一笑:"别,邢处,我可不敢抢功。就是跟着您学习学习。"

"嗯?我怎么听着你这话味道不太对啊!"

"呵呵,我就是觉得你这么做,未必有什么效果,到时候他要还是不张嘴,我们时间上可就真的来不及了。"

邢天点点头:"秦队的顾虑也有道理。不过,技巧的使用讲究时机,我之前这么做,就是在造势。"

秦川眼睛一亮:"这么说,还有绝活?"

邢天被秦川孩子般的语气逗笑了:"用您的话说,刚才那是上场之前的锣鼓点,急惊风一来,观众的情绪调动起来,我们上场亮相才能来个碰头彩。"

秦川撇撇嘴:"我说邢处,您这点皮毛的京剧知识就别在我这老票友面前显摆了。急惊风和碰头彩可没有什么必然联系。要想得碰头彩,那得是角儿!"

邢天也是"呵呵"一笑:"我们今天,就是角儿。"

秦川明白邢天已经很有把握了,于是学着龙套半弯着腰,低声念白:"您,请哪!"

两人笑闹完毕,各自整肃衣冠,推门而入。

看看时间已经这么晚,邬冬强对邬春晓的安全担心起来。拨打手机,总是显示无人接听。看看邵江,邵江却比他还要着急,因为不止邬春晓,就是安静也没有消息。

邬春晓盯着邵江:"我说,老爷子能够去哪里呢?"

邵江不耐烦地回答:"我怎么会知道?他老人家万事算无遗策,还神龙见首不见尾,我就是他帐下马前的一个小卒子,怎么能有资格知道领袖的行踪。"

邬冬强当然知道自己父亲的习惯。邬春晓一直都有一个观点,自己的决策只能自己来做,不能受到下属的干扰。他曾经讲过,你个人被别人研究得越多,就越容易被别人归纳,你的行为越容易被人预测。而"天意从来高难问",想要保持别人对你的敬畏,就要和人保持距离。因此他在任何时刻都保持着行动的自由和隐秘,曾经一度他的手机只在自己呼叫别人的时候才开机,这种情况一直持续到手机普及率大大提高,在他退下来之后又恢复了这一传统。可邬冬强需要发泄一下:"那可难说得很,谁知道你这边出了什么事情?这次爸爸匆匆忙忙地把我叫了过来,却给了你这个小情妇的地址,我来了见不到爸爸不说,你那个女人呢,怎么也见不到?"

邵江像是传说中的武林高手,身上的"罩门"被敌人拿住一样,无法做出解释。现在他的身份的确比较尴尬,面对着自己的"小舅子"根本无法做到理直气壮,于是只能保持沉默。不过他的心中却无法平静,邬冬强的话提醒了他,邬春晓和安静,"难道,爸爸真的那么做了?"他猛然站起身来,走到窗边向外看去,外面高楼环伺,一片昏暗。

李力看着邢天拿着一个夹子走到自己身边,又兴奋起来:"还有?哈哈,你们终于发现了我在火方面的才能了。"

邢天不理会李力有些疯狂的眼神,慢慢地打开文件夹。

李力伸出手来抢夺:"快给我看看,不管是什么火,只要有我,一定能……"他的声音突然停止。

邢天冷冷地看着李力:"这场火,你要怎么救?"

李力的手微微颤抖。邢天从他手中拿回文件夹,从中又取出一张照片:"这张呢?"换了几张:"还有这张,这张?"他大声喝问:"这些火怎么救?"这几张照片,拍摄的都是刚发生的那几起纵火案的现场。

李力盯着照片,脸上的表情已经有些扭曲。邢天回头看了秦川一眼,秦川拿着另外一些照片走了过来:"还有这些。"

照片上,是一人一狗的尸体。

邢天声音极其严肃:"李力,回答我,消防员救火的目的是什么?"

李力习惯性地回答:"保护人民的生命和财产。"一边说一边把目光转移到别的地方。可是秦川一直把照片摆在他的眼前,躲避不开。

邢天再次询问:"生命和财产什么更重要?"

李力突然崩溃地捂住脑袋:"你不要说了,不要说了。"

邢天紧追不舍:"回答我。"

李力大声嘶喊:"我怎么知道里面有人?我当时明明检查过的,那个仓库里面应该是空的,是空的。"

邢天和秦川互视一眼,眼中都有喜色,经过精心准备的方法终于见效,他们成功地找到了李力的心理缺口。他们回到桌边,准备开始记录李力的讲述。

门突然开了,蒋勋站在门口,冲着邢天招手。邢天冲着李力看看,发现他没有注意到这一情况,于是站起身来,走了出去。

一出门邢天就变得很愤怒,冲着蒋勋发火道:"我一再说,在讯问嫌疑人的时候不能被打断。你知不知道,在嫌疑人刚刚开始讲述的时候是我们最好的机会,一旦错过,百分之四十的嫌疑人不会再开口!"

蒋勋苦笑着解释道:"邢处,我知道。可是你也告诉过我,发现凶杀案的前三个小时是现场勘察的黄金时段。"

邢天一愣:"什么意思?"

蒋勋:"半个小时前接到报案,有人在江边发现无名女尸。"

邢天又急了:"怎么现在才来报告?"看着蒋勋苦笑着看着自己不说话,他反应过来,道歉地笑笑:"啊,对不起。"接着思考了一下:"这样,我留在这里继续讯问,秦队去现场。"

第十八章

秦川赶到江边的时候，现场已经聚集了大量的围观人员。秦川皱皱眉："怎么回事？"

重大的恶性案件他们一般都希望能够尽量地控制扩散范围，这样第一能够避免引发群众恐慌，第二当发现重大的破案线索的时候，保密期限可以最大限度地延长。而现场围观群众一多，扩散将无可避免。国人的探密欲望与传播爱好在这一点上结合得十分完美，换句话说就是爱看热闹不算，还会在之后四处转述，这将会给以后的调查走访带来极大的困难。

身边的蒋勋答话："秦队，现场地点特殊，我们也无法完全做到封锁啊！"

秦川向周围看看，这个地方正处在江面缩窄之处，所以建了一座桥，也因此有三条马路汇聚于此。现在正是晨起上班之时，人流量的加大自然带来围观者的增多。

不过，秦川敏锐地发现尽管外围群众兴致勃勃地想向内部移动，可那些真正在现场周围的人却都毫无举动，似乎显得很迷惑。这中间甚至包括已经赶到现场的华天雪。

华天雪正在出神地想着什么，被秦川在肩膀上的轻拍惊动，回过头来打了一个招呼："秦队。"

秦川点点头："情况怎么样？"一边说，一边寻找着遗骸。

现场一目了然，在已经被警戒线围起来的范围内，一张白布覆盖着尸体。只不过，根据凸起的形状看，这具尸体实在是太小了，简直只有一个女式皮包的体积。秦川惊讶地看看华天雪。华天雪点了点头。

掀开白布的秦川，即使他已经从事刑警工作这么长时间，也被看到的内容惊吓了一下。身后的蒋勋更是不由自主地干呕了一声。华天雪蹲在秦川身边，介绍着情况："初步判断，是利刃切割，外皮层有轻微冷冻痕迹，应是死后造成。骨头连接处没有发现明显的挫痕，实施者应该具有一定的医学知识和人体解剖知识。另外……"华天雪说着犹豫了一下。

秦川站起身来，他的心中有一种说不出来的情绪。现在的罪犯，行凶手段越来越残忍。他刚参加工作的时候，杀人的案件都很少发生，而现在，不但杀人，还要分尸。究竟是杀人技巧进步了，还是心理冷漠了？他长长地出了一口气："还有什么，一次性都说出来。"

华天雪犹豫着把自己的感觉说了出来："尸体的其余部分已经找不到了，按照理论推断，应该是抛尸入江，毁尸灭迹的情况。可据报案人说，他发现时，这颗头颅就在岸边，很容易就能被人看见，不太像能够把事情做得这么细致的人干的。而且摆放得整齐，这么说来，他应该有其他的目的。"

蒋勋听到"摆放得整齐"的时候，终于忍不住冲到一边呕吐起来。

秦川知道华天雪这么说，已经超出了一个法医在现场应该说的话，是有压力的。法医在现场，只负责对尸源做技术性的鉴定，不能对案情做出倾向性的解释，因为一旦如此，很容易给案件的侦破工作指入歧途，毕竟他们第一个到现场，第一个接触尸源，是做出第一判定者。不过，刚刚华天雪的论点明显受到了邢天理论的影响，试图从一些细节推导出凶手的心理，这种行为值得鼓励："嗯，你的意见我会考虑。"

华天雪点点头："好，我要回实验室，尽快确定死者的身份。"

秦川点点头，回想着刚刚看到的死者鲜活的面容，叹了一口气："尽力而为吧！但也无须太大的压力。"

华天雪明白秦川的意思，死者的头颅保存得十分完好，直接照相就可以作为寻找线索用的照片蓝本。"只是可惜了,这是一个很漂亮的女人啊!"华天雪的心中暗暗思忖。

天渐渐亮了,鲁芹的心却渐渐地沉了下去。周密果然没有出现。作为一个有名的经理人,周密一直都保有着良好的职业素养,几乎从不迟到。那么像现在这样不出现,只有两个可能,一种是来不了,一种就是不会来。抱着最后的一丝希望,鲁芹再次拨打周密的电话,当提示音传来"您拨打的用户已关机"时,鲁芹哭了出来。

邢天正在整理李力的口供。

嫌疑人的口供不能作为单独的定罪依据,但是李力在这份笔录中供述了自己的动机:他小的时候因为学习成绩好,受到家长的万千宠爱,甚至在他家遭遇火灾的时候,他的父母也对前来营救他们的消防员要求先把他救出去,这养成了他万事以我为中心的自私性格。这样的性格,在他初尝爱情滋味的时候,给他造成了很大的障碍,女方不满意他在恋爱时表现出来的粗心和自私,与他分手。这本来没什么,他的自我感觉也仍然良好,后来的事实也证明了他的观点,只要有本事,就有爱情。但是,几年前他得知自己的初恋女友最后嫁给了一个消防员。这个男人,在李力看来各个方面条件都与自己天差地远,而女友却是在刚与自己分手后不到三个月就嫁了出去。他按照自己的世界观分析了女友的行为,得出了一个结论——消防员的身份是唯一的原因。

本来这个荒谬的结论不应该是他这样的高智商并且受过高等教育的人得出来的,但是他固执地说服了自己,像是在与谁较劲似的准备参加消防员考试。他本来计划得挺好,当通过的时候,他故意不去报到,以此来向自己和那个女子证明,自己远远优秀于消防员。可是事与愿违,他三次参加考试,三次被刷了下来,不管他的理论知识有多扎实,基本技术有多熟练,考官总是说他集体意识太差,不适合消防员这个职业。

"所以,我就想,如果我能够在体制外表现得足够出色,就能够让那些与我作对的人看看,他们错过了一个多么优秀的人才。"邢天看着面前的笔录,叹了一口气,这个人的才能确实出色,但是话里话外透出的自私实在让人叹为观止——直到最后,他也认为是考官在与他作对,而不去反思自身的缺陷。可以说这样的性格是导致他走到今天这一步的主要原因。"性格即命运啊!"邢天轻叹一声。

秦川推门进来,正好听到邢天的感叹:"嗯?什么命啊运啊的?怎么邢处也相信这些?"

"我是说,性格即命运。"邢天一笑,"这是古希腊哲学家赫拉克利特说的话,他认为一个人的性格决定了一个人的命运。你的性格决定了你看事物的角度,角度决定你解决问题的手段,手段决定你解决的结果,这样很多的结果构成你的人生。"

秦川点点头:"有点道理,就是说得太快,像绕口令似的,你再说一遍。"

邢天站起身来,笑着把手里的档案递给秦川:"不过是一句话而已,不用这么较真。给你,这中间李力提到了作案工具的存放地,你安排人手赶快去找一下。另外,你那边的案子什么情况?"

秦川接过档案,脸沉了下来:"唉,人家说什么案子难办都叫'无头公案',我这好,反着的,有头公案,还只有头。"

邢天也严肃起来:"分尸弃尸?"

秦川点点头:"是,我回来跟你打个招呼,准备安排人手进行排查了。"

邢天跟着秦川一起向外走去:"我这边先向局长汇报一下李力案件的情况,然后到你那里。"

秦川同意:"好,案情取得突破,应该向局长汇报一下,缓解一下他那边的压力。要不然,这个案子再一压上去,他老人家估计要把咱们吃了。"

邵江看着坐在对面沙发上的邬春晓,总觉得他脸上的笑容有点怪异。按理说自己没再犯什么错误啊,邬春晓一晚上没回来,自己就坐在客厅里等了一晚上,连邬冬强这个亲儿子后来熬不住都去睡觉了。

邬春晓身上的寒气随着阳光的越来越强烈,显得越来越淡薄,终于在回来之后第一次开了口:"小江,那件事情,你考虑得怎么样了?"

邵江被岳父吓了一跳,邬春晓是一个十分注意分寸的人,不愿意和人显得很亲近,自从自己和他们家认识之后,他还从来没有这么亲切地称呼过自己,就是在自己和邬小梅结婚之后,他也坚持只称呼自己邵江,有的时候为了刻意地表示亲近,会叫自己"小邵",像这么称呼自己"小江",还是第一回。不过提到那件事情,邵江又觉得心中有点发紧,经过一晚上的担心,他已经十分清楚自己做不到"心狠手辣"。说实话,他现在十分后悔当时把安静的事情通知邬春晓,冷静下来看,当时未必没有其他的解决办法。不过现在说什么也晚了,邬春晓的介入,意味着自己不但失去了"主动权",甚至连"自主权"也失去了。

邬春晓看着沉默的邵江,长叹了一口气,准备说些什么,却突然闷哼了一声,伸手捂住了胸口。

邵江大惊,连忙扑了过来。

邬春晓用颤抖的手指了指自己的口袋。邵江探手进去,拿出了一个小瓶子,上面清楚地写着"速效救心丸"。

邵江这还是第一次发现原来自己这个看起来似乎无所不能的岳父竟然有心脏病,他本来以为邬春晓身体十分健康,还能够活很长时间。要是他早知道这个消息,他就不会那么急功近利,选择期货投机的手段来转移家族财产了。

现在邬春晓心脏病发作了。邵江手中拿着药,一下子陷入了犹豫:心脏病后果很严重,只要发病时抢救不及时,轻易地就会导致死亡。可是,这个抢救及时只是针对结果来看的。也就是说,救过来了,就是及时,救不过来,就是不及时,从来没有一个明确的时间认定,多长时间之内算是及时。邵江浮想联翩,"也许我只要稍稍耽搁那么一小会儿,就会……没有人会为此承担责任,一个六十多岁的老人,又有心脏病,发生这样的事情只能说是一个悲剧,到时候最多有人埋怨我，但是我可以就此摆脱这个阴森恐怖的老头。"想着这些，邵江低头看看邬春晓。

邬春晓的目光很奇特，邵江从中读出了悲伤，读出了绝望，他忽然一笑，压低身子，把嘴凑向邬春晓的耳朵："爸爸，您的药，究竟放在了哪里？"一边说着，一边把手中的药瓶揣进了自己的上衣口袋。

邬春晓似乎明白了什么，眼中竟然浮现出了一层灰色。邵江又是得意地一笑："您看我这样一做，就没有人能够怀疑我了。我确实想挽救您的生命，但是您的身上竟然找不到药物，人们最多会感叹说，您这样的人物也会犯这样的错误，明知道自己有心脏病，竟然出门不带药。而且到时候我会表现得很悲痛，非常非常悲痛。人们还会夸奖我，当然也会夸奖您，夸您是多么的有眼光，找了一个多么好的女婿。"说着邵江的情绪激动起来："你这个老家伙，心中只有自己，只有你的邬氏家族，人都说一个女婿半个儿，我在你眼里，别说半个儿了，四分之一个儿也比不上吧？你那两个儿子能干什么？一个只会吃喝嫖赌，另一个只是好高骛远，可是你还是费尽心机地想把财产都留给他们。你这个人还整天阴沉沉的，谁都不知道你在想些什么，我们这些人就是想讨好你也找不到门路。哈哈，就你那两个笨蛋儿子，你死之后我还不是想怎么玩他们就怎么玩他们……"

邬春晓突然咳嗽了一声，已经陷入狂热情绪的邵江完全没有发现异常。声音是通过肌肉颤动声带而产生的，而心脏供血，供给的对象就是肌肉，一个人心脏出了问题，肌肉就会因为供血不足而无法有力地收缩，"有气无力"就是形容这种状况。可是邬春晓的这声咳嗽十分响亮，怎么可能是一个心脏病发的病人发出的？

但是这也不能说邵江粗心，杀死自己的同类，或者说杀死任何一条生命，对一个人来说都有一种心理冲击。屠夫基本满脸横肉，并不是说满脸横肉是成为屠夫的先决条件，而是因为在宰杀牲畜的时候人会不由自主地咬紧牙关，而咬横肌会因此越来越发达，表达在外在形象上就是横肉。邵江突然面临着这一重大的冲击，本能地选择了从埋怨对方的形式来转移自己的负罪感，这在心理学上称为"自我暗示",他是通过这种方式来在自己的心中增加对邬春晓的怨恨,给自己这种杀人的行为找一个原因。因此他也不可能在这个时候注意到这样的细节。

可这声咳嗽带来的后果却是邵江想不到的,如果他能够回头,就会看到自己的身后站着手执铁棒的邬冬强。

邵江没有回头,所以他只是突然觉得脑袋轰响了一下,然后就此陷入黑暗。

邢天在向领导汇报工作的时候总是把自己的手机设定成振动,他倒不是为了避免领导的厌恶,而是因为他认为这是一种基本的尊重。当然,他的性格决定了他的社会应酬很少,这也是他能够这么做的原因之一。一个处级干部,要是手机关了一小时,差不多就会有五个左右的未接来电,谁知道不接的电话中间得罪了谁!

不过今天邢天享受到了真正的处级待遇,十分钟了,怀中的手机振动就没有停过。李汉魂也注意到了,"邢天,是不是有什么急事?"

邢天考虑到刚刚才和秦川分开,那么即使那边的案情有什么突破需要通知自己,在拨打手机不接听的情况下,知道自己行踪的秦川也会直接打局长办公室,现在电话没响,证明不是公事。而只要是私事,就不在乎晚几分钟,所以他坚持着回答:"没什么事!"

邢天不动声色,继续汇报:"综上所述,我认为这次的系列纵火案,已经基本可以结案。"

出门之后,邢天立刻查看自己的手机,不出所料,主叫者果然都是邢小天:他一边回拨一边暗自好笑:"小天的性格真是像了他妈妈,性急得很。不知道这次是不是又发现了什么好软件,急着要买。"

自从上次鲁芹回到家中以后,邢小天的表现越来越童真,父子两人的关系也越来越融洽。邢天明白这是邢小天在逐步地走出当年"父母离异"的心理阴影,他也愿意尽一切力量去弥补邢小天的心理缺失,因此尽管每次小天对他津津乐道的计算机新技术他觉得如听天书,他还是尽量试着跟上,不过自己只是一般水平的计算机知识总是在邢小天高深的理论面前完败。

电话接通,听到邢小天声音的时候,一丝微笑浮上了邢天的嘴角:"小天,什么事这么着急?"

邢小天的话把邢天的笑意摧得粉碎。话不长,中心意思就是:妈妈打电话来,像是在交代后事。邢小天总结道:"这次妈妈很伤心,要自杀,爸你快去制止。"

尽管儿子的年纪还小,但是邢天对邢小天在这方面的能力无可置疑。不光是因为单纯的喜爱,也因为理论的支持:单亲家庭成长起来的孩子,在感情方面总是十分敏感,尤其在亲人之间。尽管这次邢小天的结论十分令人震惊,但邢天觉得宁可信其有。他用尽量沉稳的声音回答:"放心,儿子,我一定把妈妈带回家。"

挂下电话之后的邢天正准备拨打鲁芹的手机,电话声再次响起。邢天看到是报案室的电话,立刻接听。华天雪的声音传来:"邢处,接到报案,声称有人要自杀。"

邢天等了一下,华天雪继续说道:"据报,意图自杀人士是一位中年妇女,准备从国际大厦的顶层跳下来。"

邢天一愣:怎么又是国际大厦。上次许冰声就是从那里跳了下来,这个地方还真是跳楼自杀者的首选!当然,邢天的背景知识让他很清楚,国际大厦的高度和知名度,让它天然地就具备这方面的风险。

"上次许冰声的事情发生之后,影响十分恶劣,国际大厦对此也很重视,专门增加了一项制度,怎么会那么轻易地让人又上去了?"邢天疑惑着对华天雪说,"我现在立刻出发,现场谁在?"

"我们谈判小组的成员都在向那边赶,目前那里还没有我们的人。"

"那好,谈判小组成员,不管是谁,一旦赶到立刻开始谈判工作,不用等我。"

383

邬春晓看着邵江趴在地上的尸体,微微叹了一口气,"自己还是心软了。如果换成是当年的自己,无论是再亲密的人,也不会一而再,再而三地给他机会。不过,也许就是因为当年的事情做得太过分,才让自己付出了这么大的代价,隐姓埋名了一辈子。如果当年能够……"多年来养成的铁石心肠让邬春晓制止了自己的胡思乱想,他抬头对邬冬强说道:"也放进去吧!"

邬冬强点点头,搬着邵江的尸体走出了客厅。过了一会儿空手走了回来,他一屁股坐在沙发上,对邬春晓问道:"您一晚上都忙什么了?"

这话换在以前,邬冬强绝对不敢就这么问出来。邬春晓的威严和强大的压力让两个儿子从小就把他的话当成铁律,邬春晓既然不喜欢别人追问自己的行踪,那就没人敢问。

不过人与人之间要想真正地亲密起来,最迅速的办法就是把两个人的关系庸俗化。一起做坏事就是其中的途径之一。两个人要是一起偷过东西,或者一起作过弊,那么他们之间的关系就会比一般的朋友和同学要亲密得多。远的例子像是林冲上山要缴"投名状",近的就是官员共同受贿之后立刻就能成为一个牢不可破的小集团。深层的原因就是因为这些东西都是"不足与外人道",既然"外人"不知道,那么自然知道的就变成了"自己人"。

现在,邬冬强跟着父亲做了这么大的一件事,内心深处的顾忌已经自然而然地消退不少,再加上他对父亲昨天晚上的行为确实很好奇,终于还是忍不住问了出来。

邬春晓并没有因为自己的行动而改变心态,他并不是第一次做这种事情,所以心理环境并没有受到很大的冲击,他语重心长地教导:"一个出色的棋手,每走一步棋都要深思熟虑,眼光不但要看到这一步,还要看到之后的一步、两步,甚至三步四步。"

邬冬强皱皱眉头,没明白父亲的回答和自己刚刚的问题有什么关系。

邬春晓接着说道:"我们的问题,从来就不是别的,是钱,明白吗?"

邬冬强点点头,又摇摇头。自己的问题当然是钱,任何人的任何问题说到底都能说成是钱的问题,可是家里的环境远不至于需要为了钱做出这些事情,尤其是父亲,他更不需要。

邬春晓摇摇头,自己的两个孩子确实不成器,还没有看出来"邬氏集团"实际上已经濒临绝境,尤其是在邵江的投资失败之后。别人不知道,他清楚地了解邵江向高利贷借取的一千万以及附带的利息可以让自己一家人都迅速地跌落到社会的最底层,自己决不允许这样的事情发生,为了自己,更为了三个孩子。不管怎么说,自家的菜再不好,那也是绿的。

"目的明确,我们的行动就要围绕着中心来进行。"他耐下心来,解释道,"可以采用任何手段。但是要记住,手段永远是手段,不能喧宾夺主,成为目的本身。"邬冬强点点头,表示这句话听懂了。

"那么,现在问题来了,我们需要的钱在哪里?"

邬冬强一脸茫然:"在哪里?"

邬春晓轻叹一声:"在银行啊!"

邬冬强呵呵一笑:"您怎么现在玩起脑筋急转弯了?"看着邬春晓的脸色,他慢慢地停下笑声:"您是说,抢、抢银行?"

邬春晓不动声色,邬冬强兴奋起来,对父亲的盲目崇拜让他毫不考虑这中间的危险:"好,这个办法好。抢上几千万,什么问题都解决了!"

邬春晓嗤笑一声:"几千万?你知道几千万的钞票是多少么?百元面值的钞票,一百万先不说面积多大,重量就是二十公斤,一千万就是二百公斤,四百斤的东西你拿得动么?"

邬冬强张口结舌:"那么重?"

邬春晓摆摆手:"这个问题我来解决。我们首先确定中心,接着明确目的,接下来才是手段。"

邬冬强点点头,不敢再随便发表意见。

邬春晓也有些兴奋:"银行作为国家的一个重要的职能机构,势必会受到很严密的保护,这其中最重要的力量就是警察。我们是要把他们作为一个整体排除在我们的计划之外。"

邬冬强想了想,失望地摇摇头:"难,警察到处都是,怎么排除?"

邬春晓得意地笑笑:"这就是我昨天出去的目的。"

邬冬强立刻来了精神:"您做了什么?"问题虽然一样,但是他现在已经明白了邬春晓的思路,所以问起来格外热切。

邬春晓点点头:"警察也是人,他们办事情也会分主次。既然无法消除他们的能力,那就转移之。"

邢天匆匆赶到现场,惊讶地发现几个谈判小组成员还都站在外围,无人上前与自杀者直接对话,他顿时拉下脸来:"怎么回事?"他盯着华天雪:"我不是在电话中已经下命令了么。先到先谈。"

秦川站出来回答:"邢处,这不能怪小华,实在是情况有点特殊。"

邢天的脸色依然很难看:"情况再特殊,也不能忘记了我们的职责,谈判专家存在的目的就是为了保护人民的生命安全,要知道,我们工作中的一个失误,很有可能就会造成一个家庭的破裂,有人就会失去他们的爸爸或妈妈,儿子或女儿,妻子或丈夫,怎么能够无故耽搁呢?"

秦川苦笑着说道:"让我把话说完行不行?我们真的不是无故耽搁。首先对方还没有马上就要跳下去的意思,其次……"

邢天打断:"自杀者的情绪都是不稳定的,也许这一分钟还比较犹豫,但是下一分钟就跳了下去。这个判断不准确。"

秦川干脆把手中的望远镜递到邢天手中:"我不说了,你先自己看看。"

当邢天在望远镜中看到自杀者的面容之后,浑身的血液都几乎凝固了。邢小天的话在他耳边反复回响:"这次妈妈很伤心,要自杀,爸你快去制止。"

出现在镜头中的自杀者,正是鲁芹。

邢天看着呆呆木立的鲁芹,张张嘴,却什么也说不出来。这是在他印象中自己第一次无法对工作对象张口。

谈判专家这样的职业,和一般的警察有小小的区别。一般的警察,如果在办案过程中遇到和自己有关联的人或者事,会暂时回避,以免因为情绪或者利益相关而做出违反纪律的决定。而谈判专家不同,尤其是在这种沟通劝解自杀者的案件当中,感情本身就是一种被十分重视的武器。一个标准的谈判小组是由组长、谈判员、策略员、物料供应、资料搜集等五个部分组成,其中的资料搜集人员,负责搜集关于对方的一切资料,主要任务就是寻找自杀者的亲人,希望能够利用亲情打动谈判对象。

邢天知道自己必须开口,不过他在日常生活中,理智大于激情,很少感情外露,属于情感被动型。这在工作中是很大的优点,但到了家庭当中理所当然地成为"原罪",鲁芹与他冲突直到最后离婚,他的这个个性不能不说也起了很大的反作用。现在既然在这样极端的场合下面对鲁芹,邢天明白自己势必要改变说话方式。

他上前一步,基本与鲁芹持平了,脚下就是大厦的高层护栏:"最近,怎么样?"

鲁芹的眼睛自从邢天出现就一直没有离开邢天的脸庞,她不出声,就那么痴痴地看着。

"你的脸色很不好!"话一出口,邢天就恨不得把话吃回去,在面对自杀者,尤其是女性自杀者时,对对方外表做出负面评论几乎就是在直接关闭对话的大门。果然,鲁芹的脸色黯淡了一下。

邢天连忙再次改换话题:"有什么困难,说出来,我们看看能不能克服它!"邢天试图让自己表现得更加亲切一些,却完全没有达到自己想要得到的效果。

鲁芹的眼睑慢慢合上,流出了泪水。邢天大为惊慌,这种现象,说明对象已经放弃了和别人沟通的欲望,失败几乎已经可以预见。"自己必须说出什么来。不管怎么样,必须要让她有回应。"邢天焦急地思忖,"可该说什么,怎么说呢?"

鲁芹已经完全地绝望了。家庭失败之后,她全部的自信和自尊已经完全地建立在自己的事业上,也就是建立在自己的财产上。每当看到周围的人家庭幸福的时候,她就用自己的资产来安慰自己。在这样的刺激之下,她对金钱的心理依赖已经达到了一个常人不能想象的程度。而如今的这一次失败,瞬间摧毁了她的精神支柱,匆匆赶来的邢天本来让她有一丝暖意,可是说出来的话毫无感情,现在她满心想的都是:"还是死了吧,死了吧!活着还有什么意思?跳下去就一了百了。"

邢天不知道自己的话语有这么大的威力,还要试图继续采用这种说话方式进行对话,这个时候,耳机中忽然传出华天雪的声音:"邢处,改变你的说话方式。要用感情。"

邢天眼角瞅着谈判小组的藏身处,苦着脸微微摇头,他不是没有感情,可他确实不知道怎么才能表现出来。

华天雪的声音很焦急:"我说邢处,您就把当年谈恋爱的话再说一遍行不行?"

人在茫然的时候总是容易被权威的声音指导,因此尽管邢天对这个方法的效果不很确定,或者说很不确定,他还是照着做了:"主席教导我们说,凡是反动的东西,你不打,他就不倒。他老人家还说……"

"停,停,停。"华天雪连忙制止,"你们当年谈恋爱的时候就背诵主席语录?"

邢天正要回答,忽然看到对面的鲁芹身体颤动了一下,脸上也有些微笑意出现。

鲁芹确实觉得好笑:"这个邢天,这么多年了,还是在这方面傻乎乎的。当年和他谈恋爱,每次约会时他都一本正经,不是谈人生,就是谈理想,一没话说就背语录。很多时候,都是自己主动,才能让他来拉拉自己的手,亲亲自己的脸。"她的思想瞬间就从目前的情况,被拉回到当年的回忆中去。

华天雪长出一口气,在望远镜中,她对鲁芹的表情看得可能比邢天还要清楚,"没想到邢处这误打误撞的几句话真的有了效果,不过好运气只能出现一次,接下来可不能让他这么说了。"主意一定,她对着手中的麦克风说:"邢处,现在对象已经有了反应,不过您不能再那么说下去了,从现在开始我怎么说,您跟着怎么说。"

邢天微微点头,过了一会,干涩地说道:"鲁,鲁芹,我,我很想你。"

女人真的是听觉动物,这句话对鲁芹的杀伤力之大谁都没有想到,刚刚毫无反应的鲁芹,终于张口说了第一句话:"真的?"

邢天狂喜,谈判当中,最害怕的就是找不到合适的切入点,谈判无法展开。他有信心,一旦鲁芹开了口,双方有了交流,他就能够转变鲁芹的想法。

邬冬强扛着刚刚买到的两大瓶浓硫酸开门进屋,放下瓶子之后就是一乐,出来迎接的邬春晓身穿橡胶防护服,带着延长到肘部的橡胶手套,脸上还戴着一个面具,整个人与以往的形象完全不同。

不过,邬春晓一开口说话,威严就重新出现:"还需要五个大盆子,防腐蚀性能要好一些的。"

邬冬强点点头,转身再次出门。

邬春晓拎着瓶子进了卫生间。

卫生间之中已经放了两个大瓶子,其中的一个已经半空,空气中弥漫着硫酸的味道。

邬春晓小心翼翼地把瓶子放下,然后走到已经打开的瓶子边上,继续开始自己的操作。

感情一旦放开,邢天的话语自然向外流淌。而交流的欲望始终存在,鲁芹说了第一句话,已经注定不会再把嘴合上,于是在邢天技巧性的询问之后,她说出了原因。

邢天:"鲁芹,钱财是身外之物,何苦为了它做出这样的事情呢?"

"可是,我看不到希望在哪里。我已经这个岁数了,如今一无所有,我该往哪里走,我又能走到哪里?"

邢天这个时候沉默了一下："回家吧！"

鲁芹没有明白，惨笑着说："家？我哪里还有家？那只是一栋房子，冷冰冰的房子，房间是冷冰冰的，家具是冷冰冰的，连暖气也是冷冰冰的，另外，甚至连这栋房子我也马上就要失去了。我把房子作了抵押，下个月就会被银行收走的。"

邢天耐心地等着鲁芹把话说完："不，你有家，一个真正的家。"

鲁芹这个时候才明白邢天话中的意思，她惊奇地看着邢天问道："你是说，我们的，家？"

邢天点点头："是的，我们的家。"

鲁芹还是不敢相信："你说的是真的么？不是因为我要自杀才这样劝我吧？"女人就是这样，一分钟以前还在悲观绝望，一分钟以后就开始患得患失了。

现在的鲁芹，回归了最本真的女性心态，她只想要一个家，家中有丈夫，有孩子，这样的景象已经彻底地冲走了鲁芹对生活的失望，如果邢天的回答是肯定的，就是来一头牛也撞她不下去。

邢天重重地点点头："是真的。我答应过小天，把妈妈带回家。"

鲁芹高呼一声，扑进了邢天的怀中。邢天连忙后退几步，两个人一起远离了危险地带。

观察处，秦川和蒋勋也兴奋得低声欢呼一声，互相一击掌。两个人都没有注意到，在邢天的回答之后，华天雪的脸色变得煞白。

秦川迎上了抱着鲁芹走下来的邢天，笑着说道："邢处，精彩绝伦啊！"

紧紧依偎在邢天怀中的鲁芹惊慌地抬起头看着邢天，生怕邢天真的是因为工作的原因而这么做，就此把自己推开。

邢天感受到鲁芹的颤抖，臂膀使了使力，把鲁芹抱得更紧，他低头看看鲁芹，又看看秦川："也算两全其美吧！"

听到这句话，鲁芹苍白的脸上浮现一道红晕。

邢天专门为了鲁芹请了两天假，在家中安抚鲁芹的心情。而鲁芹也改变了过去的很多看法和做法,这让邢小天十分地高兴。他不止一次地向邢天和鲁芹两人炫耀自己的先见之明:"上次妈妈回家我就知道你们两个有戏。"然后煞有介事地扳着手指头分析:"首先,妈妈有事的时候,谁都不找,就来找爸爸,证明爸爸在妈妈心中是最可靠的。其次,爸爸从来都不拒绝妈妈的任何请求,哪怕你们两个人已经分开了也是这样。"

邢天尴尬地打断邢小天:"你这个孩子,都是从哪里学得这么多乱七八糟的理论。"

"月晕知风,础润知雨,这有什么难的。"

邢天惊讶地看着摇头晃脑的儿子:"你还知道这两句话?"儿子一直迷恋计算机,邢天曾经担心他会对其他的知识一无所知,没想到他今天竟然能够说出这样的两句一般人或许都不知道的典故。

小天不屑地"切"了一声:"你儿子我知道的东西多了。"

正在厨房做饭的鲁芹听到了,扑哧一声笑了出来,"你们两个呀,做爸爸的没有一个爸爸样,做儿子的也没有一个儿子样。这叫'不成体统'。"女人的心情一旦愉快起来,看什么都是好的,"不要说了,过来洗手吃饭。"

父子两人乖乖地起身洗手。

邬冬强看着面前的方便面,苦着脸说道:"爸,这都三天了,咱们顿顿吃这个,我无所谓,您可需要营养啊!"

"再过两天,再过两天我们就离开这里。到时候你自己想吃什么就吃什么。"

"爸,我不是这个意思,我是说,咱们这么做,究竟是为了什么?"

邬春晓哼了一声:"为了什么你不知道么?"说着向着洗手间看了一眼。

邬冬强也看了看洗手间,咽了一口口水:"可是这个味道,实在是让人受不了。又是硫酸的味儿,又是……"说着看看面前的方便面,没有说下去。

邬春晓看看邬冬强的脸色,慢慢地拿起碗,有滋有味地吃了一口:"这你就受不了了么?当年……"他突然把话头停住,不再说了。

邬冬强张张嘴,想开口询问当年老爷子身上究竟发生了什么事情,最终还是忍了回去。

邬春晓忽然把碗一放:"时间也差不多了,再有一天我们这里就可以把事情做完。我也给你大致说一下我的思路。你当时曾经问过我,我当天晚上出去都做了些什么。现在我告诉你,我当时是去转移警方的注意力。"

邬冬强有点明白过来:"您是说,安静?"

"对。一起恶性的案件,又发生在大庭广众之下,警方遮掩不住的时候,针对他们的压力就会出现。当压力足够大,上层的官员就会出面,那个时候就会出现所谓的'军令状',而立下'军令状',他们就会……"

邬冬强兴奋地接口:"他们就会集中所有的力量,首先侦破这个案子。"

"不错,而力分则散,既然力量集中到那边……"

邬冬强再次插话:"力量集中在那边,银行方面的警备就会松懈。"

邬春晓对邬冬强频繁地插话有些不悦:"那接下来呢?"

邬冬强顿时卡壳,尴尬地向父亲笑笑不再说话。

"接下来,在警方的搜索之下,一定会找到这里来,也一定会发现邵江和安静的关系。这就是我不让你出门的原因——我们不能留下任何我们曾经出现在这里的痕迹。"

邬冬强有些不服气:"警察哪有那么厉害,您说他们能找到安静我信,您说他们能发现安静和邵江的关系我就不太信了,这个小子隐藏得好着呢。也就咱们几个知道,连妹妹都不太清楚这件事。"

邬春晓冷笑一声:"你说小梅不知道?"

邬冬强非常惊奇:"她知道?她怎么会知道?"

邬春晓叹了一口气:"她怎么会不知道。女人对睡在她旁边的男人,又怎么会不了解?别说是邵江这个不成器的家伙,即使是我……"说到这里,邬春晓再次停下话头。

邬冬强被爸爸这几次三番的欲言又止弄得心痒难搔:"爸,您当年究竟……"

邬春晓立刻摆摆手:"你记住一点,不该问的别问,这样,虽然不能保证过上好日子,但最起码不会招来灾祸。"

邬冬强缩缩脖子:"好,好,我不该问的不问,您不该说的也就不用说了。"

"你不要岔开话题。千万不要小看政府机器,他们是国家力量。我们都能够查到的事情,他们怎么会查不到。"

"就算他们查到了这里,也知道了安静和邵江的关系,那跟咱们出现在这里有什么关系?咱们完全可以编一个像样的理由说明咱们出现在这里的原因,比方说我们知道安静和邵江的关系,很生气,于是打上门来。"

邬春晓看着不知天高地厚的儿子,苦笑了一声:"这个世界上,很多真实的事情尚且有很多人不相信,你认为谎言可以做到么?所谓谎言,就一定有漏洞。所以,你记住,能说真话的时候就一定要说真话,这远远比你费尽心机编造谎言要简单得多,也有效得多,即使你是做坏事,或者说,做坏事的时候尤其要如此。"

邬冬强只好点点头,表示接受老爷子的教诲。

邬春晓继续:"正确的做法是,我们要和这件事情显得毫无关系。什么都不知道。他们即使怀疑我们,当我们一口咬定什么都不知道,我们就不用回答任何问题,也就不用编造任何谎言,也就没有留下任何漏洞。"

"那我们为什么还要在这个地方做这些事情,随便找个其他地方,岂不是没有任何危险?"

"你能等到今天才问这个问题,我很满意,你的耐心有很大的增长。"邬春晓先表扬了一下儿子,"美国有一个人,在他的家里杀了自己的妻子。随后弃尸。可是没有人能够找到妻子的尸体。所以即使他妻子一家人都十分肯定他是凶手,也无法将他绳之以法,法庭是不会在没有受害人的情况下裁定谋杀罪名成立的。于是他在接下来的十三年里再次成家。直到十三年后,有人在他的小型私人飞机里面找到了他妻子的血迹,这才成功地起诉了他。原来他在谋杀当晚把尸体搬上了飞机,随后在飞行途中把尸体扔进了大西洋。于是有人总结道,一个人的犯罪半径,和他的交通工具有很大的关系,假设他没有汽车,那么他只能把尸体埋在院子里,而假如他只有汽车,他就只能够埋到城外。而有了飞机,他就可以把尸体扔到大西洋里面了。随着犯罪半径的扩大,警方的搜索难度呈几何级数上升。院子里是最容易被发现的,而到了城外,就需要旷日持久的寻找,要是到了海里,那就成了真正的大海捞针,无法寻找了。可是,另外也有人总结了另一个道理,他们认为,这件事情,之所以会在十三年后才被人发现,就是因为事发当晚没有人看到他开飞机。假如当时有人看到,那么很容易就把两件事情联系起来,立刻就能够确定嫌疑人。所以,"他盯着儿子,"你现在还想要给自己找一个目击证人么?"

邬冬强听得目瞪口呆,连连摇头:"是不行,咱们要是一移动尸体,就需要车,司机就算这段时间不怀疑,时候长了可还真说不准。"

"不是说不准,是一定会怀疑。"

"对,对,对,还是老爸你想得周到。"

"这件事,最重要的两点,一就是知道的人越少越好,二就是知道的人越沉默越好。邵江早晚会把这件事情说出去,我已经几次试图改变他的想法,最终没有成功。所以,他不能不死。他死了,我们才能彻底安全。"

邬冬强连连点头。

"接下来的一步,就是我们的核心。"

邬冬强反射一般的说道:"抢钱?"

"对,钱。而且不是小钱,是大钱。"邬春晓陷入一种欢快的情绪,事情正在按照他设计的形式正常发展,马上就可以触摸到核心,他的语调也变得轻快,"这之前我们只要再做一件事情,就可以拿到那笔钱。有了钱,我们就能解决很多问题,甚至是所有问题。"

邢天复婚后第一天上班,所有知道这件事的人都向他祝贺,除了华天雪。邢天对原因心知肚明,不过也不能主动上门解释。

秦川这个时候过来叫他一起去华天雪的法医实验室,看看有没有什么新证据,如果没有的话,就只能在电视等媒体上播发寻人启事了。

路上秦川兴致勃勃地说:"您这段时间是标准的'春宵苦短日高起。从此君王不早朝'了,不知道期货公司的事吧?"

邢天笑着说:"第一,我不是君王,不存在什么早朝不早朝的;第二,那是中央储备总公司,不是期货公司,他只有套期保值的权利,不能进行大规模的炒作,这和期货公司有本质的不同。"他虽然请假在家,但是并不意味着就停止了工作,他仍然在密切关注着这几个案子的消息,所以秦川一说他就知道是这个案子的事。

秦川虎起脸:"我开个玩笑,你就鸡蛋里挑骨头。你不是因为年纪到了,不能再'春宵苦短'的原因吧?"说到后来,脸上忍不住露出坏笑。

邢天没有接茬。秦川长久工作在一线,喜欢开这样的玩笑。男人之间很容易因为这样的话题而亲近,下面的干警也喜欢这样的领导。不过,邢天始终认为,工作关系不能过分亲近,那样很容易在某些作决定的时候受影响。

秦川乐了一会儿接着说道:"那个储备总公司的老总,焦总,卷了一笔钱跑了。上面发现这件事情之后,和以前咱们对许冰声案锲而不舍的追查联系了起来,认为不是单纯的收贿受贿的问题。后来果然查出来这小子为了当官,要成绩,强行命令许冰声在期货市场上进行操作,前后一共赔掉了近两个亿的资金。他看看遮掩不住,就跑了。"

邢天知道秦川之所以这么高兴,很大的原因是因为当时焦总的高官作风让他很难受,许冰声案的初期调查秦川费了很大精力,却几乎一无所获,在试图向焦总取证时更是几次碰壁,所以现在看到焦总的下场心中十分痛快。不过,邢天自己却高兴不起来,一个纯正意义上的官僚,只是为了向上爬的一己私欲,就让许冰声付出了自己年轻的生命,也让国家亏损了两亿的资金。这个代价,实在是太大了。

秦川看着邢天对这个消息没有反应,就又讲起了另外一件案子:"还有一个案子,特逗。今天有一个家伙跑来报案,说是自己账户里面的钱丢了。问他丢了多少他说不清楚,问他什么时候丢的他也说不清楚,问他什么时候发现的,他说前两天发现了,一直没报案,今天没什么事,顺便来一趟,所以一下子也记不清到底什么时候发现的。合着就肯定一件事,他的钱丢了。哈哈,我还没见过这样的人。钱丢了都不着急。"

邢天皱皱眉:"不会是假案吧?"

秦川摇摇头:"那倒不像,这个家伙挺有钱的,自己有一个煤矿,开了好几个账户。谁还不知道他们那点破事,现在是用来送礼的那个账户里的钱被盗了,他自然不敢说得很清楚。"

邢天点点头:"尽快查一下,能追回多少就追回多少。"

秦川有些不乐意:"这种人,就应该让他们受点制,不然还无法无天了。"

邢天不同意:"那是两码事。不管他的钱用来干什么,我们没有证明他违法,就应该保护他的合法权益。"

秦川嘟嘟嘴:"好,好,你最高明,最正直,好像我们都不明白这个道理似的。"

邢天笑笑,秦川的话中虽有埋怨,但他知道也只是说说,这个时候需要的是"不为己甚"。

他们来到法医实验室门前,华天雪推门正要出来,看到邢天,顿时愣住。

秦川是知道华天雪心意的,看着这个架势,连忙尿遁。

邢天看着华天雪,张张嘴,也说不出话。

华天雪看邢天这个样子,忍不住流下泪来。但凡感情专一之人,一旦动了真情,表现得就比常人强烈。华天雪一直眼界很高,喜欢上邢天之后,已经最大限度地表示了出来。对邢天初期的拒绝,她认为是男人的面子作祟,只要自己精诚所至,终将"金石可镂"。没想到邢天竟然和鲁芹复婚,这让她十分难以接受。

邢天一直都在刻意地回避华天雪的感情，他倒不是因为鲁芹，实在是害怕再和一个人发生感情纠葛。这次和鲁芹的复婚，也是一半感情因素，一半的形势所迫，不过这几天的家庭生活，唤起了他对感情的要求。回过头来看，面对华天雪的一片痴心，自己的做法显得有些太无情了，可事已至此，多说无益，也只能长叹一声，低声说道："不识子都之美者，无目也。只是邢某人无福消受罢了。"

华天雪听罢，更是心情激荡，夺身奔跑着离开。

秦川这个时候再次出现，苦笑着说："我怎么就没看出来你这么有魅力呢？一个为你从死到生，一个为你生不如死。"

邢天没有心情说笑话，摆摆手，两个人一起走进实验室。

华天雪本来就是想躲避邢天，所以已经把资料准备好放在了桌上。秦川一边翻看一边说："估计没有什么新线索，这次需要动用媒体资源了。"一回头，发现邢天正盯着档案上的照片，于是笑笑："是长得挺漂亮，不过也比不上咱们的华医生。"

邢天摆手示意秦川安静，凝神思索。过了一会儿说道："不用找媒体了，我认识这个女人。"

第十九章

邢天带着警员们来到了安静的住宅,敲门之后无人应答。

蒋勋奇怪地问道:"邢处,既然屋主已经死亡,我们就不需要再假惺惺地敲门了吧?"

"我们不是假惺惺地做样子,屋主应该另有其人。"

"另有其人?是谁?"

"名字叫邵江,一个民营企业家。"

蒋勋怪模怪样地吹了一声口哨:"哇!先是金屋藏娇,然后是醋海生波,唉,人间惨剧啊!"

秦川轻轻地拍了一下蒋勋的脑袋:"不要胡说,我们不能草率地作结论,更何况你这纯粹是在瞎说。"

蒋勋伸伸舌头:"我就是开个玩笑。"

邢天转身下命令:"找人去物业询问一下情况,秦队还得麻烦你回去开一张搜查令。"

如果邢天早知道屋中的实际情况,一定不愿意耽误哪怕一分钟的时间。硫酸的腐蚀性之强,只要时间足够,可以销毁一切痕迹。早发现一分钟,就能够找到更多线索。

不过,警察这么快找到这里,已经大大地出乎邬春晓的意料。按照他的计划,警察找到这里最少还需要一个星期,那个时候他的下一步行动的准备也已经做好了,事情一旦发生,就可以完全地牵制警方的力量。

不过,既然现在警方已经发现,那么只能把下一步的行动时间提前。

物业的查询情况有点出乎邢天的意料,这套房子竟然登记在安静的名下,并且据物业管理人员回忆,之前很长一段时间这里都只有安静一个人出入,很少见到她的异性朋友。

蒋勋又在说怪话:"原来不是金屋藏娇,而是女性强势啊!啧啧,时代真的不同了,不能小看女人。"

邢天摇摇头:"不会,不可能是你想的那种情况。"

他脑海中浮现出上次在这里见到安静时的情况,安静的表现十足的是小鸟依人,而在男女关系中占据强势位置的一方是装不出那种样子的。而且,邵江也是这次周密期货操作的客户之一。而一个能够和周密合作的人,财务上不应该有什么难处。

邢天的推测在一般情况下肯定是正确的,可是他不知道,当时安静的表现很大一部分原因是因为邬春晓的出现。并且,邵江的财务状况确实出了问题。

既然安静是屋主,那么在已经确认其死亡的前提下,可以对其住宅进行搜查。邢天点头示意,随行的开锁专家上前开门。

屋门打开,给人的第一感觉就是屋内的装饰充满女人味,基调是白色调,小摆设也都花费了心思,并且收拾得干干净净,几乎一尘不染。看得出来女主人对环境的要求很高。

蒋勋翕动鼻翼:"好浓的香水味啊,厉害,有钱人就是舍得花钱,为了追求环境舒适,屋子中也洒这么多的香水。"

邢天皱皱眉头:"你怎么知道是香水,不是空气清新剂?"

旁边的一个警察笑着说:"蒋勋最近开了窍,准备追求一个女孩子,天天研究这些东西呢!"

蒋勋涨红了脸,对着邢天尴尬地笑笑:"您别听他们瞎说,我也就是最近对这方面比较感兴趣,稍微研究了一下。这个味道我正好前两天在商场里面闻过,叫作 RUSH2,中文名字叫狂爱女士,一瓶可不便宜。"

邢天点点头,慢慢地在屋子中转了转。蒋勋好奇地在衣柜中翻来翻去,看他的神情,与其说是在搜查,不如说是在学习。邢天叫他:"蒋勋,你说的是不是这个牌子的香水?"

蒋勋连忙走到梳妆台前,仔细地看看邢天指着的香水瓶子:"没错。就是这个。呵呵,刚刚看她的衣服我还以为这个安静多有品位呢,原来也是一个门面下功夫的小白领心态。"

邢天来了兴趣:"哦?为什么这么说?"

蒋勋连忙清清嗓子,一本正经地说道:"我看资料上说,真正有品位的女士,从来不会把香水用到头,一是因为她们会选择在不同的场合和不同的时间使用不同的香水,这样每一瓶基本用不完就会出现新的款式,还因为她们认为把香水用到底太小家子气,不屑那么去做。您看,这个瓶子里面几乎已经没有香水了。要是我,即使喜欢这个牌子,要把它用完,也不会这么明显地放在桌子上,而是藏到抽屉里什么的。"

屋子并不大,这个时候已经基本检查完了,大家都集中在客厅中央,等着邢天的指示。

邢天先看看技术鉴定人员:"现场照片已经都收集了?"

鉴定人员点点头:"邢处,已经都照了下来。"

这个时候秦川赶了回来,进门冲着邢天抱怨:"邢处,这可不像你的风格,事前竟然没有做调查,情况掌握得不准确,让我白跑一趟。"

邢天抱歉地拱拱手:"是我有些主观了,凭借着个人印象就认为这里的屋主是邵江。这是我的失误。"

秦川本来只是随便地抱怨两句,还带着开玩笑的意思,看到邢天这么郑重其事地道歉,反而有点不好意思:"别,别,弄得这么严重,显得我小肚鸡肠了。"

说着看看周围:"怎么,已经全都看过了?"

大家都点点头,七嘴八舌地回答:"没什么,这里没有什么异常情况。""看得出来,这里的女主人是一个洁身自好的女人,没发现有异性的痕迹。"

秦川又看看邢天:"邢处怎么看?"

邢天并没有对秦川一来就接管话语权显示出不满,毕竟秦川当了很长时间的刑警队长,底下的警员们也早就习惯了向他汇报现场情况,他只是说:"再等一下,我再看看。"

很快他就说出了自己的想法:"根据我的观察和推测,这里即使不是案发现场,也和作案人员有着密切的关联。"

此言一出,顿时引来一阵嗡嗡声,警员们都在交头接耳。

邢天环视大家一眼,说:"我讲一下我这个结论的依据。首先,我们应该注意到,这里的窗户是开着的。现在有两个问题。第一,既然窗户是开着的,为什么家中的家具几乎是一尘不染,没有落灰?第二,为什么屋中的香水味还会这么浓烈?"

蒋勋张张嘴,想说这也有可能是安静出门前打扫的,转念一想安静的尸体都已经发现了一个星期,这一说法显然不成立。

邢天接着说:"接下来我们就要对这个打扫屋子的人进行推断。首先,这一位或者几位嫌疑人是男性。有几个证据能够证明这一点。第一,在洗手间中,马桶的坐垫是立着的。"

立刻就有人表达了不同意见:"邢处,这只能证明被害人在这个男人上过厕所之后没有使用过洗手间,并不能证明这个男人在屋中的时间段。"

邢天点点头:"很好,这是一个很严谨的推理。不过,我们再进一步的话,就能发现问题。像安静这样的女士,出门之前一定会上洗手间,也就是说,如果这个男人不是在安静最后一次出门之后出现在这里,那就一定是和安静一起出门的。最后一个见到被害人的人,我们都知道意味着什么。"

大家都沉默了下来。

邢天继续:"第二,就是屋中的香水情况。刚刚蒋勋的话也提醒了我,一个像安静这样的女人,怎么会把一瓶香水几乎用完?而且在这样的情况下,她竟然还保留着瓶子。我那个时候才想明白,原来,这么做的是一个男人,只有男人才会这么对待香水。第三,就是井井有条这四个字。请大家再看看房间中的布置。"

众人依言四处观察。

"我第一次进到这个屋子的时候,屋中的布置与现在稍有不同,可又没有发现多出什么或者少了什么。经过比较,我发现了这些不同实际上都是因为家具的摆放位置发生了改变。"说着邢天走到了沙发前,"这个沙发,上次我来的时候为了看电视,摆放的时候是正对着电视的。"

大家仔细看了一下,原来安静家中的这堵墙稍微有一点角度,所以与沙发背后的墙并不是完全平行,现在沙发紧紧地贴着墙壁,与电视之间形成了一个小角度。

"再比方说这瓶花。"邢天说着又走到了客厅墙角处的花架处,"安静比较有艺术感觉,所以上次我来的时候,发现它们插放得极有层次。现在我们再看,这些花猛一看很整齐,仔细看却是主次不分、花叶不夯,谁家插花会插成这个样子?"

大家的目光追随着邢天:"而根据一些机构的报告,过分追求条理,是一种只能在男人身上才会出现的心理强迫症。"邢天至此得出结论:"这些事情,单独看起来都有其他的解释,但是连在一起,就形成了一个链条。我们都知道,限定条件越多,答案的范围就会越小。所以,符合这些条件的解释只有一个,那就是最后一次收拾这个屋子的人,是男性。大家有没有不同的看法?"

众人面面相觑。

"好,确定了人物,我们就要确定时间。"

这次大家都不用邢天解释,纷纷说道:"一天,最多不超过两天。"

邢天点点头:"接下来,就是寻找他或者他们打扫这间房子的原因。"他看看手下警员们渴望的眼神,苦笑了一下:"大家不要这么看着我,我也不知道为什么,这需要我们共同努力地寻找到更多的线索来证明和分析。不过有一点请大家牢记,这些人使用这么强烈的香水,一定是有什么目的的,可能是为了掩盖什么气味。"

秦川冲着邢天一翘大拇指:"高,实在是高。邢处,当年您给我们上课的时候都没有今天这么精彩。"

邢天皱着眉头,叹了一口气:"说实话,我真的不愿意有今天这样的表现。"

秦川惊讶地问道:"怎么?高处不胜寒了?"话中带着戏谑的味道:"一盘棋,要想精彩,就需要对抗。你什么时候见过一个高手对着臭棋篓子下出绝妙好棋的?"忽然秦川像是明白了什么:"你是说……"

邢天点点头:"是的,我们这次,遇到了一个高手,一个犯罪的高手。"他苦苦思索,嘴中自言自语地说着:"现在我就是想不明白,他们在这里究竟做了什么。又是为什么做?"

秦川撇撇嘴:"我怎么没觉得邵江有你说得那么厉害?"

邢天苦笑了一下:"我也没有说这么做的人是邵江啊?"

"他的嫌疑最大啊!"

"他的嫌疑本来是最大,但是看了现场之后,我有一个强烈的感觉,邵江不是凶手。"

秦川倒吸了一口凉气:"你是说,这个布置现场的人连这一点都想到了?想把我们的注意力转移到邵江身上?"

邢天点点头:"到时候我们经过辛苦的调查,才能找到邵江,自然对他会产生强烈的情绪,那么他说什么我们都会觉得是在狡辩了。但无论如何,当务之急就是尽快找到邵江。百转千回,核心始终是他。"

邬春晓不知道邢天竟然从他布置的现场当中看出了这么多东西,如果他知道的话,一定会把拿着香水乱喷一气的邬冬强臭骂一顿。

但是他现在想骂的是另外一个人,一个排在他前面的人。

邬春晓正在长途汽车站里等着取包裹,这个排在他前一位的人交游广泛,证据就是不断地招呼朋友排在他前面取东西。虽然每个人都不用很长时间,但是很短的单位时间乘以庞大的单位数量,仍然让邬春晓排了近一个小时的队。

尽管低调近乎是邬春晓的本能,他还是克制不住了,因为汽车站中的温度很高,而他要收取的货物很容易在这种温度下产生变化。他轻轻地拍拍这个人的肩膀:"先生,如果您不取包裹的话,麻烦您让一让,我的事情很急。"

前面的人没有回头就开始大声喝骂:"急?谁的不急?不急谁还寄包裹?"

当他转回头的时候,即使是邬春晓这样"阅人多矣"而早就不"以貌取人"的老者也不由得暗叹一声,用流行的话说,这个人长了一张欠抽的脸。这倒不是说这个人长得有多难看或者多怪异,实在是脸上的神情太猥琐。

邬春晓神情一征,身上自然散发出一股不怒自威的气势:"既然您排在我前面。又很着急,那么我等着您。"

这个人的气势一下子被邬春晓压制住,看看邬春晓的气派,撇撇嘴让到一边:"我的还没到,既然你着急,那你就先取呗。"

邬春晓哼了一声,走到台前,熟练地书写了取货单,拿到了自己的货物。

这个包裹并不大,方方正正的,一看里面还有一个盒子。当邬春晓走到外面的时候,已经把包装拆掉,把盒子放进了自己随身携带的一个提包里面。

邢天回到办公室,意外地看到电话上显示未接来电中竟然有江夏的号码,他奇怪地回拨。

江夏几乎从来不拨打他的办公电话,有事总是呼叫手机。用他的话说:"生不进官门,死不入地狱。现代社会电话就是一个人的门,我没事决不进到你们衙门里去。"

电话接通,邢天紧张地问道:"江夏你没事吧?"

江夏呵呵笑着说:"一边去,有你这么问候人的吗,就跟你盼我有事似的?"

听江夏的语调很轻松,邢天放松下来:"我是担心期货事件对你的打击太大。"

江夏的声音低沉下来:"打击是不小,不过我撑过去了。"

邢天倒有些惊讶,以江夏的个性,竟然会在这次的投机中留有余力,这与他一贯的风格有些距离:"哦,什么时候也学会了留后路了?"

"哼,狡兔尚且三窟,我这堂堂的心理医生难道连个兔子也不如?再说,诺贝尔奖获得者詹姆斯·托宾早就向我们揭示了一个真理——不要把所有的鸡蛋放到一个篮子里。"

两个人笑谈一阵,江夏声称真的没事,就是打电话来聊聊,问问最近有没有什么新鲜事,有趣的案子之类的。放下电话的邢天想想,觉得可能江夏经过这次的经济挫折,性格方面有所转变,心中很是高兴。

张葵最近很苦恼,无论是谁忽然丢了几百万块钱都会苦恼。但他的苦恼尤其强烈,因为别人丢钱可以抱怨,可以报案,可他既不能抱怨,也不能报案,因为他的账户是专门用来走黑钱的。

可是妻子得知这个消息之后,已经开始骂他愚蠢,用她的逻辑来说:"丢了这笔钱,最多是在经济上受损失。可要是报案,警察万一顺藤摸瓜,发现了其他的问题,那么他的整个生意都会受到影响。到时候经济上可就不只是受损失那么简单了。"做了错事的人,气势上就会低落,所以张葵本来不敢在这上面提出什么意见。可是今天妻子又拿这件事来批评他没有眼光,他终于忍不住了。

"我说你说两天就行了。能不能别没完没了的啊?"

"没完没了?你说我没完没了?我还没说你没完没了的呢!自打你弄了这个煤矿,就三天两头地要去矿上。今天什么检查,明天什么漏水,后天又是什么瓦斯超标。我就奇怪了,你开个矿怎么什么事情都能遇上啊?"

张葵终于愤怒起来:"你一个老娘们知道什么?成天地就在一些小事情上动脑筋,平常我就让着你点,这件事情上你还叨叨起来没完了。"

妻子起初一愣,张葵的脾气一直很好,今天的突然反抗出乎她的意料。不过愕然之后就是更大的愤怒:"你什么意思?你的意思是我说得不对,你做得还有道理了?"

"我跟你说,这件事情,必须要查清楚,如果咱们查不清楚,就让警察来查。你要知道,我们不知道问题出在哪里,咱们可不止那一个账户,也不是就那么点钱。"

话一出口,妻子就不出声了。张葵说得有理,这件事情不查清楚,谁知会不会继续丢钱。

常老的身体突然就不行了,他躺在病床上,坚持要到S市住院。李汉魂局长明白常老的意思,于是带着邢天一起前去看望。

邢天向常老道歉:"常老,抱歉,夏小萌女士的案子我还没有找到新的线索。"

来之前邢天专门询问了李局长,在这件事情上是否需要编造一个善意的谎言,安慰一下老院士,被李局长直接否定掉:"就直说。"

常院士躺在病床上,先摇摇头,又点点头。脑部的疾病,对身体的物理健康来说未必是最大的,但是外在表现上却是最严重的。常院士病发之后,最先被剥夺的是行走的能力,接着就是语言能力。

邢天和李汉魂都知道他想说什么,同时点头:"我们明白的。"

常院士眨眨眼睛,手尽量握紧,然后把眼睛睁大,看着邢天。这一套动作有些复杂,李汉魂不太明白,询问地看着邢天。

邢天想了想,郑重地点点头:"您放心,我答应您,会尽全力。"

常院士满意地点点头,闭上了眼睛,很快地进入梦乡。旁边一直陪同的护士长这个时候走近小声说道:"院士的身体很虚弱,非常容易疲劳。"

两人明白,得了"非霍奇金氏淋巴细胞瘤"的患者,身体机能逐渐失去,人也越来越虚弱,最终会在梦乡中离开人世。他们一同退出了病房。

出了门,李汉魂局长问邢天:"刚才常老的动作是什么意思?"

邢天沉默了一下："常老说，他会尽量坚持活下去，看着我把这个案子破了。"

李汉魂点点头，两个人又都沉默了下来。好一会儿，李汉魂开口问道："有新线索么？"

邢天摇摇头。

李汉魂失望地"哦"了一声："那你觉得有希望么？"

邢天坚定地点点头："有希望。我相信这个世界上，总有一些东西是有因必有果的。"

李汉魂看着邢天，欣慰地笑了笑。

邢天回到办公室，看到桌面上摆着的三份报告，不禁有些头疼。最左边的是邵江的资料，这个邵江，就像人间蒸发了一样，怎么找也找不到，不在公司，不在家，也不在老家。也没有任何人知道他的行踪，他的妻子去了美国，没有子女，岳父一家没什么人在，只有一个大舅子和一个哑巴管家，大舅子什么也不知道，哑巴管家更是什么也说不出来。总之是一团乱麻。

第二份是许冰声案和焦总案的合并报告，是一份官样文章，除了对许冰声的死以及焦总的外逃作了性质认定之外，没有说明任何东西。可这是上面发下来的，必须在阅读后写明自己的意见。邢天对这样的东西十分反感，认为不能起到任何作用，好在最后还有一个部分，是"附加材料"，如果有谁想把新材料交到上面，可以附在后面，当然必须是和本案有关的。邢天决定把周密的情况加上去。现在已经查明，周密在最后一次操作的时候，伪造了财务报表，并没有把所有的客户委托资金全部投入市场，而是带着钱消失了。海关的登记显示他是买了到美国洛杉矶的机票，但是那边却没有他下飞机的记录。还是乱麻一团。

最右边的那一份是关于前两天的那个账户被盗的案件的，不过厚度有所增加。邢天疑惑地打开了文件夹，原来又出现了一起类似的案子，也是有人发现自己的账户莫名其妙地少了一笔钱。邢天来了兴趣，正准备仔细地研究一下，身后的门被使劲地推开。

邢天头也不回:"秦队,您就不能先敲敲门?"

进来的正是秦川,他兴冲冲地拉住邢天向外就走:"快跟我走,有了新线索。"

邢天连忙转过身来:"是哪个案子?"

"你最关心的那个。"

"我最关心的那个?"邢天疑惑地看着秦川。突然,他反应过来:"你是说,常老的……"

秦川严肃地点点头:"是的,JF69子弹又出现了。"

JF69的子弹以往每次出现,都会和一起重大的案子相关联,所以在路上邢天忧心忡忡地询问秦川:"是什么样的情况?"

"这次还是命案。死者是一个无业人员,长期在长途汽车站一带讨生活。"

邢天明白秦川的话外之意,无业人员,长期在长途汽车站讨生活,这几乎就是在说被害人在从事不法活动,肯定和帮派团伙之间有着千丝万缕的联系。所以他直接询问:"仇杀?"

秦川摇摇头:"还不能肯定。"

这件事就是邬春晓的下一步。他肯定知道,一旦出现了涉枪案件,警方一定会集中全力来进行调查、侦破。而他故意使用了JF69,就是因为他知道这种特殊型号的特制子弹会让警方把这起案件和当年的银行抢劫案联系在一起。如此层层递进,警方的力量就会被完全牵制。这样,当他真正的目的暴露出来的时候,警方也就没有力量进行阻止了。

邬冬强对父亲的行为不理解:"爸,现在市面上有的是那种自制的手枪,干吗大老远地把这个老古董从老家送过来。"

这次的送枪确实有不小的风险,需要张妈接受邬春晓的命令,把这个盒子从邬春晓的保险柜中取出,在长途运送的过程中也不能出现任何纰漏,万一被人检查出来就是彻底的暴露。邬春晓还需要利用公司长期与货运站形成的良好关系才能直接运送。这么千辛万苦地送过来，邬春晓却只是用来打死了一个莫名其妙的人。邬冬强对此实在无法理解。

邬春晓的想法邬冬强无法理解，是因为邬冬强不知道邬春晓到底要做些什么。在谈到解决家族目前面临的财务困境的时候，邬春晓只是简单地说了一句"抢银行"。邬冬强也只理解成抢"钱"。

从广义上来说，邬冬强的理解并没有错，任何只要能够用来消费的东西，都可以被称为"钱"。但是细分起来，"钱"可以具体成多种形式。以前在农村鸡蛋是硬通货币，每个五分钱，交易都在此基础上进行。所以那个时候的说法"钱都是从鸡屁股里抠出来的"，固然说明当时农民的生活状态很差，也说明了那个时候鸡蛋就是"钱"。到了现在，交易形式多种多样，交割方式也有了很大的变化，作为流通凭证的"钱"的表现形式自然也丰富了起来。

债券就是其中的一种。

近几年我国经济形势的好转，给金融机构带来了机遇。于是有外资的银行进入了国内的金融市场，也带来了不同的经营理念，其中就有一项叫作"就地融资"，即发行自己的债券，在当地筹集自己需要的资金。

不过，这种债券并没有直接面对国内的个人，而是面向银行等金融机构，以此换取大规模的现金流支持。国内的银行也乐于这么做，毕竟这样的跨国银行偿还能力有保证，借款数额也大，能够为银行带来可观的利润，属于优质客户。

邬春晓的目的就是这些债券。

如果是一般的钞票，他和邬冬强两个人就是拼了命也拿不走太多，用经济学上的"风险——收益"公式来套用，他们的成本是自己的生命，如果只能获得一个一般数目，那明显风险大过收益。不过这些有价债券不同，本身作为机构间的一种融资形式，除了具有不记名、不挂失，可以上市流通的特点外。最吸引邬春晓的，就是它的面额很大。这样一来，重量相同的情况下，他们能够运走的实际价值会极大地增加，邬春晓保守地估计，这次的行动如果成功。应该会有三到五千万。

有了这笔钱,足够解决问题。所以邬春晓才会做这么多事情。

把枪从老家运来确实周折不小,风险很大。不过邬春晓深知,自己的行动必须要万无一失,那需要把警方的力量调动到虚弱至极才行。所以 JF69 才是关键。要让警方的核心力量完全无暇他顾。至于被他选择到的那个人,邬春晓甚至都不知道他的名字、选择他的原因,只是因为他在错误的时间,出现在错误的地点,并做了错误的事情。谁让他在排队的时候惹怒了邬春晓呢!

实验室中,邢天和秦川看着面前的物体,聚精会神。

半天,秦川干涩地问道:"就是这个?"

邢天点点头:"就是这个。"

秦川把目光转向旁边的华天雪:"就是这个?"

华天雪也点点头。

秦川失望地站直了身子:"我还以为能有多么特殊,原来也就是一般的子弹头。"

邢天还在仔细地观察着弹头:"所谓的子弹,只是因为用途的区别而在外形和结构上有所不同,比如步枪、机枪、霰弹枪、手枪等,会配制不同的子弹类型。但是在同种类型的枪支里面,不会出现很大的差异。这一半是由于技术和理论限制,一半也是成本。如果每一款新枪都配制不同的子弹,那么不但会给制造部门造成负担,也会给后勤运输和配送给养方面带来很大的压力。"

华天雪接着说道:"JF69 自动步枪当初研发的目的就是为了对抗苏军列装的 AK 系列武器,而 AK 系列最大的特点,除了结构简单、抗破坏性强之外,就是部件通用。这当中,就包括了子弹这一重要组成部分。所以在子弹的设计上面,并不要求具有独自的特点,甚至特别要求和国产的其他枪族能够完全通用。"

邢天接过话题:"话虽这么说,但是作为当时国家的一个重点项目,JF69 还是在某些方面展示了自身的独特性,为它专门研制的子弹也更加讲究穿透性,因此在弹头的设计方面与一般的步枪子弹还是有小小的不同,它的形体稍长,头部也更尖锐一些。"

华天雪像是抢着要表现似的,再次接过话头:"由于良好的击发性和形状上的强调,这一款子弹在射出后,很容易穿透人体,这也给我们在案发后寻找弹头带来很大的困难。上次的银行劫案,还是通过凶手在现场遗留的弹壳才最终确定凶手使用的是JF69自动步枪。如果单纯凭借弹头,我们当时的鉴定能力还不足以肯定这一结果。"

邢天笑着对华天雪点点头,对这次两人的合作很满意。但是华天雪却绷着脸,没有一点反应。邢天知道她还是因为对感情的事情放不开,但这也没有办法,只有希望时间能够冲淡这一影响。

秦川的眼睛在邢天和华天雪两个人身上转来转去,这个时候才长出一口气:"我不过就是随便地发了一句感慨,就被你们两个上了一堂科普课。"说着盯着邢天:"小华是法医,有涉及弹道鉴定的机会,知道这些知识我能够理解。可你以前是做文书工作的,怎么也对情况这么熟悉?"

邢天笑笑:"这在当时的常老的案情报告中都有提及。"

秦川佩服地点点头:"话虽这么说,你能把这些知识记得这么清楚,还是让人佩服。"

邢天摆摆手:"职责而已。"

邬春晓的判断很正确,这样的一起背景复杂的涉枪案,确实让整个S市的警察力量都动了起来。

李汉魂局长尽管一再掩饰,但是他频繁地调阅案件卷宗的行为还是被有心人发现。而"上有所好,下必甚焉",消息一旦被扩散,大家的情绪就都被调动了起来。整个系统都在关注这件事情。

系统中拥有资源者,自然能够做出有针对性的调整来配合顶头上司,而一般性的一线警员们能够调动的就只有自己了，职业素养让他们把着眼点也都放在了被害人身上，希望从那里打开缺口。一时间长途汽车站附近警察的密度大为增加，治安状况大为好转。

邢天虽然并没有直接听到这些消息，但他还是从一些细节处感觉到了暗潮涌动，比方在调查时总是感到人手不足，再比方说蒋勋最近工作的时候总有些精神不济。

询问之下，才知道一线的警员们约有三分之二在正常工作结束后都会到长途站附近转转。蒋勋也不例外，用他自己的话说："我也知道自己这样做找到线索的可能性不大，但是现在不这么做又能怎么做呢？立功的机会就是那么几个，只能博一下了。"

邢天也没有办法，蒋勋面临的困难由来已久，有着复杂的制度上和历史上的因素，并不会因为他的安慰而产生任何改变。

所以邢天只能尽力再多做一些工作，以使办案流程不会拖延太长时间。

因为在调查安静案时，邵江是作为主要嫌疑人出现的，因此在向周围人取证时邢天专门强调了要守规矩，询问时一定要两个警员同时在场并进行录音。他已经感觉到对手非常高明，一旦在调查过程当中有任何一点错误，哪怕非常微小，也会给日后的工作带来很大的困难。不过，邵江案的取证对象其实并不复杂，一个哑巴管家，一个大舅子。大舅子在提到邵江时，话里话外地总是透露着一股子酸味，并且评价时没有一句好话。邢天看着证词。几乎能够直接看到大舅子对集团权力的渴望，以及争夺失败后的失望和由此而来的对邵江的嫉妒。

哑巴管家的证词比较简单，这是因为沟通上的困难造成的，去的两个警员没有懂手语的，因此大部分选择了是非题问答的方式，让张妈用简单的是和否来回答问题。在少有的几个陈述性问题上面，也大量地采用"应该"，"或许"，"她也许是说"等推测性的描述。邢天皱皱眉头，这样的工作态度是他深为厌恶的，但是现在批评也来不及了。好在当时其中的一个警员比较机灵，用DV录下了询问过程。

邢天也不懂手语。他请来了聋哑学校的手语老师来帮助进行辨认。

邢天略过了前面的那些简单的是非题，直接从第一个陈述性问题开始。不过说起来好笑，这第一个陈述性问题，实际上也马上变成了是非题。当时警员问的是："邬春晓和邬冬强去了哪里？"可紧接着就改成："你是否知道他们的去向？"张妈直接表示"不知道"。邢天感兴趣的是，在警员第一次询问的时候，张妈并没有立刻表示自己不知道，反而似乎在思考如何回答。她的手也在做动作，而且在之后的问题回答当中，每当问题涉及邬春晓的时候，她的手都会动几下。但是因为当时屋中的光线条件并不适合摄像，她的手又垂着，所以看不清楚。

手语老师在邢天的要求下，皱着眉头看了好几遍，在回答之前还专门向邢天解释了一番："邢处长，在回答您这个问题之前，我要特别提醒您，手语是一个很复杂的系统，同样的动作，在身体的不同部位，则代表着不同的意义。所以，我并不敢保证我所说的就是绝对正确的。"

邢天点点头，"老师，我明白，您放心，我只是请您来协助一下我们的工作，这里发生的任何后果都与您今天的所说没有关系。"

得到了邢天的保证，手语老师稍微放松了一下："这几个手势频率快，动作也不规范，光线也比较暗，所以会有很多种解读，但其中最大的可能就是不能说。"

邢天一下子急了："嗯，怎么不能说呢？"

手语老师连忙解释："您别急，我是说那个手势的意思是不能说。"

"哦？"邢天在心中思考开了，"'物反常，即为妖'，为什么张妈这么紧张，邬春晓究竟有什么事，能够让张妈时刻提醒自己不要说出来？"

老师离开后，邢天久久地看着面前重新整理出来的问话记录，在张妈的名字上面画了一个大大的红圈，片刻之后又在红圈中加上了邬春晓三个字。

人就怕有疑心，一旦对某件事情或者某个人产生了疑惑，就会不断地发现疑点，但是观察者的角度决定了他所观察到的内容，这个时候发现的疑点很可能不真实。邢天也很明白这个道理,把个人生活放到显微镜下观察。那么没有一个人的生活是没有缺点的。他在调查过程中一直在尽量避免主观因素的干扰,但是随着有限的能够掌握的邬春晓的情况的曝光,邢天还是越来越感觉到这个人身上的疑点很多。多到邢天决定要亲自去乐山询问张妈。

但是李汉魂不同意邢天的请求,这位老局长已经马上就要到退休的年纪,实话说并没有想着在离开工作岗位之前再做出什么惊天动地的业绩来——他已经不需要这些来证明自己。但是最近出现的持枪杀人案他实在是放不下,这是他多年的心愿,怎么会在看到曙光的时候放弃? 所以他无论如何也不愿意自己的得力干将在这个时候离开 S 市。

邢天明白局长的意思,但是同样的,他也有自己的坚持:"李局,现在的情况是这样的,JF69 涉枪案目前正在进行大规模的排查,我在这中间起的作用不会很大。而前一段时间的安静案有了新线索,我觉得去那里会有很大的发现,也能够更合理地应用我们的资源。"

李汉魂有些着急地摇摇头:"现在正是案情突破的关键时刻,我们要把所有的精兵强将都用上,没有一个赛车手会认为自己的赛车动力已经足够强劲,他们会想尽办法让车跑得再快一些。"

邢天明白老局长已经有些走火入魔。这个时候的任何正面顶撞都是十分愚蠢的。他审慎地选择着词语:"您对这件案子的重视,原因我深深理解。不过《六祖坛经》里面有句话说得好'法地若动,一切不安'。您不知道因为您对这件案子表现出来的异常关心,已经对我们的基层工作带来了很大的影响。这样下去,很多日常的工作都将无法展开了。"

李汉魂悚然而惊:"什么? 其他人怎么会知道我的想法?"

邢天苦笑一下:"处在您这个位置,身边不知有多少双眼睛盯着,怎么会没人知道?"

李汉魂冷静下来,手指轻轻地敲着桌子,思考了一会儿:"嗯,你说得有道理,我确实有些急躁了。"

邢天:"您的出发点并没有错,在步子上迈得可能稍微有一点快。"

李汉魂摆摆手:"不用安慰,错了就是错了,这点度量我还是有的。这样吧,按照你的想法,你去乐山查那个案子。我呢,也动一动。"

邢天担心地说道:"局长,调整是对的,可是过犹不及啊!"

李汉魂笑着看看邢天:"这方面你什么时候比我都懂了?我是说我出去到下面转转,这件事也就没了。高气压移走,风暴自然也就消失了。"

邢天由衷地佩服李汉魂处理问题的老练:"局长,佩服!"

一直在观察着警方动向的邬春晓惊讶地发现,本来已经疲惫不堪的警力渐渐地有恢复的迹象,出现在长途汽车站的警察数量也大为减少,这让他感到了压力。按照他的计划,警方的调动程度应该与时间成正比关系。现在既然逆趋势行动,那就一定是有外力作用在系统上了。"

于是他决定提前行动。

说是提前行动,该做的准备还是要做,只是发动的时间要提前,有些工作无法做得那么细致罢了。

邬春晓带着邬冬强出现在"金师傅"面馆。邬冬强兴致勃勃地看着不远处的"中心银行",小声地询问父亲:"就是那个?嘿,不小。"

现在正是各分行结算的时候,不时地有解款车停在门口。

邬春晓点点头,所谓"君不密失国,臣不密失身",这不是一个可以在公共场合讨论的话题。

邬冬强并不需要父亲的回应,面前的景象已经吸引了他全部的注意力。在他看来,车中的钱就是给他准备的,因此每来一辆解款车,他就轻声地报出一个数字,当数字达到二十的时候,他嘿嘿地笑了出来。

这次为他们这一桌服务的小伙子,还是上次的那个美院学生。他对邬春晓的印象十分深刻,"您来点什么?"

邬春晓:"两碗面。"

小伙子点点头,转身准备离开,邬冬强喊住:"哎,你干吗去?"

小伙子:"我去下单。"说着晃晃手中的菜单。

邬冬强大为不满:"我们还没点呢,你就去下单?"

说着拿起桌上的菜单:"这个,这个还有这个。总得来几个菜。"

小伙子看看邬春晓,邬春晓微微点了点头。

小伙子离开后,邬春晓低声说道:"我们的主要目的并不是吃饭,简单一点就可以了。"

邬冬强呵呵一笑:"我们不能简单地吃点什么就完了,得对得起我们的身份。"

邬春晓皱皱眉:"什么身份?"

邬冬强向外面努努嘴:"富翁,我们是大富翁。"

邬春晓无奈地叹了一口气:"安然公司就是因为把预期的回报当成收益,在财务上支出成本大为放宽,最后才倒闭的。你要记住,那些还不是你的钱。"

邬冬强在与邵江竞争公司领导人职位的时候,看了一点经济方面的书,对安然的案子有些了解:"安然倒闭,最主要的是账面没有作平,被人查了出来。不然,它的股价那么高,谁会对他们有疑心?"

邬春晓不再继续。观念一旦确立,基本上无法更改。邬冬强的出发点就不是避免问题的发生,而是逃避检查。在这一点上,继续说下去也不会有用。

乐山村中并没有关于邬春晓的档案。当然,这在农村中很平常,大部分的农民都没有自己的档案,有很多甚至没有自己的身份证。所以邢天只能通过乐山镇的居民来进行情报搜集。但是,所有人的记忆都只能回溯到一九七六年,之前邬春晓的情况一片空白。但是居民们对邬春晓之后经历的津津乐道引起了邢天的注意,邬春晓在国家政策刚一放开的时候,就走上了商业这条道路,然后一帆风顺,挣钱不忘家乡父老,等等。

这其中邢天发现了两个问题:第一,邬春晓从创业开始,就没有走集体这一条路,而一直是私企。这在当时需要的不仅仅是眼光,还有勇气——私有经济这个概念,上世纪八十年代中后期才真正地被认可,之前因为政治概念这个帽子太大,没有谁敢冒天下之大不韪这么做。一定有什么原因让邬春晓不得不在那个时候如此操作。第二,邬春晓一开始就是实业,而最初的启动资金来于何处,没有人能说得清。

但这些问题,邢天没有从张妈那里得到任何回答,她只是简单地重复着一个手势:"不知道。"

邢天在问问题的时候,特别地注意了张妈的手,这次,她没有做"不能说"的手势,而是紧紧地攥住了自己的衣角。

询问和审讯不同,被询问者是被请来协助调查的,自然要注意在询问过程中的手段和方式,张妈一口咬定什么都不知道,邢天也只能接受这个说法。但是,当他离开的时候,更深一层的疑惑已经产生。

回到住处的邬冬强十分兴奋,连连询问何时动手。

邬春晓:"周末会有很多周结算的银行向这里解款。到时候银行最忙乱。"

邬冬强高兴地问:"那我们的时间就定到周末?"

邬春晓摇摇头:"那个时候钱来得最多,但也是警察最多的时候。"

"您不是说已经把警察的力量都调动了么?"

"不像我想象中的那样成功。"

邬冬强一听顿时有些沮丧,失望地说:"啊,那我们不是白忙活了!"

"处顺境则得意忘形,遇逆境就垂头丧气,这是典型的失败者的行为。"邬春晓看着儿子的表现生气地说道,"而心怀畏惧,化恐惧为勇气,以颤抖之身挑战强敌,这才是成功者的秘诀。"

邬冬强喃喃自语:"心怀畏惧,颤抖之身?我这都符合,很符合。"

邬春晓看了儿子一眼:"与人斗,其乐无穷。"

邬冬强撇撇嘴:"您当然这么说,斗了一辈子,就没吃过亏。"

邬春晓的情绪低落了一下:"不,我也败过。"不过随即振奋起来:"但是我虽然失败了,可最终我的目的也还是达到了。"他目光炯炯地看着儿子:"所以我要告诉你,我目前所有的一切,你所有的一切,都是我斗来的。我当时面临的可不仅仅是目前的这点困难,那要比这难得多,难得多。"

邬冬强看着邬春晓激动的神情,小心翼翼地问:"爸爸,我一直对您的过去很有兴趣,您能不能对我讲讲。"

邬春晓看着邬冬强,很长一段时间没有说话,在邬冬强就要放弃的时候点点头:"孩子,我最终会告诉你的,我答应你,在这件事情之后。"

回到 S 市的邢天找到李汉魂汇报了情况。总结了自己的看法:"总而言之,在安静案中,这个邬春晓十分可疑。建议尽快找到这个人。"

李汉魂为难地说道:"但是这一次你手中没有任何的确实证据,甚至心理方面的线索都没有,这让我们无从下手啊!"

邢天点头表示明白。

李汉魂:"不过,尽快寻找到这个邬春晓,肯定会给我们的调查带来很大帮助。"

李汉魂这么说,等于变相地同意了邢天的建议。

"另外,针对 JF69 案的被害人的调查情况也初步有了结果:几个主要的嫌疑人都没有问题,看来帮派仇杀的可能性正在大大降低。而且情杀的可能性也不大。这个人是一个小混混,被人图财害命的可能性虽然没有完全排除,但是考虑到他的经济实力,也不会很大。"说着李汉魂热切地看着邢天:"那么,也许我们真的离那个人不远了。"

邢天当然知道李汉魂说的"那个人"是谁,但他还是冷静地说道:"凶杀案中,酒色财气这几大因素几乎能够涵盖超过百分之九十七的案件动机。"他的话没有说完,也无法说完,提出这一点就是希望李汉魂能够冷静下来,不要急于下结论。

李汉魂听懂了,考虑了一会儿后微微点头:"我确实有些着急,你说得对,这件案子,从 JF69 的角度来看,确实是一个线索,但是这个线索本身没有很大的价值,毕竟这么多年都没有掌握更多的情况,看来我是本末倒置了。"

邢天听到"本末倒置"的时候,突然眼睛一亮,似乎明白了什么。但他什么也没说,站起身来告辞离开。

邢小天对刚刚回家的邢天抱怨道:"老头,江夏叔叔找你,打了好多个电话。"

邢天与鲁芹复婚之后,邢小天努力地在扮演一个好孩子,家中电话抢着接,吃完饭后抢着洗碗。

"江夏这个家伙,自从上次期货事件之后就像变了一个人似的,三天两头地打电话,每次还假惺惺地询问我工作上面的事情。"邢天有些好笑地想着,"尤其最近这段时间,我忙得没有时间跟他聊天,他还担心地问我是不是有什么棘手的案子,是否需要帮助。"

果然,江夏找邢天没有什么事情,只是聊聊天,邢天笑着说:"现在你我之间,实在很容易让别人误会,'一日不见,如隔三秋'应该发生在爱人之间。幸好你的手机号码鲁芹熟悉,不然还以为我在外面找了一个情人呢!"

江夏哈哈一笑:"找情人这样的行为,只会在一个做好了物质基础和心理基础两方面建设的人身上实现,恕我直言,您老人家两面都不沾边。"

邢天笑笑:"还好不沾边。"

放下电话之后,邢天迅速地把心态调整到工作上面,今天李汉魂局长的一句话提醒了他,"本末倒置,"邢天念叨着,"如果是本末倒置的话,会是什么情况?"在 JF69 枪案中,这颗子弹实际上出现得毫无道理。一般人如果要杀一个人,一定试图把自己的痕迹掩饰得干干净净。可是在这个案件中线索太明显,无论自己是否承认,都被这负载着很多东西的JF69吸引住了目光。但跳出这个圈子,就存在另一种可能性。

"如果不是为了杀人而犯案,而是为了犯案而杀人呢?"

"可惜,现在没有足够的证据。"邢天明白一个道理,要证明一句话存在很容易,而要证明一句话不存在就困难得多。而现在他就面临着这个困境:在没有新线索出现的情况下,只有排除了所有的其他情况,这一推论才有存在的价值。

但是这一思路让邢天十分兴奋,果真如此,那么JF69背后的人接下来一定会有动作。

根据六〇五厂、银行劫案和这一次的情况分析,邢天心目中的嫌疑人。应该在六十岁上下。然后邢天一点一点地向上加着细节:冷静、细致,敢于冒险,思维敏捷,并且不按常理出牌。

逆向推理之后,邢天忽然发现,自己掌握了这个人的思路:他要做一件很大的事情,作为掩护,他做出了很多影响很大的案子。换句话说,如果有什么影响很大但又没有明显动机的案件出现,那么很有可能就是这个人在放迷雾。

理所当然的,安静案再次进入了邢天的视野,安静的突然被杀与邵江的神秘失踪,这个时刻,对邢天来讲,已经具有了不同的意义。

他脑海中再次想到了那个神秘的邬春晓。

第二十章

秦川对邢天坚持要再来到安静的住宅有点想不明白,现在大家的注意力都在枪案上,安静案还在寻找外围线索上面,这个时候再来现场,不会有多大的实际效果。

所以他有些心不在焉,提到了不久前的期货案的新进展:"刚刚转过来的调查报告上说,那个中央储备总公司的焦总,已经被证明外逃。"

邢天点点头,这是题中应有之义,不值得惊奇。这样级别的官员,如果生活面临急转直下,很少会不选择这条路的。

秦川啧啧有声:"你可能想不到,这个家伙最后弄走了多少钱。"

邢天:"几千万?"

"几千万?他可是中央级别的官员。"

"中央级别只是一个称呼,并没实际上的意义。"

"报告上说,最后国有资产流失接近十亿元人民币。"

"那是因为许冰声在期货市场上投机造成的金融损失,由焦总作为责任人来承担的,并不是说他带了这么多钱离开。"邢天说着叹了一口气。"尽管如此,这仍然让我觉得很心疼。十亿元,国家能用来干很多事的。"

"麻烦你们手脚麻利一些,有这个时间,我能干很多事的。"说话的是一个中年男子。

邢天、秦川两人已经来到了安静的住宅楼,在墙外侧,这个中年人正在指挥几个工人修理水管。

邢天上前询问:"发生了什么事?"

中年人警惕地看着邢天。邢天亮了亮自己的警官证。

中年人的脸垮了下来:"警察?我不过就是改了一下下水,怎么警察就来了?"

秦川不耐烦地在旁边插话:"什么警察就来了?我们警察就是干这个的,你私自改动下水管道,违反了相关的条例,我们就是今天不来,以后也会来。"

中年人还是苦着脸:"我运气怎么这么不好,家里的下水管道莫名其妙地漏了,我告诉了街道好长时间也没有人理会,今天刚决定把管子接到外面,就让你们给碰上了。"

秦川一脸公事公办的表情:"遇到实际困难,应该找相关部门解决,大家都像你这么办事情,社会还怎么管理?"

中年人被抓了一个现行,一个劲地点头:"是,是,您说得对。"

水管边上的脚手架上,两个工人听到下面有警察,都停了手中的活,看着他们。

邢天抬头看看:"怎么,你还挺有公德心,不光给自家改管道,还把别人家的也给解决了?"

中年人连连摇头:"不是,不是,前两天,我们家和楼下三楼的住户浴室的下水管道都漏了,我们已经跟物业说了,可物业来检查以后说是因为我们使用了什么腐蚀剂,才把管道给弄穿了,要修可以,得交钱。我们两家一沟通,都没用过什么腐蚀剂,这明显是物业在推卸责任,就去找街道。可街道一直没有给我们答复。"

邢天打断了他的话:"你说什么时候下水管漏的?"

"两三个星期吧。"

邢天秦川两人对视了一眼,转身走进楼道,四楼的浴室,就在安静家楼下。

邢天、秦川直接进入安静家的浴室。一段时间的空置,屋中的家具上面已经落下了一层灰。

两人的目光同时停在了墙角的浴缸,秦川上前弯下腰,仔细地观察着浴缸的表面,邢天则一动不动,陷入思索。

邢天看着秦川慢慢把手伸到了浴缸的下水出口处,连忙制止:"秦队,如果咱俩想到一起的话,最好还是把痕迹鉴定小组请过来。"

秦川回头看看邢天,考虑了一下,点点头:"你说得对,这些事情应该交给专家来处理。"回过头看看浴缸:"如果咱们想的是真的,那咱们这次的对手,可就更加不能小看了。"

邢天点点头:"是的,我一直都不敢小看他,可还是觉得低估了他。"

邢天这个时候想的是,如果连现在这一切也在对手的计算中的话,那这个对手就实在太可怕了。

郐春晓已经在作最后的准备,他把行动时间定到了周日的凌晨。

郐冬强看着面前的两个包,有些不耐烦:"您从很早的时候就要我和哥哥练习使用降落伞,可在实际当中一次都没有用过。"

郐春晓严肃地说:"这种东西,用一次就够了。"

郐冬强不服气地说:"也许我本来没事,用了这个反而出事了。"

"跳伞的危险系数不是太高,而是太低。"

"反正我不想用这个,我什么都不怕。"

"一个人要是什么都不怕,那他一定活不长。"

在安静家的浴缸下面的下水道中取得了一些酸渣,其中有几根疑似人类毛发的东西。

秦川对邢天的兴奋有些不以为然:"邢处,您怎么这么高兴?即使真的发现了什么证据,最多也只是证明了这里是案发的现场,其实这都还两说呢,只能证明这里是分尸的现场。"

"那不同,这一方面是你说的,能够在安静案上进一步,另一方面,也是印证了我前一段时间的一个新想法。"

"什么新想法,关于什么的?"

邢天轻轻摇摇头:"还不成熟,但是这次发现对我的想法是一个很大的印证。"

秦川看了邢天半天,看邢天还是不开口,失望地说:"又装神秘。"

"不是装神秘,而是不能在这个时候做出错误的判断……"

秦川"切"了一声:"我党还一直坚持'大胆假设,小心求证'呢,你现在只是提出一个想法而已,一个人想肯定不如两个人,快说出来,咱们一块研究一下。"

邢天被纠缠不过,笑着说:"'大胆假设,小心求证'是胡适的话,说的是治学态度,到你这里成了我党的一贯态度了。不过,我这个想法也确实应该跟你探讨一下。"接着把自己的感觉说了出来。

秦川听完之后,直直地盯着邢天,良久之后摇摇头:"邢处,您是不是真的觉得心理分析有那么神奇。"

"嘲讽本身就是一种态度,看样子你是不赞成我的观点了?"

秦川犹豫了一下:"出于一个老刑警的经验,我不认同你的看法,但是作为你的副手,依据你以往的出色表现,我又觉得你的看法不是没有道理。所以,在这件事情上,我不表态。"

"当年武则天想从昭仪变成皇后,高宗李治征求长孙无忌的意见。三次挑起话头,三次被长孙无忌转到其他事情上。后人总结说,长孙无忌这种不表态,本身就是一种表态,他不同意。"

秦川失笑:"好好好,我说不过你,为了表示我不是不同意,我决定支持你,这行了吧?"

邢天呵呵一笑:"不知道什么时候,痕检那边能够出结果?"

秦川摇摇头:"你干吗不自己去问小华?"

邢天苦笑一下:"小华现在对我的态度你又不是不知道。"

秦川怪笑一声:"原来邢处您也有解决不了的事情啊!"

"别开玩笑了,电话通了,你告诉她我们希望尽快拿到报告。"

华天雪的报告出来得确实很快,她也破天荒地再次出现在邢天的办公室——邢天复婚之后,她再也没有主动到这里来过,工作上的事情也总是在电话里请示。

"三根毛发当中,经过对比,确认一根属于安静。"

屋中坐着的其他人都在等着华天雪的发言,她却坐了回去。

蒋勋忍不住问道:"没了?"

"没了。"

"其余两根呢?"

"没有对比对象。只能确定不属于安静。但根据染色体判断,应该属于男性。"

蒋勋咂咂嘴:"也就是说是邵江的?"

"有这个可能,但是没有找到对比对象,不能确定。"

邢天低着头在纸上不断地画着什么,这个时候抬起头来:"酸渣当中还有什么物质?"

华天雪犹豫了一下:"酸渣还没有完全分离完。所以先做了毛发分析。"

"我记得,人的盆骨、股骨很难被溶解掉?"

华天雪点点头,她已经明白了邢天的意思,站起身来:"好的,我现在就去分离酸渣。"

邢天加了一句:"我会尽快把邵江的标本给你送过去。"

华天雪点点头,离开办公室。

秦川凑过来:"你怀疑,邵江也被……"

邢天点点头,拿起报告递给秦川,问道:"溶化一个五十公斤的人,需要多少硫酸？"

蒋勋回答不出来，秦川接口："这与浓度有关，如果是浓硫酸，也就是工业用的浓硫酸，大约需要四千毫升。"

邢天点点头："这与我的了解差不多。那么，需要多少硫酸才会让楼下两层的铁管都被腐蚀？"

蒋勋咂咂舌头："好家伙，卫生间的下水管道都是生铁铸的，要腐蚀两层，差不多需要七千毫升左右的浓硫酸。"

"来源？"

蒋勋："我的一个亲戚是做水暖工的，有一次闲聊的时候说的。"

秦川看完报告，听着这段对话，有些震惊地对邢天说道："这也在推断中？"邢天的面色也很凝重："如果最后能够证明邵江也是受害人的话，我的推断就基本上可以肯定了。"

张葵终于无法再忍受，他设置了新的密码，但是账户中的钱还是再次消失，这一次，连他的妻子也知道，只有报警才能解决问题。

来到警局的张葵，这次受到了邢天的接待："这么说，连续两次，对方都是提供了正确的密码之后，从账户上把钱转走的？"

张葵连连点头："我专门问过银行的人，据柜台工作人员回忆，来人甚至没有犹豫或者尝试，直接就输入了正确的密码。"

邢天："也就是说，那个人知道正确密码，即使是你改过的。"

张葵："可不是么，您知道我现在的心情么？"

邢天同情地说："担心自己其余的账户？"

张葵摇头："不，是害怕。与钱无关，就是没有安全感。"

张妻在一边插话："就是，这种感觉太恐怖了。就好像，就好像……"她努力想找一个形容词。

张葵把话题接了回去："就好像有一个人，一个隐形人，他就在你身边，看着你,观察着你,知道你的一切秘密,但是你就是看不到他。"说着,夫妻两人一起打了一个冷战。

邢天皱着眉头,如果真的像张葵夫妻两人形容的这样,这将是一个十分严重的案件:"你们再仔细想想,这个密码真的没有对任何人说过。"

两人连连点头:"除了我们两个,再没有其他人知道了。"

张妻的眼泪都流了出来:"警官,您可一定要把这个人找出来。"

邢天只能好言安慰,在记录了基本情况和答应尽快进行调查之后,夫妻两人准备离开。邢天像想起什么:"张先生,请问您以前是否有过极度紧张、焦虑的时候?我这么说没有别的意思,毕竟您的职业会不停地面临挑战。"

张葵回答:"是的,说起来我还一度得过疑似心脏病。"

邢天没有继续询问,微笑着把这两人送走。

秦川走了过来,看着离开的张葵夫妻,低声笑着说:"又是来报案。说自己的钱丢了?"

邢天:"是啊!不过这次又发生了新的一次被盗。"

"我们都觉得像报假案,这次是不是还是支支吾吾地不愿意说具体情况?"

邢天摇头:"这次他们把情况说得很详细。看来需要仔细地查一下。"

秦川苦着脸:"最近恶性案件不断,我的人手基本都撒出去了,有些捉襟见肘啊!"

邢天安慰道:"越是这个时候,越考验我们的能力。"邢天犹豫了一下:"秦队,这个张葵,在相关材料搜集完之后,尽快安排一次我和他的单独会谈。"

李汉魂看着面前的邢天:"那么你最后得出这个结果?"

邢天:"我在上学的时候,有一次国外的导师告诉我们一个道理,当所有的不可能都被排除之后,无论剩下的结论多么荒谬,看上去多么不可思议,它仍然是答案。"

李汉魂:"可是在这次的推理之中,你并没有排除掉所有的可能性,而你的答案倒确实是非常荒谬,非常不可思议。"

邢天沉默了一下:"我之所以在这个时候告诉您我的推论,基于两个原因。第一,随着其他的可能性越来越小,这个推论成立的可能性也越来越大。华天雪已经在酸渣中找到了人体的胆结石,人体的所有部分都有可能被腐蚀,胆结石不会。"

李汉魂:"可胆结石也不会具有个人特征,也就是说这颗胆结石并不能提供直接证据,证明受害者除安静之外,还有一个人。"

"也不能证明没有。"

李汉魂一笑:"这句话就有强词夺理之嫌了,别忘了,司法原则是'谁主张,谁举证'。"

"但是联系超出常理的硫酸用量,应该已经形成了证据链。"

"首先,这个链条并不严密,其次,三点才能形成平面,只有两个点来支撑,一定不稳固。"

邢天有些沮丧。

李汉魂:"接着说你的第二个原因。"

邢天振奋了一下:"在这个推论成立的基础上,我认为嫌疑人马上就要进行一个大动作。因此我们应该做好准备。"

李汉魂闭着眼考虑了一会儿:"准备要指向何处?"

邢天这次毫不犹豫:"钱在何处,就指向何处。"

"理由?"

"能够支撑这么大的行动,推动力只可能有两种:情感,利益。鉴于被害人的背景各不相同,可以排除情感的因素,那么剩下的只有利益。"

"具体说。"

"银行、珠宝商店等大量现金聚集的金融机构。"

李汉魂又思考良久:"也就是说,假如这次行动当真发生,JF69还会出现?"

"是的。"

李汉魂长出了一口气："实际上,如果你只用这个理由来说服我,我已经同意了。"

邢天点点头："我明白,但是那样就是利用了您的感情,我是真的认为自己的推论是正确的。"

李汉魂拿起笔签字："希望你是真的正确。"

邢天接过李汉魂递过来的文件夹子："我有信心不让您失望。"

李汉魂摇摇头："即使我支持,你面临的困难仍然巨大,你知道在S市像你刚才提到的金融机构有多少么?"

邢天："不管有多少,也要做准备。有准备总比没有要好。"说罢敬礼。

不管邬春晓的计划有多么严密,如果他之前的伴动没有成功,最后的结果只能是以个人力量对抗国家机器。而一场战争,如果在资源方面完全不对等,那么最后的结果一定是以强胜弱。

但邬春晓不愿意相信这一点,虽然种种迹象都已经表明了:警方并没有被他的行动所调动,他仍然要试一试。

邬冬强没有站在战略高度上看待问题的能力,他只是按照父亲的交代,一步一步地进行着被安排好的行动。只是现在,当他站在中心银行对面的高楼的时候,他对父亲的话有了疑问:"爸爸,您说过,在咱们行动的时候,应该是警方力量最虚弱的时候。"

邬春晓也在看着对面的银行。作为一个曾经对银行的系统下过很大的工夫,并且在其中工作过一段时间的行家,可以轻易地看出,对面的银行,明显有了某种准备。隐隐地,他感觉到,这种准备是针对他的,或者说,是针对他计划要做的事情的。

"难道真的有人看穿了我的布局?"邬春晓不愿意这样去想。他的过去让他一直很自信,无论是曾经的经历,还是最近的安排,他一直都有一种在智力上凌驾于其他人之上的信心,这也是他始终不对将来的事情担心的原因——大不了就一切重来。

邬冬强对父亲的沉默感到了害怕:"爸,咱们还做不做?"

"不要说话,让我再看看。"邬春晓的心中也在挣扎,如果面前的一切,真的是因为有人了解了他的想法,那么自然不能再轻举妄动。可如果是因为另外的原因,那么他放弃的可能就是一个绝佳的机会。

"可以继续进行,不过要保持随时撤退的警觉。"他在心中下定决心:"计划不变,首先切断电源。"

中心银行内部,虽然因为警方的要求,专门针对日常比较疏漏的地方增强了保卫的力量,但实际上并没有落到实处,原因有三:第一,作为行业内部的龙头,他们一直都有一种盲目的自大;第二,警方并不是针对中心银行专门提出警告,也让领导层没有十分重视;第三,只有千日做贼,没有千日防贼的道理,即使用行政命令强行提高警觉性,也注定不能持久。

于是,他们成功地切断了银行的供电线路。按照邬春晓的推断,即使银行反应迅速,也需要十分钟左右的时间找到断点并进行修复,而在这段时间之内,他们已经完成了自己的计划。

可是,就在他们到达银行外侧,准备攀登的时候,警笛声已经传来了。

这是在邢天的坚持下,专门成立的快速反应小分队,职责是保持机动,在异常情况发生时,尽快赶到现场,并且邢天要求,要将警笛声开到最大。在对秦川解释时,邢天说道:"这实际上是一种威慑。你也明白,在目前这种情况下,我们无法抽出足够的人员和装备来真正地成立快速反应小分队。而只能是在有限的时间内,伪装成这样。那么,我们就要做出一种势,一种我们已经成竹在胸的势,让这个人认为我们掌握了他的行踪,掌握了他的心理。"

秦川:"我怎么觉得,现在的形式就像是你和这个你所谓的对手,在进行一场直接的交锋?"

邢天点点头:"是的,我现在已经可以肯定,我们有这样的一个对手。"

秦川:"就因为华天雪对那两根毛发的鉴定结果?就因为那是属于邵江的?"

邢天点点头又摇摇头:"不,不完全是因为这个。邵江既然和安静是情人关系,那么,他的毛发出现在那里是很正常的事情。不过,这同样可以是我的系统中的一个重要的组成部分,虽然在酸渣中找到的两片碎骨还没有确定来源,但是我坚信那同样属于邵江。"

秦川摇摇头:"盲目的自信就是错误的开始。"

"门捷列夫的元素周期表之所以正确,不仅仅是因为他把已知的元素按照规律排列出来,还在于他空出了一些位置,预言了几种元素的存在。当被预言的元素真的出现,就已经证明了周期表的正确性。"

秦川沉默了一下:"邵江就是空出来的位置?"

邢天点头:"没错。"

"那你所谓的化学元素是谁?"

邢天沉默了很久:"在我的推论中,这个人要足够熟悉银行,足够熟悉警方,并且足够熟悉安静。本来邵江是嫌疑最大的人选,但是涉枪案毫无理由地神秘出现后让我把目光移开了。"

秦川生气地说:"怎么一到关键时刻你就把话停下来,简直就是以前的评书连播,打得最好看的时候,一定来一句'且听下回分解'!我现在就是要知道你怀疑的人究竟是谁。"

"你马上就会知道了。我的估计没有错的话,他已经无法判断形势了。"

由于邬春晓把这次切断银行电路的行为设计得比较巧妙,银行也只是以为这是一次简单的事故,对匆匆赶来的警方小分队报告说一切正常,从而给了邬春晓逃脱的良机。

不过歪打正着,邬春晓看到警方没有展开大规模的调查,反而认为警方并没有实际掌握情况,自己的计划还有实施的余地。"只有偏执狂才能生存",他十分喜欢这句话,也一直坚持认为如果一个人可以被别人说服,不坚持自己的想法,他就不会有成功的机会。

但是再次实行需要时机的配合,因此他也只能耐心地潜伏下来。

华天雪在酸渣中找到的两片碎骨,经过比对,正是属于邵江。邢天拿到这个结果的第一时间,就去向李汉魂汇报。

李汉魂:"嗯!这就证明了你之前的判断是正确的。"

邢天点头:"是的。"

"也就肯定了你的嫌疑人。"

"现在只有两个问题需要解决:他在哪里,以及他为什么会拥有JF69。"

李汉魂听到邢天提起JF69,激动了起来:"这么多年了,这是我第一次如此接近答案。邢天,你知道我现在是什么感觉?"

"兴奋?"邢天的回答不是很肯定。

李汉魂摇头:"不,不是。是害怕。"

邢天立刻明白了局长的心情,美好的事情一旦发生,比如长久的愿望马上就要达成,人都会有一种害怕不是真的感觉。他知道局长这个时候只是在表达一种情绪,不需要他的安慰。

李汉魂出了一会儿神:"既然这一切符合你的理论,那么证明你的理论是正确的。现在你可以动用所有的力量进行搜捕了。"

邢天反而皱起了眉头:"邬春晓这个人很不愿留下正面的形象资料。我们没有办法找到他的近期照片。但我们找到了他年轻时候的照片,于是在赵教授的帮助下,利用电脑技术做出了一张邬春晓现在的样子的照片,可信度在90%以上。"

李汉魂明白邢天的压力所在——这个案子,从确定案件走向,到确立主要嫌疑人,完全都是以邢天的心理推断作为基础,甚至到了现在,连主要嫌疑人的一张照片都没有,这样的不确定性,在S市的办案历史上还是第一次出现。但是,正是因为这样,这样的探索才更加需要鼓励:"好,就按照这个样子向下发。"

对邬春晓来说,局面的变化简直就是"忽如一夜春风来,千树万树梨花开",几乎一夜之间,各个地方就布满了自己的照片,这让本来还心存侥幸的他顿时处于一种无路可走的状态。

邬冬强在外面走了一圈回来之后,害怕地问道:"爸爸,他们是怎么知道我们的?"

这个问题也在困惑着邬春晓,但是这并不是现在他们要解决的首要问题。无论如何,他必须离开S市,"外面的照片,不管出于什么原因,与我还是有一定的区别。这就是我们向外走的唯一机会。"

但是,这个机会实际上已经不存在了。

邢天正在紧张地处理相关情报的时候,秦川带进来一个小伙子,邢天抬头一看,两个人都愣了一下。

"是你?"

对方也是一愣,随即笑了出来:"你果然是警察。"

这个小伙子正是在"金师傅"面馆打工的那个大学生,他惊讶地问道:"您还记得我?"

邢天笑笑:"生活的有趣之处就在于它充满了有趣的人和事,像你这样有趣的人。我是不会忘记的。"

小伙子伸伸舌头:"那也够厉害的。"

秦川在一边说道:"这个小伙子说,他认识邬春晓,就是觉得咱们画得不太像。"

小伙子连连点头,从身边的包中取出一叠纸,指着其中的几张说:"那个人应该是这样。"

邢天秦川两人抽出画纸看看,虽然在这几张画中,邬春晓的面容差别并不大。但是几处细小的差别已经足以把邬春晓的气质表现得淋漓尽致,邢天一看之下就击节赞赏:"画得好!太感谢你了,这是什么时候画的?"

小伙子:"这一幅是上一个星期,这两幅是前几个月。日期都在角上。"

邢天:"上一个星期?"说着凑到那幅画前,画中两个人正在吃饭,秦川又过来:"邬冬强?"

邢天点头:"这就对了,完全和我的理论合上了。"即使他把邬春晓作为主要嫌疑人,所有的事情也都符合他的理论模型,但是邬春晓毕竟从没有正面出现过。这一次小伙子的画,无论是否画得像,最主要的是证明了邬春晓就在这个城市,这几乎可以算得上是邢天掌握的第一个直接证据了。

掌握了准确的相貌,警方的信心更足,终于在邬春晓利用汽车准备离开 S 市的时候发现了他。

随后的公路追逐几乎让秦川的眼珠子瞪出眼眶,他看着自己乘坐的警车的时速表,上面的数字清楚地告诉他,自己的速度是一百八十公里每小时,他再看看越来越远的邬春晓的北京吉普,叹了一口气:"咱们的车坏得真不是时候。"

司机回答:"车没坏。"

"不可能,没有一辆北京吉普能够跑出这个速度。肯定是咱们的车坏了。"

司机肯定地摇摇头:"咱们的车没有坏,那辆车也不是北京吉普。肯定被人改装过了。"

秦川凑到仪表盘前看看:"这上面不是说最高速度能到二百二十么,怎么不用?"

司机摇摇头:"那只是理论上,咱们要是真这么做,不超过十分钟,不是车毁就是车坏。不像前面那辆,看架势就是为了这个速度设计的,安全性很好。"他们两个并不着急,高速路都是全封闭设计,出口唯一,他们已经通知了前面的各个站点。

话音刚落,前面的车突然开始翻滚。司机连忙踩刹车,终于在即将相撞的时候停了下来。

两人惊魂未定,秦川看看司机:"你不是说安全性很好?"

司机咂咂嘴:"车的安全性没有问题,是开车的人不对。"

司机是邬冬强,尽管弹出了保护气囊,他还是因为没有系安全带而从座位上飞了出去。在这样的速度下飞出车子,不会再有第二种可能。而坐在副驾驶位置上的邬春晓,却因为安全带而保住了性命,但头部受到重创,昏迷不醒,被送进了医院。

秦川兴奋地把这个消息告诉了邢天,邢天却意外地有些失望:"就这些?"

"就这些?"秦川简直就要掐住邢天的脖子质问他,"什么叫就这些?"

邢天冷静地问道:"现场发现 JF69 了么?"

秦川一下子没了声音。

"我们一直在造势,目的是希望他犯错,要知道,我们现在手里并没有任何一点关于他犯罪的直接证据。现在我们是抓住了他,但是告他什么?超速驾驶么?"

秦川的眼睛忽然一亮:"也许有办法。"

邢天看着他:"血手印?"

秦川用力地点头:"这也许有可能。"

"希望如此吧。"邢天只能这么说,可能性当然有,因为是"可能",可能有,也可能没有,你永远只能说可能性不大,而不能说不可能。

希望这样东西,一般都是在你最需要的时候离你而去的,秦川比对的结果,血手印不属于邬春晓。

事情至此,似乎走入僵局,每个知情人都知道,邬春晓就是安静案、邵江案、JF69 枪击杀人案,以及那年持枪抢劫银行运钞车案的最大嫌疑人,但是现在没有任何证据能够证明这一点。并且由于邬春晓本人还在医院处于昏迷之中,警方也没有办法取得任何口供。

李汉魂的心情尤其急躁,常院士的身体状况每况愈下,现在基本上每天能保持的清醒时间已经不到三个小时,由于非霍奇金氏淋巴细胞瘤的患者,越到后来病情恶化得越快,所以常院士的生命,已经几乎可以用天来计算了。即使是这样,每当李汉魂去医院看望常院士的时候,早已经失去语言表达能力和肢体移动能力的常院士都会一直盯着他的眼睛,让他汗流浃背。而现在,明明知道嫌疑人就在面前,却无法进一步挖出线索,这让他难以接受。

邢天也是同样的心情,强大的压力之下,他只能用工作来缓解,他把所有他认为和邬春晓有关的案子的相关案卷都调到自己的办公室,不断地分析研究其中是否有突破点。

秦川进入邢天办公室的时候,险些被烟雾给推出去,他连忙把门继续敞着,好让烟向外走走:"邢处,你这么抽烟法,身体不要啦?"

邢天抬头看着秦川,眼中满是血丝。

"我知道你着急,可是光在这里看这些材料,也没有什么效果。走,咱们出去走走。"

邢天还是不说话。

"走。就算是陪我说说话。这些事总闷在心里怪难受的,跟人说说心情也就好一点。"

邢天面无表情地又把头低了下去。

秦川无奈地摇摇头,看看屋子里的烟也走得差不多了,就准备关门离开。突然,邢天出声了:"秦队,你刚刚说什么?"

"出去走走。"

"后面的?"

"陪我说说话。"

邢天兴奋地一拍手:"对,就是这个。呵呵,一叶障目,不见泰山啊!早就知道没有人能够不和别人交流,但是以前却没有想明白。秦队,多谢!"说着冲出办公室。

秦川站在门口,半天摸不着头脑:"谢我?谢我什么?"

邢天对李汉魂报告的内容很简单:没有人能够完全地保有一个秘密,一定会采用某种方式向别人倾诉,所以,现在只要找到这个倾听者,就相当于取得了邬春晓的口供。

李汉魂:"那么你认为这个倾听者是谁?他的儿子还是女儿?"

邢天摇头:"儿子的可能性不大。女儿么,因为性别的原因,他也不会说的。女生外向嘛!"

"那就是瘫痪在床的妻子?"

"有可能。"

李汉魂皱皱眉:"你这不是在做无用功么?妻子同样无法说话,不是和邬春晓现在的情况一样?"

"局长不要忘了,还有一个人。"

李汉魂有些惊讶:"那个保姆?"考虑了一会之后说道:"我看可能性不大。这样的事情,只有可能讲给关系非常亲密的人。"

邢天讲起了当时调查邵江行踪时张妈的表现:"按理说,当时邬春晓正在我市布置进行大规模的抢劫案,应该是把自己的行踪严格保密的,可这个张妈竟然知道这一情况,并且不断地提醒自己为其进行掩护,这可不是一个外人会做的事情。"

李汉魂被说服。

张妈被带到警察局,邢天没有直接问问题,而是拿出了当时的那盘录像带。

张妈本来还比较紧张,在看录像的过程中渐渐地平静了下来。

邢天这个时候才开始提问:"张妈,你愿意保证自己说的话全都是真实的么?"

张妈慌乱地点点头。

邢天于是让旁边的蒋勋开始提问,开始的时候也都是些常规的问题,手语老师在一边低声翻译。渐渐地,表述性问题越来越多,张妈在回答时也越来越不自信,前后矛盾的地方也出现得越来越频繁。邢天仔细看着张妈的双手,当她不由自主地再次在暗中做出"不能说"的手势的时候,邢天向着蒋勋点了点头。

蒋勋起身,换了一盘录像带。

画面一出现,张妈惊讶地张大了嘴,邢天相信,如果她能够发出声音。一定会是"啊"的一声。

那上面是邬春晓在病床上的影像。镜头从各个角度拍摄,还能够看到维持邬春晓生命的仪器的特写。接着镜头一闪,切回到第一次询问张妈时的画面。

邢天站到张妈面前,慢慢地做出了那个"不能说"的手势:"我想,在这个时候,你知道什么是你应该做的了!"电视中画面反复的播放着张妈在暗处做出的手势。

拿到张妈的口供的蒋勋开心地对邢天说道:"邢处,真没想到,原来谈判竟然可以不用语言。"

邢天点点头:"我一直都告诉你们,只要找到合适的切入点,没有什么是不能谈的。对张妈来说,这个切入点就是邬春晓。当她看到邬春晓已经不能依靠,自然会选择对自身最有利的行为模式,在这里,就是把所有知道的讲出来。"

"可您怎么知道张妈知道邬春晓的事情?"

邢天微微一叹,扬扬手中的案件记录:"无论邬春晓的心理多么坚强,这么多的事情也一定会在他的心里留下极大的压力。要么他就用变本加厉的犯罪行为来发泄,要么就是找一个人倾诉来缓解。既然其余的人已经排除。那么只有张妈这个人选了。"

蒋勋点点头:"是啊,有这么一个贴心人,还是一个哑巴,是我也会把心里话说出来。"

李汉魂看着面前的口供:邬春晓,一九七六年来到乐山,一九七九年落户。一九八〇年伙同其弟邬冬晓抢劫银行,因邬冬晓在现场留下痕迹,被邬春晓灭口。随后与弟媳结婚。在一九八三年,他持枪抢劫银行运钞车,也就是因为这一次的成功,让他有了资金开办自己的工厂。之后在商业上比较成功,中间曾经被亚洲金融危机连累,但挺了过来。一直到今年,因为邵江试图转移家族资金,邬春晓重新出山。来到S市后,曾要求张妈把保险柜中的一支枪寄到S市。

整份口供并不很长,但是由于邢天的问题很准确,所以大致上把邬春晓的行动勾画了出来。

李汉魂兴奋地说道:"这么说,邬春晓果然就是六〇五厂失枪杀人案的凶手?"

"根据一九八三年持枪抢劫运钞车这一细节,应该如此。但是,由于我们并没有找到JF69型枪,所以还不能肯定。"

李汉魂肯定地说:"不会错了,一定是他。"在办公桌边走了几步:"安排张妈辨认枪型,如果指认她寄出的枪就是JF69,那么这次就是数案并破。"他看着邢天,眼睛闪闪发亮:"六〇五厂失枪杀人案,一九八〇年银行入室抢劫杀人案,一九八三年持枪抢劫银行运钞车开枪杀人案,安静案,邵江案,长途汽车站开枪杀人案。十几条人命,上百万的金额,邢天同志,你立了大功。"

邢天一直保持着冷静:"局长,如您所说,这几个案子无不轰动一时。如果只是凭借张妈一个人的口供,很难就此认定这些是邬春晓做的。"他看着李汉魂兴奋的神情,李汉魂显然没有把自己的话听进去:"您也不希望,最后告诉常院士一个错误的消息吧?"

李汉魂听到这句话,冷静了一点:"怎么,你真的认为这中间有漏洞?"

邢天摇摇头:"不,我也认为事情的真相就是这样。但是,孤证不立,我们应该根据这份口供,找出尽量多的证据,形成一个完备的证据链条。毕竟,如果邬春晓醒过来,他肯定不会承认这些罪行,到时候我们怎么给他定罪?"

李汉魂点点头:"有道理,以他的狡猾和经验,到时候他只要不承认,我们没有证据,确实比较难办。"说着抬头看着邢天:"你的建议是……"

邢天:"还是枪。JF69是把这一切串起来的关键,只要找到它,一切迎刃而解。"

李汉魂同意："但是要尽快。"他对邢天说道："常院士的时间不多了。我希望能够不让他带着遗憾离开这个世界。"

邢天肃然答道："这同样是我的希望。"

尽管邢天十分想亲自负责对 JF69 的搜寻，但是张葵夫妇的到来还是让他只能把任务交代给秦川——他要为张葵进行心理催眠。

邢天之所以这么做，是基于一个基本的判断：没有人能够直接得知他人心底的秘密，除非这个人就是他自己。按照张葵的说法，那个到银行取钱的人，两次都是直接输入了正确的密码，而密码却没有泄漏的可能和渠道。这是一个悖论——要么，就没有这么一个人；要么，就是密码泄漏出去了。所以，邢天决定对张葵进行浅层的催眠，让他在平静中回想自己最近做过的事情——邢天认为，这件事情可能是张葵因为精神紧张，自己做出的。

催眠术作为一项并不被人了解的学问，蒙着一层神秘的面纱，外界一直都对它充满好奇，也因此衍生出种种传说，例如能够激发人体潜能，或者控制他人行为等等。但是，真正的催眠师都深知一个道理，人体对自我的保护是本能的，任何事情如果涉及被施术者的底线，都会引起被施术者的警觉，进而导致催眠的失败。

邢天对张葵的催眠比较顺利，但是，每当他的问题转向财务方面，张葵就会立刻从催眠状态中清醒过来，连续三次，次次如此。

邢天："张先生，请你试着放松一点，不要对我有这么强的抗拒心理。"

张葵点点头，一边闭着眼睛一边嘟囔："什么啊，实际上我自己的心理医生问我这方面的问题的时候，我放松得很。"

邢天笑笑："那毕竟是你自己找的医生，认同感和信任感都要强于我。自然能够接受他向你问问题。"

但是不管怎么说，邢天这一次的尝试，失败了。

虽然JF69还没有真正找到，但是邢天的心中还是如放下了一块大石头般轻松，也因此回到家中难得地和儿子玩了一会儿游戏。

电话却响了。是江夏打来的，照例询问有没有什么有趣的案件发生。

邢天："江总，你不是真的看上了警察这个行业，想转行吧？"

江夏哈哈一笑："当然，如果你们警察能够把工资提高到，不，只要接近，接近我现在的收入水平，我就转行。"

"那就遗憾了，今天发生的一起案子：我就在想如果你来操作，也许就解决了。"

江夏来了兴趣："哦？说说。"

邢天："我今天试图把一个受害人浅层催眠，结果尝试了四次，四次失败。"

"你我都知道，让患者放松是催眠成功的关键。"

"是的，我可以很肯定地告诉你，受害人确实很放松。"

江夏沉默了一下："不要触及患者的敏感话题。"

邢天一愣："我想，受害人，或者像你的客户这样的对象，一定是因为有困惑才会来到我这里或者你那里，我们怎么可能不去触及敏感话题？"

江夏肯定地说道："那也尽量不要。最起码要经过一段时间等待。"

尽管江夏的语调很权威，邢天还是不同意："这不符合我们的目的啊？催眠本身不就是为了让对象放开么，话题是否敏感，并不是主要的问题。"

江夏的语气变得有些急躁："如果你询问我的观点，以上就是。你要是不听，干吗问我？"说完就挂了电话。

邢天拿着电话，愣了一会儿，摇头笑笑："这个江夏，怎么一下子就急了。"

第二十一章

这几天,邢天一直都在寻找一个合适的角度来解决张葵的问题。

可是,无论张葵有多配合,事先又是多放松,只要邢天问到关于账户,他一定会清醒过来。而针对张葵的外围取证又找不到线索。整个调查一直在原地踏步。

邢天回家在自己电脑上的分析也越来越长。

奇怪的是,江夏最近也没有再打过电话,邢天觉得有些奇怪,前一段时间,江夏几乎天天询问有什么有趣的案子,现在真的出现了,案件还和心理有关,他反而断了联系。莫非真的就是因为那个电话生气了?邢天决定主动联系江夏,顺便就这个案子和他探讨一下。

江夏的声音不冷不热:"邢处长,什么事?"

邢天被这种语气噎了一下,失笑道:"怎么,真的生气了?"

江夏"哼"了一声:"哪敢!"

邢天像哄孩子似的说道:"好,好,我为那天的语气向你道歉,好了吧?"说实话,邢天自己都不记得当时说了什么,让江夏如此愤怒。

江夏的话音有了温度:"那你同意我的意见了?"

"什么意见?"

"先不要问关于账户的事情。"

"可是,这样的话,就会拖很长的时间,可能会在社会上造成影响。"

"你呀,关心则乱。我问你,张葵这个案子已经发生多长时间了?"

"一个月左右。"

"是啊,已经这么长时间了,为什么社会上没有反应?"邢天愣了一下,是啊,已经这么长时间,既然现在没有消息,就证明他们没有传播的想法:"呵呵,果然厉害,让我茅塞顿开啊!"

江夏反而谦虚起来:"旁观者清而已。"

在秦川等人锲而不舍的努力下,JF69终于被找到了,这标志着邬春晓案终结。当李汉魂推着常院士来到邬春晓的病房外的时候,邢天看到了常院士眼角的泪水。

他在常院士耳边低声说道:"我们无法直接得到当年事情的真相,医生说,他这种植物人状态很难逆转,但是,根据他的行为和已经掌握的情况,我有一个大概的描述。"

常院士的眼睛转过来看着邢天。

邢天指指里面的邬春晓:"这个人,当年在六〇五厂工作,身份是工程师。"

常院士又把目光转向邬春晓。

"出于一些原因,他把夏小萌女士定为目标。"邢天没有使用激烈的词汇,看过夏小萌照片的他知道当年的夏小萌是一个美丽的女人,邬春晓的目的一定是占有,华天雪在尸检报告中也提到了夏小萌生前很有可能受到了性侵犯,但是,这些没有必要对常院士说起,"接着,悲剧发生了。"

常院士的泪水再次流出。

"为了掩盖自己的罪行,他利用了当时的时代背景下的恐慌情绪,挑动了一场大规模的武斗,并最终成功地逃离了六〇五厂。"邢天的眼中浮现出当时挖出的十几具尸骨,"武斗之后,六〇五厂消失,人员星散,档案也流失,他的真实身份就此被掩盖。在之后的一段时间之中,他流浪在外,很有可能是在那个时候,他接触了银行系统。到了一九七六年九月,他来到了乐山,和他的弟弟邬冬晓相依为命。但是由于他的档案有问题,他落户遇到了很大的麻烦。一九八〇年,他伙同邬冬晓抢劫了S市水湾银行。但在这次抢劫当中,邬冬晓由于负重翻越银行,手上的手套脱落,留下了手印。害怕自己的身份因此暴露的邬春晓把自己的亲弟弟杀掉灭口,并伪造了一封书信,谎称邬冬晓与人私奔。"秦川前一段时间根据张妈的口供,在乐山镇外找到了一具尸骨,根据对比,证实就是邬冬晓。

"这让邬春晓的野心稍有收敛。不过之后成功的落户,和与弟媳妇的结合,让他觉得自己不再有暴露的可能,为了寻找启动资金,他再次作案。一九八三年,他持枪抢劫了运钞车,使用的就是JF69。"

邢天还要讲下去,李汉魂轻轻地拍拍他的肩膀——常院士已经永远地闭上了眼睛。

李汉魂的眼眶也湿润了:"你讲到六〇五厂,常老就已经走了。"

邢天低沉着嗓音:"他听到了夏小萌女士的那一段么?"

李汉魂点头:"我相信他听到了。"

邬春晓案的告破,等于同时破获了六起重大恶性案件,包括两起历史遗留案件。公安部为此专门下达嘉奖令。

邢天接到消息,由于在此案中突破性地应用了心理手法,公安部准备让他在全系统内做报告,以便推广。

邢天请求李汉魂让他把手中的案件结束再上路。

李汉魂:"为什么对这个案子这么重视?"

邢天:"两个原因:第一,有始有终。第二,我总觉得这个案子背后有东西。"

李汉魂沉默了一会儿:"功利地讲,我希望你尽快开始你的报告。任何事情都有一个保鲜期,等邬春晓案的热度退下,你将会失去很多本来有可能得到的东西。"

邢天明白李汉魂这是在真心地为自己考虑,感激地笑笑:"是的,但是您知道,那些不是我想要的。"

李汉魂看了邢天良久,点点头:"明白了,我会向上面汇报你的想法。但是部里既然有这个意思,我们也不能耽搁太久。"

邢天点头:"我明白。我会尽快结束这个案子。"

但是有些事情不是你想快就能快的,邢天面对的,依然是无从下手的局面。

秦川在和邢天一同研究了张葵的案子后也觉得有些奇怪:"银行的录像上面就没有录下这个人?"

邢天苦笑:"这个人进行了一定的伪装,很明显他知道监视摄像头的位置,一直没有正面面对过镜头,身高体态就是一个普通人,没有显著特征。"看看秦川:"我甚至不能通过镜头肯定那不是张葵本人。"

秦川:"怎么,你还是认为那个人有可能是张葵本人?"

"是的,由于这个案子所有的线索都是来自于张葵本人的描述,没有任何其他的人证、物证,而我又无法针对张葵取得确切的资料,所以无法排除张葵本人的嫌疑。"邢天一条一条地数着,"明确知道账户密码,在银行不露痕迹,身高体态,这一切张葵都符合。"

秦川想了一会儿:"这么说,张葵的嫌疑很大?"

邢天摇摇头:"可是我找不到他这么做的目的。"

秦川也苦笑起来:"邢处,不是我迷信,我怎么觉得,只要你沾手的案子,就一定那么玄乎?"

邢天:"那不要问我,要问上帝。"

秦川故意一板脸:"我信佛。"

玩笑开过,邢天说道:"现在,我有两个思路。第一,是这个张葵,出于某种特殊的原因,就是在和咱们捉迷藏,玩游戏。"

"这一点不太可能。"

邢天也点点头:"第二种,就是有人在背后做了手脚,把线索隐藏起来了。"

秦川考虑了一会儿:"这也不太可能。咱们的调查,一直都是独立进行,没有受到外力干扰。"

邢天苦恼地点点头:"我也知道,可是,我明知道咱们的调查方向有问题,可就是不知道正确的方向在哪里。"

秦川拉着邢天站起身来:"要避免你这种沮丧的情绪,就把工作放一放,调整一下,说不定奇迹就出现了。"

可是平常没有娱乐项目,自然没有娱乐的朋友,也就不会有娱乐的地点。邢天平常工作之余,最大的放松就是看书,看电视。所以,邢天还是决定回家去。

一开门,邢天就看到小天的房间门开着,邢天走过去一看,邢小天正在看书。

邢小天回过头:"爸,今天怎么这个时间回来了?"

邢天笑笑:"没事,你看书吧!"

过了一会儿,邢天又走了进来,站在邢小天身后不说话。

邢小天坚持了一会儿,终于回过头,气呼呼地说:"你干吗?"

邢天严肃地说道:"台灯是冷的,电脑显示器却是热的。"看着儿子一下子涨红的脸,邢天笑了起来:"刚才又在电脑上玩什么呢?"

回家的目的就是放松,何况儿子喜欢电脑没有什么错,邢天并没有生气。

邢小天欢呼一声扔下课本,刚才他正在电脑上操作,忽然听到门响,于是连忙关机回到课桌前打开台灯,假装看书。现在看到爸爸并没有生气,立刻活泼了起来:"你不是说担心资料放在咱们家里的机子上不安全么,我刚才正在解决这个问题。"

"哦,怎么解决?"

"我在机子上装了一个小程序。这样如果有人试图在本地机以外远程登录这台机子,就会被这个程序记录下来。到时候,我就可以通过这个地址,找到他的服务器,然后再在服务器上查找,就会找到他的代码,然后就可以找到这个人。"

邢天勉强听懂,在网络世界中,一台机子的代码,就相当于一个人的身份证,他的服务器提供者就相当于一个派出所。小天安装的这个程序,可以留下这个闯入者的指纹,然后找到派出所,最后找到这个人。

"听起来很复杂。"

"哪里,简单得很,咱们只需要先调出登记表,修改一下权限,然后重新注册一个……"

"停,停。"邢天听到这些复杂的命令就头疼,尤其是其中还夹杂着大量听不懂的名词的时候,"你就告诉我,现在装上了没有就可以了。"

小天点点头:"装上了。"

邢天出了一口长气:"那就行,只要不影响,无论你做什么都行。"

小天嘴一瘪:"什么啊,你就这反应?"

邢天乐了:"你认为我该是什么反应?"

"就算你不夸我是天才,也应该说两句我真聪明之类的话吧?"

邢天一脸的恍然大悟:"对,对,你是天才,你真聪明。"

小天不无得意:"你知道吗,刚刚我一把这个程序装上,就发现真的有人正在远程登录咱家的机子。"

邢天的脸一下变了:"什么?"

小天看着邢天的脸色那么严肃,脸上的笑容敛去:"老头,你别担心,我看了,他就是看了看你的文件,什么都没干。"

"你能看出来他都看了什么文件么?"

小天想了想:"我当时没注意,但是这个能查出来。"

邢天抱着小天走进书房:"那赶快帮我看看。"

邢小天一边熟练地操作,一边说道:"其实现在的黑客软件特别多,很多人出于好奇就会下载下来然后攻击别人的机子,未必是有目的的。"忽然小小的欢呼了一声:"找到了。"

邢天凑过去看了一眼,脸色立刻凝重起来。桌面上显示曾被人打开过的文件,正是邢天对张葵案的描述和分析。

秦川看着邢天的脸色,小心地说道:"也许,真的是巧合?"
邢天没有说话。
秦川摸摸鼻子:"这个人如果真的是要误导我们,那就一定会修改你的文件,可他什么也没干……"说着他的声音就低了下来,自己也知道这是不可能的。
邢天描述道:"这个人进入我的计算机,目的明确,直接打开了我的办案文件,看了我的分析之后就退出了机子。只让我想起了张葵报案时说的一句话。就好像有一个人,一个隐形人,就站在你旁边,看着你,知道你的想法。你却不知道。"
"可怕。"
"不只是可怕,是恐惧。"
秦川愣了愣:"你也有恐惧的时候,这可不是我印象中的邢天会说出的话。"
邢天摇摇头:"不是为了我自己,我想,如果这个人对我的生活这么了解,那么当他觉得受到威胁的时候,很可能会威胁我。而威胁我的最好方式,就是对我的家人下手。"
秦川勉强笑道:"你总是教育我们要客观地对待案件,现在你自己也要做到啊。"
邢天又沉默了良久,脸色慢慢缓过来。"我以前一直担心如果大规模地调查,会造成社会恐慌,所以想从张葵身上直接打开缺口。但是现在,既然这个对手已经熟悉了我的个人情况,甚至威胁到了我的家人,那么我也顾不得那么多了。立刻展开对张葵的全面调查。这个人,不管再怎么神秘,也一定和张葵有接触。"

邢天之前的担心是有道理的。S市最近大案不断,社会上本来就弥漫着一种不安全感,这个时候出现这么样一起神秘人盗窃案,顿时把之前累积的情绪引发了出来。短短几天,公安系统就受到了极大的压力。

李汉魂专门把邢天找去谈话。当他得知计算机受到攻击的事情后,思考了一会儿,"我支持你的决定,但在这个案子中的一切行动,必须以你个人和家人的安全为根本目的。"说着语气温暖起来:"孩子,保护好你自己。"

邢天激动起来,大声回答:"是。"

邢天出于对家人安全的担心,每天都接送邢小天上下学,这让邢小天很是得意:"老头,现在我的同学都知道你是警察,你明天能不能开警车来?"

一旁的鲁芹听了,轻声一笑,几乎和邢天同时说出了标准答案:"警车作为公共资源,不能作为私人用途。"

邢小天惊奇地睁大眼睛,看看邢天,又看看鲁芹:"老头一向这么死板,说出这个答案不奇怪,妈你怎么也知道?"

鲁芹笑盈盈地看看邢天:"他啊,只会这么说。当年我和他谈恋爱……"说到这里突然觉得不合适,红着脸不说话了。

邢小天顿时来了情绪:"当年你们谈恋爱怎么了,怎么了?妈你接着说啊。"

鲁芹看着邢天不说话,只好继续说道:"当年我让你爸带我开着警车兜兜风,他也是这么说的。"

邢小天顿时崇拜地看着邢天:"老头,你是我的偶像。竟然敢对着对象也这么说,简直完美。"

邢天哭笑不得:"多年父子成兄弟,可你这反应也太兄弟了。还有,你小小年纪,从哪里知道对对象应该怎么样?"

邢小天嘿嘿笑着:"既然当年您在谈恋爱的时候都不答应带我妈坐警车,我也就不瞎想了。"

邢天看着也笑得不行的鲁芹:"你说的也不全对,当时我哪能开警车,我骑的是警用摩托。"

心情愉快的邢小天，吃完饭后一头钻进书房，邢天喊道："小天，别一吃完饭就坐在电脑跟前，你也运动运动。"

邢小天："我这刚想出一个办法，能够让你的机子固若金汤。"

"哦，"邢天也走了进来，"什么办法？防火墙？"

小天："您这点水平就别瞎猜了。防火墙只是一般性的手段，我这更高级。"

邢天看着面前再次出现的命令提示符，摸摸脑袋苦笑着说："知识就是第一生产力，怪不得以前的贵族都不让下面的人受教育，敢情这样才能维持他们高人一等的优越感。"

小天笑嘻嘻地说道："其实也没有多复杂，就是在咱们的每一个节点上都设一个密码。"

邢天虽然对电脑内部的系统命令不熟悉，但是良好的学术素养让他立刻做出了反应："每一个门上都上一把锁？"

小天一拍手："完全正确。"

邢天想了一下："可这样咱们自己用起来不是也很麻烦？"

小天摇头："不，只对外。"说着转过头来看着邢天："我说老头，这几天你没有再写什么新的东西进去，干吗还要这么防范？"

邢天笑笑，学着蒋介石的口音说道："打牌，你不行，打仗，我不行。"邢小天没有看过《开国大典》，不知道这段话，继续盯着邢天。邢天指指面前的电脑："里面没有新东西，你知道，我知道，你妈也知道，可是那个人不知道啊！"

邢小天这才恍然大悟："哦！"

邢天："不知道，他就要来看，要看，就会留下痕迹，而留下痕迹，我们就能找到他。"

小天再次长长地"哦"了一声："老头，你真狡猾！"

邢天摸摸小天的脑袋："接下来就要看你能不能真的抓住这个狐狸尾巴了。"

小天受到鼓励，使劲地说了一声："一定能。"

邢天当然不会把所有的希望都放在自己的儿子身上,他的电脑已经和公安局的网络侦稽科连在了一起,一旦有人非法入侵,立刻就可以查到对方的地址。

但是,三天过去,这个人没有再出现。

"守株待兔看来不可取,或者说见效太慢。"

秦川:"那怎么办?"

邢天慢慢地敲着桌子:"前两天我儿子说的一段话,启发了我。"

秦川看到邢天这副胸有成竹的样子,愣了一下,忽然高兴地说道:"有方向了?"

邢天点点头:"小天对我说,门上上锁,别人就进不来。"

秦川点头,不知邢天意有何指。

"我的催眠技巧,虽然难登大雅之堂,但是也不会到现在为止一次都不能成功。"

秦川还是不明白。

"催眠这种技巧,能够让人敞开心扉,反过来也同样可行。所以,如果有人之前对张葵作了心理暗示,让他一听到和账户有关的问题就清醒过来,我自然没有办法成功地进行催眠。"

秦川这才明白邢天想说什么,连忙打开卷宗,一会儿满脸喜色地抬起头来:"他有一个心理医生。"

邢天点点头:"我知道。"说着闭上眼睛:"我宁愿不知道。"

李汉魂看着邢天:"你确定要这么做?"

邢天肯定地点点头:"我希望能为他争取一个机会。"

李汉魂:"前几年,一个内陆省份的省城曾经发生过一起特大抢劫杀人案,由于凶手是我们内部人员的一个亲戚,所以一直没有引起怀疑。身份暴露之后,这个内部人员前去劝阻,结果被枪杀。"说到这里,李汉魂看看邢天:"很多时候,感情抵挡不过情绪,尤其是对方已经穷途末路。你真的要冒这个风险?"

邢天想了很久,李局长讲的这个案子他也知道,当时所有的人都认为那个警察能够把自己的亲戚带出来,谁也没有想到最后听到的竟然是一声枪响,"但是,我宁愿相信人性中光辉的那一面。"

李汉魂点头:"既然你坚持,我同意。但是,你这次面对的,是一个同样精通心理学的专家,希望你能够记住我之前说过的话,做好自身的保护工作。"

邢天起身:"我会的。"转身离开。

邢天敲门,应门的江夏看到他有些意外,随即笑着把他迎进门:"稀客稀客,我印象中你这好像是第一次主动来我这里。"

邢天笑笑,坐在了沙发上。

江夏忙着张罗,倒茶敬烟递水果,看着邢天脸上始终淡淡的表情,终于慢慢地平静下来。

客厅之中一时沉寂。

良久,江夏点烟一笑:"你是什么时候知道的?"

邢天:"不久前。"

江夏点点头,客厅里又安静下来。

手里的香烟燃尽,江夏的声音变得枯涩:"你不想问问原因?"

"我想,应该是因为钱。"

江夏苦笑一声,点头说道:"是,因为钱。"

邢天想起当时参与的几个人,焦总外逃,周密失踪,许冰声自杀、邵江被害,鲁芹自杀未遂,面前的江夏也沦落至此,不由得叹了一口气:"这都是何苦?"

"其他的损失我可以承受,所有的自有资金都赔进去我也无所谓,千金散尽还复来嘛。可是,高利贷的钱我不能不还。"

邢天静静地问道:"于是?"

江夏点点头:"于是!"

邢天:"我有一个问题。"

江夏一笑:"问吧！知无不言,言无不尽。"

"催眠当中一直都有一个极限,不能触及人的基本底线。你是怎么问出张葵的密码的？"

江夏一笑:"说穿了其实很简单,把你的问题含在一组问题之中。"

邢天:"具体什么问题？"

"先问账户是否有密码,再问密码设立的原则,然后根据该原则再设计问题,直到最后得到答案。"

邢天知道江夏现在说起来简单,当时设计问题的时候一定煞费苦心。

两人再次陷入沉默。

这次,是邢天首先开口:"如果跟我一起走,算做主动投案。"

江夏一笑没有说话。

邢天:"我一直想告诉你,我很佩服你。"

江夏似笑非笑地看着邢天:"我不需要安慰。"

邢天摇头:"不,我是说真的。"

"此话怎讲？"

"当年我们选择了这个专业,实际上并没有预料到会有今天,无论是你还是我。"

江夏点头同意,两人毕业分配,一个去了警察局,一个去了精神病院。可邢天到了警察局就被闲置,而江夏也早就下海,的确没有想到会是今天的局面。

"最初的彷徨过后,我也曾犹豫过,我不甘心自己的所学就这么被消磨在无限的杂务之中。但是我没有你那么大的勇气,没有走出那一步。"

"经商么？"江夏自嘲地一笑,"这不需要多大的勇气,只是对金钱的追逐而已。如果不是当初,我也不会现在。"

邢天摇头:"我不这么看。财富英雄,虽然有些市侩,但总是给了大家一个出头的机会,总比用血统、用权力来划分层次要好得多。所以,做商人没有什么不好的。"

江夏有些惊讶地看着邢天:"从你嘴里听到这样的论调,还真是罕见。"

邢天微微一笑:"但是,在追求财富的过程中,总有一些底线是不能被跨越的。就拿你经历过的期货事件来说,参与的人中,有的有权力,有的有地位,有的有关系,并且大家都有钱,可最后,只是因为一步走错,便全都沉沦深渊。"

江夏摇头:"你的说法太理想主义了,他们,或者说我们的失败,是一些客观因素造成,倘若市场不这么变化,我们都会成功。"

邢天摇头:"就事论事,可能性当然存在。可要是上升到全局的高度来看,你们出这样的事情,只是迟或早,这件事或那件事的区别而已,不会有其他的结果。上得山多终遇虎,老话虽然老,道理是正确的。"

江夏怔了一会儿:"不管怎么说,这些事再也与我无关了,不是么?"

出乎他意料,邢天又摇摇头:"不,也许有关。"

江夏又是一惊。

邢天:"从我当上这个职务以来,我直接处理了很多的案子,你知道我最大的感觉是什么?"

江夏开玩笑:"权力的滋味?"

邢天一笑:"很高兴看到你还保有你的幽默感。我最大的感觉是,现在的案子基本上都围绕着经济利益展开。说白了,就是钱。为钱生,为钱死,为钱出卖别人,为钱出卖自身。"

江夏:"整个社会都是这样。"

"可是,我总在想,我们生活在这个社会,总要保持一些形而上的东西在,不然,大家有钱了之后,又该干什么?"

江夏苦笑着:"这些话应该是国家主席来说的。"

"我当然没有资格这么说,但是我总有资格这么想。"

江夏盯着邢天看了很长时间,"我不如你,"他真心地说,"我真的不如你。你是真的相信这些。"

邢天点头:"我真的相信。并且,我希望你也真的相信。"

"我相信又有什么用,我已经废掉了。即使我出来,谁又愿意相信一个曾经欺骗过客户的心理医生?"

邢天:"那不重要。"

"不重要?"

"对,不重要。只要你想做,总能做出一些事情。"邢天加重语气,"钱不重要,够用之后,再多没有意义。重要的是我们要做些事情。一些,我们能够做,愿意做,也值得做的事情。"

江夏:"我好像被你说服了。"说着站起身来,看看周围:"两件事情,我不希望看到的,和你不希望看到的,今天都发生了。"看着邢天疑惑的眼神。他苦笑一下:"我的金钱观念,已被证明是错误的,这也说明我以前的人生几乎没有意义。这是我不希望看到的。而你不希望看到的,就是我最终和你在工作中相遇。"邢天想起当时与江夏在饭店中的谈话,也有些唏嘘。

江夏游目四顾,"黯然销魂者,惟别而已矣! 今天才真的感觉到这句话的滋味。"

出门之时,眼眶通红的江夏问邢天:"今天你来,我总觉得你会为我感到悲哀,没想到你竟然没有流泪。"

邢天低声回答:"泪就在那里,只是现在还看不见。"

一周之后,邢天踏上了前往北京的飞机,作题为《心理学在新形势下的推广与应用》的报告。

《谈判专家》《收获》 二〇〇七年长篇专号秋冬卷
《巅峰对决》 湖南文艺出版社 二〇〇八年一月